U0560105

阳坡头的月亮

THE MOON IN YANGPOTOU

赖小瑜　金文彦　著

团结出版社

图书在版编目（ＣＩＰ）数据

　　阳坡头的月亮 / 赖小瑜，金文彦著. -- 北京 ：团
结出版社，2016.1
　　ISBN 978-7-5126-3604-0

　　Ⅰ．①阳… Ⅱ．①赖… ②金… Ⅲ．①传记文学－中
国－当代 Ⅳ．①I25

　　中国版本图书馆 CIP 数据核字(2015)第 123123 号

出　　版：团结出版社
　　　　　（北京市东城区东皇城根南街 84 号　邮编：100006）
电　　话：(010) 65228880　65244790
网　　址：http://www.tjpress.com
E-mail：65244790@163.com
经　　销：全国新华书店
印　　装：三河腾飞印务有限公司

开　　本：170mm×240mm　　1/16
印　　张：25.5
字　　数：314 千字
版　　次：2016 年 5 月　第 1 版
印　　次：2016 年 5 月　第 1 次印刷

书　　号：978-7-5126-3604-0
定　　价：58.00 元
（版权所属，盗版必究）

红军长征60年纪念日，第一排右二母亲。

纪念党的机要密码工作创建70周年

2000年1月11日北京　　北京
大北照相

第一排右四：父亲

第一排左八：父亲

2012 年 10 月 12 日照
广西兴安县新圩酒海井红军烈士纪念碑

2012 年 10 月 12 日照

广西兴安县新圩酒海井红军烈士纪念碑。

新圩阻击战，未及转移的红 3 军团第 5 师一百多名红军伤员被敌人投入井里。

2012 年 10 月 12 日照，湘江。

2013 年 10 月 11 日照

沙垣村，左一刘怀生，81 岁［贺龙（1947 年）当年的房东］，右一作者，二排胡筝。

2013 年 10 月 11 日照

1947 年陕甘宁晋绥联防司令部沙垣村驻地，二层住贺龙，一层住泊渠、机要科、电台。

2013 年 10 月 12 日照

右一作者；右二刘友山（91 岁）螅镇黄河渡口唯一健在的水工。

1947 年，贺龙率联防司令部、西北局从此渡过黄河到达山西。

2013 年 10 月 13 日照

1936 年，瓦窑堡毛主席和军委机要股驻地。

2013年10月14日照

阳坡头，1936年，习仲勋任中共关中分区书记，分区和新正县同属办公，父亲和母亲在这里结婚。

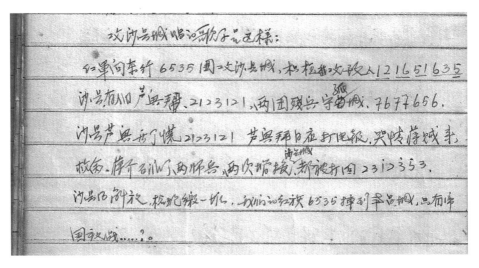

父亲记载的1933年攻打沙县城战歌的笔记

1938年父母在阳坡头结婚合影

1939年，左一：父亲，左二游击队员；
中：警卫员

1939年,延安八路军留守兵团。
左:父亲抱着大哥

1946年,陕甘宁晋绥联防司令部。
第一排:父亲

1946 年. 陕甘宁晋绥联防司令部，第一排右二：父亲，左一：胡永连

1947 年，陕甘宁晋绥联防司令部司令部机要科，第三排左一：父亲

1947年3月3日陕北战争爆发前最后一批机要训练班合影，父亲第一排中。

左一父亲

第一排左三：父亲

第二排，右十一：父亲，右十二：武开章，胡永连右十三

第一排右五：父亲

第一排右三：父亲，右四：胡永连

中共中央西北局办公厅机要干部训练队全体工作人员合影 1954年6月23日

第一排右四：父亲，右五：武开章

前　言

大年初一，父亲当年的几个学生来拜年。

"我去延安观光，特意给老首长带回来几个野酸梨……"陆叔叔打开他手里的纸卷，又说："我们商量着给您写了一副春联……"他还没说完就展开春联，父亲的目光立刻燃烧起来。

上联是：1132 7122 0581 6386 0171 0055 9982；下联是：太阳升起来了。这是一份明码电报的密语，下联是上联的译文，这可能是世间绝无仅有的一副佳对。

"缺个横批。"父亲若有所思，他找来笔，随即写到，"AAAA"。

"AAAA"是表示电报等级"十万火急"报头。

这一刻，所有的人都沉浸在激情燃烧的战争岁月，他们在桌子上嘀嘀嗒嗒地敲击着莫尔斯电码，唱起了《人民解放军进行曲》，随着嘀嘀嗒嗒的敲击声，父亲和他的学生沉入对往事的回忆。

这样的嘀嗒声，我一点也不陌生，我的"胎教"就是听着嘀嘀嗒嗒的电报声开始的："2053 我 0226 们 2508 是 0364 共 3934 产 0031 主 5030 义 2234 接 3803 班 0086 人。"在娘胎里，我不知道父亲为什么对我说这样的话，就迫不及待地跑出来想看个究竟……

唉，我急急忙忙来到人世，还没来得及致以崇高的革命敬礼，我就和其他在战争中出生的子女一样，由另一个没有血缘关系的母亲——奶妈代替了。

这就是我们两代人不可回避的缺失，或许需要我的解读。

《阳坡头的月亮》是作者根据小说中的主人公的父亲、母亲和主人公"我"与父母共同生活的经历创作的一部具有传记性的小说。小说中的父亲和母亲都是经历过长征的红军战士，但是，作者的创作目的，显然不是为了写一对红军夫妇或一个家庭的传记。作者试图通过红军的群体形象，两代人的经历，从"红军魂"中"寻找我的缺失"。其实，就是寻找，一代代的"公家人"还能记起原来的"公家人"对老百姓的承诺吗？

本书很多故事鲜为人知。例如，长征中留下的一块"烟土"；红四方面军红军总医院女兵的长征，及成建制回到陕北的一个女兵排；红军军委通校的学习生活；在美军飞机上执行的"特殊任务"；陕北战争密码通信的趣事；新中国成立后，饶有情趣的家庭生活，例如，来讨债的廖叔叔，弹棉花的张叔叔，用电码吵架，臭豆腐的典故等，不失撕心裂肺的情节，也不失让人忍俊不禁的幽默，却始终有一条积极、乐观、充满浪漫主义色彩的主线。

我的故事自始至终伴随着莫尔斯电码的嘀嗒声，"天籁一般的乐曲，充满热情与野性，好像灵魂的狂舞……脚步穿越沉重的历史，经过暴风骤雨般的抗争，从黑暗走向光明，在昙花一现的瞬间走向永恒，沉思般地述说着对历史的思考……"

赖小瑜　2015 年 5 月 10 日

目录
CONTENTS

第一章　从延安到北京

1. 我们是共产主义接班人

我听见了白云在历史的天空奔跑的脚步声，我听见了来自赣江源头的汩汩流水声，我听到了阳坡头窑洞的莫尔斯电码声：

1132 7122 0581 6386 0171 0055 9982（电报密语）

等级 AAAA

只要翻开父亲的笔记就会知道，1951 年前后那几年，父亲的工作有多繁忙，那时他在西北局负责机要工作。

1949 年 8 月，中共中央和毛泽东指示中共中央西北局和第一野战军为解决西藏问题做准备。1949 年 12 月 3 日，延安机要训练大队培训的最后一批学员毕业。1949 年 12 月 23 日，宁夏省委成立，西北局机要处选调 27 名机要员去宁夏。1950 年 1 月 19 日，西安市十万余人举行集会，庆祝西北军政委员会成立；同日，西北军政委员会机要训练大队成立，计划招收第一批学员。1950 年 3 月 24 日，机要处为力毅带队的 17 名南下机要员送行。1950 年 6 月 3 日，机要处欢送杨、何、马、艾等同志出征……当时，西北局还承担了一项鲜为人知的绝密工作，为解放"台湾"做准备。

1950 年 10 月 1 日，父亲参加完西安国庆大阅兵，第二天，彭德怀就被中央派飞机接到北京。彭德怀到达北京的第二天，又急令父亲立即赶到北京报到。父亲刚到北京，彭德怀即令他向罗瑞卿报到，协助罗瑞卿调配去朝鲜的志愿军机要干部。11 天之后，彭德怀率军入朝……

1951 年春节将至，父亲组织青年文艺骨干排演了大型歌剧《周子山》，父亲当时兼任中共中央西北局机关团委书记。这部剧写的是，怀着个人动机参加革命的周子山，在严峻考验面前叛变投敌，受敌人指派在根据地进行骚扰和破坏活动，在作案时被当场捕获。

这个剧目，从侧面反映了革命事业开创阶段复杂艰苦的斗争经历。剧情中有这么一段：干部们在屋里开会，让房东的儿媳妇出去放哨，中间不时加几声狗叫，由此增加了紧张、秘密的气氛。

怎么学狗叫？引起了争论。机训大队有一条藏獒，训练有素，轻易不叫一声。陌生人来，它就虎视眈眈地盯着你，一声不响，非经警卫或少数几个熟悉的人指示，你一步都别想动，你不动，它不咬，你一动他就咬住你的腿含着。如果，你把什么人带到某个地方，旁边没有熟悉的人，你就别想再动一下了。试了一次，别说让它叫了，"演员"都成了它监视的对象，被吓得动都不敢动。

宋叔叔说（父亲的警卫员）这有什么难，我学几声。结果，他把大家都逗笑了，弄得他莫名其妙。父亲说，你这几声叫，怎么还带点"秦腔"的味道，宋叔叔是陕西人。

父亲干脆改了剧情，门外风雨交加，隐约听到电报的"嘀嗒"声。父亲加了一句台词"这是敌人潜伏的电台"。如此，更多了几分紧张的气氛。机训大队不缺少蜂鸣器，问题迎刃而解。

《周子山》的编剧是王大化、张水华、贺敬之、马可四人，父亲"乱点鸳鸯谱"涉嫌侵权。这是我的一句玩笑话，但可以想象出当时他们排演的热闹劲儿。演出在西北局礼堂上演，谁也没有看出破绽。

接着，还演出了一些小节目，其中，有双簧，双簧剧本来是逗乐子，没有音乐伴奏，两人合作的戏目。父亲不喜欢"臭贫"，他自编了剧情，用二胡和唢呐伴奏，都是迷糊调。

演员带着白羊肚巾，刚上场，用陕北话说了一句开场白："米脂婆姨绥德汉，不用打问不用看。八路军跑马一溜儿风，米脂婆姨为啥愁死人。"顿时，惹得大家哄堂大笑。一则，那扮相，陕北话说的惟妙惟肖，二则，熟悉那个顺口溜的人以为念错了台词。

这个陕北方言的顺口溜的原句是："米脂婆姨绥德汉，不用打问不用看。小伙子跑马一溜儿风，讨上米脂婆姨乐死人。"

接着，全场安静下来，观众都被剧情感染了：

奶妈神情慌乱："八路军同志，咋就不能不把娃带走，娃和俺亲着咧。"

"天快冷了，原想给娃娃改件袄，带回去穿咧。"

奶妈东摸摸西西翻翻："娃娃的裤腿短了，有合适的，记不住放在阿达了。"

"给娃娃带上几个馍，还有娃娃爱吃的臊子面、扯面、饸饹咧。"奶妈东摸摸，西摸摸。眼睛里噙着泪水。

"让娃再尝尝俺做的臊子面。"

"同志你也尝尝俺做的臊子面。"

"别忘了……再来啊……你是公家人，公家人说话俺信，公家人忘不了俺带过的娃，忘不了俺对娃的爱。娃就是俺亲生的一样，舍不得他走哩。"

音乐起，奶妈唱得如泣如诉："爬上（那）坡坡八道道梁，走下（呀）沟沟瞭不见人，招一招（呦）手拉不上话儿，泪（格）蛋蛋眼眶眶里流……"

台下的人看着奶妈慌里慌张找东西的神态，还有人笑，可是，当奶妈唱起那段陕北民歌时，演员已经泪流满面，台下的人脸上也挂上了泪珠。

剧情源于父亲的亲身经历，那是当年他把大哥春明从奶妈家接走时的一段往事。父亲真是不拘一格，用心良苦。

第一次组织舞会，年轻人被惊得目瞪口呆，资产阶级才跳舞，咱们无产阶级也兴学这个！父亲找来几个伴奏的人只会拉二胡，吹唢呐，打腰鼓，这样的曲子也能跳舞！又让年轻人呆若木鸡。他拉上武开章和几个在延安工作过的老同志带头进入舞池，顿时，满场哄堂大笑。接着，许多人陆续进入舞池，有的跳交际舞，有的扭秧歌，中西合璧别开生面，大家乐开了花……

我的几个哥哥姐姐都在延安出生，我出生的时候我家已经到了西安。那时，新中国刚刚建立，战争的硝烟还没有完全消散，志愿军准备出征朝鲜的时候，母亲已经怀了我们，我的"胎教"，就是听着嘀嘀嗒嗒的电报声开始的："2053 我 0226 们 2508 是 0364 共 3934 产 0031 主 5030 义 2234 接 3803 班 0086 人。"

在娘胎里，我不知道父亲怎么那么忙，为什么对我说这样的话，我就迫不及地跑出来想看个究竟。

1951 年 5 月，未足月，我和二姐小玲出生，是龙凤胎。母亲说，两个孩子加起来还不足六斤，在暖箱里放了两个月，一出暖箱就被送到了奶妈家。以后，父亲为了工作照旧忙得不可开交。

唉！父亲真是的，我急急忙忙来到人世，还没来得及致以崇高的革命敬礼，我们就和在战争中出生的孩子一样，由另一个没有血缘关系的母亲代替了。

母亲说，我奶妈说她是阳坡头人，母亲心一动就把我留在了奶妈家，其实，奶妈根本就没有奶水。当时，我们国家实行供给制，国家按一个孩子一袋白面发给抚养费，为了让奶妈照顾好孩子，父母省吃俭用，把节省下的津贴大部分贴补给了奶妈家。

奶妈家靠着城门洞，住在一处土坯墙瓦顶子的房子里，门前的斜坡很陡，房檐不高。奶妈"呼嗒呼嗒"地拉风箱给我做面糊糊，那声音是一种诱惑，一听见这样的声音我就吧嗒起小嘴，"啊，啊……"地叫唤个不停。

奶妈一直用面糊糊喂养我，她喜欢抱着我蹲在房檐下给我喂饭。下雨的时候，雨水滴进我的碗里，听到"滴答"一声，我就咿咿呀呀地笑起来。这时，奶妈就会把滴进碗里的雨水用筷子搅一搅，把已经掺和了雨水的面糊糊，继续喂给我吃，而我仰起头，眼睛盯着房檐将要掉下又还没落下来的一串水滴，希望水滴再滴进碗里。奶妈喂我面糊糊的时候，奶妈还常常用筷子头蘸点辣子面往我嘴里放，辣得我直咧嘴，害得我总是得眼病，母亲发现后发了火。

虽然母亲没能亲自抚养我们，但从父母留下的照片看，他们非常喜欢我们这一对孪生姐弟。我们满周岁的时候，父亲特意按照民间的习俗让我们"抓周"，抓周是小孩儿满周岁时，举行的一种预测前途和性情的仪式。一对经过长征的红军夫妇也讲究这个？出乎我的意料，不过我的惊讶是我写完这本书后才理解的。

那天，我手腕上戴了两串儿手珠，小玲手里攥了一支钢笔，我伸手去抢，就在这瞬间摄影师按下了快门，这张照片一直保留到现在。从照片上看，我的确伸着手，可是，我不一定要抢小玲手里的钢笔，我是男子汉，怎么可能抢小丫头的东西嘛。

当时的情况肯定是这样，我大手一挥，一副绅士的样子，示意小玲，把钢笔拿去吧，好好学习，做共产主义的接班人。哈！瞧我够大度吧，有点革命者的风范。钢笔预示着学识，寄托了父母的希望，可是，学者要在上衣兜插两三支钢笔，我们俩人只有一支钢笔，而且还被我让给了小玲，我当不成学者。

我三岁开年的一天，父母把我从奶妈家接走。那天，我大哭大叫："要奶妈，要奶妈……"嗓子都喊哑了，奶妈家的小姐姐嫊芹也抱着我大哭，不肯让人把我抱走。据说我回家后不吃不喝，一直哭喊："我就要奶妈……"

这个故事简直就像复制了春明的版本，不同的是我的眼泪多了点。当年，春明离开阳坡头奶妈家的时候，也是我这么大点，他发火了，说："屁呀，我还要给八路军送军粮呢！"看来他的觉悟比我高，难怪父亲把春明当年的经历编成了双簧剧。

我的新家离城也很近，那是一个平房大院。做饭的时候，母亲也用风箱，院门外堆了一个大草垛，做饭用的稻草就从这里取来。现在想起来，那会儿的西安城还带着乡土气，远没有如今的繁华。

过春节的那天，父亲给我和小玲戴上了两个一模一样的帽子，像兔子，灰颜色，长着两个长长的耳朵，我和小玲属兔。父亲还送给我们一人一个小盆景，小盆景里插满了柏树枝，柏树枝上长了许多种子，寓意属兔的年年有草吃。把我们穿戴停当，母亲就和父亲带着我和小玲去照相馆照了一张相片，这张照片也一直保留到现在。小玲说："当时，也不知怎么照的，你照的相比我漂亮。"

吃完年夜饭，父亲就去机要训练大队看望他的学生，是不是又去看那种不拘一格的双簧，或是跳那种出"洋相"的舞？谁知道，八成父亲花样翻新，又让同学们笑弯了腰。

第二天，父亲去准备毕业生的考试，随后，几百名毕业生就要奔赴各自的工作岗位。接着，父亲又去向武开章汇报新生开学的准备工作，武开章是中共中央西北局的副秘书长兼办公厅主任、机关党委书记，他对机要培训工作格外重视，每批学员毕业，他都要参加教职员和学生的合影。父亲留下的那些照片，非常完整，客观地记录了当时机要训练大队的培训工作。

除了年夜饭，以后的几天，我们家一直冷冷清清，父亲吃完饭就走，很少有时间跟我们说一句话。有时睡觉了，他还没有回来，我们醒来的时候，他又走了。

母亲做午饭的时候，我就蹲在她旁边，看她拉风箱。听到"呼嗒呼嗒"的风箱声，感到亲切，奶妈家用的风箱发出的也是这样的声音。那两天常听母亲唠叨："风箱里的老鼠，两头受气。"看上去她是说父亲。父亲不管孩子，只是一头受气，另一头受什么气呢？可能是指机要处和机要训练大队的工作太繁忙吧。我不懂，可我记住了这句歇后语。

吃完午饭，我不想睡午觉，没处消遣，就钻进麦草垛晒太阳。草垛里暖洋洋的，我抱着小盆景，想起奶妈，就摘下柏树叶上的一颗种子，放在嘴里咀嚼，柏树子又苦又涩，说不清我想品尝的到底是什么滋味。

不知为什么，无论父母怎样喜爱我们，我心里的天平还是落到了奶妈一边，最初喂养我的人，才被我当成了母亲。"雨水滴进碗里的惊喜"给我留下的记忆，以致我一生都没能忘记。

过完春节，我们被送进幼儿园，以后几个月才能回家一次，在家吃一顿饭，又被送回到幼儿园。大姐小青，小玲和我上的都是"公家"办的幼儿园，我们和父母都属于"公家人"，吃穿住都由公家包干，穿统一的服装，是呢子料做成的，非常漂亮。

1955 年中央各大局撤销，9 月，我们家最小的女儿小丽出生。这时，父母调到北京，组织上要求尽快交接工作去北京报到。

由于还不清楚北京的生活情况，父亲就把刚刚出生几个月的小丽托付给了胡永连伯伯，春明也暂时留在西安，算是有个照应。胡伯伯是母亲长征时的战友，解放战争时又成了父亲搭档，两个人还有一个不雅的称谓"胡赖"，几乎成了西北机要的代名词。

交接工作异常繁忙，父亲紧张地忙了三个多月，快到年底了，才把该做的工作做完。1955 年 12 月 27 日，除了我和小玲，父母带着其他四个年龄大些的孩子照了一张合影，留给胡伯伯作为纪念，这张照片成了我们家对西安的最后记忆。

三天后，父母带着我们乘坐火车离开西安。火车到达北京时，已是 1956 年元旦的前一天，这一天，我家搬进了国务院宿舍。国务院宿舍是啥意思，我不知道，那会儿我还是个娃娃，我唯一的感觉就是我家搬进了一所比西安豪华的大房子，有暖气，可以在澡盆里洗热水澡。

我家到北京后的第一个元旦乱得一团糟。后来担任行政财务司司长的吴国桢叔叔，当时还是个年轻的小伙子，他回忆说，当时，负责接洽来京干部的办事员只有五个人，忙得不可开交，上班的地方、临时住处都要由他提前安排，你父母就是我接到的第一个人。过完元旦，你父亲报到上班，家里的事情就都留给了你母亲。她人生地不熟，孩子上学、上幼儿园，一大堆人的吃、喝、住，都由你母亲一个人忙。我们去帮忙，你母亲不要，什么事都自己干。我最敬重的就是你母亲，一个老红军，还是女同志忙里忙外，不容易啊。

他们都忙，我可惨了，家里只剩下了我和小玲。新搬进去的家，周围还有很多空房子，我闲不住，带着小玲去看还没住人的空房。我纳闷那个暖气怎么会自己发热，奶妈家的炕是用柴火烧热的。我带着小玲在房子里转悠了几圈，小玲吓得大哭起来。

三天后，我和小玲就被送到了六一幼儿园，那是公安部办的一所幼儿园。那里的孩子南腔北调，不费点劲儿，老师都听不懂，往往一句话要说好几遍。我说的是陕西话被人笑话，我也笑话别人，鬼才知道他们是哪儿的人。六一幼儿园离家很远，在颐和园北宫门往西的村子里，周围十分荒凉，每学期只能回家一次。

2. 国务院宿舍

"国务院宿舍"始建于新中国建立初期，它不是泛指的国务院机关住宅，它曾是北京唯一以"国务院宿舍"为通信地址的住宅区。这里高干云集，名人荟萃，中共一大代表包惠僧、中共早期主要领导人博古的夫人、中央人民政府副主席李济深的夫人、赵一蔓的丈夫陈达邦、在沈阳打响了抗日第一枪的黄显声将军夫人，著名作家周而复，还有更多不便一一列举的知名人士。

当年的北京远没有今天这么繁华，从北京饭店由东往西直到公主坟，当时还没有中国历史博物馆、人民大会堂、人民英雄纪念碑、民族宫、广播大厦和军事博物馆，沿街大都是普通民宅和一些不高的建筑。长安街上最高的建筑就是北京饭店，其中西面一栋楼还是解放初期加盖的，东边的那座现代建筑，风格迥异，在70年代才建成。

西城城墙，在复兴门把长安街分成两段，从这里开始长安街也分成了两股行车道。两条道中间的隔离带，有两排又高又粗的大杨树，夏日，绿树成阴，十分凉爽；秋天，落叶满地，一片金黄。

从复兴门往西一站就到了礼士路。礼士路是个十字路口，这一带是北京较早形成的建筑群之一，有机关办公楼，也有住宅楼。从十字路口往南，乘19路公共汽车一站路是西便门外大街，路东是我家住的大院，对面路西是铁道部第四住宅区。

我们大院东向挨着护城河，南向有一条从玉渊潭流经西便门外的河（可能是京密引水渠）。这条河的水量比护城河大，分出一个岔口与护城河交汇。两条河相汇处形成了一片宽阔的水域，在这里有一座废弃的铁路桥，已经没有铁轨。今天，西二环路南头和前三门大街西头的立交桥交会处，就是在这两条河道的交汇处建起来的，离这儿最近的地方是象来街。南面隔河是西便门外城，那里残垣断壁，墙头长满了荒草十分荒凉，我很少去那边玩。

根据当时的传言，国务院曾准备腾出中南海作为公园，在复兴门一带另建办公区和宿舍区。国务院宿舍由周总理亲自批建，主要解决国务院直属机关的高级干部和高级民主人士的居住，后来因为经费不足只建起了我们这个宿舍就停工了。大院有四个出口，从布局来看显然是为了连接其他建筑所留的通道，因为建设规划改变了，封住了三个门，只留下了一个朝西的大门。

国务院宿舍的建筑布局近似一个"国"字。外围的楼房呈"口"字形，居中是三栋"品"字形排列的楼房，其间的道路正好形成三横一竖，锅炉房的大烟囱所在的位置恰到好处，算一个"点"吧，这就形成了一个"国"字。我的这个说法无从考证，但是一个住宅区的通信地址，冠以"国务院宿舍"的名称，在北京还是唯一的一家，难免让人产生联想也是可能。

就当时来说，国务院宿舍的建筑相当豪华。"品"字形的三栋楼装修的全是木地板，有自家的小锅炉和浴室，外围的楼房装修等级稍差。大院的院子里有南北两处桃园，中间有一个长方形和一个圆形的花池子，楼前楼后绿墙环绕，春天桃红，夏天百花争艳，非常美丽。

我家住在国务院宿舍，父亲单位的办公地点在中南海，父亲上班从礼士路到六部口，向北一站路就到了。

《从延安到中南海》一书中，收载了父亲的一篇回忆录，其中有一段他在中南海工作时对周总理的回忆："50年代中期我调到北京，办公地点在中南海，我经常有机会见到周总理。早晨上班的时候，周总理总提前到办公室，我经常与他相遇，周总理总是以关切的口吻与我打招呼，从延安到中南海再次回到了周总理身边，我感到格外亲切。

"那时中南海分特灶、小灶、中灶、大灶。每月发工资时，总理都要让秘书为他买几天大灶的饭票，每周都要到大灶吃一两顿饭。去大灶吃饭时，他按秩序排队，同志们请他到前面来，他说：'我和你们都一样嘛。'通常他买一个馒头二两米饭和一个菜一个汤，一共花四角钱。他还时常到中灶、小灶的食堂查看，征询大家对伙食的意见，鼓励同志们多提意见。

"50年代，国家发行建设公债，周总理来到我的办公室，他对我说：'生活有困难的同志和子女多的同志可以少买些公债，不能影响他们的生活。如果购买任务完不成，我和邓大姐替大家完成。'我把总理的话转达给大家，一股暖流浸润了同志们的心。周总理管着国家的大家，还要关心同志们的小家，大家都为周总理的辛劳感动万分，超额完成了公债认购的任务。平凡普通的几件小事出自一个伟人的身上，它的含义是如此的凝重而深远，总理的深情永远铭刻在我记忆里。"

我也有过一次与周总理的邂逅。那会儿放暑假，我们大院的汽车库前就会停一辆大班车，这是为大院的孩子们专门准备的，孩子们吃完早饭，上了班车就可以去中南海玩了。

中午，我可以去中南海的职工食堂吃饭，不一定等父母来，自己去食堂就行了。在那里吃饭很有意思，不是先拿饭票买饭，而是自己选择喜欢的饭菜，吃完饭才端着盘子去结账。我喜欢在那里吃饭，没有父母的约束，想吃什么就吃什么，当然也不会浪费了，所有吃饭的人都会把盘子里的饭菜吃得干干净净。

怀仁堂常有电影，我看过多少部电影记不清了，记得有一部电影的名字叫《三剑客》。那天，看完电影准备去食堂吃饭，路过绿地，看见喇叭花，我就顺手摘下了几朵，喇叭花的根部，吸一下有蜜一样的甜味，不是因为嘴馋，而是觉得好玩儿。

我刚吸了一口喇叭花，就听到身后有人呵斥。我撒腿就跑，那人紧追不舍，眼看就要被逮着了，他突然停下了脚步。原来我前面有个伯伯站在那儿，面容慈祥，觉得非常眼熟，却想不起来他是谁。这时，我回头看了一眼追我的人，好吓人的一个大个子，笔直地站在那里一动不动。我随即绕过眼前的伯伯，撒腿又跑。只听那个伯伯冲我喊道："小朋友不要跑，小心摔跤啊。"我哪里肯听，早就一溜烟儿地溜之大吉了。

傍晚父亲回到家，我才意识到，那个面容慈祥的伯伯是周总理。我窃喜没有被父亲发现，要不准被数落一顿。

我上学的学校叫"国务院外国专家局小学"，这是一所由国务院外国专家局和苏联专家合办的寄宿学校。我们学校人数不多，一年级 41 人，二年级 28 人，三年级 19 人，四年级 8 人，五年级 2 人，新中国成立时的这批孩子还没长大。

我们的校址原来在复兴门附近，后来中苏关系破裂苏联专家撤走，学校更名为"国务院事务管理局小学"，校址迁至西城区皇城根 22 号，上课的地方隔一条马路，正对面就是中南海大门。

我们的学费每人每月 36 元钱，我和小玲两个人 72 元钱，除了学费，国家还另有补贴，这样的学费恐怕足够普通老百姓养活一大家子人了。按照这样的生活标准，我们每天午饭后都有新鲜的时令水果吃，午觉后，还发两块山楂糕。学校里有负责管生活的老师，低年级的学生洗澡还要生活老师照顾，调皮的孩子洗完澡就光着屁股往外跑。有个姓霍的生活老师特别厉害，只要她值班，再调皮的学生也不敢捣蛋。

我们学校实行九年一贯制教学，从一年级开始就学俄语。俄语老师是女的，也特别厉害，谁要是上课走神，她就用教鞭敲你的头。如果，当天的功课没做好，你就别想看电视，晚上她的办公室门前常常站着十来个补课的学生。她说了一口流利的俄语，可是，她却不会说普通话。"裴嘉丰啊！裴嘉丰，你的小脑袋干什么用呢？"她一口浓重的山东口音，逗得同学们忍不住窃笑。"你的小脑袋干什么用呢？"后来成了同学们的口头禅。

学校课余活动十分单调，每天的游戏就是"找朋友"。"找啊，找啊，找朋友，找到一个好朋友……"一边唱，一边跳，然后拉拉手，说声再见，就去找一个新朋友。我们班有个叫郑望芝的小姑娘，是个典型的小美女，邀请她的同学特别多。我和钟光荣、尤嘉怀几个男生不喜欢跟小姑娘游戏，就溜出去捉蛐蛐。其中，钟光荣是我母亲在红四方面军的老战友曲波阿姨的孩子。

我们学校延续了延安时期的供给制特点。平时开三餐，礼拜日开两餐，节假日返校的时候，如果谁从家里带回了零食，就"一切缴获要归公"，由老师统一收缴后分发。

当时，高级干部有种"高级脑力劳动者补助油票"，这是特定年代的一种票证。因为父母有这种补贴，我家的油和细粮比老百姓的多些，但多少也要吃些棒子面。母亲的手艺出奇地好，她把吃剩下的橘子皮晒干，磨成粉，加上糖做成馅儿料，用这种馅儿料烙出的棒子面馅儿饼比点心都好吃。

暑假返校的时候，我带了两个棒子面馅儿饼，照例交给老师平均分配。老师把饼切成小方块，分给同学，没想到竟成了最受同学们欢迎的美食。一张棒子面饼，竟受到同学们的喜欢，老师向校领导反映了情况。为此，食堂做了一顿放了蜜枣的窝头，结果，同学们吃了几口，就大眼瞪小眼地谁都不肯吃了。下一顿饭，食堂只好把剩下的窝头，切成片，用油炸了，同学们才吃完。这是我们学校做的唯一一次窝头。

我的体验，孩子们吃什么无所谓，反正大家吃得都一样，也没有听说哪个孩子特别挑食，不过"一切缴获要归公"的规定，却培养了孩子们的集体主义精神。我们每到放寒暑假才能回家。有几个同学，寒暑假都住在学校，他们的父母不在北京工作。这种长期与父母分离的生活，使我变得比较独立，但也缺少了子女与父母间的感情交流。

我后来的大嫂说："放假接我的时候，小玲把衣物、脸盆、漱口杯等放得整整齐齐，静悄悄地等着大人来接。而我把所有的东西一股脑装进被套，拖着被套往外走，叮当乱响。"我有那么邋遢吗？

我们家也一直保持着供给制的传统。平时四菜一汤。吃饭的时候和学校一样，甚少说话，各吃各的饭。吃完饭自己洗自己的碗，谁吃到最后谁负责收拾桌子，打扫卫生。父亲保持着军人传统，10 分钟吃完饭，我 9 分钟就吃完了，收拾桌子，打扫卫生的事永远轮不到我。

礼拜天，我们家吃两餐饭，中午给每个孩子两块点心和一些糖果，都是平均分配。遇到节日分发的零食要丰富得多，有点心、糖果、花生、瓜子、水果和其他什么零食，也是每人一份，一样多。我们和父母是一种供给和被供给的关系，他们按计划供给，我们按分配标准领取，我们是父母的"公家人"，从没有讨价还价的事情发生。

这样的"平均主义"在家庭成员之间，减少了因偏爱引起的隔阂，也淡漠了子女间的感情联系。加之子女的年龄相差较大，平时又住在学校，很少接触，子女之间就形成了互不妨碍、各自为政的习惯。

3. 志不立天下无可成之事

1958 年，我和小玲上小学。开学前的那一个来月，不知什么原因，脾气一向温和的春明突然变得暴躁起来，他一个人躲在屋子里，不吃不喝，谁也不见，连父亲都不敢招惹他。

父亲对我说："去跟大哥说说话，有什么了不起的事，可以和大家聊聊嘛，没有解决不了的问题。"我和春明相差 13 岁，居然让我和他去聊聊，看来父亲遇到什么难事，没着了。

我是二皮脸，谁都敢招惹，谁都不怕，可是，我刚进春明的房间，还没来得及耍贫嘴，春明就把放在桌子上喝水用的搪瓷杯，摔在地上，一脚就给踩扁了。好大的脾气呀！我随即溜之大吉。

我对父亲说："说个鬼呀，他有毛病了，我什么都没说，他一脚就把缸子踩扁了。"父亲"扑哧"一声笑了，挥挥手说："去玩吧。"

1960 年 8 月 19 日，我读完小学二年级，还在放暑假。那天，父亲郑重地对全家人宣布："春明入团了！"接着，他又说："明天，我们全家人去合影，留个纪念。你们也要努力，拿春明做榜样。"自从春明两年前踩扁了缸子以后，我还没看见父亲这么高兴过，他喜形于色，溢于言表，简直像过大年似的。

8 月 20 日星期六，吃完晚饭，父亲带着我们去了礼士路照相馆，照了一张特殊的"全家福"，而且，要加急，第二天取。星期天，父亲亲自取回照片，他在照片背后题字写道："欢迎明儿光荣地加入中国共产主义青年团，立志争取入党，做一个光荣的中国共产党员。全家合影。1960 年 8 月 21 日"

春明 1960 年 7 月 21 日入团。父亲当日就给他写了一封信：

"春明：我祝贺你光荣加入共产主义青年团，这是你政治上的进步，对我们是多么大的鼓舞啊。你母亲童年时饱受折磨，挣脱了封建锁链，13 岁偷跑出来参加了革命，14 岁加入了共产主义青年团，17 岁入党。

"那时，我们的天下还有层层乌云，只有星星之火指引着我们前进。如今，我们推翻了帝国主义、封建主义、官僚资本主义三座大山，而我们只是万里长征走完了第一步。剩下的路，虽然没有战火硝烟，但是，同样有千难万险需要你们去征服。我们真诚地希望你树雄心，挑起新中国建设的担子，这是你们这一代的使命。

"先贤说，'志不立天下无可成之事'。立志，有立长志和常立志之分。三国的诸葛亮告诉他的外甥说，夫志当存高远，慕先贤，绝情欲，弃凝滞。春明，你从小是一个很有理想的孩子。你五岁就能帮助爸爸、妈妈做很多事，在小学、初中也别有风格，聪明懂事，守规矩，老师喜欢你，父母也高兴。上高中时还是一样优秀。后来一段时间松懈了，黄金年龄受一些挫折，算不了什么，只要努力……"

更要命的是，这件事并没有因春明入团而结束。父亲把这封信，在笔记本里誊写了一份，等来年春明入团满一周年的时候，他又把这封信，重新抄写了一份寄给春明。父亲在这天的笔记里写道："这是 1961 年 7 月 21 日于小汤山疗养院，在春明入团一周年时给他的一封信。另外，还有一张 200 多字的一封信未捎上。"

当年，要不是春明踩扁了喝水缸子，我早就忘了这回事。直到撰写本文看到父亲的笔记，我才知道了事情的原委。父亲为了转变春明的情绪，动员了全家人，在前后几年的时间里，一直坚持不懈。父亲把工作中的思想方法，用在了子女的身上，把对同志的思想工作与对子女等同起来。

天哪！做父亲要求的共产主义接班人，可不是一件容易的事。

什么事要是被父亲惦记上，恐怕谁也别想蒙混过关。不知大哥是否感到了父亲的良苦用心，如今，想起来不无感慨。

一封家信，两段引文，一句出自《国语》，一句出自《三国·诫外甥书》，信手拈来，足见父亲的知识功底。他借祝贺春明入团的机会，不动声色地批评了春明，未"绝情欲"的早恋和由此造成的低落情绪，他语言温和，绵里藏针，又不乏对他的激励和期望。

父亲小时候读过几年私塾，如何有如此丰富的知识？父亲说，在战争中学习战争，这是他们这一代人的最好课堂。这个概念，在我当时的年龄并非能够理解，天下太平，哪里还有战争，而且战争与读书似乎并不搭界。

直到邵震伯伯来海军司令部开会，顺便来我家串门，我从父亲和他的闲聊中，才知道什么是在战争中学习战争。父亲和邵震曾是八路军留守兵团的战友。

西安事变后，国共两党往来电报增多，时见文言文，我军内部通信也时见半文半白，或全部文言文的电报，这其中也有加强保密的成分。文言文多见生僻字、词，对译电工作的效率影响很大。父亲曾在红军驻西安连联络处（后来的八路军驻西安办事处）工作过一段时间，他深有体会，如果不提高知识水平，恐怕连电文都读不懂，更不要说译电了，弄不好贻误战机才是大事。

父亲要求机要科的同志加强文化学习，自己带头，有意识地读一些文言文书籍。他请教育科长邵震帮助借书，邵震借给他两本书，一本是《三国志》，一本是《史记》。邵震说，先把这两本书读透了，你就可以当秀才了，以后我再给你找别的书。邵震是个有相当水准的老师，他自幼随父旅法，回国后寄居北京读书，是黄埔第十期炮科生。

父亲读书十分刻苦，逐字逐句都要弄懂，不懂就请教。他用毛笔抄书，两本书抄完了，知识得到了增进，毛笔字也练得更好了，他按译电的速度抄写，一样工工整整。他还把在书中描写的战争场面，用绘制军事地图的方法把地形、坐标都注释出来，直到书中的战场在他的眼里呈现出立体画面，他才觉得读懂了。两本书父亲读得烂熟于心，其中的经典章节，直到他晚年，都能随口道出，信手拈来。

父亲常常读书到半夜，沏一杯野菊花茶，沁入肺腑，神清气爽。野菊花在陕北到处都能采到，值班和学习，沏一杯野菊花茶，明目、清火，还能治头痛，这可是上佳饮品。他说，连脑子里记的字和翻译的电文都浸入野菊花的清香，闻到这股清香就让人格外清醒。

不仅从书本上学习知识，每一份电报都是他的课本，电报上出现的生僻字，父亲只允许第一次出现的时候不认识，决不允许第二次还要查字典，在战争中学习战争，是父亲最重要的课本。

毛主席和肖劲光指挥作战的密码通信，堪称经典，父亲在译电中受益匪浅。那是我八路军留守兵团为了加强河防、剿除匪患、保境安民，与敌对势力打得几场笔墨官司。一份电文，字字抵千军，打得妙笔生花，不仅让国民党顽固派按照我军的目的调兵遣将，而且还弄得敌人哑口无言。

肖劲光在他回忆录中，对这段时间的几份往来电报，有颇为详细的叙述。为了叙述方便，本文引用肖劲光回忆录的同时，加入了父亲的回忆。

1939 年 9 月正处在国民党反动派发起第一次反共高潮的前夜，国民党顽固派在边区内外，到处寻衅闹事，制造摩擦，意图为进攻我边区根据地制造借口，破坏联合抗战的大好局面。为加强我边区河防守备力量，保卫边区安全，党中央决定调王震的 359 旅返回陕北。

抗战时期，八路军属于国民革命军统一序列，因此，欲将359旅调回陕北，必须有战区长官的命令。为了达到调防359旅返回延安的目的，又不给敌人以口实，毛泽东指示肖劲光，把调防的意图向国民党第二战区司令阎锡山和驻榆林地区的邓宝珊报告一下。

毛泽东为此亲拟电文，电文的大意是：日寇猖狂，河防屡急，迭奉钧座电令，加强防御。近以敌占柳林，盘踞不去，窥其用意，似有西犯模样。迭以此情呈报朱彭总副司令。嗣奉电示，指派120师王旅布置绥吴警备区，巩固河防，并资休整。现该旅已到东岸，即日渡河布防。兵力既增，河防当可巩固。惟仍当恪遵钧谕，激励士气，不使稍有疏忽等。

该电可以这样解释，日寇有进犯我防地的意图，根据阎、邓多次要求加强防御的电令，因此，按照战区长官的命令，调王旅加强河防。毛泽东同志在该电文后面附笔提示："肖：此电待王旅确到河边并先头部队开始渡河时再发，不要发早，也不要发迟。发早了，工旅未到河岸，消息传出去，可能节外生枝，有人阻止王旅过河；发迟了，先斩后奏，又难免阎、邓怪罪，造成不服从命令的口实。"

其中，电文中的"屡急""迭奉""嗣奉"以及后文中的"极佩荩筹""饬令""希饬"等，未必学古汉语的大学生都能解释明白，用白话释文成句。

"嗣奉"二字在《三国志·蜀志·张飞传》中尚能找到例句，父亲在电文中遇到读书时见过的字、词，他过目不忘，而"极佩荩筹"找不到例句，就只能问先生，查字典，揣摩意思了。"极佩荩筹"在明码电报中译为："2817 0160 5660 4693"，改成密码并不难，但是，要弄清其中用字、用词的意思，恐怕没有点古汉语基础，根本无法读懂或解释译电，更不要说，毛主席拟定电文中的遣词造句如此精湛，值得学习。

父亲往往遇到类似的生僻字，急用时问先生，翻字典，过后绝不得过且过，非要彻底弄明白不可。父亲这种孜孜不倦的学习精神不必多说。在我看来，如今的古汉语教学，不如选择一些当时的往来电报作为教科书，不仅学习了古汉语，而且，还学习了历史，岂不两全其美。

根据毛泽东的指示，肖劲光司令员叮嘱机要科：译电一字不能差，要核对无误，字字都涉及我千军万马的调动和我军的重大军事部署。肖司令员指示机要科等候他的命令再发。

电报按照肖司令员的命令发出后，阎锡山给肖劲光回电说："希饬该旅速至，巩固河防为要。"邓宝珊的回电也表示赞同："王旅开驻绥吴，增厚兵力，极佩荩筹。"

既然调防359旅是服从战区长官的命令，当然无可非议，可是，事后国民党顽固派却大加责难，说什么359旅不服从中央（指国民党党中央。）自由行动啦，359旅是来警备区消灭保安队的等等。阎、邓完全蒙在鼓里，反倒出面为我八路军辩解说，调王旅是执行战区长官的多次电令，是为了巩固河防。事理俱在，虽有责难者，也无话可辩。其实，王震的359旅调防陕北无论是为了加强河防，还是为了剿匪靖边，都会受到国民党顽固派的责难，正是由于这份电文无懈可击，时机又掌握得恰到火候，有理有节，八路军留守兵团巧妙地完成了这次调兵遣将的任务。

清剿陇东顽匪赵老五（即赵思东）的战斗，也是一次有理有节，先从笔墨官司开始的军事行动。赵老五是一个类似惠树怀的"官土匪"，盘踞在宁夏甜水堡一带。虽经我军多次打击，但其仗着有国民党军队撑腰，更加肆无忌惮。他煽动我赤卫队人员叛变，骚扰我边区抗日政府和百姓生活的安定，为非作歹，无恶不作。

1939年11月，赵老五再次侵入我边区，捣毁我边区政府机关，残忍地将我两名边区干部杀害，将尸体的衣服扒光，砍头，临走又掠走了我原红四方面军的两名女同志。幸亏庆环分区独立第 5 营营长刘懋功、政委刘昌及时赶到，才解救了这两名女同志。

如此嚣张，是可忍孰不可忍！肖劲光致电国民党宁夏省主席马鸿逵，询问赵匪是否属他节制。马鸿逵先是回电说与他无关，后来又称赵匪是兰州国民党第八战区司令长官朱绍良委派的"游击司令"。一个远近闻名的土匪头子，竟然成了国民党的"游击司令"，纯属借口，实为国民党顽固派故意利用土匪、地痞、流氓，破坏我边区安定的阴谋。

既然马鸿逵如此说辞，毛泽东亲拟电文，让肖劲光给马鸿逵复电："诚以如此积匪，朱长官必不收编，必系该匪冒称无疑，请尊处万勿见信。"电文说的明白，像这样的匪徒，朱长官肯定是不会接受的，无疑是匪徒冒用朱长官的旗号。

肖劲光几次致电朱绍良，向他报告赵老五的情况，寻求共同解决赵老五的办法，但是，朱绍良装聋作哑，始终不予回电。于是，肖劲光又给其发电，电文称："为维持地方治安计，拟即予以清剿。"朱绍良被将了一军，慌神了，回电说，该匪已由他收编为保安队，并已饬令"严加约束"。这显然是为了庇护土匪堂而皇之地应酬，既然"勿谓言之不预"，你又未能"严加约束"，当然，就由我八路军"严加约束"了。

肖劲光在与朱绍良交涉未果之后，决心消灭这股顽匪。他与358 旅政委王维舟商量，决定派警备 2 团执行剿匪任务。警备 2 团团长徐国珍、政委甘渭汉带领部队来到环县，在独立第 5 营的配合下，最终歼灭了赵老五匪徒，维护了边区根据地的安定。

父亲说，给首长译电文，比看《三国》还过瘾，每一次战斗都洞若观火，先睹为快，胜败早在运筹帷幄之中，让人拍手称绝。不仅增进了知识，还圆满地完成了组织上交给的任务。

说着话，父亲从书柜里找出《三国志》和《史记》这两本书，对邵伯伯说："当年我从留守兵团调到关中警备司令部，没舍得还给你，现在可以完璧归赵，还给老师了。"

"当时，你偷走这两本书，我可真抓瞎了，我怎么向人家交代……"邵伯伯说。

"鲁迅在《孔乙己》中说，读书人窃书不算偷。"父亲笑谑地说。

"你说的不对。"邵伯伯调侃道，"机要科长偷书不算偷，你们破译敌人的电报，哪一份不是'偷'来的……"

"出家人不爱财，多多益善。"父亲说，"活到老，'偷'学到老。"

"防不胜防啊！"邵伯伯说，"我现在海军工作。如果你需要这方面的书，到我家来，随你偷，想拿几本就拿几本。"

"我也改行了。要偷，也得偷别的书。"父亲说。

从他们的闲聊中，我才知道邵伯伯参加了解放万山群岛和一江山岛战斗，1959年赴苏联列宁格勒海军学院学习，获得全优学生称号，他的名字是唯一铭刻在苏联海军学院大门前，彼得大帝巨型铜像基座上的中国人。需要说明的是，邵伯伯比父亲还大一岁，他赴苏联留学的时候已经43岁。

这一代人有太多的不解之谜。

第二章　布尔什维克的激情岁月

4. 人民英雄纪念碑

在二年级时我加入少先队。那天，学校为新入队的同学专门组织了"听老红军讲长征故事"的主题活动。谁想到，讲故事的人不是别人，偏偏是我的父亲。

我听父亲讲过不少红军的故事，可是，红军故事与父亲有什么联系我不清楚，何况都是父亲随口说的片段。老师告诉我这意味着什么。我不知道是因为这个原因少先队发展我入队，还是我符合入队的条件，父亲来的时间真不合适，真让我丢面子。

北京的九月秋高气爽，微风习习，湛蓝的天空漂浮着几朵白云。那天少先大队举行了隆重的入队仪式，少先队员穿着白衬衣，蓝裤子，白胶鞋，高举着队旗的旗手，在护旗手的伴随下徐徐入场，队列整齐地排成方阵。陈毅的女儿陈珊珊是大队长，她给父亲授红领巾，父亲给新入队的同学授红领巾。

我低着头，悄悄地看着胸前的红领巾，那么鲜红，像火焰在我胸前燃烧，可我羞得无地自容，脸上火辣辣的不敢看父亲。接着，我们唱起了少先队队歌："我们是共产主义的接班人，继承革命先烈的光荣传统，爱祖国，爱人民，鲜艳的红领巾飘扬在前胸……"这一刻，我的眼睛湿润了。

那天父亲讲了什么，我一直没有注意听，只记得父亲讲的是红军飞夺泸定桥和过草地的故事。他说："红1军团第1师夺取船只，渡河成功，十七勇士光荣榜上把名标。红军原打算架浮桥渡河，可是，水流湍急，架桥十分困难，红军遂改变计划，向泸定桥进军。一路山高路险，天下着雨，行军异常困难。红13团日夜兼程向泸定桥飞奔……

"我们冲着对岸的敌人喊，我们只要你们的桥，不要你们的枪……"这段话在父亲早年的笔记中有记载。

回到家，我问母亲："爸爸是老红军吗？"母亲说："红军不是哪个人的名称，是一个集体的名字，只要知道父亲就是父亲就可以了。"

父亲没有忘记鼓励我，第二天，他买了一条绸子的红领巾送给我。我喜欢极了，躲进浴室，对着镜子，看着脖子上戴着的红领巾，我用指尖把红领巾挑起，一下接一下地挑起，让红领巾似风吹过一样地跳动，鲜艳的红领巾在我胸前又像火焰一样地燃烧起来。

正午，阳光灿烂，父亲给我扣了一顶太阳帽，带我到大院的花池子前，给我照了一张相。这个朝气蓬勃的新中国少年，瞬间定格在"我们是共产主义接班人"的想象中，这张照片一直保留到今天。

我不知道今天的少年，在加入少先队的时候，还有没有像我经历过的羞涩和激动，抑或，还觉得我傻气。想起父亲说的他第一次穿上红军列宁装时的激动，我从革命前辈身上获得的激情，还能不能世世代代地延续下去。

那是一个激情燃烧的岁月。在我加入少先队前后的那几年，全国人民都在为大跃进运动欢呼雀跃，到处都是新开工的工地，工地上红旗迎风招展，每一天，你都会为发生在身边的事感动。

1958 年 5 月 1 日，人民英雄纪念碑在天安门广场落成，父亲参加了隆重的揭幕典礼。人民英雄纪念碑碑体正面雕刻着毛泽东书写的"人民英雄永垂不朽"8 个字。背面是毛泽东撰文、周恩来书写的碑文："三年以来，在人民解放战争和人民革命中牺牲的人民英雄们永垂不朽！三十年以来，在人民解放战争和人民革命中牺牲的人民英雄们永垂不朽……"人民英雄纪念碑记述了中国革命艰苦卓绝的奋斗历程，凝聚着红军长征前赴后继、不怕牺牲的奋斗精神。

从人民英雄纪念碑回来，父亲久久不能平静，他对牺牲在身边的战友有太多的话要说。他翻开笔记本，似乎想写些什么，却热泪盈眶，始终没有写下一个字。

"您怎么哭了。"我说，这是我唯一一次见到父亲流泪。

"湘江战役……"父亲沉吟了一句，接着，他就讲起了湘江战役：

1934 年 4 月上旬，第五次反"围剿"第三阶段，蒋介石集结11 个师兵力，兵分两路向中央苏区重镇门户广昌进攻。广昌战役从 4 月 10 日打响至 28 日凌晨结束，广昌失守。

敌人得手广昌后，又调集 10 万大军从广昌向石城进军，企图攻破石城，夺取瑞金。高虎脑位于广昌县南部，在石城方向 25 公里至 45 公里之间，是扼守石城的要地。这里群山连绵、易守难攻，因山形酷似昂首蹲坐的猛虎而得名。

1934 年 8 月，敌军在付出惨重代价的情况下，占领高虎脑，红 3 军团有效地阻止了敌人的进攻步伐，完成了预定任务，这是红军第五次反"围剿"唯一取得全胜的战役。

1934 年 9 月下旬，国民党军以 4 个师向石城发起总攻，为了迟滞国民党军队向中央苏区中心地域的进犯，保障中央机关和红军主力部队安全集结与转移，以红 3 军团第 4 师、第 5 师、第 6 师和少共国际师为主力，在地方红军部队的配合下打响了石城阻击战。红 5 师负责防御石城北部小松中华山、分水坳一带，红 3 军团指挥部也设在分水坳。1934 年 9 月底，小松失守。10 月初，敌军占领石城。

史学家评论说，石城阻击战不仅给了进犯之敌以大量杀伤，而且也有效地迟滞了敌军南犯的步伐，为中央机关和主力红军集结与转移赢得了宝贵的时间。石城阻击战，是红一方面军长征前夕，在中央苏区北线战场进行的最后一次规模较大的战斗。若没有石城阻击战，敌北路军便可长驱直入中央机关所在地，其后果不堪设想。

1934 年 10 月 9 日至 10 月 12 日，红 3 军团撤离战场，向石城南部的屏山、横江、洋地集结。市集上、乡村里到处都是从四面八方而来的队伍和人群，有的扛着枪，有的挑着粮食，成群结队的担架抬着伤员，匆匆忙忙地在道路上奔跑。乡野间白幡飘摇，飘散着缕缕香火，那悲壮的情景，成了父亲离开石城最后的记忆。

红 3 军团撤离石城集结地，一路往西，向于都东北方向地区集结，行程两日，到达于都河畔的车头圩。在集结地，红 5 师对部队进行了解释和思想动员工作，补充了人员、干部、弹药，发了新军服，师卫生部补充了药品，增加了卫生员。此间，红 5 师接到了中革军委组成军团野战后方部的命令。根据命令，红 3 军团卫生部应准备 4 个救治所的收容能力，其中机关 100 多人，担架队 200 多人，还有几十人的看护队，运送药材的挑夫等。

10 月 16 日傍晚，红 5 师为红 3 军团前卫，率先从车头圩渡过于都河。渡河后，父亲回首遥望了一眼夜幕苍茫中的家乡，他悄然抹掉挂在眼角上的泪水，再也没有回头，就跟着部队向前走去，从此，他踏上了万里长征之路。

红 5 师渡过于都河，经过 200 余里行军进入信丰河流域，接近国统区。这是一条以桃江为天然屏障和敌人碉堡群构筑的封锁线，红 5 师袭占古陂，占领桃江渡口，掩护主力部队顺利渡过桃江，突破第一道封锁线。在古陂、辛田红军取得了开始长征后的第一个胜仗，红 3 军团 4 师师长洪超在战斗中不幸中弹牺牲。

接着，红 5 师先锋进至梅岭关。梅岭关位于江西省粤赣边境，地势平坦宽阔，这是红军长征开始后最好走的一段路。红军为了避开敌人，隐蔽行踪，多是昼伏夜行。在远离敌人碉堡区的地方，为了加快行军速度，部队点起了火把，首尾相接的火把长达几十里，在山路上，腾跃起伏，宛若一条逶迤盘旋的金色火龙，十分壮观！

红 5 师卫生部从石城出发前补充来的卫生员，年龄最小的只有十三四岁，还是半大的娃娃。一个闽西籍的小鬼不知愁，不知累，在行军的路上，一会儿唱歌，一会儿吹口哨，父亲叫他百灵鸟。

"砻谷簸窣，碓米落锅。前锅煮粥，尾锅杀肉，分我吃，打烂你的锅头嘟……"百灵鸟唱的歌，带着十足的孩子气。

"想家了？"父亲说。

"小时候，奶奶做活儿时总给我唱歌。"百灵鸟说。

"我们家乡也有类似的歌谣，"父亲说，"打烂盎罐嘴，盎罐嘴里有块肉……"

"嘻！奶奶说我馋嘴巴。"百灵鸟说。

"总有一天我们老百姓也会天天有肉吃，奶奶给你做的大米饭、烧肉吃不完。"父亲说。

"不能说了，流口水啦。"百灵鸟说。

"等我们的部队回到石城，我带你吃我家做的鱼圆子。"父亲说。

"嘻！现在就流口水了。"百灵鸟说。

父亲对往事的回忆总是这样，昨天永远是美好的，明天又是充满了美丽的憧憬。

突破敌人第一道封锁线后，红5师沿赣粤和湘粤边界进军，在湖南汝城以南地域通过敌人第二道封锁线。接着，红3军团进攻湘南边陲宜章县，守敌半夜弃城逃跑，宜章城门打开，至此，红军通过了敌人的第三道封锁线。军委通令表彰红3军团全体指战员，在突破汝城、宜郴两封锁线时"英勇与模范的战斗动作"。

蒋介石原以为取得了第五次反围剿的绝对优势，可是，红军悄然转移离开中央苏区，隐藏得一点踪迹都没有，这使蒋介石把红军消灭在封锁区内的美梦成为泡影。直到红军突破第三道封锁线，蒋介石才算弄清了红军西进的战略意图。

史载1934年11月12日蒋介石任命何键为"追剿军总司令"，组织了30余万兵力，在湖南永州至广西兴安的湘江边布下第四道封锁线，对红军围追堵截，欲围歼红军于湘江以东地区。

红5师沿湖南边陲前进，深入湘桂两省交界的九嶷山脉，这一路峰峦叠嶂，道路崎岖。红5师到达文市以南地区进入广西，袭占苏江，这时（11月27日）彭德怀军团长命令红5师抢占新圩，占领马渡桥，要求不惜一切代价，阻击桂军，掩护中央机关纵队渡江。

当时的形势是，敌军的战略意图已非常明确，不惜一切代价堵截、合围红军。红军越往前走，越深入敌人重重设置的包围圈，行军的路上经常有敌机侦查、轰炸，越接近湘江战斗越激烈。

红5师遂以急行军速度，向灌阳新圩前进，于当日下午16时左右，抢在桂军之前占领新圩到达预定阵地。同时，桂军先头部队也迅速赶到，两军对峙设防，抢修工事。

新圩，位于广西灌阳县北部，距湘江渡口约百余里左右的路程。新圩以北5公里的古岭头就是红军抢渡湘江的必经之路，也是敌人逼近江岸的必争之地。新圩以北，地势平阔，水田旱地，无险可守。

红 5 师的任务是在新圩、杨柳井以南阻击灌阳北进之敌，第一道阵地设在枫树脚附近，距敌阵地不足千米。这里是一片连绵的山丘，山上是松树和丛生的灌木，杂草有一人多深。

李天佑师长决定，红 14 团、红 15 团以公路为界，在左右两翼的山地设防，扼守通往湘江的道口。红 5 师必须死守这里才能保证党中央和主力红军安全渡江，而桂军若要通过也必须攻占两边的山头。师指挥所设在距前沿阻击阵地二里多的杨柳井，军委临时调配的"红星"炮兵营，由李天佑指挥，布置在指挥所附近的山地上。根据父亲的老战友廖作庭回忆，"红星"炮兵营在湘江战役以后，一直归属红 3 军团建制，他当时在红 3 军团炮兵营任通信员。

红 5 师卫生部临时救护所设立在和睦村下立湾祠堂，离前沿阵地约 5 里，面积有 200 多平方米。祠堂外一洼水塘，一棵树。时值深秋，天蓝水绿，远近林木郁郁葱葱，若不是大战在即，给寒林、冷水抹上了一层肃杀景象，放眼看倒也是一派恬淡怡人的田园风光。

红 5 师有 3 个团，红 13 团直取湘江，在湘江以东保障渡河点，剩下的只有红 14、红 15 团两个团的兵力。红 5 师经过两个多月，一千数百里的山地行军已经十分疲劳，减员很大，而面前的敌人有 3 个师，而且是桂军非常强悍的部队。以如此悬殊的兵力，抵御装备精良敌人的进攻，任务十分艰巨，可是，全体指战员情绪高涨，誓死保卫党中央和兄弟部队渡江安全。

11 月 28 日，红 3 军团 4 师和红 1 军团渡过湘江，控制了从界首至觉山铺之间的渡河地段，为中央机关顺利过江创造了条件。中央军委下达命令："我军自 29 日起至 30 日全部渡过湘江。"这时，敌桂军、湘军、中央军已经三面包抄，张开了一张大网，向红军抢占的湘江渡口猛扑过来。

风萧萧兮易水寒。

红军突破敌湘江防线的新圩、光华铺、觉山铺三大阻击战役，首先在红 5 师新圩防御阵地打响。

28 日拂晓，桂军用重炮、迫击炮向红 5 师阵地发起猛烈轰击，阵地上一片火光，炮火轰鸣，惊天动地，滚滚硝烟像乌云一样弥漫了整个阵地，就连在几里外的师救护所都能感到大地的颤动，接着，桂军在轻重机枪的掩护下向红 5 师阵地蜂拥而来。

战斗刚开始不久，就有大批的红军伤员从阵地上抬下来，山间小路上，到处都是抬着担架奔跑的卫生员。师救护所，顿时忙碌起来，临时搭起的手术台，很快就不够用了，地上排满了伤员，各个角落不断传来医护人员的催促声：

"快！快！这个伤员支持不住了，立即手术！"

"他已经牺牲了，抬下去，换一个上来……"

"他的伤不能手术，抬下去包扎……"

救护所里，紧张的气氛令人窒息。每一声催促都那么简短、没有一个字的柔情、安慰和怜惜，似乎手术台上的伤员不是鲜活的生命、朝夕相处的战友。这就是战争，没有儿女情长，却又是为了争分夺秒地挽救战友的生命。

前面的伤员还没有抬下手术台，下一个等待手术的伤员就已经被抬到旁边等候了。医生、卫生员，每一个人的身上、脸上、手上都沾满了血迹。临时救护所很快就无法容纳不断增多的伤员，做完手术的伤员立刻抬出祠堂安排，村子里到处都充斥着刺鼻的硝烟和血腥味儿。

激战数小时，在红 14、15 团的顽强拼搏下，桂军进攻受阻，伤亡惨重，在阵地上丢下成堆的尸体狼狈溃逃。下午 16 时，桂军避开红 5 师的正面攻击，迂回侧击红 5 师阵地，红 5 师腹背受敌，遭到重创。前沿阵地整班、整排的战士牺牲，一日战斗红5师伤亡二三百人，然而，这才是红5师付出重大牺牲的开始。

红5师被迫退守至第二道防线，红14团、红15团防守的阵地，分别设在两侧的平头岭和尖背岭，连夜赶筑工事，建立起新的防线。

当晚，父亲和战友们逐家逐户动员村民，宣传红军，借门板，安置伤员，一直忙到天亮。和睦村是一个很小的村子，伤员的人数早已超过了这个村子容纳的能力，这里不是苏维埃老区，没有一呼百应的根据地人民。运送、治疗、安置伤员全靠自己承担，或同情红军的老百姓帮忙。

战前父亲召开了党支部会议作了简单的动员。他对大家说："抓紧时间休息，今天的伤员会更多，大家要有准备……"

"抽根烟。"邱惠欣医生坐在父亲的身边，他卷着烟说，"这是石城的晒烟黑老虎，就剩这一口了，香得很呢，闻闻家乡的味道吧。"

"我给大家吹段闽西小曲吧。"说罢，小百灵吹起了口哨……

这是新圩战场最恬静的片刻，飘散开的烟香，伴着小百灵的口哨声，散发着浓浓的乡情。

一曲口哨还没吹完，就是天崩地裂的爆炸声。桂军向红5师发起全线出击，飞机低空轰炸、扫射，重炮集群轰击，阵地上硝烟滚滚，隐蔽在战壕里的红军战士几乎被土掩埋。待硝烟散开，眼前到处都是被炮弹炸飞的肢体，包裹着军服的肢体碎片悬挂在树枝上燃烧，散发着刺鼻的黑烟。接着，整连、整营、整团的敌人像乌云一样翻滚而来，战场上，顿时，杀声雷动。

激战至中午，阵地上横尸遍野，血流成河。红5师与桂军短兵相接，展开了白刃战，阵地上寒光闪烁，血花飞溅。阵地经反复争夺，红5师一退再退，到下午，桂军已经接近第二道防线的红5师指挥所，红5师被逼到了绝境。

师救护所不断接到前沿阵地伤亡重大的消息，红14团团政委负伤，红15团团长白志文负伤，已经昏迷，3个营长有两个阵亡，团、营指挥员的伤亡都这么严重，连、排级指挥员和战士的牺牲之大就可想而知了。接到白团长负伤的消息，父亲立刻冲出救护所，向红15团阵地跑去。一路上，子弹如雨、如织，从阵地上抬下的红军伤员接连不断。

次日，红14团团长黄冕昌、师参谋长胡震相继在战斗中牺牲。战斗进行到最激烈的时候，从师部到各团的警卫、通信、参谋、干事、炊事员、卫生员，凡一切有战斗力的人员全部投入了一线战斗。

一阵密集的枪声和手榴弹的爆炸声响过，一个阵地突然沉寂下来了。父亲随即带着几个战友跑过去，阵地的争夺往往在抢先一步的分秒之中，出现一个缺口，敌人就可能像决堤的洪水涌来。

父亲越过前面的一道战壕，当他赶到阵地时，他发现这个阵地上的红军战士全部牺牲了。卫生员百灵鸟，血肉模糊地躺在血泊中，身边还躺着两个被手榴弹炸得稀烂的敌人尸体。

这时，又一股敌人发疯一样地冲了上来，父亲大喊一声："为牺牲的战友报仇，给我杀啊……"他捡起一颗手榴弹就向敌人投去，接着，他就和战友们跃出战壕，迎着敌人冲上去，展开了肉搏战。刺刀的摩擦声"卡卡"作响，血花四处飞溅，当冲上来的敌人全部被消灭，父亲仍咬牙切齿地喊杀不绝。

暂时沉静下来的战场到处都在燃烧，燃烧的树木发出噼啪的爆裂声，缕缕黑烟在阵地上游走。父亲蹲下身，想抱起那个牺牲的百灵鸟，可他的手臂已经被炸碎了。

红3军团炮兵营的通信员廖作庭叔叔经过这里。他和父亲一起托起百灵鸟的尸体，小心翼翼地绕到阵地旁一处侥幸躲过战火的一方净土。

父亲想，就让百灵鸟长眠在这里吧，这里的地势稍高。或许，这也是他的希望，希望自己能躺在高一点的地方，即使红军走得再远他都能看见自己的队伍，听到他吹的闽西小调，也期盼红军回来的时候，听到他的口哨声，不要忘记把他带回故乡。

父亲耳边回响着百灵鸟孩子气十足的歌声，他不自觉地唱起来："砻谷蹇窄，碓米落锅。前锅煮粥，尾锅杀肉……"

这时，廖作庭叔叔也跟着唱起来："分我吃，打烂你的锅头嘟……"

父亲喃喃低语道："我的小兄弟啊，你还没吃我的鱼圆子，怎么就走了呢……"安葬前，父亲取出随身携带的一块烟土，黢黑的，他抠下一小块，放进百灵鸟的嘴里，说："吃了吧！吃了就不疼了。"

廖作庭叔叔禁不住泪如雨下。

父亲说，说不清当时为什么会这样的小资情调，那时，他已经忘了百灵鸟是一个红军战士，他是一个孩子，他的年龄还会在母亲怀里撒娇。

那时，治疗伤员没有止痛药，烟土就成了止痛的奢侈品，他那么年轻就为革命牺牲了自己的生命，他有资格享受一次没有疼痛的死亡。就让他奢侈一回吧，就一回！虽然，这对他来说只不过是一种心灵上的慰藉。

红军也有儿女情长！

父亲直到长征结束，还保留了那么一小块烟土。那是一块用精装盒子包装的烟土，包装盒上的产地名称是凸出来的文字。这就是父亲珍藏的三件宝之一，是其中最珍贵的一个。

父亲说，原想留一点，在关键时候给负伤的战友使用，可是，留来留去，一直舍不得用就留成纪念品。这可能是红军在长征路上留下的唯一一块烟土。这块烟土父亲珍藏了 70 多年，父亲去世后，我们子女把它捐给了老家石城县的历史博物馆。父亲是从石城县走出的红军，就让它和父亲的记忆一起叶落归根吧。

连续两天激战，敌人不惜代价地反复争夺阵地，已经到了疯狂的程度，红 5 师坚守的阵地几度失手，几度被红 5 师指战员用血肉之躯顽强地堵住。坚守的阵地每分钟都会付出伤亡的代价，这时，3900 多人的红 5 师已经损失了 1000 多人，伤亡过半。

30 日凌晨，红 5 师接到红 3 军团紧急驰援红 4 师光华埔阵地的命令，新圩阻击阵地交红 6 师 18 团接防。可是，红 18 团未能及时赶到，红 5 师不得不继续在新圩与桂军苦战。

这时，伤员还在不断地抢救和转运中，十几个、几十个……父亲看着满地的伤员，一面组织抢救伤员，一面不停地喊着对伤员说："我马上就来，马上就来，我一定治好你，一定会把你们带上。"父亲明知红 18 团随时可能接防，部队随时会转移，这么多的伤员，特别是重伤员不可能都带走，也只能尽力而为，救一个算一个。

父亲说，作为指导员，对自己生死与共的战友说"谎话"，这是他一辈子的愧疚。一辈子就这么一次"说谎"，虽说是"谎言"，可是，拯救每一个伤员的生命，把他们带上，却是发自内心的真实愿望。

按照红军战地救护原则，伤员在连、营、团的医疗单位救治完成后，立即送到后方医院，一般不作停留。中央红军开始战略转移进入敌占区后，中革军委决定，停止伤病员后送，10 日内不能治愈的战士、重伤病员立即转送群众家中就地医治，轻伤病员和干部伤病员随军带走。

失去了战略后方的重伤员救治几乎没有保障，离开部队就地转移到老乡家治疗意味着什么，每一个医护人员和伤病员心里都很明白。父亲眼睁睁地看着一个个伤员得不到救治，肝肠寸断，却无奈、无助，他不得不忍受着比牺牲自己更大的痛苦。

一个刚从阵地上抬下来的伤员，在阵地上已经做过包扎，他拖着一条腿，挣扎着爬过来，喊道："拆了！快拆了！马上把我腿上的子弹取出来。"他的腿上只裹一层纱布，他是一个副班长。说罢，副班长用刺刀挑断缠绕在腿上的绷带，一把撕掉，绷带粘连着血肉，一股血随即从伤口冒了出来。

父亲算是久经沙场了，抢救过数不清的伤员，可是，他还是不由得一颤，觉得心头像被刀尖划了一下。

"愣什么，"副班长说，"把腿上的子弹快点给我挖出来，我受得住。"看得出他不是第一次负伤的老战士了。子弹伤到了副班长的小腿骨，父亲清楚，即使勉强有时间给他做完手术，可是，强行军赶赴湘江，他根本无法承受。父亲犹豫不决，拿不定主意现在还有没有可能给他做手术，这时，继续赶来的担架队员又在催促着接收新的伤员了。

看着副班长的眼神，父亲明白，像这样的汉子，要想说服他去老乡家养伤根本不可能。没有麻药，也没有犹豫的时间了，父亲摘下自己的八角帽，塞进他的嘴里，让他咬紧，随即开始了手术。

父亲毫不犹豫地把刀插入伤员的伤口，手术动作越快，伤员的痛苦越少。父亲给他做完手术，刚包扎完伤口，还没来得及喘过气来，副班长又撩起上衣，牙齿咬得嘎嘎响，说："还，还有一颗子弹。"他指着腹部的伤口说，"打在这，我自己抠出来了，你将就着再包扎一下吧。"

"怎么会这样？"看着没有包扎的伤口，父亲吼道，"谁干的？

谁干的，怎么连包扎都没有？"

"废什么话！"副班长也吼道，"赶紧！赶紧给我包扎呀。"

等父亲再度给伤员处理完伤口，父亲说："虽然，可是，马上就要……"平时干脆利落的父亲，这会儿也变得吞吞吐吐起来了。他想说服副班长先转移到老乡家养伤，等伤好了再去追赶部队，可是，这样的话他说不出口，仗打到这种份儿上，怎么安置伤员，谁来接收，连他自己都不知道。

"什么？"副班长好像根本就没听，他挂着枪，晃悠了几下，挣扎着站立起来。他嗓音嘶哑地唱着歌，迈开了脚步……

父亲他在笔记里写道："红军战士肩负的责任，不允许他们以任何方式放弃战斗和生命，哪怕流尽最后一滴血，也要紧紧地抱着自己的枪，抱着手榴弹，消灭几个敌人，这就是红军。"

还没来得及送走副班长，又有几十个浑身是血的伤员，像是从梦里惊醒了一样，嘶哑地叫喊起来："我不能留下！我们要跟部队一起战斗！""我挺得住，赶紧手术吧……"

"这么多，这么多……"看着一个个伤员无助的目光，父亲莫名其妙地沉吟了一声，接着，他声嘶力竭地大喊道，"伤亡，伤亡，伤亡太大了！太大了！"

下午 4 时左右，红 18 团终于赶到，接防红 5 师新圩阵地，师部传达军团部命令：阻击任务完成，把防务移交其他兄弟部队，红5 师立即移交防务。

三天两夜的惨烈战斗，红 5 师 3000 多人就损失了 2000 多人。父亲一生都忘不了，撤出临时救护所时，伤员那种无法解读的目光，他迈出门槛的那一步，真难啊！那是一道生死两界的门槛。红军不仅要与敌人顽强绝杀，还要直面与伤员无奈的诀别，父亲满面泪水地抬起手，向伤员行了一个军礼……

5. 翩翩起舞的旋律

1958 年 6 月 15 日，父亲跟随周恩来带领的中央直属机关的高级干部，参加了十三陵水库的义务劳动。他们和千千万万参加义务劳动的工人、学生、解放军战士一样住在工地，推着独轮车，挑着扁担，以普通劳动者的身份开始了新中国的建设。

接着，人民大会堂、中国革命博物馆和历史博物馆、军事博物馆、农业展览馆、民族文化宫、北京工人体育场、北京火车站、民族饭店、华侨大厦、钓鱼台国宾馆等建国初期的十大建筑平地而起，相继落成。

父亲工作繁忙，经常出差。我喜欢父亲出差，父亲每次出差回来都会给孩子们带回点五花八门的好吃的，还能听他说一些新鲜事。一次父亲出差回来带回了大红枣，他还带回一张他和矿工们的合影照片。父亲穿着矿工服，头顶安全帽，非常神气，他兴奋地说："大跃进了不得啊，放卫星，产量就比原来翻了几番。"看得出父亲对大跃进放"卫星"兴奋不已。

当时，我们学校的俄语老师还教了我们一首歌唱大跃进的俄语歌："Спутник, спутник, мы полет в их сверху......"这句歌词的大意是"卫星，卫星，我们飞行在他们的头顶上……"词谱精短，一学就会，我回家就唱。我的俄语卷舌音非常利索，父亲听我唱，他就跟着学。他怎么都学不好卷舌音，逗得我笑个不停，他却一本正经，非让我多教他几遍。

"笨死了，我不教了。"我说。

父亲先是磕磕巴巴地学说我教他的歌词："列球，列球……"接着，他又用流利的俄文说道："哈拉硕！"（"好"俄文汉字注音）

就自诩地竖起大拇指。我干瞪着眼，不知说什么好了。

父亲哈哈一笑，说："和苏联专家在一起，常听翻译这么说，刚想起来，就会这么一句，打你一个出其不意，别以为我一句俄语都不会说。"

我们在学校还学过一首歌唱人民公社的俄语歌，歌词大意是"玉米黄，玉米大，我们坐在玉米上，歌唱人民公社好……"歌词描述的很像大跃进时流行的一张年画《一个胖娃娃坐在玉米上》。

1958 年 2 月 12 日，中共中央、国务院发出《关于除四害讲卫生的指示》，这是一个唯一符合儿童个性的群众运动。小学生上学都拿着苍蝇拍，比赛谁打的苍蝇多。

捉麻雀的时候，更是热闹非凡，锣鼓敲得震天响，大人往房顶上爬，我们小孩子也跟着往房顶上爬，手里晃动着小旗子，吓得小麻雀到处乱撞，没有歇脚的工夫，直到累得飞不动了，掉在地上就摔死了。

我爬上几十米高的烟囱鸟瞰，挥舞着小红旗，无意中发现国务院宿舍的布局，当真就是一个"国"。宿舍管理科的牛叔叔张开双臂，准备随时接我。后来，不知是谁把这个场面画在黑板上，不过画得不像，把我画成了一只倒栽葱的小麻雀，我分明是站在烟囱顶上的嘛。

父亲说："我是农民，麻雀都消灭光了，庄稼地和林子里的虫子谁来吃？"我和父亲的激动总有点差别。

8 月开始的全民大炼钢铁的运动，又是热火朝天。一天，我们大院建起了炼钢的小高炉，敲锣打鼓地动员大家，让家家户户，都把家里不用的铁锅或随便什么，只要带铁的东西都给捐出来炼钢。

父亲说："有这么炼钢的吗？在延安大生产的时候，也炼铁造农具、造枪炮，当时的条件那么差，也不是这么个干法。"我们大院炼钢的小高炉建在锅炉房的旁边，小高炉借用了锅炉房的大烟筒，父亲说："这个建炉子的同志蛮聪明啊。"

我不管这些，母亲让我捐出去的东西我拿，母亲不让动的东西我就偷着拿，常常弄得母亲什么都找不到。一天，母亲对父亲说："这小子要把那把军用小铁锹拿走，被我拦住了。"父亲对我说："你看过《上甘岭》的电影吧？战士们挖坑道用的就是这种铁锹。这我是从延安带到北京的，说不定什么时候还能用得上。"我撇撇嘴，"嘻"。

终于，小高炉出铁了，炼出一堆煤渣一样的铁疙瘩。小孩们可有了玩的东西，把捡来的铁疙瘩当成"剃头石"，在头发上一蹭就能吸起头发，蛮疼。

父亲把我手里的"剃头石"要过去看了一眼说："浪费那么多的材料，结果给小孩子弄出一堆恶作剧的玩具。"

1958 年 7 月 12 日《人民日报》报道说：据新华社郑州 11 日电，河南省西平县城关镇和平农业社第四队 2 亩小麦丰产试验田，总产 14640 斤，平均亩产 7320 斤。这是河南省今年麦收中放出的小麦亩产 3000 斤以上的第 29 颗"卫星"。

看完这篇报道，父亲对我说："你唱的那个'列球'（卫星）飞得高了点。"我说："老师说，我们超英赶美，就要飞行在美国佬的头顶上。"卫星越飞越高，父亲不再开玩笑了。

1958 年 8 月 13 日，《人民日报》报道：新华社武汉 11 日电，湖北省麻城县的早稻生产又放异彩。根据湖北省、黄冈专区和麻城县三级早稻高产验收团联合查验证实，这个县的麻溪河乡建国第一农业社，在 1.016 亩播种"江西早种子"的早稻田里，创造了平均亩产干谷 36956 斤的惊人纪录。截至目前，这是我国早稻大丰收中放射出的大批高产"卫星"中的"冠军"，它比安徽省枞阳县石马乡高丰农业社及本县平靖乡第二农业社先后创造的早稻高产纪录高出一倍以上。报道中提到"江西早种子"，让父亲格外关注起来，他反复看了几遍后，就在"平均亩产干谷 36956 斤的惊人纪录"这段文字上加了一个大"？"号。

后来，父亲奉命去湖北麻城调查，去了很长时间才回来。回来时，赶上吃晚饭，他给我们带回了一包孝感麻糖，让我们吃完饭再吃。我第一次见到孝感麻糖，半月形的麻糖，薄薄的糖片上沾满了芝麻，不用吃就馋得人直流口水，我们小孩子哪里等得及，饭也不吃就先吃起了麻糖。

我们高高兴兴地吃麻糖，父亲却显得忧心忡忡，他对母亲说："那里卫生条件很差。吃饭的时候，我把筷子插在碗里。没想到我刚把筷子往饭里一插，人家就站了起来。原来按当地的风俗，家里死了人才这么做。吃饭还是老传统，挨家挨户派饭，把筷子插在饭上的情况见过几次……"

这不等于说，不少人家都有人死吗！我不会多想，我的年龄只对麻糖有兴趣，只是觉得那里的风俗蛮有趣。吃完饭，父亲就赶写了一份报告，向中央如实地反映了他调查的情况。

今天评价大跃进，大都持以否定态度，可是，我不这么看。就当时而言并不全错，从战火中走出来的一代革命者在社会主义建设中，他们带头冲锋陷阵，同时，他们也需要激发人民的社会主义建设热情。虽然，他们在冲锋陷阵中也造成了无谓的牺牲和损失，可是，一个民族有时也需要有一点"狂热"，倘若连一点热情都没有，这个民族还有希望吗？我们民族需要一种不怕失败的探索精神，今天的四化建设同样需要这种精神。

伴随着我们经历的激情岁月，苏联歌曲也成为我们这一代人最熟悉的旋律之一。"听吧！战斗的号角发出警报，穿好军装拿起武器，共青团员们集合起来踏上征途，万众一心保卫国家，我们再见吧亲爱的母亲，请你吻别你的儿子吧！再见吧，母亲！别难过，莫悲伤……"这是父亲最喜欢的一首苏联歌曲《共青团员之歌》。父亲喜欢的苏联歌曲还有《神圣的战争》《田野静悄悄》《喀秋莎》《小路》《纺织姑娘》等等。

中苏两国人民遭受过类似的反法西斯战争和苦难，有着同样的价值观。中国革命战争，有牺牲也有浪漫，有流血也有爱情，但缺少类似苏联歌曲的表现形式。苏联歌曲以其特有的豪放、浪漫、忧郁，颂扬了理想主义、爱国主义和革命英雄主义。由此，引起一代人的共鸣，在激情燃烧的大跃进运动中流行起来。

那时，在机关、学校和工厂里的年轻人，人人都爱唱，就连舞会上演奏的舞曲也常是苏联歌曲。顺便说一句那会儿父亲才四十出头，风华正茂，他也喜欢跳舞。一听到音乐就脚下生风，云一样地飘逸起来，与音乐融合成一个动态而和谐的整体。不可想象吧，一个从枪林弹雨冲杀出来的老战士，一身的火药味竟如此潇洒。

可是，只要你仔细地想想，在翩翩起舞的旋律中，释放出来的情感，未必没有血战湘江、大战娄山关、飞夺泸定桥、爬雪山、过草地，抗日烽火，解放战争等在艰苦卓绝的革命斗争中，积淀下来的战斗激情和浪漫。

放暑假的时候，父亲有时也带我去北京饭店参加舞会，都在晚上下班以后去，票是单位发的。我那么小哪儿会跳舞，也不喜欢跳舞。我有我的主意，低着头，斜睨着舞场，等大人们都进了舞池，我就踏着舞曲的节奏，趁机把圆桌上的糖果装满我的口袋。奶味未干，也够潇洒吧，我的自我感觉不错。

有一次，我把几张圆桌上的糖果统统扫荡一光。等大人们回到圆桌休息的时候，才发现所有的糖果都没有了，再一看，我的上身圆得和企鹅一样，鼓鼓囊囊，都不敢弯腰了。

父亲不知从哪儿拿来一粒糖果，不动声色地递给我，我一接糖，却忘了搂住衣服，结果，藏在夹克里的糖哗啦一下都掉了出来，惹得大家哄堂大笑。一个阿姨找来一个口袋，她帮我把糖果装进袋子，可是一回家，袋子里的糖，不知道怎么就变成了几包纸巾。我当时纳闷，叔叔阿姨的桌上怎么又有了糖，还偷着笑，我还以为服务员拿来的呢，原来被父亲调了包。父亲够狡猾，不过我有的是主意对付他，这是后话。

父亲爱好广泛，性情活跃，无论做什么事都充满激情。他喜欢上了摄影，买了照相机，又要买曝光机。父亲舍不得花那么多钱。他跑到商场去琢磨，回家他就凭着记忆做了一台曝光机，样子相当精巧，比商场里买来的还好用。当时，我们大院里喜欢摄影的人不少，可是，即能照相，又能自己洗照片的就只有我们一家，不少邻居都到我家来洗照片。父亲照的照片多得数不清，在本文的写作中，不少地方我都参考了父亲留下的摄影语言。

父亲还喜欢围棋、象棋，打太极拳、耍剑，他精力过剩，没他不喜欢的事情，他还拉着我陪榜。我的照相、洗相、围棋、象棋，都是跟父亲学会的。他还教我学一点剑术：启式、凤凰展翅、转身劈剑……继续往下学，我不耐烦了，剑谱是我50多年前的记忆。

更让人不可理解的是父亲还会织毛衣，裁剪衣服。父亲说，这是他在延安大生产运动的时候学会的。我们家买了一台缝纫机，我们的衣服破了，都是父亲用缝纫机来补。父亲去青岛疗养院时，捡了许多小海螺，他用小海螺编了一只提包，相当精美。他很得意自己的作品，专门给这只海螺提包照了几张相。

1959年9月人民大会堂建成，当年春节就举行了游艺晚会，我们把这种活动叫"大观园"。除了母亲，父亲把全家人都带去了。

参加晚会的人非常多，母亲不爱凑热闹。

我一进大会堂就和家人走散了，我跟没事人似的自顾自地转悠，越是没人去的地方，我就越想去，常常遇到禁足的地方，扫兴！

在游艺活动时，我得了一个一等奖，一只绒毛玩具的小白兔。由于人太多，不想再挤着排队了。我逛到演出京戏的大厅，靠在椅背上就睡着了。大厅里的座椅非常舒服，直到散场我才被服务员叫醒。

等我出了大门，父亲和几个哥哥姐姐已经没了影，我望眼欲穿地看着停车场前的车子一辆接一辆开走，最后只剩下我一个人，孤零零地坐在台阶上，这时，我才明白我被父亲"甩"了。

一个下班的女服务员阿姨，问清了我的情况，说她正好与我同路。半路天上飘起了雪花，纷纷扬扬，我用指尖拈起一片雪花，冰凉的，从指尖一直流到我的心头。我"啊"了一声，笑了，张开臂膀，似要随雪花飞去。

"小家伙！丢了你还这么高兴？"阿姨说。

"阿姨您看。"我把绒毛小白兔举到她的眼前，说，"多可爱的小白兔。"

"好可爱的小白兔！得了奖难怪这么高兴。"阿姨拿起小白兔看了看，又说，"送给阿姨好不好？"

"好！"我毫不犹豫地说。

"你不心疼？"阿姨说。

"心疼！"我说，"可是，我应当谢谢帮助我的人。"

"好孩子！"阿姨把小白兔还给我，又摘下她的长毛巾围在我的脖子上，说，"暖和了吗？"我们一路说笑，她陪着我一直走到家。

父亲和母亲一直留着门等我，母亲见我回来了就说："还担心你找不回来呢，也怪你爸爸那么大胆，把一个小孩子丢下不管。"

父亲说："约好了时间，他不来我就走，打仗那会儿就是这样，必须准时。"唉！父亲把我当成了"红小鬼"，还不如一个陌路人对我的关心呢。

其实，不是父亲把我当成了"红小鬼"，而是他的生活习惯一直延续着"红小鬼"情结。父亲在回忆录中说，他喜欢首长叫他"红小鬼"，"红小鬼"是亲切的意思。

在我与父亲的共同生活中，无处不看到父亲的"红小鬼"情结，他们刚刚从战争的硝烟中走出，长期的战争生活使他们早就不习惯婆婆妈妈的儿女情长了。在我的记忆里，我从来就没有被父母抱着哄过，也不会吊在父亲的胳膊上撒娇。父亲不喜欢撒娇的孩子，我就不娇气了呗，有什么样的老子，就有什么样的儿子，可我内心里一直渴望着那种依偎在奶妈怀里的感觉。

小学三年级，我和同学一起玩耍，一头栽下假山昏迷过去，回家休息了近一个月才清醒过来。父亲看我清醒了，在我的头上胡噜了一把，不咸不淡地说："小鬼，你这颗头原来没摔坏啊。"这算什么话，可这已经是父亲最温柔的话了。

小时候每到冬天，我的脚后跟就会裂开很深的口子。父亲把猪油涂在我的伤口上，用火柴烧。他没轻没重，疼得我直咬牙，每年我都要忍受几次这样的"酷刑"。不过这个方法很有效，烧完就不疼，伤口很快就愈合。我在部队时还给战友用过，他们说："你父亲肯定当过兽医。"

一天，我感冒发烧，父亲说不用吃药，多喝水就行了。一连两天直到周末我都没有退烧，父亲拎起我说："游游泳就好了，走，跟我去玉渊潭。"一说要去玉渊潭游泳，我就有了七分精神，说不定还能捡回几个野鸭蛋呢，玉渊潭是我儿时最喜欢去的地方。

玉渊潭可不是今天的样子，南边是一片连绵起伏的小山，岸边、水中，杂树横生，树影团团，在微风中摇曳若烟，柳树纤细的枝条一直垂到水面。湖心一片绿波荡漾的芦苇丛，时见野鸭在水中游弋、觅食，如果钻进芦苇荡准能捡到几个野鸭蛋。当时，玉渊潭似觉荒凉，倒也一派怡人的自然风光。

我们家离玉渊潭公园有三站多路，从西便门沿河往西走两站路，拐个弯向北就到了木樨地，再往北一站地，就是玉渊潭。我一路昏沉沉，跟着父亲走到这里，他连口气都没让我喘，就像赶鸭子似的把我赶下水。

我的水性早就被父亲锻炼得炉火纯青，小学二年级我就获得了深水合格证，一个猛子扎下去能潜泳 25 米。我在前面游，父亲在后面赶鸭子，逼着我游了两个来回，奇怪了！等我上岸的时候，我的头就不昏了。我嚷着说："饿死我了，给我买东西吃。"父亲说："还没到时间，回家吃饭。"

第三章　放牛娃和弹棉花的叔叔

6. 小姑姑给父亲做的新鞋子

常听人说"传家宝",父亲除了他珍藏的那块烟土外还有两件宝贝。一个是父亲儿时读过的两本私塾课本,保存得相当完整。父亲说,这是他儿时的课本,他还能随口说出当年背过的课文:"逢人且说三分话,未可全抛一片心……"他说,当年私塾先生教的大都是封建礼教的东西,但"父母养儿好辛苦,怀胎十月命不保",讲的是孝道。当时,我掰着手指头数了数,这可是两本经过二万五千里长征、抗日战争、解放战争的课本啊。父亲每每拿起这两本书,都会带出幸福而神秘的微笑。

父亲的另一件宝贝是一把 2 号花口撸子的手枪,枪号,第388975 号。这把手枪配了一条能插子弹的皮带,有 33 发子弹。我每周都能看见父亲拿出这支枪来,仔仔细细地擦拭,父亲说这是抗战时,从一个伪师长手里缴获的,其他的他再也没有说过。

1963 年 5 月 10 日,中央有关部门下令,要求地方干部将配枪全部上交,由专门机构统一保管,可以保留持枪证。父亲除了留下了一条有 18 发子弹的子弹带外，就把自己心爱的枪和 15 发子弹都上交了。

父亲交出佩枪后，次日，就去商场买了一只气枪，算是给自己一个安慰。对于一个从战争中走过来的人，枪就是他生命的一部分，格外珍惜也不奇怪，可是，父亲对这把枪的珍惜非同寻常，其中包含了一个气贯山河的英雄故事。父亲过世后才知道了其中的故事，他曾发表在《特殊任务》一文。不过，从第一次看见父亲的三件宝贝我有过惊讶，以后，我就不那么稀罕了。

那年小姑姑从老家来北京。我喜欢老家来人，没觉得家乡人土气，有人来就热闹。小姑姑话不多，可是，看得出小姑姑和父亲的感情非同一般。

那天，小姑姑刚进门就打开包袱，每人给了一双新布鞋，是那种方口门儿的浅口布鞋，我们叫"方口门门儿"，这是她亲手一针一线纳的鞋底。

父亲穿的是皮鞋，换上新布鞋，站在地板上，揉一揉，试试脚，接着，坐在沙发上，跷起脚。小姑姑刚还笑着，随即，叹口气"唉"！叫了一声"水伢子"，眼里流露出一种难以察觉的失落，父亲的做派有了官气，不是她记忆中的样子了。其实，小姑姑错怪了父亲，他每每说起小姑姑都异常动情。

父亲出生在江西省石城县的一个小山村，四周高山环绕，与武夷山交界，翠竹如海，漫山遍野，汩汩山泉从怪石嶙峋山石间流出，那就是赣江的源头洋地村。

我奶奶生过 6 个孩子，都是一女一男，插花生的，父亲是最小的一个。按当地人的说法，这是有福气的气象，可是，父亲的两个哥哥在襁褓中就夭折了，穷人连自己的孩子都养活不了，哪还来的福气。

父亲一出生就没有奶吃，东家讨西家要也很难吃饱。为了养活父亲，奶奶只好把父亲抱给一个叫花子的妻子做干儿子，希望讨些奶水喂养他。可是，几个月后她也没有了奶水，奶奶只好将父亲抱回家，用米汤、红薯养活，常常连这些也没得吃。父亲瘦得皮包骨头，三天两头地害病，到了两三岁还不能走路。村里人说父亲不得活，奶奶听了流泪不止。

那会儿，老百姓很迷信，说人的命是因为阎王爷算粮账，阎王爷给多少粮就活多久，只能听天由命。离洋地15里的沿冈圩街上，有座阎王庙，爷爷和奶奶一商量就把父亲许给阎王爷作了干儿子。每逢初一、十五，爷爷带上香币，奶奶背着父亲去给阎王庙上香、磕头。

家里最苦了小姑姑，奶奶身体不好，照顾父亲的负担就落到了小姑姑身上。小姑姑长父亲5岁，是个漂亮的女孩儿，大眼睛、细弯眉，聪明，勤劳，倔强。

父亲从小就趴在小姑姑的背上，小姑姑往下一蹲，父亲就爬到她背上，这已经成了父亲的习惯。她的脊背是父亲幼儿时的"摇篮"，就连小姑姑出门砍柴、打草时父亲也要跟着她。

"割末赖仔割末婆，尼尼偷俺苦瓜翘，昨尼数了三双半，今尼只剩七个翘。"这是小姑姑砍柴、打草时，经常说的一首赣南歌谣。大意是，有个坏孩子和坏婆婆，天天偷我家的苦瓜，昨天数了有7个，今天剩下的还是7个。这首歌谣颇有点调侃味，父亲听一回，笑一回。小姑姑会的儿歌特别多，或许，父亲的乐观、幽默感就来自赣南歌谣的熏陶。

那年，收成不好，租地主的几亩薄地，收来的粮食还不够交租子。爷爷是个犟脾气，把粮食全都交了租子，饿死他也不求地主。眼看就要过大年了，家里一粒米都没有，奶奶说："等爸爸（赣南口音 bábá）回来给你带刺鸡（当地的一种土鸡），鸡腿都给你吃。"可是，盼啊盼，盼来的只有小姑姑从地里捡回的几个小红薯。

一碗小红薯，成了全家人的年夜饭。一碗小红薯大家都吃，只有小姑姑一口没吃，父亲心痛小姑姑，说："姐姐也吃，好吃呢。"小姑姑说："姐姐肚子不饿，等饿了再吃。"旧中国的女性承受了比男人更多的艰辛，她们的命运一开始就只有付出，没有汲取。奶奶唯一的愿望就是把父亲养大成人，小姑姑生活的目的，也只是为了一个更弱小的生命。

半夜，父亲被冻醒，发现被子裹在自己的身上，小姑姑什么都没盖，冻得缩成了一团，姐弟俩只有一床破棉被，棉絮都露出来了，裹不住两个人。父亲摸摸小姑姑冰凉的小手，拉着被子钻进她的怀里。然后，就在梦里听见小姑姑唱起了儿歌："月光光，夜夜光，月华姊，在中央，偷眼来把凡间看，人间美景胜天堂……"

大年初一，下起了雨雪，挂满冰晶的竹子像镶嵌了宝石，非常美丽。可是，琼枝玉叶，没有装点出新年的快乐，一家人饥肠辘辘，还不知道今天能不能找到吃的，填饱肚子。爷爷不甘心，过年都没让孩子吃上顿饱饭，还要出去找刺鸡。

小姑姑也要去地里挖红薯。早就收获完的红薯地，不知被穷人翻腾过多少遍，雨雪后就更难找了。奶奶不忍让小姑姑出门，那么冷的天，两个小姐弟还光着脚，家里穷，没有钱买布做鞋子。小姑姑出门父亲也一定会跟着，只要趴在小姑姑的背上，天再冷，他也愿意。嫦娥偷眼看人间，不知看到了什么，她能够品味出人间冷暖吗？

雪地上，印出小姑姑赤裸着双脚的脚印，一串串，一串串，布满了田野，在雪地里延伸，越过山梁……父亲趴在小姑姑的脊背上，看着她深一脚，浅一脚，步履蹒跚地走在泥泞的路上。突然，他挣脱小姑姑，从她的脊背上滑下来，一股倔劲上来，他不肯让小姑姑背着他走了。

"啊！"小姑姑大叫一声，慌忙转过身，她惊呆了。父亲攥着拳头，岔着腿，像一只要斗架的小公鸡，站在地上，颤颤巍巍地晃了晃，站稳了。

他迈出了第一步，第二步，第三步……"哈"小姑姑先是笑了一声，接着，她就"哇"的一声哭了出来，说："水伢子，水伢子能走路了……"

"呀！姐姐，我脚下踩了一个红薯呢。"父亲说。

"我看！"小姑姑抹了一把眼泪，急忙弯下腰。

"嘻——"父亲说："姐姐，我想让你看看我的脚丫子，我会走路了，真的会走路了，再也不用你背了。"

"捣蛋！"小姑姑又哭又笑地说，"姐姐背你一辈子都愿意呢。"

田野里，两个赤脚的小姐弟，手牵着手，留下两行并行的小脚印，也洒下一串快乐的歌声："砻谷子，窸窸窣；做饭食，供婆婆。婆婆嫌冇菜，打烂盎罐嘴；盎罐嘴里有块肉……"

"姐姐！"父亲说，"我们回家就把罐子打碎，说不定爸爸在罐子里藏了一只刺鸡腿呢。"

"不用打破罐子，昨晚剩下两个小红薯，姐姐藏在罐子里，给你留着呢。"小姑姑说。

贫寒的少儿生活没有冷却一对小姐弟血管流通的热血，他们顽强而乐观地成长起来，悄然维系着赣南人代代相传，对亲人热爱，对生活乐观和不怕穷苦的坚韧性格。谁能想到，这个 3 岁还不能走路的孩子，最终当了红军，凭着一双赤脚完成了两万五千里长征。

小姑姑千辛万苦把父亲拉扯到 7 岁，爷爷让父亲去给地主放牛，小姑姑舍不得，非要让父亲去读书。爷爷没依小姑姑，求了人，才让父亲跟办红白喜事的戏班子学了二胡，说学门手艺不求人，自己能找口饭吃，难怪父亲会拉二胡。

父亲非常聪明，学了不到半年就能跟着戏班拉出许多曲子了，可是，父亲不愿意干了。爷爷和奶奶商量，让父亲去学木匠，父亲的木匠手艺学得也不错，学了半年，父亲又不愿意干了。他跟奶奶说："当木匠还要给人做棺材，万一阎王爷认错了人，把我给带走了……"奶奶知道父亲故意找由头。穷人家的孩子也是宝贝，奶奶宠着父亲，小姑姑更宠父亲。

小姑姑一直对爷爷的安排不愿意，她说："我就一个弟弟，饿死累死，我扛着，饿死我，也要让弟弟读书，做个像样的人。"爷爷拗不过姑姑一再坚持，只好让父亲读了私塾。

父亲上了学都没有鞋子穿，他不觉得打赤脚有什么委屈，穷人的孩子能上学已经不容易。为了分担家用，父亲一边读书，一边给地主放牛，放牛的时候还要给地主捎带着打猪草、砍柴。

为了让父亲有更多时间读书，每天出去放牛，小姑姑都和父亲一起去，父亲放牛，小姑姑帮父亲给地主打猪草、砍柴。等父亲放牛回来，小姑姑已经打完猪草、柴火，在那里远远地望着父亲等着他了。

"呐，红薯！"小姑姑每次都给父亲准备两个红薯。父亲心里明白，小姑姑为了让自己多吃一口，省下了自己的口粮，她揣在怀里的红薯还热乎乎的呢。小姑姑默默地看着父亲狼吞虎咽，等父亲吃完，她又要赶着去给自家挖野菜了。

"呐，野菜团子。"不论小姑姑给父亲带来了什么，父亲都吃得特别香。洋地野生的蕨菜、马齿菜、紫背菜、茶树菇、花菇、竹笋等，非常丰富，现在的人都稀罕得不成，当成了美味佳肴，可那会儿却是他们赖以生存的食物。

"呐，油粑粑。"这可是稀罕物了，油粑粑是一种用米浆经油炸而制成的一种美食。父亲拿过油粑粑，张嘴就咬，含在嘴里，却咽不下去了，不知道小姑姑怎么才从牙缝里省出来的。他把油粑粑举到小姑姑的嘴边，望着她说："姐姐也吃。"小姑姑一声不响地推开父亲的手，又把油粑粑送到父亲的嘴边。

父亲学习非常勤奋，生了病，不停工，也不缺课。他对儿时读书生活的描述，写得颇为生动：

"天不亮，打着赤脚，去给地主放牛，一手牵着牛，一手拿着书，一面走，一面摇头晃脑地背课文。连水牛也跟着'哞哞'地叫起来，学着先生的样子，故意压低嗓门吓唬我，'一个字都不能背错哦，哞——小心先生打板子哦，哞——'

"水田里的青蛇到处乱钻，专门咬你的脚趾头，不让你专心读书。黄鸡婆子最捣乱，乌墨子也飞来飞去地咬人，钻进头发，钻进衣袖，钻进裤腿里。砍柴的时候，蜂子也来蜇人，常被咬得浑身红肿。

"放牛回来，听到的第一句话就是一声'呐'，连水牛都知道这一声话的意思，一听见'呐'就赖着姐姐不走，非等姐姐给一把猪草，才不闹了。唉！姐姐谁都宠，把大水牛也惯坏了。"

这么艰辛的生活，在父亲的眼里却不乏情趣。当年的先生如果能看到父亲的笔记，恐怕也会啼笑皆非，而仅仅读了几年私塾的父亲，能写出这样的文章也算有些文采了。

父亲直到 10 岁，才第一次有鞋穿。跺跺脚，走两步，仿佛脚下升云，喜欢得都飘起来了。"唉！"爷爷摇头叹了口气。奶奶不忍地扭过脸去。父亲惊讶地看着爷爷、奶奶，哎！这么欢喜的事，怎么没有一点高兴的样子。只有小姑姑眼神里流露出难以察觉的欣慰，新鞋子是小姑姑用破旧的碎布糊起来，一针一线做出来的。

父亲穿上小姑姑做的新鞋子，又说起了往事，他说得动情，小姑姑听得全神贯注，一言不发，她想从有点官气的父亲身上品味出，父亲还是不是她当年宠爱的水伢子。

小姑姑也让我换上了她做的新鞋子，我跺跺脚，走两步，看我蹦蹦跳跳，高高兴兴的样子，她的目光不自觉地转向父亲，似乎从我的身上又找到父亲儿时的影子，脸上原来的失落，又变成了难以察觉的欣慰。

小姑姑坐在板凳上，她把我搂进怀里，我却想起了奶妈，这是我一直渴望的感觉。她给我唱了一首家乡的歌："昨尼（天）到撒（社）有事要找李书记，扣扣书记的门呦，书记正困觉，呦嘿……"我听不懂江西话就问父亲，父亲搪塞道："只能听个音，意思大概是说，一个懒惰的书记在上班的时候，老百姓都找上门了，他还在睡懒觉。"说着话，父亲放下了跷起的二郎腿，他知道小姑姑是唱给他听的，她不喜欢他的官气。

7. 爷爷做的鱼圆子

小姑姑从老家带来许多土特产，竹笋、木耳、白莲子、芋头粉……这些都是父亲最爱吃的家乡菜。小姑姑一分钟都闲不住，刚刚让一家人换上了新鞋子就到厨房里忙活起来。

母亲的烹饪水平绝对一流，可小姑姑的手艺也绝不逊色。她做的鱼圆汤我们从来没有吃过，一盆鱼圆汤秀色可餐，连母亲都唏嘘不已。父亲说，这是天下第一美食。

"呐！鱼圆汤。"小姑姑说，"爸爸去世前还说，那晚没让你吃好……"接着，小姑姑就说起了父亲当年参加红军的事情。

1932年9月，我奶奶去世不到一个月，父亲还没有来得及抹平失去亲人的悲痛，他就毅然决然地参加了红军。

在报名参加红军前一天的晚上，后半夜，全家人都熟睡了，父亲独自来到奶奶的坟前。他痛痛快快地哭了一场，对奶奶说："儿子要去参加红军，不能给您老人家尽孝了，等胜利了儿子再来孝敬您吧……"

离开奶奶的坟，回家后，父亲没睡多久，天没亮，他又爬起床，一声不响地拉起水牛就走。他刚走出家门，就意外地发现爷爷不知什么时候已经蹲在门外了。爷爷莫名其妙地说："还要出去吗？"好像怕父亲没听懂，又说，"不用去放牛了吧！"

"嗯，喂饱牛我就回来。"父亲一边搭话，一边牵着牛往外走。他哪里听得出爷爷话里有话，其实，给父亲家代耕的人得知父亲要参加红军，早就把这个消息告诉了爷爷和小姑姑，只是父亲不说，他们就佯装不知罢了。

父亲说，他家活下来的男孩儿只有他一人，全家人都宠着他，说不得，骂不得，什么都顺着他，自己不说，谁也不敢多嘴，真是被宠坏了。可想而知，已经知道父亲就要跟红军走了，爷爷还要佯装不知，这是一种怎样的煎熬啊。

父亲牵着牛，来到姚屋场后背的山上。他和少先队的几个干部头天已经约好，今天有重要会议，谁也不能迟到。终于等到可以参加红军的时候了，父亲等待这一天快一年了，他要把这个让所有人高兴一辈子的大事告诉大家。父亲没有直接把这个好消息告诉大家，这是纪律，只有开会的时候才能说。没想到大家早就知道了这个秘密，父亲刚一宣布开会，少先队的干部们没等父亲说话，就吵吵嚷嚷地欢呼起来。

父亲对少先队员们说："同志们！为实现我们的伟大理想，保卫苏维埃政权的胜利果实，我们都去报名参加红军吧！"说罢，父亲第一个举起手，其他队干部也跟着举起手说："我算一个。""我也报名。""我们都报名。"接着，大家围成一圈，攥起双拳，在胸前一顿，齐声喊道："保卫苏维埃，我们都去当红军！"

那是一个激情燃烧的岁月，正值十月革命胜利 15 周年前夕。为庆祝十月革命的胜利，苏维埃政府提出"为扩大铁的红军一百万而奋斗"的号召。父亲在他的笔记中写道："那时，只要振臂一挥，就会有整班、整连、整营，甚至整团的青年踊跃参加红军。"一个小小的洋地村，那年就有 30 多人参加红军，父亲的两个叔伯哥哥也在那年参加了红军。

父亲心里还藏着一个更让他兴奋的小秘密，红军干部答应他，等他报了名就先发给他一套军装，算是给他这个当队长的特殊奖励。

父亲领到红军列宁装，就迫不及待地跑到水塘边，在一个背人的地方换上军装。他压抑着兴奋，低声喊道："此时，此刻，山林作证，我已经是一个光荣的红军战士了！"参加红军意味着什么，流血、牺牲！他一点都没想过。

父亲对着池水的倒影看了又看，风吹过水面，泛起阵阵涟漪，吹皱了父亲身穿军服的倒影。他想用手去抚平它，可是，水面上又泛起了更多的波纹。父亲笑了，"嘎嘎嘎"地笑出了声，笑容像水面上荡开的波纹，布满了整个水塘。父亲在他早年的笔记中写道："红军的列宁装最漂亮。"足见他参加红军时的喜悦。

快乐是需要人分享的，此时，父亲又迫不及待地想见到自己的家人了。想到穿着漂亮的列宁装，给家人一个意外的惊喜，然后，再对着小姑姑的镜子臭美一个够，父亲脚下生风，快步如云。就连牵着的水牛也"哞哞"地欢叫起来，加快了脚步，哪像往日，慢慢吞吞，拗着劲儿，总想耍赖多吃一口青草才肯走。

父亲一进家门就愣住了，他没有看见爷爷和小姑姑惊喜的样子。

小姑姑低垂着头，额头上垂下的刘海遮住了她的半个脸庞。她一言不语，手里拿着父亲的一件褂子，一针一线地缝补着。"慈母手中线，游子身上衣。临行密密缝，意恐迟迟归……"小姑姑的样子就像这首诗描写的一样，深深地印在了父亲心底。

父亲太粗心了，这才感到他出门时爷爷的异样，想起昨晚小姑姑一直做针线活，她屋里的油灯一直亮到天亮。小姑姑还在因为饥饿也会哇哇大哭的年龄时，为了代替体弱多病的奶奶照顾父亲，她不得不咽下了本该随性挥洒的眼泪，也抹平了一个少女本该恣意绽放的笑容。不知从什么时候开始，父亲再没见过小姑姑流泪，她的老成和坚韧超过了同龄的孩子。这时，父亲才明白，小姑姑为什么总问他"真的想去当红军吗？"她内心的纠葛和不舍，一直想说而又说不出来。

家人的沉闷，让父亲压抑得快要爆炸了，他真想让小姑姑随性地哭一场。他对小姑姑说："姐姐，想哭就哭吧！哭出来就好过了。"

"当，当红军了……"爷爷低着头，哽咽地说道，"舍不得你，你姐姐舍不得你啊……"爷爷在苏维埃政府的工作人员中是个能说会道的人，这会儿，说起话来也变得不那么流畅了。

父亲一言不语地听爷爷絮絮叨叨，一直挨到吃晚饭的时候，爷爷给他做了一碗"鱼圆汤"，这在富人家也是上好的菜了。父亲先给爷爷夹了一个鱼圆子，爷爷一声不响地放回父亲的碗里。父亲又给小姑姑夹了一个鱼圆子，小姑姑也一声不响地放回父亲的碗里。一家人你推我让，谁也不肯吃。

此后，父亲再也没有吃到过爷爷为他做的鱼圆子。更让爷爷没想到的是，父亲这一走就是两万五千里，这碗鱼圆汤成了亲人诀别的最后记忆。

爷爷1938年4月22日酉时去世，这时抗日战争已经爆发，而父亲得知爷爷去世的消息，已经是新中国成立后第一次回乡的时候了。爷爷享年65岁。

夜幕悄悄降临了，雪白的月光，洒遍了洋地村的每一个角落，把低山起伏的小村子勾勒得格外清晰。窗户里透出油灯的橘黄色，星星点点，分布在山脚下、山坡上。微风习习，竹林轻轻摇曳，送来阵阵秋凉，远近，传来几声水牛慵懒的低叫声。这是一个静谧的，催人入睡的夜晚，可是，家家户户的油灯一直亮到天明。

父亲不知道什么时候入睡的，听着爷爷的絮叨，怀抱着他的小木枪，不知不觉就睡着了，这是他最后一次拥抱他的少年时代。

离别的时候到了，参加红军的青年、送行的亲人们都集合到村头。有送儿子的，有送兄弟的，也有妻子送丈夫参加红军的，爷爷和小姑姑也来到了村头给父亲送行。乡政府给参加红军的青年戴上了大红花，敲起了欢送的锣鼓。熙熙攘攘的人群，挤来挤去，相互打着招呼，说些临别的嘱咐，把煮熟的鸡蛋、油粑粑塞给红军，到处洋溢着惜别和喜悦的气氛。

父亲的一个哥哥（叔伯）把两块银元塞进父亲的衣兜说："两块银元，权当路上的盘缠。"父亲除了参加第一届中华苏维埃代表大会去过瑞金，还从未远离过生他养他的小山村。这一刻，父亲恍然明白自己就要离开相濡以沫的亲人，离开朝夕相伴的乡邻了，禁不住鼻子一酸，却忍住了眼泪。

小姑姑拉起父亲的手，欲言又止。从昨夜，到现在，小姑姑没流一滴泪。那是因为贫穷的磨难，让小姑姑麻木得没有了眼泪，还是有泪未到伤心时，她一滴眼泪也不会落下？如今，父亲要跟红军走了，小姑姑肚子里的眼泪还能忍耐多久呢？

正在这时，父亲家的那只水牛，不知怎么跑来了，望着父亲"哞——"的一声长叫，流下几滴硕大的眼泪，眼泪浸湿了它的眼颊。

一直默默无语的小姑姑，再也忍不住了，她"哇"的一声哭了出来。

父亲一把搂住小姑姑说："好姐姐，好姐姐，放心吧！放心吧……"该说些什么的时候了，父亲却重复着简单的一句话，他不敢多说什么，说不定哪句话，就让自己的眼泪也止不住流下。

父亲扭过头去，避开小姑姑的泪眼，却又遇见了水牛无助的目光。他闭上眼，泪水就无声地流了下来。

小姑姑的哭声像导火索，顿时引来了一片啜泣声。哭声越来越大，哭得无遮无拦，哪还有一点壮士诀别的豪气。人们刚才还挂在脸上的喜悦，一下子就变成了满面的泪水，就连欢送的锣鼓声都停了下来。

小门小户的庄稼人，过去地无一垄，房无片瓦，他们所拥有的只有维系种群的血脉和富于牺牲，却并不能随意挥散喜的怒哀乐。除了这种"天道使然"的原始情感，他们再没有任何可供文人墨客充分想象的豪言壮语了。而就是这个千百年来一脉相承的血脉，血脉中流动的情感，才磨砺出了赣南人民的性格。

他们懦弱，逆来顺受，但他们肩头吱吱扭扭的竹扁担，却挑起了历史前进的重担；他们保守、本分，但他们一旦被唤醒，就会爆发出熊熊燃烧的燎原烈火。如今，他们的哭泣，绝不再是对命运的哀伤，而是为了改变千百年来一成不变的贫苦命运，他们义无反顾地把自己的儿女送上了保卫苏维埃的战场。

这就是赣南人挥洒的眼泪吧！哭泣吧，让眼泪尽情地挥洒吧！他们的泪水已经压抑了太长，太久！当他们擦干眼泪，为保卫苏维埃，他们会表现出从未有过的勇敢，会让整个旧世界天崩地裂。

不知是谁带头吆喝了一声："哎哟，依哟……"这一声吆喝迅速传导开来，准备出发的红军战士和送别的乡亲们，脸庞还流淌着惜别的眼泪，就一个跟着一个地唱起了起来："当兵就要当红军，处处工农来欢迎，官长士兵都一样，没有人来压迫人。当兵就要当红军，配合工农打敌人……"

天空升起了金色的太阳，照射着美丽的村庄，美丽的花朵开遍了田野。

集结号吹响了，嘹亮的军号声在山谷中缭绕，奔腾的小溪在合唱，风儿在伴唱。年轻的红军战士排列整齐地向乡亲们举手敬礼。再见吧小乡村！再见吧父老乡亲！在乡亲们欢送的口号声中，父亲和他的战友们一身豪气地踏上征途，从此，开始了他们革命战争的生涯。他们最后走上长征之路，成为红军中最有活力的基干力量，终于完成了他们成为革命者的伟大理想。

父亲参加的这支部队是中国工农红军第 7 军 21 师 59 团，团长龙昌汉，父亲被分配到 3 连。红一方面军"大湖坪改编"，红 7 军整编为红 3 军团第 5 师第 15 团，白志文任团长，罗元发任政委，何德全任参谋长。父亲给白团长当通信员。"扎西整编"红 5 师缩编为红 13 团，番号虽有所变化，其实都是同一支部队。

那天，听父亲讲完"鱼圆子"的故事，我说："爷爷做的鱼圆汤，您到底吃了没有？"

"那鱼圆汤好香啊！"父亲说："我从来就没吃过这么好吃的鱼圆子。当时，我饿极了，也馋坏了，后来还是让我一个人全都吃光了，把肚子都快要胀破了。"

"您就没有给爷爷、小姑姑留下一个，也太不像话了吧？"我说。

"要是让他们吃上一个鱼圆子，"父亲沉吟道，"那碗鱼圆子，恐怕全都泡在眼泪里了。当时，我也是吃给他们看的啊……"

小姑姑看着父亲又哽咽得说不出话来，她给父亲盛了一碗鱼圆汤，说："呐，多吃些，老人就没有白惦记你了。"

"我，我多吃点。"父亲嗫嚅地说，"我那次回乡后还有回去的人吗？咱们村先后参加红军的有 200 多人……"

"回来的就三四个人……"小姑姑说。

"等等，一定还有活着的，可能工作忙……"父亲说。

小姑姑也给我添了一个鱼圆子，这时，我已经吃完三个鱼圆子了，鱼圆子有乒乓球那么大，而且还吃了许多别的菜，我都快胀死了。可是，我不敢不吃，父亲有规定，只要在你碗里的饭菜，一粒米都不能剩，我只好当一次不怕死的"红小鬼"了。

小姑姑天天给父亲做鱼圆子吃，时间一长，父亲越吃越少。只有我硬着头皮当"红小鬼"，小姑姑嘟囔起来："唉！住在楼上，不接地气，怎么能吃得香吗？连孩子都带不好。"

小姑姑去护城河边采野菜，带回家做野菜团子。父亲说："好吃！比小时候吃的野菜团子还好吃。" 没等父亲吃完，她拿了一个菜团子递给父亲，说："哄我，哪有洋地的野菜好吃。洋地什么都有，蕨菜、马齿菜、紫背菜、茶树菇、花菇、竹笋……"

8. 来信讨债的廖叔叔

一天，父亲收到一封来自兰州的信，那是廖作庭叔叔来的信。长征到延安后，父亲改行做了机要工作，他被派到红军卫生学校学习。以后，廖叔叔一生从医，曾经与国际主义战士印度著名医生柯棣华共事多年，在炮火纷飞的战场，他冒着生命危险抢救的伤病员和经他救治的伤员超过 2400 名。他的夫人李桂芝和母亲是红四方面军红军妇女独立团的战友。那时，他们刚刚从部队专业到兰州就给父亲来了信。

父亲没看完信就大笑起来，说："老廖找我讨债来了，这么多年的债，利息得多少啊，我得破产了。"

"欠人家的钱还能笑？"小姑姑一听就急了，说，"欠多少钱？你都忘了啊？那年三十，家里一粒米都没有，爸爸都不肯向地主借粮……"

母亲拿过信，看了一眼也笑起来，对小姑姑说："您别急……"

"欠钱还不急？"小姑姑说，"你当家也不把持着点，咱们穷人，穷归穷，可从来不亏欠谁……"

"哎呀！我的姐姐……"接着，父亲就说起他欠债的原因。

那是1942年，父亲在关中警备司令部工作时候的事。一天，父亲要去延安汇报工作，廖叔叔当时在卫生所任司药，恰好也要去延安领取药品。两个"老表"一合计，为了在路上来点"自由主义"，借机弄点什么好吃的解解馋，可又觉得父亲带着警卫员不方便，找了个借口支开警卫员，两个人就搭伙一起走了。

那天，父亲骑着马，廖叔叔骑着驴，一上路，父亲总把廖叔叔落在后面，廖叔叔也不急，由着毛驴的性子慢慢走。

"喂！"父亲不耐烦地说，"你们卫生所也不看看你的个子，给你弄了头毛驴，像回娘家似的。"廖叔叔1.82米的个子，骑着驴，他的脚差不多能够着地，样子十分滑稽。

"就是回娘家取药嘛。你勒着点马缰绳，让你的马走慢点不就行了。"廖叔叔说，他从来都是一副笑眯眯的样子。

"你抽它两鞭子，看这头懒驴还敢慢慢走不？"父亲说。

"使不得，"廖叔叔说，"我这头驴子脾气大，得顺毛捋，不然非把你甩下来不可。"

"我就不信，还治不了一头牲口，看我收拾它。"说罢，父亲调转马头。

父亲和廖叔叔交换了缰绳，可是，父亲刚抬腿跨上驴背，那头驴就"啊呜，啊呜……"地叫唤起来。没等父亲骑稳，它撒腿就跑，一会儿东，一会儿西，贴着树干往上蹭，想把父亲甩下来。

"小心啊！"廖叔叔连声喊道，"小心，小心！这可是个犟驴……"说时急那时快，廖叔叔话音未落，那头驴屁股一撅，撂脚一跳，就把父亲四脚着地摔在地上，结结实实地摔了个大马趴。

父亲的战马跟着长嘶一声，腾起前蹄，一下子也把廖叔叔四脚朝天地摔了个大屁蹲。

父亲换回马缰绳，在马背上拍了拍，说："老伙计，够朋友！"廖叔叔拉着驴缰绳，在驴屁股上摸了摸，说："好样的！够朋友！"父亲和廖叔叔顿时哈哈大笑。

当时，延安的周围敌情非常复杂，常有国民党特务、敌顽、土匪出没，父亲和廖叔叔早就了解这些情况，但他们都是身经百战的老红军，根本没有把这些情况放在眼里。

路过一个村子，小街上冷冷清清，敲了几家门，进了一户人家，恰好有鸡，老乡没有计较什么价格就把鸡卖给了他们。当时，父亲就觉得什么地方有点不对劲，也没多想，就和廖叔叔一起欢天喜地地忙活起他们的美味佳肴了。

父亲长征后就得了胃病，肚子饿了就胃痛，饭做的硬了也胃痛。他准备了一个特大号的缸子，不管走到哪他都带在身上，防备胃疼的时候，弄点热水或是做点什么吃的用来缓解疼痛，这会儿，父亲的大缸子可派上了用场。

刚把鸡炖出点香味来，父亲就和廖叔叔你一勺、我一勺地喝起了鸡汤。父亲咂巴了几口，下意识地感觉到屋里的老乡不见了，就冲着房门喊了几声，房门敞开着，没有回音，那个老乡不知什么时候溜走了。

"有麻烦了，快走！"父亲立刻警惕起来，接着，他就跑出门外看了一眼，门外什么情况也没有。

廖叔叔也警觉起来，把已经送到嘴边的一勺鸡汤一口喝光了，烫得咧开嘴。他刚站起来，准备立刻动身，跟着村外就响起了枪声。

一听枪声，父亲反倒踏实了，人影都没见到就开枪，不等于报信吗？而且枪声杂乱，估计是敌顽、地主武装，不过人数不少。父亲对廖叔叔说："赶紧骑着你的驴快跑，我来拖住这帮家伙。"

廖叔叔也不啰唆，骑上驴就走，还回过头喊了一声："可别忘了带上咱们的鸡啊。"

十几个敌人缩头缩脑地出现在村子的街头，父亲抬手一枪，一个敌人倒下了，其他的敌人立刻缩了回去。

过了一会儿，又有几个敌人探出身来，刚露头又被父亲撂倒一个，这回敌人缩回头去，再不敢轻易露头了。

敌人一时没了动静，父亲估计敌人可能会从别的地方绕过来包抄自己。料想廖叔叔已经跑出一段距离，他要是聪明会找个地方先躲藏起来，估计不会有什么危险。父亲回身端起他的大缸子，翻身上马，快马加鞭地向乡村口跑去。

父亲刚跑出村口，身后就响起了敌人的枪声，密集的子弹从父亲的头上、身边嗖嗖地飞过，可惜，敌人绕到村口时已经晚了父亲一步。父亲觉得无需再浪费子弹了，听枪声就知道这帮蠢货就是借他们点本事，想要打着父亲也没门儿。父亲骑着马护着他的大缸子继续向前奔跑，打算找到廖叔叔继续美餐他们的炖鸡。这时，廖叔叔早就隐蔽在一个废弃的土窑里，做好了支援父亲的准备，随时杀敌人一个回马枪。这些老红军配合默契，让人钦佩。

父亲想得美，迎面又响起了枪声，接着，就是马蹄嗒嗒的飞奔声，迎面冲着父亲跑来。没想到这帮家伙居然还有伏兵，看来父亲有得一拼了，倒也没把敌人放在眼里。

枪声、马蹄声，越来越近，这里只有一条路，两边是沟壑形成的峭壁，无处可避，这时，天已经全黑了。父亲想，趁着天黑敌我难辨，冲过去再说，他两脚一磕马镫，立刻飞奔起来。

突然，父亲发觉射来的子弹都是从他身边飞过，霎时，迎头飞奔来的马群已经冲到了父亲的眼前，随即，又闪电般地绕过父亲，继续向前奔跑、射击。好啊！原来是自己的部队赶来接应了。

当时，中央机要科得知一个机要科长没带一个警卫就只身来了延安，立刻派出一个骑兵排去接应。

等父亲见到廖叔叔的时候，那缸子炖鸡早就不知什么时候已经洒得一干二净了。"唉！"廖叔叔叹了一口气说："早知如此，还不如让我带着鸡呢。"

"得了，算我欠你一只鸡了。"父亲说罢，斜睨着廖叔叔又说，"伙计，买鸡的钱好像是我掏的腰包吧？也罢，就算欠你一只鸡吧……"

他们的故事，让我听得眉飞色舞，用手比画着喊叫："啪！啪……"

小姑姑听得心惊胆战，说："你们为一只鸡就这么不知死活？"

"还有更离谱的事呢？"接着，母亲又讲起了父亲另一件事。

一天，部队发现有新的不明电台信号在驻地附近活动，父亲和崔论（警备一旅电台区队长）立即向阎政委做了报告。阎红彦政委对父亲说："卧榻之侧岂容他人酣睡！"父亲说："政委有什么打算？"阎政委说："怎么干我不管，那是你的事。我只有一个要求，不要让人家抓住把柄，说我们搞摩擦。"

当时，八路军、敌、伪、土匪武装犬牙交错，弄不好就会招致"制造摩擦"的口实。父亲心里有数，有首长的话怎么干就是自己的事了。崔论说："我去！"父亲说："电台离不开人，我去。"

父亲挑了几个同志，换了便衣去侦察。临出发前文年生司令员来凑热闹，说："这么重要的行动怎么不向我汇报，我得去。"

父亲说："我向政委汇报就是不想让您掺和，您是军分区的最高军事首长……"

文司令员说："废话！机要科长出了问题，谁对我负责？"

父亲说："您出了问题，我可负责不起……"

文司令说："你负责行动，当然你得负责我的安全……"

父亲说："司令员原来这么赖皮，也罢！"

父亲蹲了半天就摸清了敌电台的位置，他原想从部队调人来再采取行动，顺便把文司令打发回去，身边带着首长碍手碍脚。

"甭给我动心眼！"文司令员说，"敌台随时可能转移，岂不白忙活了，而且，这样的行动，也不易大张旗鼓地干，人手多了反倒不方便。"父亲没辙了，决定，等到天黑采取行动，搞掉这部电台。

父亲做了周密的计划，只等后半夜开始行动，可是，父亲他们刚开始行动就被敌人发现了。没想到敌人非常警惕，电台的周围早就布置了暗哨，穿着与农民一样的衣服。

父亲侦查时已经熟悉了周围的环境，哪里肯放弃这次行动，就与敌人周旋起来，如果能调开敌人，就趁机捞上一把，捞不着就把电台炸掉，就算是闹腾一番，估计敌电台也待不下去了。

可是，兜了几个圈，不但没找到机会，反倒迷了路。这时，一直跟踪而来的敌人逼近了父亲他们。父亲发现敌人的暗哨，远比侦察来的人数还多，足有二十几个人，父亲随即命令其他人员迅速撤离，自己负责吸引敌人。

看着其他同志消失在黑暗中，父亲继续与敌人周旋了几圈。突然，他身后传来文司令员的声音："跟我走……"原来文司令员没有撤离，不知什么时候又尾随父亲跟来了，没等父亲开口，他又说，"我路熟，战区里的每一条小路我都熟悉……"

他们夺路爬上一座土城墙，敌人紧跟着也爬上城墙，向父亲和文司令包抄过来。他们已经无路可走，顾不上多想，父亲抱住文司令员，纵身跳下城墙，消失在黑暗中，顺利地回到了驻地。

父亲回到驻地就喊肚子饿坏了，母亲急忙给父亲下了一碗面条。父亲狼吞虎咽地吃完面，还喊饿，面是没有了，母亲只好又给他做了一碗搅团。（一种用玉米面做成的食品）父亲吃罢，倒头就睡。

这次行动没有端掉敌人的电台，但敌人也没弄清是什么部队采取的行动，即使怀疑八路军也无把柄。可这么一闹腾，敌人的地下电台也待不住了，第二天敌人的电台信号就消失了。

次日，父亲才感到腰部不适，这是他第二次腰部负伤，依然照常工作。几天后，他又参加了警备1旅的军事行动。

母亲说："这人哪，真不知道是肉做的，还是铁打的，吃了一碗面条，一碗搅团，喊了几声疼，就没事人似的继续参加军事行动。"以后，父亲一直觉得腰部不适，仍始终坚持工作，直到很多年后的一次体检，才发现父亲有陈旧性腰椎骨骨折。1951年父亲转业时，定为三级甲等残废军人。

革命战争年月因各种原因伤残的人员不知有多少，八路军留守兵团成立的时候，曾有统计，平均每人负伤两到三次。可是，讲起那些九死一生的往事，无论在当时，还是在新中国成立后，他们就像拉家常话一样，说得那么轻松。

小姑姑听母亲说完父亲的故事，唠叨了好几天："着衫、食饭，要你个夫娘做什么……"她好几天都不跟母亲说话，她把父亲负伤的原因全怪到了母亲身上，只是不便开口埋怨母亲。母亲也不计较，时不时抓住机会就哄小姑姑几句。

小姑姑没在我家住多久就走了，父亲本想把小姑姑留在北京，可是，小姑姑一定要走，她说："看见你和孩子们都结实我就放心了。"从此，我再也没有见过小姑姑，可是，小姑姑教给我的歌，我记住了，或许，这是一种不自觉感受的乡情吧。

9. 我家来了放牛娃

那年，许伯伯来到我家，他来前和父亲通了电话。父亲放下电话就乐得合不上嘴，说："当年和我一起放牛的放牛娃要来了。"老家又来人了，我喜欢。

其实，来的不是放牛娃，是将军。他是父亲儿时的小伙伴，当年一起给地主放牛，一起读书，后来又都参加了红军。长征后，生死茫茫，他们从没有见过面。直到许伯伯调到北京，他通过国务院才找到了分别 28 年的父亲。

许伯伯头发花白，精神健硕，满面红光。按照我们家的习惯，父母的老战友，不分年龄，男的头发黑的都叫叔叔，头发白的都叫伯伯，女的都叫阿姨。从那时起，许伯伯就成了我家的常客，聊的最多的就是儿时的往事。

1931 年那年红军解放了洋地村，当时，红军驻扎在村边的一个小山坡上。第一次见到红军，老实巴交的庄稼人都掩起了家门，不敢和红军说话。父亲和许伯伯正在放牛，凑到跟前，伸出手指，摸摸红军战士身上的列宁装，喜欢得不成。红军战士说："喜欢吧，喜欢也来当红军。"父亲说："你们给我发身衣服，我就当红军。"一个红军干部，说："细伢子，不是穿上红军的衣服就当了红军。是当了红军，才能给你发红军的衣服呢。"

红军和蔼可亲，父亲拿油粑粑给红军吃，红军收了他的油粑粑就给他付钱。父亲每天都去送油粑粑，大的两个铜子儿，小的一个铜子儿。送完油粑粑，他就跟红军战士玩耍，一来二去，就和红军交上了朋友。

看见父亲每次都笑嘻嘻地回来，送去的油粑粑还赚了钱，乡亲们也壮起胆来，开始和红军有说有笑了。其实，朱毛红军打土豪，分田地，在红军来到洋地村前就已经传开了，只是谁也没有见过，不相信天下竟有这样的事情。

一个布谷鸟鸣叫的日子，红军惩治了洋地村横行乡里的恶霸地主赖夕明。父亲家分到了粮食、土地，一间房和半头牛。父亲第一次有了那么多的粮食，当他把重重的一箩筐大米扛进家门时，奶奶被惊呆了。她从没有见过这么多的大米，也从来不知道父亲有那么大的力气，能把那么多的粮食扛回家。她颤抖着双手，捧起大米，像珍珠一样雪白的大米，从奶奶的指缝中流出，把奶奶的眼睛都照亮了。

"马上还要去扛大米呢，分给咱家的米还多着呢。"父亲兴奋地说。

"怎么，还有？"奶奶又惊又喜，颤抖着声音说，"怎么，怎么那么多的大米啊？"

"以后，阎王爷管不了咱们的粮账啦，再也不用去给阎王爷磕头，送香币了。"父亲对奶奶说。

"那以后给谁磕头？"奶奶说。

"磕头？"父亲被问蒙了，想了想才说，"给红军呗，红军就是咱们的老天爷呀。"

没有在旧社会生活过的人，根本无法理解农民获得土地和粮食意味着什么，它意味千百年来的"天道"被天翻地覆地改变了，过去被压迫被奴役的农民一夜之间就成了"天道"主人。

夺取土地革命胜利的斗争，就像一堆干柴烈火，一点就着。一夜间，洋地村就成立了苏维埃政权，建立了各种地方革命组织：农协会、妇女会、赤卫队、少年先锋队、反帝拥苏大同盟、互济会。

父亲全家都参加了互济会和反帝拥苏大同盟，每个人每月，交两个铜板的会费。

我爷爷当上了苏维埃乡政府的干部，爷爷的哥哥当选为反帝拥苏大同盟主任。地下党秘密介绍父亲加入了中国共产主义青年团，在列宁的红旗下宣誓。父亲还当选为苏维埃区政府的少先队队长，打土豪、分田地，给政府筹款、筹粮、宣传扩红。洋地的地主有的被镇压了，有的逃跑了，解放的农民，敲锣打鼓，欢迎红军，拥护苏维埃政府，组织起来保卫革命胜利果实，赤卫队员都踊跃报名参加了红军。

洋地刚刚解放，蒋介石就发动了对中央苏区的第三次大规模围剿。父亲和许伯伯带领青年团员、少先队员以极大的热情投入了反围剿斗争。

父亲喜欢上了大刀上系着的红飘带，红军战士都背着大刀，大刀把上还系着红飘带。行军时，风一吹，红飘带就在肩头飘动，像火苗一样燃烧，红得耀眼。红飘带撩动了少年充满希冀的想象。

这期间，最让父亲激动的是，1931 年 9 月，为了表彰父亲取得的工作成绩，苏维埃区政府奖励给父亲一只小木枪，上面刻着一行字"石城县中华苏维埃政府赠"。

小木枪做得很精致，镶了皮带，看上去像真的一样。小姑姑给小木枪扎了一条红飘带，父亲背在肩上，雄赳赳，气昂昂，在所有少先队员中只有他一个人才有这样的小木枪。

"听我的命令，集合！"父亲背着他的小木枪发号施令。"报告队长集合完毕，请指示。"父亲说，他站在队列的前面，值班队员跑步过来，立正，敬礼，向他报告，很严肃呢。

"队长，也让我们背一会儿你的枪，神气一会儿嘛。"一个少先队班长对他说。

"好吧，让大家都背一会儿，苏维埃奖励我，也是奖励少先队。"父亲很大度，他喜欢大家分享他的快乐。

看着少先队员一个挨一个，轮流背上他的枪，摆出各种姿势，父亲说："说说你们的感觉。"

"觉得自己当了队长。"

"不对，我才是队长，好好想想别的。"

"那就和当了红军一样。"

"有点着边，仔细体会一下，红飘带在脸上划过的感觉。"

"有点痒痒。"

"不对。"父亲说。他抬起手，对着持枪的少先队员，扇了扇红飘带，飘起的红飘带，从少先队员的脸上划过，他眯起了眼睛。父亲又说："这回该有感觉了吧？"

"嘻——像奶奶在脸上挠痒。"少先队员们"轰"地笑了起来。不知那个捣蛋鬼，递来一把扇子。父亲接过扇子，对着红飘带使劲儿地煽起来，说："这回的感觉怎么样？"

"嘻！好像被爷爷刮了一耳光。"

"滚！"父亲一把夺过小木枪，他用手指挑动了几下红飘带，一本正经地说："你就没觉得像燃烧的火焰，我们冲向战场。"接着，他做出一个突刺的动作，喊道："杀呀！把敌人打得屁滚尿流。"

"杀呀！"跟着，少先队员们举起红缨枪，齐声喊道，"杀！杀！杀！保卫苏维埃。"

一只普通的小木枪，对今天的孩子来说，只不过是一件微不足道的玩具，可是，当时却象征了苏维埃政权。

1931年11月6日，父亲作为共产国际少共代表，去瑞金，参加了中华苏维埃临时中央政府第一届代表大会。

那天，他背着小木枪，走了一百多里山路，才到达红都瑞金，这是父亲当时见过的最大城市。他情不自禁地奔跑起来，一路跑，一路呼喊："哎！嗨嗨——"一直跑得筋疲力尽，满头大汗。他坐在高大的樟树下，看着巨大的树冠，惊喜地说："原来瑞金就是一个被参天古樟撑起来的世界啊！"其实，父亲只看到了世界的一隅，等待他的还有更大的世界，需要他发现、探索和追求。

7日早晨7时，中华苏维埃临时中央政府第一届代表大会开幕。红军在叶坪红军广场举行了盛大的阅兵式，红军部队扛着轻重武器、少先队员手持红缨枪、赤卫队员在脖子上系着红飘带，他们的队伍在数千群众的口号声中，排列整齐地由南向北行进。

"红军万岁！""苏维埃万岁！""中国共产党万岁！"的口号声撼天动地，久久不能平息。这一刻，父亲周身的血液都沸腾了，仿佛融化在熊熊燃烧的火焰中。

红军第三次反围剿解放了大片地区，石城县只有一个石山孤堡的红石寨还没解放。石城县残存的国民党武装，以及周边地区的土豪劣绅，纷纷转移到红石寨。他们垒筑碉堡，开掘壕沟，设置铁刺等，企图凭借险要地势、充足的粮食、弹药，凭坚长期据守。红石寨成为当时中央苏区数县反动势力云集的最大白色据点。红军决心拔除红石寨。

父亲带领少先队员从洋地到秋溪赖家祠堂（红军攻寨指挥部）集结，再从秋溪去红石寨。他带领少先队，往返跋涉40余里，为红军运送军粮，为红军站岗、放哨，断绝外界敌人与红石寨顽敌的交通联系，配合红军把红石寨团团围困起来。

在围困红石寨的日子，妇女们一边为红军洗衣、烧水、做饭，一边唱歌。赣南的妇女爱唱歌，一唱就是一箩筐，这边唱罢，那边唱。"哎呀咧！山歌越唱越开怀，东山唱到西山来。哎呀！英雄好汉当红军咧，红旗滚滚过山来！"父亲拉着二胡给大家伴唱，红军的队伍走到哪里，歌声就跟着到哪里，歌声跟着红军的脚步走。

1932年1月1日清晨，红军经过长围久困、大量消耗敌人的补给和弹药后，对红石寨发动了猛烈攻击。几把军号同时吹响，潜伏在草丛、山坡上的红军像从地下冒出来一样，在机枪的掩护下发起冲锋。激战6小时，红军冲上山寨，敌人大部被击毙。

红石寨上红旗滚滚，山歌阵阵，满山都是举枪欢呼胜利的红军战士和挥动着手臂欢呼胜利的老百姓，歌声、口号声，在山上回荡，像潮水一样，此起彼伏。红石寨战斗缴获了大量武器和弹药。父亲和少先队员们拿着红缨枪，从壕沟里、岩缝里、草丛中，漫山遍野到处寻找敌人丢下的武器、弹药，比赛谁找得多，每一颗子弹都交给红军，那情景真让人激动啊。

说着话，父亲就和许伯伯唱起了《红石寨战歌》："红石寨上洋枪好，步枪缴了几百条，并台枪、子弹缴了，哎哟，依哟，并台枪、子弹缴了。子弹缴了数万千，好东西凭人捡，把枪支都归政权，哎哟，依哟，把枪支都归政权……"

这首歌充分表达了红军取得红石寨胜利的喜悦心情，两个当年的少先队员唱得那么动情，仿佛又回到了当年。这首歌发表在父亲的回忆录中，尚属首次。

父亲和许伯伯对儿时的回忆乐此不疲，见面就聊。一天，父亲带着我去许伯伯那里观摩坦克试验，那是一个好大的铁家伙呀，高挺着长长的大炮管，威风凛凛。我第一次见到真正的坦克，以前只是在电影上才见过。我兴奋极了，在坦克上爬上爬下，像个猴子似的，东瞧瞧，西摸摸。我问许伯伯："坦克能跑多快，炮能打多远，里面能装多少人……"我提出一串问题，可是，许伯伯好像才刚刚听见，说："哦哦，跑得比公共汽车还快，一眨眼就能追上去，把它轧扁。"

这分明是应酬我嘛。我弯下身，伸着脖子冲许伯伯大喊："还有呢？还有呢……"这时，我才发现他们又津津有味地聊起了儿时的往事，哪里还顾得上理我。

太没品位了，一溜儿坦克成一列，多么壮观，多么令人振奋啊，他们却那么起劲地说什么"小木枪、黄鸡婆子、乌墨子咬得浑身是包……"哪儿跟哪儿啊，我觉得无聊就离开了他们。

那边有一个专供试验水下坦克的池子，有几百米长，是个打水漂的好去处。我到处找石片，打水漂，看着一串串激起的涟漪，我想，黄鸡婆子、乌墨子，咬得浑身是包，在他们的回忆中原来还有那么多的甜蜜和情趣，弄不懂大人想的都是什么。见鬼！突然，坦克发出了震耳欲聋的轰鸣声，我抬腿就跑，去追赶他们，可是，他们早就没了踪影，大概已经钻进了坦克，他们的腿脚太利索了，不愧是老兵。眼看着一辆辆的坦克开走，掀起满地的尘土，扬了我一身的灰尘，我跺着脚大喊："嘿！你们怎么可以把我给落下了，让乌墨子去叮你们吧！"坦克的轰鸣声吞没了我的声音，嗨！有谁能知道我的悲哀。

不同的童年有着不同的恋眷，我和父亲两代人都有自己的童年，品味之中，说不清父亲魂牵梦绕的是他儿时放牛娃的生活，还是那个打土豪分田地"收拾金瓯一片，分田分地真忙"的时代。

我想，只有从那个时代走过来的人，才能品味出其中的意味吧。

10. 家庭幽默

我第一次见到我伯父是从父亲和他打哑谜开始的，那年伯父来北京的中央高级党校学习，他还给我们顺便带来了一筐南丰蜜橘。

伯父和父亲前后脚参加红军，过草地的时候还遇到过。1935 年到达延安后，父亲先调到中央军委通信学校学习，毕业后分配到中央军委机要科当译电员，稍后伯父也分配到军委机要科当译电员。长征活下来的人不到十分之一，兄弟俩竟然都奇迹般地活了下来，又奇迹般地调到了一起，这让兄弟俩格外惊喜。后来，兄弟俩先后调离军委机要科，又在另一个单位不期相遇，再次调到了同一个机要科，这算是一件趣事，也多了点传奇色彩。

父亲和伯父坐在沙发上，就着沙发的扶手嘀嘀嗒嗒地敲起了电码。莫斯尔电码用点（．）和划（－）来表示，本文为了表达的方便，一律采取电码数字。

"3807 现 0961 在 2053 我 0008 不 2508 是 0132 你 4104 的 7325 领 1418 导……"伯父说，他话里有话。

"0132 你 1783 从 0171 来 1432 就 0008 不 2508 是 2053 我 4104 的 7325 领 1418 导……"父亲说，他也话里有话。

"0589 南 0023 丰 5778 蜜 2904 橘 6703 还 1035 堵 0008 不 0006 上 0132 你 4104 的 0878 嘴 0834 吗？"伯父说。

"6757 都 0446 别 2251 提 5283 旧 0057 事 1432 就 5887 行……"父亲说。

"1717 弟 1188 妹 2251 提 6386 起 0171 来 1827 怎 8010 么 6586 办 9981？ 0433 分 2087 手 0683 后 6703 还 3093 没 6015 见 6665 过 7240 面 9976，7181 难 0346 免 9975。"伯父说。

我像听天书一样，目瞪口呆，母亲抿着嘴笑，结果，还是讲起了他们当年的故事。

那年，父亲刚调到关中警备司令部就遇到了一件让他心烦的事，这就是我的伯父，也调到了这里，算是有点"冤家路窄"吧。当年，在军委机要科伯父与父亲不期相遇，兴奋之余，父亲就埋怨伯父："已经有了两个姓赖的家伙还不够，你也来凑热闹。"另一个指的是赖奎。

伯父被说得瞠目结舌，他说："胡扯！组织分配，怎么是凑热闹。"父亲不想"凑热闹"，不久，父亲被调走。以后几经调动，没想到绕了一个圈，他们又调到了一起。据说，还让伯父当正职。父亲嘀咕，真是又"赖"到一块，心里老大不高兴。

兄弟俩经过长征，都幸存下来，又都搞起了机要，居然两次调到同一个单位，面对面地工作，在一个屋檐下吃住，这本是一段佳话，可是母亲说，这可让她伤透了脑筋。

父亲觉得让伯父当自己的领导别扭。伯父觉得，既然让我领导你就必须服从我的命令。资历长短，职务高低，在革命队伍中并没有人攀比计较，长征以来部队多次整编，每次整编都有人降级，大家都服从命令，高高兴兴地接受新的工作。但是，兄弟俩，偏偏放在一个科里就不是那么回事了，恐怕按现在的人事制度也有些不妥。

他们上班的时候不争不吵，暗中较劲。下了班，母亲的"家"就成了他们的"秘密"战场，吵起来没完没了。母亲只好劝架，尽量做好吃的堵他们的嘴。母亲的烹调手艺绝对一流的，就是放在现在的饭店也能当上主厨，虽然当时没有多少东西可做，但是随便什么，经过母亲的手就变成了美味佳肴。

父亲和伯父一进屋就吵，可是，等饭菜一端上来就休战。战争年月"民以食为天"始终都是最重要的，谁也不想饿肚子，何况母亲端上来的饭菜有充分的诱惑力。

伯父说："弟妹现在是领导，你先请。"

父亲说："得了，你是首长，你请。"哥俩儿的话夹枪带棒，多少都有点揶揄的口吻。

有时母亲弄回一点酒，兄弟俩看上去倒也客客气气，你让我，我让你，谁也不肯多喝一点，只是嘴不饶人。急了眼，两个人就打起了"哑谜",他们不好意思让母亲知道他们说些什么。

"4176 2508 1198 6351 4104 3024 0960 0564 6703 7181 4961（真是姓赖的比土匪还难缠）。"父亲在桌子上用手指敲着电码说。那会儿,肃清匪患是边区的头等大事,难怪父亲一开口就用土匪比喻。

"6719 1432 2092 1367 0506 5287 1131 1131 6351 0961 01321367 0676 7391（那就打家劫舍天天赖在你家吃饭）。"伯父用同样手法回复父亲。

"6351 4122（赖皮）。"父亲说。

"1764 2974 1764 2974（彼此彼此）。"伯父说。

"我是可以信赖的赖。"父亲说,这种话他们不需要避讳母亲。

"我也是可以依赖的赖。"伯父说。

"3340（滚）,"父亲发狠地敲打了几下,接着又说,"0132 00083340 2053 3340（你不滚我滚）。"父亲急了眼,连脏字都带出了。伯父哈哈大笑,父亲觉得不好意思,也跟着哈哈大笑起来。

兄弟俩打哑谜,口中不说什么,却常常胀得脸红脖子粗,有时又哈哈大笑。他们一会儿说明语,一会儿敲电码,母亲像听天书,虽然不知道他们具体说什么,却看得津津有味,并不担心兄弟俩真的红了脸。

这样的争吵太有品位了,也只有他们才可能这样拌嘴,吵得热火朝天,别人却不知道说的什么。机要工作的死板,也能创造出幽默。

事情终于到了非解决不可的地步。"有意思,骂人不张嘴,"政治部主任杜平饶有兴致地说:"佳话,佳话!我干报务的时间不算短了,从没想到用这么好的方法争吵。我敢说全军绝无仅有,是写小说的材料。我说,你们还是都留下来,写本小说吧。"杜平和父亲有近似的经历，杜平曾任红 1 军团卫生部政委，后调到红 1 军团无线电队当政委。在长征路上，杜平带领的电台队，毫无差错地保证了红 1 军团的通信联络。

阎红彦政委说："我当年背密码，可背苦了，没想到密码还能这么用，太有趣了。"阎红彦可是个奇人。1935 年 4 月，共产国际为了尽快恢复和我党中央的电讯联系，决定派遣参加莫斯科共产国际第七次代表大会的阎红彦同志带着密电码回国。阎红彦从没接触过密码，也不懂英文，但阎红彦用很短时间就学会了英文字母，把用英文字母编排的密电码熟记在脑子里，回到瓦窑堡后，他全凭记忆向党中央汇报了带回来的密电码。父亲说，他做了几十年机要，对密码的熟悉自不用说，可是，从没遇到过记忆力如此非凡的人，红军中的将领个个都了不得。

话虽开玩笑，不久，伯父调到了别的部队，接着，父亲就担任了机要科长的职务。伯父临走时对父亲说："2053 我 0001 — 6382 走 4430 科 7022 长 1432 就 2508 是 0132 你 4104 的 0055 了。"伯父不愿意当着母亲的面说违反原则的话。父亲说："我是服从组织安排嘛。"他说得堂而皇之，毫不避讳，他真会说漂亮话，也仗着他们是兄弟俩，伯父不跟他计较。

伯父和父亲这一分别，再次见面全国已经解放，兄弟俩仍然安然无恙，却留下了这么一段佳话。他们第一次见面是父亲 51 年回乡的时候。这次是伯父第一次来我家。

听完他们的故事，我兴奋不已，纠缠着父亲要跟他学电报。父亲和伯父哪里顾得上搭理我，他们一会儿嘀嘀嗒嗒，一会儿谈笑风生，直到母亲叫他们吃饭，他们才作罢。

这么有趣的事儿，我可不甘心放弃，最后父亲不得不教了一句电码："0676 7391 9975"

"什么意思？"我说。

"吃饭。"父亲说。

"两个字就这么多数字？"我说。

"四个字码是一个字，最后的字码表示句号。"伯父说。

"0676 7391"的意思就是吃饭，我太高兴了，说起来有多绅士。

父亲的战友还有一个会用电码说话的黎辉宝伯伯，他常来我家，只是我过去没有注意。

黎伯伯也是经过长征的老红军，他是父亲在延安军委通信学校时的同学，解放战争时，父亲在联防司令部机要科，他在联防司令部电台 21 分队。他是父亲调到北京后最早遇到的老战友之一，他家住在我家对面的铁四区，离我家很近，常来串门。

我小时候，黎伯伯初次来我家做客，他看我盯着他的脸看就说："伯伯的大酒窝好看吧？"父亲说："一次战斗，一颗子弹从他的左腮穿过右腮，敌人的子弹给他做了两个酒窝，把他变成了美女。"

"好看。"我说，其实，我也不知道该怎么回答他，反正一点也没觉得难看。我又问："牙齿不是也都打掉了？"

"当时，正向敌人冲锋，我大喊'杀啊'！"黎伯伯张大嘴比画了一下说，"子弹没碰着牙齿就穿了过去，要不我就得吃屁夹饼子了。"这是一句陕北挖苦人的话，意思是说，缺了牙齿的人说话漏风，说话时要吃大饼，堵住漏风的嘴，才能把话说清楚。

从战火中走出来的这一代人，即使是九死一生的经历，也都变成了他们茶余饭后的趣谈，仿佛他们从战火中带来的全是趣事。

11. 弹棉花的张叔叔

我家真是热闹极了，又是讨债的叔叔，又是放牛娃的将军，后来又来了一个"弹棉花"的叔叔。他是张来发叔叔。他有一头乌黑的头发，大眼睛，长得很帅气。他是父亲的入党证明人，长征到陕北始终都是同一个部队的战友。过大渡河前张爱萍调到红13团任政委，张叔叔给他当警卫员。

这天，我刚进家门就听见父亲和张叔叔唱歌："红军向东行65 35 围攻沙县城积极进攻敌人。12 165|16 35|沙县有个卢兴邦呀，2123|1 21 两团残兵守孤城。76 77|6— 56| 卢兴邦，日夜打电报，哭请蒋贼来救命。蒋介石派了两个师呀，两次增援沙县城。被我打回 23 12|3—53| 哎呀沙县人民得解放呀。21 23|1—21 | 我们的红旗呀65 35| 插到南昌城,再与帝国主义战……。"直到我走到他们跟前，他们还是自顾自地陶醉在对往事的回忆中。

他们唱的是《攻打沙县战歌》，我在写作本文的时候，才从父亲的笔记中看到这首歌词和曲子。谱子的写法不一定正确，父亲不懂乐谱。不过经过半个多世纪还能保留下来的红军原唱歌曲，已经难能可贵了。父亲特意把这首战歌记录下来，足见他对沙县战役情有独钟。

当时，父亲已经调到红5师卫生部，边学习边战斗，随部参加了沙县战役。沙县战役是东方军第二次入闽作战的一次重要战役，由红5师担任主攻，负责攻打卢兴邦的老家尤溪。

那天下午，父亲和战友们正在设置野战救护所，敌军盲射的一颗迫击炮弹栽进了土里，炮弹的冲击力砸出一个坑就像钻进土里的一个大萝卜，紧贴着父亲的脚尖。乖乖！没有爆炸。父亲吓了一跳，身边的战友见状急忙赶来，想帮他把炮弹挖出来。父亲说，千万别乱动，大家赶快离开，把工兵叫来，弄不好连你们一起都报销了。在工兵的帮助下"大萝卜"被挖了出来，可是，大家刚刚离开现场，就听见"轰"的一声巨大的爆炸声……

我听得惊心动魄，"啊"了一声，说："那你不就死了吗？"父亲满脸笑容，说："死了还能有你……"原来那一声巨响，是红军引爆了城下坑道里的炸药，攻城部队立即发起冲锋……

沙县战役中，父亲在护送伤员去医院的途中还有一段趣闻，这恐怕也是父亲对沙县战歌记忆深刻的又一个原因。

在护送伤员的路上，一个伤员大喊大叫，满口粗话。卫生员想方设法地安抚他，可是，他还是骂骂咧咧无法平静下来。父亲担心伤员这样大喊大叫，很可能弄坏刚刚包扎过的伤口，造成更大的危险。情急之下，父亲拉起了二胡，边拉边唱。琴声、歌声分散伤员的注意力，伤员像被打了镇静剂，很快就平静下来了，还跟着曲调，低声地哼哼起来。

父亲边拉边唱，一直到野战医院。手术后医生对父亲说："你的二胡拉得好，顶得上半个手术。"他还嘱咐父亲说："特别是重伤员，路上一定不要让他睡过去，睡着了就可能醒不过来。"音乐还有镇静作用，父亲没想到。

那个骂娘伤员是个班长，不识字。父亲年轻的时候透着几分"狡猾"，他想找茬，教育教育他那个满口粗话的毛病，就利用他养伤的时间，开始了对他的"教育"，或许，也出于对伤员的喜爱。

红军医院在一座背山而建的民居里，从山里流过这里的泉水，潺潺流淌，日夜不息。山前面是病房，病房前有一个池塘，用竹筒拼接起来的水槽像自来水一样把泉水引进池塘，医院里的生活、治疗用水都来自这里。在池塘前的空地上，架起了几百根竹竿，晾晒着浆洗过的纱布、被单和伤员换洗的衣物。

洗得雪白的纱布不时地被风轻轻扬起，雾一样地散开，又落下。鸟儿被惊吓得时而飞起，时而落在远远近近的树枝上鸣叫，与哗啦啦的流水声交相鸣和，像是古筝弹奏的乐曲，清幽而淡远。

父亲说，他每天就在这种风景如画的房舍里学习，工作，听着鸟鸣，流水声，给伤员疗伤，守候着伤员睡熟。我不知道这是不是真实的红军医院，还是因为融进了父亲富于情感的描述。

没有去过赣南的人就不知道赣南的美丽，没有理解赣南人情感的人就感受不到赣南的韵味。在那个使生命重生的红军医院，父亲更热爱创造生命的工作，热爱那些在战斗中负伤的战友。所爱的就是最美的，我相信父亲的感觉，战争中的红军医院一定有着令人难以忘怀的地方。

一天，父亲把那个伤员班长带到水塘边，搀扶着他坐下。父亲先放下随身带的二胡，接着，又从腰间抽出一根提前准备好的竹棍，有一尺多长。他用竹棍敲打着地面说："这是我的教鞭，也是你的笔。从今天起你一边疗伤，一边由我教你识字，这是医院的统一规定哦，你不会反对吧？"没等伤员回答，父亲诡秘地一笑，又说，"我现在是你的先生，你是我的学生，学生必须听先生的。学生学不会，先生要打板子，这是师道尊严。"父亲的话有点文绉绉了。

"嗯！"班长闷声闷气地哼了一声说："他妈的，什么师道尊严？不就是打板子嘛。"班长直白得可爱。

"差不多就是这个意思，要看你学习听不听话了。"父亲说。

"那我学得好呢？"班长说。

"那就给你拉二胡，一直拉到你睡着，让你一晚上都感觉不到一点疼痛。"父亲说。

"你怎么教，我就怎么学啦，听你的就是了。"班长说。

父亲开始实施他的"教学计划"，一天教他一两个字，而且故意不按顺序教。父亲说："这是'红'字，就是红军的'红'。这是'军'字，红军的'军'。今天就学两个字，好记吧。"

"他妈的，"班长不耐烦地说："这两个字我认识就是还不会写，能不能先教我写家信，我当上班长，还没给家里人写过信呢。"

"哪有专门学写家信的。"父亲说，"字要一个字一个字地学，等你养好了伤你就会写好多字了。那时，你再把当班长和负伤痊愈的事一起告诉家人，对他们说信是你自己写的，他们该多高兴，而且你还可以写封情书啊。"

"情书是什么？"班长说。

"情书……"父亲犹豫了一下说："情书也是家信，就是给你最惦记的人写的家信。"

"唔，我最惦记我娘了。"班长说。

"好了，不说这么多了，你现在写字，我给你拉二胡。"父亲说。

一缕阳光，一泓池水，一把二胡，两个红军战士，在红军医院的一隅，融合成一幅多么闲适而优美的画卷。

第二次，父亲又教了他一个"人"字，这样几次下来，等父亲把给他教过的字串联起来，就是"红军战士是好人不"。

"废话！你教这几个字没意思。"班长说。

"会有意思的，慢慢来嘛。"父亲说。接下去的一天，父亲又教了他一个"骂"字。调整一下顺序就是"骂人不是好红军战士"。

当那个班长按照父亲调整的顺序，认认真真地写完这句话的时候，脸一下就红了。"哈哈！"父亲把班长绕了进去，他得意地笑起来，说："这回有意思了吧？"

"还有这么教书的啊？"班长难为情地笑了，说，"几个字调换一下，也可以教训人呢。以后不说'他妈的'了。"

父亲开心地笑起来。以后他们反倒亲密得像亲兄弟了。等到班长出院的时候，他已经能在父亲的指导下写简单的家信了。他还语出惊人地说出一句话来："我想给我娘写份情书！"父亲没有把"情书"的含义解释清楚，这才造成了班长的误会。

"还是让我帮你写封家信吧，"父亲笑说，"你还要学好多字才能写情书呢。等我帮你写完这封信，你就知道什么是情书，该写给谁了。"

父亲的故事真有趣，想必有一天，那个红军班长有机会写"情书"，也会为那个故事而笑起来，我希望是这样。可是，父亲是不是也太"那个了点儿"，不过父亲经历也有不少冒傻气的故事。

生死与共的袍泽见面，哪还顾得上我，我难得插上一句话。他们一会儿说东一会儿说西，这时，他们又说起了父亲参军不久的一段往事。

1933 年 2 月 9 日至 3 月 21 日的东黄陂和草苔岗战斗，是父亲参军不到一年的时间里，参加的两次最大战斗。那天，红 7 军进攻黄柏山敌阵地，激战到天亮，天空突然出现了四架飞机，盘旋投弹，爆炸的弹片呼啸着漫天飞舞。父亲被弹片击中头部负伤，流出的血封住了他的眼睛……

父亲说着往事，张叔叔插话说："那时，你要多傻有多傻，大吼一声，见鬼！打仗就打仗，竟敢弄脏我的军装。你擦了一把遮住眼睛的血，一跃而起，端起步枪就想向敌机射击。我一把拉住你，按在地上说，卧倒！你小子疯了，不要命了？"

"那当然！"父亲说，"他弄脏了我的军装，我非赚回来不可。"父亲真逗，不在乎负伤，反倒说弄脏了衣服。

1934 年 4 月初，敌军北路军准备大举进攻广昌。中革军委急令红 3 军团从福建建宁地区回师江西，保卫广昌。红 3 军团遂放弃东线作战，直奔广昌。

那天红 5 师到达指定位置，准备在广昌以北的盱江两岸阻击敌军，突然飞来几架敌机，对红 5 师进行了猛烈轰炸。

爆炸翻起的气浪把父亲埋进土里，等飞机离开，父亲从土里钻出来时，这才发现呼啸的弹片已经把他的衣服炸得稀巴烂，整个后背都裸露出来，而父亲却毫发无损。

说到这，父亲不觉一笑，说："就是光着脊背的样子让人笑话。"

"后来，还是我找来块布，替你补在后背上……"张叔叔说。

"那是你出我的洋相，那块布花里胡哨的……"父亲说。

"当时，你可没这么说。"张叔叔调侃道，"大家都夸你穿的衣服就像满清官员官袍上的补子，怎么也算个九品官，你还美得不成。"

"你成心恶心我。"父亲笑说，"我早就知道了，你从敌人的尸体上扯下一块布，这笔账还没跟你算呢。"

"也罢！现在还你一打上衣，我有的是……"张叔叔说。

父亲和张叔叔东拉西扯，又说到了飞夺泸定桥。

张叔叔说："当时，敌人放火烧桥，我们红13团突击队12人，一阵风就冲了过去，夺取了泸定桥……"

"过铁索桥时晃动得厉害。"父亲说，"前面的同志喊，同步前进，防止桥身摇晃，眼见前面的一个同志掉下铁索桥……"

"是电台的一个同志掉下去了，我还记得电台的台长叫林青。"张叔叔说。

我听得津津有味，打仗的故事比放牛娃的故事听起来有趣。趁着父亲给张叔叔点烟的时候，我才得空儿，说："您也当过放牛娃吗？为什么您讲的故事怎么都是打仗的。"

"我可不是你的老乡。"张叔叔说，"老乡见老乡，两眼泪汪汪，放牛娃的事儿，我就不和他们一起流眼泪了。"

"我可没看见谁流眼泪啊！"我说。

"那他们说什么？"张叔叔说。

"没劲儿！什么黄鸡婆子、乌墨子，咬得浑身是包……"我又说，"那您是干什么的？"

"我？"张叔叔迟疑了一下，笑说，"我是弹棉花的。"

"弹棉花的？"我说，"就是拿个大弓子，嗡嗡的吗？"

"对！对！嗡嗡的。"张叔叔笑弯了腰，他张开胳膊，比画着说，"不过我弹棉花的弓子非常大，非常大……"

"能有多大，比一棵树还大吗？"我说。

"我们的厂房就有十万几千平米。"张叔叔说，"把你们住的这个院子装进去也就是一角。"

这个概念远远超过了我的想象力。其实，张叔叔说的是新疆七一毛纺厂。1949 年 10 月 10 日，王震将军率军进军新疆，向中央和西北局提交报告。要在新疆建立一座拥有 3 万枚纱锭、1200 台织布机的纺织厂。为了新疆纺织工业的建设，大批部队官兵留了下来，仅用了十三个月，硬是用双手建起了 107930 平方米的厂房和宿舍。1952 年 7 月 1 日，新疆七一毛纺厂开工投产。

"真是不简单啊！"父亲说，"全凭一双手，艰苦程度远远超过了当年延安的大生产。"

"为了这个厂的建设就牺牲了十二个战士，新中国的建设也是一场战争。"张叔叔说。

张叔叔从新疆带来了一大袋子葡萄干，这是我第一次吃到新疆葡萄干。我们一边吃葡萄干，一边听他讲新疆的奇闻轶事。他还给我们唱了一首新疆的歌：

"达坂城的石路硬又硬啦，西瓜大又甜呀，达坂城的姑娘，辫子长啊，两个眼睛真漂亮……"

这首歌太好听了，没想到新疆的歌那么好听。三哥小春听傻了眼，张着嘴发呆，腮帮子里塞满了葡萄干露了出来，惹得大家哄堂大笑。这可能是小春与新疆结缘的原因之一。

12. 给解放军运过军粮的马夫

暑假是我最快活的时候，父亲放鸭子，任你玩个够，他也没工夫管我。我们大院门前的护城河，河堤上布满了绿草，青翠欲滴，河水流翠，粼光闪烁。河边沙地上常能看见一条拖曳出来的浅线，沿着这条线往下摸，准能让你有足够的惊喜，捉到一只小河蚌。光着脚站在水里，一群群小鱼苗游来，别动！小鱼苗会啄你的脚丫。弯下腰，轻轻地把手放进水里，没等你捧起它，小鱼苗尾巴一摆，就像烟一样地消失了。

下雨的时候，机会就来了，把网扣下去，就能捞上五六条两三寸的小鱼儿，大概是小鱼苗的哥哥姐姐吧，它们没有小鱼苗机灵。

有一种小鱼儿，非常好看，扁扁的，小尾巴，鱼鳞泛着蓝光，我叫它"火蓝片"。我把火蓝片带回家，把它和小金鱼养在一起。父亲说："野生鱼和金鱼不能养到一起。"他给我找来一个小脸盆说："要是你喜欢就分着养，让他们各得其所。"

我不信，偏要养在一起。几天后，小金鱼儿的大尾巴被火蓝片咬秃了，我说："怎么那么馋啊，连人家的尾巴都吃，找抽。"

"物以类聚，人以群分。"父亲说。都是同类，在同样的生活环境下，有足够的食物，为什么不能相安无事，非要咬人一口，其中的道理经历了很多事后我才明白。

小河满足不了我的好奇心，我拿着月票满天下疯跑，最远跑到大郊亭去捉蚂蚱。大郊亭，不是如今四环路两侧CBD高楼林立的样子，那里还是"稻花香里说丰年，听取蛙声一片"的景象。那会儿的北京，清淡得像一幅水墨画，没有一点的浮躁和喧嚣，随便找个地方，都能找到诗的感觉。

　　我和小青都喜欢游泳，母亲每天给我们每人一角五分钱，一角钱可以去一次陶然亭游泳场，剩下五分钱可以买一根冰棍儿吃，节省了买冰棍儿钱，就可以去看一场电影。不去看电影就可以去大栅栏看杂耍，那里摆场子的，撂摊子的，比比皆是，占了好几条街，给人一种怀古的情调。

　　三年自然灾害，我不知道老百姓的日子怎么过，我们在学校一直吃的都是精米白面。这种生活一直延续到了我上小学五年级，我们学校解散了，连续三年的自然灾害国家已经无力承担我们如此高昂的生活标准，自此，我就算融入了普通百姓的平常生活。

　　小春是我家的"饿死鬼"，我每次回家，都能听见小春对母亲埋怨说，在学校根本吃不饱啦，饿得眼都发黑啦，腿都肿了等等。

　　小春常常趁着家里没人，偷吃阳台上挂着的萝卜干。一次吃多了，肚子胀得满地打滚喊疼。母亲说他是个不知饱饥的家伙，母亲发音把"饱饥"说成"饱局"，不知是四川口音，还是在陕北生活久了夹杂了陕北方言，不过我能听懂了就是了。

　　一天，胡伯伯从银川托人捎来的一袋大米，还有一封信，信里写了一首诗："碎玉翻入青瓦钵，泉清几度酿酒浊。忆著长安索米愁，天下争换此物多。"那会儿，我家里在西安的妹妹小丽已经随胡伯伯的调动去了银川，成了他家的女儿。

　　父亲一看就笑了，说："这个老胡，笑话我在北京没有大米吃。"他到处打听，跑到西山的稻香湖，死起白赖地从老乡家用五角钱买了一把米。父亲跟胡伯伯叫板算是输了，但是他不服输，他把这把米装进信封寄给胡伯伯，信里也写了一首诗："谁说长安索米愁，稻香湖米入玉钵。恐是麻姑残米粒，不曾将与世人换。"写罢，他叹口气说："连北京都艰难到这种程度了，老百姓的生活可见一斑。"

那会儿为了解决干部的营养问题，单位绞尽了脑汁，弄来什么就发什么。一次单位发了一大桶的黄油，母亲就天天给我们在馒头上抹黄油，吃得我只呕。还有一段时间我家天天吃羊肉，据说是从草原上打来的野山羊，那个膻气味，我闻了就想吐，只有父亲和小玲爱吃。

一天，接到父母单位的通知，让家里人去单位食堂领取营养品，让带上两个暖瓶。小春一听就来了精神，拉上我就走，希望捷足先登先吃一口所谓的营养品。

在单位食堂，管理员给我们装了两暖瓶，还神神秘秘地说，一个老干部只给一瓶，你们家两个老干部能给两瓶。我问这是什么东西？他说叫"小球藻"，是新研究出来的高级营养品。

一出门，小春想吃，我没吭声，他没好意思动口。走到半路，小春忍不住了，一定要尝尝，可是，他刚刚噘起嘴，口对口地对上暖瓶口就皱起了眉头，大概气味不太好吧。小春到底没忍住，还是喝了一口，随即就喷了出来，"呸呸"地接连啐了几口唾沫。我对着暖瓶口往里看了一眼，像是河沟里长了绿毛的水，闻上去味道不好，也形容不出来到底是什么味道。

当晚，我在《北京晚报》上看到一则消息："小球藻喂猪效果好。"全家人谁都没有勇气享受那个"营养品"了，只有父亲不以为然，自顾自地喝了两杯。父亲连老百姓不吃的东西都吃，他比老百姓还老百姓，吃过草根树皮的人，在意的是有没有营养，有营养的东西哪能浪费。

我们从小家里就有保姆，保姆是河北人，裹小脚，年龄比母亲大很多，身板都佝偻了。母亲让我们叫她大娘，这可能是从解放区带来的习惯称谓。母亲与大娘没有什么区别，大娘年老体衰，母亲不让大娘干重活、累活，只让她干些力所能及的轻活，家里能多个人照应就行了。

大娘做饭不好吃，平常做饭都是母亲做，大娘和我们在一个饭桌上吃饭，吃的都一样。战争年代吃的都是粗茶淡饭，母亲习惯了，无论有什么美味佳肴，她只吃腌菜。一次检查身体，医生惊讶地发现，她营养严重不足，奇怪老干部普遍营养过剩，她怎么可能出现营养缺乏的问题。之后，母亲强迫自己在食谱中增加了牛奶、豆浆、鸡蛋之类的东西，不过她依然很少吃肉。

我是家里最小的男孩子，除了我，母亲要求两个姐姐自己能洗的衣服自己洗。男孩子洗衣服不行，力气活儿就轮上我了。我家的小锅炉烧的是煤球，搬煤球的活都归我干。有时我偷懒，到了送煤球的时候，我故意赖在外边不回家，母亲不等我回来就自己搬。冬季储存大白菜，一买就是几百斤，搬运大白菜的活也都由我包干。

大娘说："当年解放大军也是这样，住在俺家啥活都抢着干。现在当官了也不会享享清福，家里雇了人，还自己干活，连孩子也不例外，俺担心在你家干不长了呢。"大娘没儿没女，母亲全把大娘当成了自家的老人，把她的户口从河北迁到北京，落在我家，她在我家一干就十来年，成了我们家的一员。

小春高中没毕业就去了新疆生产建设兵团，他聪明绝顶，学习成绩相当优秀，文章写得好，画也画得好，还能写一手漂亮的毛笔字。他喜欢父亲的毛笔字，模仿父亲的字体练字。

当时，不知转了哪根筋，他不想读书了，谁也拦不住，一门心思要去新疆。父亲把道理讲清楚了，小春仍然坚持，父亲托农业部的王道三伯伯帮忙，把他送到了新疆。我想就算是走后门去的新疆生产建设兵团，也还算不上搞什么特权吧。

父亲过雪山的时候，曾经救起过一个何德全伯伯，授衔时官拜中将，后文还会说到他。他的一个孩子一直在农村务农，父亲说："干革命，打江山，不就是为了让百姓有田种，自己的后代去种地有什么可奇怪的。小春有骨气，你们都要向何伯伯的孩子和小春学习。"

小春临走前，我在他的枕边看见一本描写生产建设兵团故事的小说《军队的女儿》，主人公叫刘海英，是个兵团女战士。我趁着小春有两天不在家，一口气读完了它，读得如痴如醉，被刘海英的事迹感动得几次流泪。小说中的刘海英，是个非常勇敢和漂亮的女孩子。我猜想，小春可能要去追求他梦里的刘海英了，我真为他高兴，为了这样一个女孩子就是追到天涯海角也值得。

在新疆生产建设兵团，小春先当了拖拉机手，一年就入了团，后来当了小学的语文老师。1964 年 12 月 15 日，小春给父亲寄了一张以天山为背景的照片，他在照片的背面写道："天山余脉中的一个四面环山的湖泊。清亮的池水，映照着密密麻麻的松林。冬寒初来的时候，白雪覆盖的松林连成一片，美丽非常，气象豪放，这就是我的故事开始的地方！祝父母愉快！儿小春。"

从照片上看，小春站在湖边堆放的圆木上，他的身影只有一个朦胧的小点。他似乎想告诉我们，他的生命已经融化在美丽天山的图画中。我感到了几分诗意和鼓舞，父亲牵挂他的心放下了。他把小春寄来的照片，贴在他最重要的影集里，像宝贝一样地珍藏起来。

小春不仅找到了故事开始的地方，而且，还找到了他梦中的刘海英。1966 年"文革"开始前，小春回北京探亲，他让我看了女友的照片，那是一个天津女孩儿，跟我想象中的刘海英差不多，端庄、美丽，有点瘦弱。

我对小春说："她就是你的刘海英吧？当时，你是不是因为看了《军队的女儿》……"没等我说完，他就脸红了，说："你胡扯什么？到边疆去是党的号召，你不知道新疆有多广阔，多美丽，多诱人。"一连三个"多"字，看来小春已经爱上了新疆。

为了证明自己，小春拿出他的日记，翻了一页让我看："她迈着轻盈的脚步走来，捧起黝黑的泥土。看啊！拖拉机翻起的泥浪，那是一个春天开始的童话；夏天，她牵起花裙子拉我爬上山顶。看啊！田野里荡漾着绿色麦浪，那是一个明天的憧憬。秋天，脱粒机堆起了一座座金山，我和她坐在谷堆上，数天上的星星，她说秋去冬来，冬天你还会给我讲一个怎样的故事？我说，把再一个春天的遐想，留在'忽如一夜春风来，千树万树梨花开'的梦中……"

我一边读他的日记，一边笑谑地说："远不如你上学时候的作文写得好，什么春天里的童话，数星星，全是电影里的老套子，俗死了。还不都是些打情骂俏的话吗？"

"你懂个屁，"小春脸一沉，说，"我写的'她'是指我们的新疆，我们的农场，你以为什么呢？跟小学生聊天真没劲。"

"我现在上中学了。"我纠正他，又说，"酸，还是酸，酸死了。"

"滚你的吧，别看了。"小春的脸更红了，他一把夺回笔记本，先翻了几页，最后还是收了起来。估计他本想证明自己的文采，让我再看一些日记，可是，被我臊得没了信心。

青春期的青年人变得羞涩起来，连写日记都变得酸了吧唧，早就没有了偷吃萝卜干和小球藻时那么"皮厚"的样子。原来爱情的魅力有这么大，我真希望他的梦能像"醋"一样，一直"酸"下去。

父亲闲暇的时候喜欢种些花草。他最喜欢昙花。不过我对昙花一点兴趣都没有，一年就开那么几次花，时间还那么短。

那时，我们家门前有块空地，父亲种了许多萝卜、白菜之类的蔬菜，还有几十颗向日葵，这个比较符合我的兴趣。

每天天刚亮，父亲就催我跟他一起去捡马粪施肥，一根棍子从桶的提手上穿过，我扛在肩上走在前面，父亲用手提着跟在我后面。出了我们大院，向南，向西都是小马路，经常有马车通过。虽说经常有马车通过，但马粪并不是很容易捡到。马屁股上挂了粪兜子，走很长路，也不一定碰上一个掉下来的马粪蛋。

父亲走得不慌不忙，时间一长我就不耐烦了，心想什么时候才能捡满一桶啊，不过我不吭声。父亲一看我扭来扭去的样子就知道我不耐烦了。他抓住机会，就向走过来的马车的马屁股扔出一个小石子儿，拉车的马立刻就颠着屁股小跑起来，马粪蛋随即撒了出来。有时我也学着父亲的样子做，往往招来一通臭骂，也不在意，觉得很好玩。

一次，马被我打惊了，只听一声马嘶，马蹄腾空跃起，我还没醒过神，父亲早就一个箭步蹿了上去，一把就勒住了马。

"好把式，赶车出身吧？"车把式说。

"当年给解放军运过军粮。"父亲说。

结果，车把式给我装满了一桶马粪，我一个月都不用起大早去捡马粪了。我初次感受到了父亲的"英雄情结"。

一个从农村走出来的革命青年，万水千山造就了他们的性格。他们勇敢、坚强、智慧、潇洒，却始终保持着泥土地一样的胸怀和淳朴。一个"马夫"的父亲，比一个高级干部的父亲，更能让我理解和接近。我更喜欢一个"给解放军运过军粮的马夫"做我的父亲。

我的少儿时代，有太多父亲从战争岁月带来的"红小鬼"情结和延安供给制传统的印记。即使这么说，父母也罢，我们也罢，我们家和大多数老百姓，都是平平常常地过日子，大人上班，小孩儿读书，种点菜、捡点马粪，老百姓的柴米油盐酱醋茶一样不少，只是精神生活表现在不同层面上。

我想，如果没有"文化大革命"，我们也会和大多数的老百姓孩子一样，好好学习，考大学，考不上大学就去做工，甚至当农民。

当知识分子也好，当工人、农民也好，在我接受的教育中没有什么三六九等。可惜，我们的平常生活没能继续下去，小春的梦也没有延续下去。就是给我一万种想象，我都无法预见，我们的命运竟会变得如此戏剧人生。

第四章　中元节的茄灯

13. 中元节的困惑

"文化大革命"前，北京举行过最后一次中元节。"中元"也称"鬼月"，是民间祭祀亡灵，用以赦免亡魂之罪的祭祀活动。

那天，父亲带我去北海公园观看中元节河灯，琼海之中到处都是茄子做成的河灯，非常壮观。我第一次看见河灯，兴奋地惊叫起来："爸爸！你看啊，就像天上的银河，河灯比天上的星星还多，还亮。"我跑到湖边，从湖边的汉白玉栏杆上探出身，伸出手，不停地摇晃，想从湖水里捉住一颗流动的"星星"，可是，眼看河灯漂到我跟前了，又悠悠地荡去了，急得我直跺脚。

父亲说："有些东西不一定拿在手里看才能看清楚，很多事情离得远点才能看清，银河就是因为离我们遥远，我们才能看清楚。"

看我雅兴不减，次日，父亲又带我去了一趟西便门外的白云观。这是我第一次去白云观。白云观里有数不清的神像，父亲耐心地听道长讲解，听得非常认真。

"知人者智，自知者明。胜人者有力，自胜者强。知足者富。强行者有志。不失其所者久。死而不亡者寿……"道长说。

"他说的什么？我一句都听不懂。"我说。

"他说的意思是，"父亲说，"能够了解他人的人是有智慧的，能够了解自己的人是高明的。能够战胜他人的人是有力量的，能够战胜自我的人是真正的强者……"

说着话，父亲跟着道长走进灵官殿，他指着一个红脸虬须朱发、三目怒视的神像对我说："这是一个大元帅，现在你就要近看了，近看你才能看得清楚。大元帅三眼能观天下事，一鞭惊醒世间人。他能告诉你什么事该做，什么事不能做。"

那天，父亲还给那个七十多岁的道长照了一张相片。父亲昨天让我远看，今天让我近看，现在想起来，恐怕不是我当时兴致不减，而是父亲另有所思，他本来就想去"参禅悟道"。

1963 年至 1965 年江青搞"戏剧革命"时，时任北京市宣传部长的李琪坚持传统戏、新编历史戏、现代戏不可偏废，反对禁演传统戏。他的主张与江青的主张发生了严重分歧。

李琪伯伯就住在我家的对门。李伯伯只有三五年私塾的文化程度，在战争年代也有过九死一生的经历，但是他文化、历史、政治理论等方面的学识非常渊博，发表过许多文章和著作。我们家的书柜里有他著述的《〈实践论〉解释》、《〈矛盾论〉解说》两本书。他家的书斋气很浓，在我的记忆中李伯伯是一个风度翩翩的忠厚长者。

1965 年底，姚文元在上海《文汇报》上发表《评新编历史剧〈海瑞罢官〉》一文，该文的指向是什么，政治敏感的人谁都清楚。可是，李伯伯偏偏"不识时务"，1966 年 1 月 8 日，他在《北京日报》上发表了他撰写的《评吴晗同志的历史观》一文，他还在《文艺战讯》

上发表了《在北京京剧团谈关于〈海瑞罢官〉剧本写作和排演的经过》。他希望将政治批判引向学术批判,这显然是对政治取向的公然对抗。

1966 年 5 月 15 日,造反派（当时还没有造反派的名词）搜查了包惠僧参事的家,包惠僧曾代表陈独秀参加了中共一大,他家住在国务院宿舍 13 组,这是我们大院最早被搜查的人。

1966 年 5 月 16 日,报纸公开点名批判了李东石,李东石是李琪的笔名。那天傍晚,我看见他在报箱里取报纸,往常他取了报纸就走,可是,那天他取了报纸,站在报箱前,急匆匆地翻了几页才走,上楼时,绊了一下,差点摔倒。

接着,戚本禹在《红旗》杂志上点名批评了李琪。父亲对戚本禹并不陌生,反右时父亲的一个老战友就曾遭到他的陷害,冤狱几十年。如今小鬼当道,已经成精了。随后,李伯伯遭到批斗,受到辱骂及殴打,大字报从他家门口一直贴到我家门口。

1966 年 7 月 10 日,那是一个星期天,李伯伯和他的妻子李莉、子女不知不觉就消失了。一个门对门的邻居,抬头不见低头见,转眼就莫名其妙地消失了,我懵懂不解。

应当说在我当时的年龄,无论是父母,还是社会,给我们的教育都是正面的。我从来就没有想过,我是否有过那种子虚乌有的特权,也不知道一个"给解放军运过军粮"的马夫,能给我们带来什么样的特权,跟着父亲捡马粪、种菜、种向日葵,我们都喜欢。在学校我争做学雷锋的好学生,我还是学习毛主席著作积极分子,全班我被第一个发展入团。可是,如今什么都改变了,我们以往的平静生活被打破了。

说不定什么时候,谁家门口停了一辆军用吉普车,车一走,这家人就没了。住在 55 号的金大夫是延安著名的医生,给很多国家领导人看过病,也是被一辆吉普车带走的。一时间,整个大院都笼罩在令人战栗的恐怖之中，我感到了一种不可抗拒的巨大力量灌顶而下，要把我碾碎。

这段时间，住在 12 号的陈伯伯常来我家打电话，他每次打完电话都问父亲："什么是叛徒！什么是叛徒……"往往一句话重复好几遍。每次，父亲都耐心地对他说："要相信党，要相信自己，尤其不要听人乱咬就惊慌。"

"可是，"陈伯伯忧郁地说，"说得清楚吗？"

"睡觉是个好办法，"父亲一本正经地说，"很多问题都可以在睡觉中得到解决。"

"睡觉！"陈伯伯苦笑了一下，说，"我怎么觉得这句话那么耳熟？"这是陈伯伯最后的一笑，苦涩的一笑。

我待在隔壁的房间，"扑哧"一声笑了，说："我爸是歪批三国。毛主席说的是，办学习班，是个好办法，很多问题可以在学习班得到解决。"以后，父亲的那句"歪批三国"，成了我的至理名言，遇到解决不了的问题就好好睡一觉再想。

"坐下说。"父亲拉陈伯伯坐在沙发上，拍拍他的手说，"老陈，好好睡一觉，睡个好觉就清醒了，要冷静，千万不要胡思乱想……"

父亲和陈伯伯不在一个单位工作，但他相信陈伯伯没有问题。陈伯伯 1927 年参加革命，他受国家委托在苏联组织印刷了 1953 年版的人民币，券面上包括"中国人民银行"行名在内的所有汉字、书法字体，都是由陈伯伯书写的。父亲说他对国家有功。

到我家外调的人也开始多了起来，像苍蝇一样，甚至，半夜三更也有人敲门，而且，他们不讲卫生，在我家打了蜡的地板上踩得满地都是大脚印。这是"踏上一万只脚，让你永世不得翻身"的和弦。

小玲当不上红卫兵大哭起来。凭什么一样的人，却被别人当成"灰尘"，用扫帚扫掉。

父亲感到了我的压力，一天他买来一个大西瓜。

"0676 7391（吃饭）"我敲着案板说。这还是那次伯父到我家，我才学会的，其实，我也感到了父亲的压力，希望调侃一句，让他轻松起来。

"错了，应当这么说，"父亲也敲着案板说："0676 6007 3900，这句话是吃西瓜，你怎么只学了一句'吃饭'，人生五味杂陈，什么都要品尝。"

"好！"我敲着案板说，"0676 6007 3900"我大口地吃起西瓜。父亲给我切一块儿，我就吃一块儿。吃了一肚子的西瓜，撒了两泡尿，我说："我轻松了，把该尿的全尿出去了。"

"这就是吃五味的作用。"父亲不失幽默地又说，"不要怕被别人把你当成灰尘扫掉嘛，灰尘虽然微小，尘埃落定还是地球的本体，你还是你嘛。"

"那撒尿怎么说？"我说。

"用电报说太不文明。"父亲笑说，他敲着案板嘀嘀嗒嗒地又说："1172 0627（如厕），可以说如厕，史记上就这么说。"

其实，父亲压力更大，他预见到这场运动的残酷，他不在乎自己怎么样，他担心儿女能有怎样的承受力。而我居然还能调侃"时弊"，父亲笑了，我也笑了。

我有了我的主意，"解放全人类"，也"解放"我自己。我去找小玲的同学王朗朗理论。王朗朗是我们大院的孩子。他和我一起去父亲单位调查，结果，证明我们确实变成了另类。面对这种天打五雷轰的调查结果，我突然变得淡定起来，西瓜的利尿作用发挥了功效。王朗朗够哥们儿，他向我保证，向红卫兵组织证明我父亲属于革命干部。那时也有懂"政治"的中学生，在当时的情况下，算是很了不起了。

接下去就是解放我自己。那会儿，我们学校的红卫兵组织，把学生都打发到双桥农场去学农了，负责政审的红卫兵没有几个人，给了我钻空子的机会。我和同学冯树仁负责我们班红卫兵组织的政审工作，先调查完别人，然后，我们俩人相互调查。

现在想起来，调查的方法无知到极点，没有任何组织介绍，更谈不上保密意识，只要一个电话打过去，对方就会毫无保留的把一个高级干部的履历一一道出。我已经知道父亲的"问题"，调查完毕，才知道冯树仁的父亲也出了问题，他父亲的境遇更不好，已经被发配到县城去了。什么都明白了，彼此对视一笑了之。直到写作本文的时候，我才第一次提到这件事，不简单吧？没人教，我们就知道该做什么。之后，冯树仁尽量回避运动，而我似乎不甘寂寞。

龙有九子，性格各异。父亲对春明说："你们几个当哥哥的都是成年人了，可以选择自己的政治立场。但是，一个不合情理的政治运动一定会结束，早晚还会回到符合情理的轨道上。我和很多老同志没有躲风避雨的地方，很多问题还说不明白，可是，我们有耐心等待尘埃落定的那一天。"

"尘埃落定"就是回归原来，原来就是"给解放军运过军粮的马夫"，我喜欢。

父亲随你八面来风，我行我素，看报、下象棋，和老朋友品茶，聊天，一如既往。一天，黎辉宝伯伯在我家闲谈，恰好遇到几个来外调的造反派，他们原来的目标是黎伯伯家，因为黎伯伯不在家，才到了我家。没想到，两个老家伙居然在一起，他们庆幸得来全不费功夫，可以一锅烩了。

父亲与黎伯伯相互对视了一眼，就在沙发的扶手上用手指"嘀嘀嗒嗒"地点击起"密码"，堂而皇之地串通起口供来，样子很像思考问题时的习惯手势。

"2508 0394 5071 7445 7022 0171 4104（是冲老首长来的）。"黎伯伯说，"4822 0100 0226 0171 0020 0934 3256 6375 3055（给他们来个四渡赤水）。"

"2494 4101（明白）。"父亲说，"1564 3256 6855 3097 0048 0008 6934（巧渡金沙也不错）。"

造反派穷追不舍，花言巧语，父亲和黎伯伯攻防有致，对答如流，口供一致得无懈可击。造反派什么有价值的材料也没得到，只好败兴而归。面对九死一生而笑谈生死的人，造反派刚学会了几句革命口号，就想在他们身上打主意，恐怕拾人牙慧的资格都没有。其实，造反派本来就是来做文章的，有没有证据无关紧要。果然，几天后我们大院对面的墙上就贴满了"打倒窝藏反革命分子的黎辉宝"的巨幅标语。

造反派走后，我问父亲，你们说的什么，父亲淡然一笑，就在茶几上嘀嘀嗒嗒地敲着电码说："6245 让 0100 他 0226 们 0676 吃 1168 奶 0637 去。"我还没有上小学的时候，就在嬉耍中跟父亲学习电码了，现在我又跟父亲学了一招。

我也不是吃奶的年龄了，我想起父亲当年曾奚落我的那句话"原来你的那颗头没坏"。既然这颗头还没坏，就让我好好想想面对的问题吧。我的年龄还没有到深思熟虑的程度，也没有父亲等待尘埃落定的淡定，可是，我很快发现无论你站在什么立场上，根本找不到"文化大革命"的风向标，不管是东南风还是西北风，我们只是秋风落叶。那就让我自己找回儿时"雨水滴进碗里"的惊喜吧。

14. 透过阴霾的阳光

那个年代的外调，给我带来了新的惊喜。解放战争时期，推翻蒋家王朝的战场遍及全国，父亲和他战友们随着部队频频调动，南征北战，天各一方。新中国成立后，百废待兴，大家废寝忘食地工作，谁会有时间打听彼此的音信。反倒是"文化大革命"成全了我们，老干部靠边站了，有的是时间"串联"，我父母的许多老战友都是在外调时取得了联系。

1966 年 8 月毛主席接见红卫兵，廖叔叔的女儿江江从兰州来到北京。她返回兰州后，对廖叔叔说了我家的情况，他的夫人李桂芝阿姨听江江一说就坐不住了，干脆带着江江和其他几个孩子一起来到北京，来了一个"红一、四方面军大会师。"

母亲听说李阿姨要来北京，她异常高兴，叮嘱我们，李阿姨是你们的亲姨，不能叫阿姨，可见，母亲和李阿姨的情谊非同一般。

红四方面军女兵会师，父亲只好退避三舍，去张罗饭菜。母亲嘘寒问暖，李阿姨同音共律，亲热得简直就像当年的红军女娃。

说着，说着，李阿姨转移了话题，突然说起了"流落红军"的境况。李阿姨和廖叔叔在延安结为夫妇，1958 年，他们从部队转业，留在兰州工作，在那里李阿姨遇到了昔日的战友陈淑娥。

陈淑娥是西路红军前进剧团的战士，是个漂亮的女孩儿，方圆脸，白皮肤，活泼快乐。她和红 9 军军长孙玉清，在草地上有了恋情，怀上了孙玉清的孩子。

1936 年底，陈淑娥和前进剧团的 30 多名战友突围的时候在永昌被俘。孙玉清在带领被打散的干部战士突围时负伤被俘，1937年 5 月下旬，孙玉清被马匪杀害后悬首示众，牺牲时不到 30 岁。陈淑娥目睹了丈夫孙玉清的惨死，悲痛欲绝，她曾想到过自杀，可是，她不忍让孙玉清的遗腹子死在自己的腹中，她忍受了肉体上和精神上的巨大痛苦，生下了孙玉清的儿子。

这本是一段不失浪漫色彩而悲壮的爱情故事，不需要你展开想象就会为之感动。我不懂音乐，却仿佛听到了那令人震撼的交响乐：从神秘的序奏开始，充满热情与野性，好像灵魂的狂舞，一场跟命运搏斗的战争。在狂风暴雨似的音乐里，不时出现彩虹般柔美和小溪奔流一样欢快的旋律，充满了红军战士对爱情的憧憬……可是，命运改变了这个交响曲的基调。

"新中国成立后，"李阿姨说，"陈淑娥在兰州南关一家街道办的纸盒厂做临时工，生活十分艰辛。我想为老战友做点什么，也很难帮上什么忙。不只是因为生活上困难的问题，像陈淑娥这样的红军战士，她们的身份一直得不到组织的承认……"这是我第一次听说流落红军的名词。

"我的手风琴就是跟陈阿姨的儿子学的。"江江说。

"你说的就是红9军军长孙玉清的儿子吧？"母亲说。

"就是他，他的手风琴拉的特棒。"江江说。

"她儿子参过抗美援朝，多少年来都是他照顾母亲。"李阿姨说。

"按说陈淑娥也是烈士的遗孀。换个角度看待，我们也不能亏欠了烈士的遗孀和孩子呀！"母亲说。

"唉，"李阿姨叹口气，说："一见面，说一回，哭一回，她不愿再与昔日的战友联系。陈淑娥说，她唯一的希望就是有一天孙玉清能睁开眼看一看，她把他们的儿子养大成人了，孙玉清瞑目了，自己也可以闭眼了。"

"你们这些女同志啊！"父亲走进屋说，"红军就是红军，为什么非要谁承认？戴过八角帽，为红军流过血的就是红军，这是谁也无法抹杀的历史。只要你自己挺起腰板，响当当地拍着胸脯说，我就是红军，我看谁敢说不是！"

"哎！指导员同志，你不好好做饭，干嘛又跑到我们四方面军来说教……"母亲说。父亲在长征到时任指导员。

"你让他说嘛，咱们听听一方面军老大哥的话。"李阿姨说。

"想向我们一方面军取经？"父亲粲然一笑，说，"我有那么多伤员都留在了长征路上，名字都没留下，难道他们就不是红军了吗？红军不是一个不空洞的名词，是无数为革命牺牲的红军个体，包括每一个幸存者用鲜血铸就的魂，一个不灭的魂！无论谁怎样解释……"

"退一万步说，"李阿姨说，"把陈淑娥当成一个抚养了红军烈士遗孤的老妈子，难道我们就不应该道一声'谢谢'，给她一个能安身立命的家吗？"

"我们从参加红军的那一天起，我们奋斗的目标就是为让千千万万的劳苦大众找一个安定的家，一个并不一定奢华，却能够安身立命的家。如今老百姓有了自己的家，我们……"母亲说。

"关键的问题是心里有没有家。"父亲说，"当年南征北战，我们能团聚的时间有几天？好好活着就有家。如果孙玉清真的能睁开眼，他一定说只要活着的人好好活着，他就没有白白牺牲，只有活着的人想着他，他才有家。"

"如果你是流落红军你会这么说吗？"母亲说。

"这个如果没有意义……"父亲说。

"我们是说你会怎么做？"李阿姨说。

"红军是什么，不是待遇，也不是级别，是精神！"父亲朗然一笑，说，"魂还在，就去搞大生产，'耕三余一'吃饱了还能给国家交余粮，我们本来就都是农民，还能难得住我们吗？"

"我和你一起去搞大生产。"母亲说。

"我带上老廖和你们一起去。"李阿姨说。

"那还等什么？现在就跟我到厨房搞大生产去……"父亲说。

厨房里夹杂着锅碗瓢勺的碰撞声，响起他们的歌声："解放区呀么嗬嗨，大生产呀么嗬嗨，军队和人民西里里里嚓啦啦啦嗦罗罗哒，齐动员呀么嗬嗨……"

李阿姨的孩子个个都会几种乐器，我会吹笛子，可以滥竽充数，随即，我们一边合奏，一边跟着他们唱起来："妇女们呀么嗬嗨，都争先呀么嗬嗨，手摇着纺车吱咛咛咛吱咛咛咛嗡嗡嗡嗡吱儿，纺线线呀么嗬嗨……"

接下去的日子，李阿姨断断续续地讲过了少西路红军女兵的遭遇。我注意到，李阿姨的话从来没有一个字眼涉及"西路红军失败"。西路红军指战员无论是在战斗中壮烈牺牲，还是历经千辛万苦，凭着坚定的革命意志最终返回延安，还是受尽屈辱，流落民间，只要他们坚持党的信仰，他们就是在继续战斗。而只要还有一个人坚持战斗，战斗就没有结束，无论战斗的方式怎样，西路红军就不能说是"全军覆灭"。

母亲也不认可把西路红军的战斗说成"全军覆没"。她一直牵挂着还在漫漫长夜中煎熬的曾经生死与共的姐妹，她们的长征还远远没有结束，她们需要用一生的时间，或比一生更长的时间，才能走完她们的长征之路。

运动搞到这个份儿上，老干部人人自危，其实，还只是刚刚开始，可是，几个幸存下来红军战士心里惦念的却是昔日的战友。这时，我才明白父亲和黎伯伯为什么面对造反派会那么淡定。

那些天，我和李阿姨的孩子经常在一起合奏《长征组歌》，长征的精神，依然是我们那个时代的激情。一天，吃过晚饭，不知什么原因，我们偏偏换了一首曲子，奏起了《二泉映月》。正当我们合奏到最让人感到"悲凄哀怨"那一段乐曲时，突然，我听见我家门外有人在哭。

我跑出门去一看，原来是陈伯伯的小女儿陈琦躲在我家门外的楼梯上嘤嘤啼哭。我问她："哭什么？"

陈琦说："我爸爸死了！"

突如其来的一个"死"字，让我惊出一身汗来，我什么也没想就往她家跑，随即又掉头往回跑，气喘吁吁地跑回家，把陈伯伯的死讯告诉了父亲。

父亲坐在沙发上，霍地站了起来，沉吟道："怕什么呀！早就对你说过了，有什么可怕的啊！"接着，我们几个男孩子就跟着父亲往楼上跑。

我在陈伯伯的卧室里，第一次看见赵一曼的照片，照片有十几寸那么大，镶在镜框里，从照片上看，赵一曼是个非常清秀的知识女性。一个家喻户晓的抗日英雄惨死在日本鬼子的屠刀下，而她的丈夫面对着英雄的遗像，因为莫须有的罪名自缢在自己的卧室里，与结发妻子面面相对。

对新中国的儿童来说，对英雄的了解，要比对"叛徒"的了解具体，刘胡兰、赵一曼、董存瑞，家喻户晓。那天，我翻开《新华字典》，专门查找了对叛徒的解释："有背叛行为的人。"这个解释，几乎是废话。我对字典太失望了，那段历史让我最大的遗憾就是没有弄明白，什么是叛徒。

我第一次见到自缢身亡的人，一连串不由自主的动作，我还没来得及害怕，过后我才感到了恐怖。令我更加紧张的是，不知什么原因，自陈伯伯死后，博古夫人家也搬走了，另外一户我不了解，也搬走了。我们这个单元只剩下了两户，整个楼道空荡荡，阴森森的一点人气都没有了。白天回家还不紧张，天黑就不一样了，我憋一口气，挥着乱拳往家跑，好像一张嘴，陈伯伯的影子就会钻进嘴里。

半夜下起了大雨，窗外雨声唰唰。我感到地板上有人踱步，拖鞋发出啪嗒啪嗒的响声，我恐怖得难以自制。人真是奇怪，越是恐怖的事情就越忘不了。"睡觉是个好办法"也不起作用了。偏偏这时耳边又仿佛响起了《二泉映月》那悲凉的乐曲声，更多了几分哀婉凄恻的气氛。栽赃、陷害、批斗、抄家、死亡，那个时代的产物，就像魔咒缠绕着我。

李阿姨兴致勃勃地来到北京看望老战友，没想到北京的形势竟是这么糟糕。入冬，她准备返回兰州的时候，对母亲说，兰州天高皇帝远，料想造反派不能把老红军怎么样，让孩子们去认认门，万一北京待不下去了就到她家躲个平安。

我的心情坏得很，早就在家待不下去了，我乐得能和江江一起去兰州，放松一下紧张的情绪。江江是个漂亮、灵气的女孩，我喜欢她。

开往兰州的列车，比我串联的时候还要拥挤，过道中，行李架上，座位底下，厕所里都挤满了人，寸步难行。我和江江一顺边地躺在行李架上，挤在一起。她比我大两岁，有点姐姐的味儿，让我把头枕在她的小腹上。我无意中碰到她的手指，紧张得连脸都发烫了，可是，一直恐怖的情绪却平静下来。

李阿姨和廖叔叔夫妇都非常慈祥，第一天到他们家，我就没有陌生的感觉。可是，李阿姨并没有给我们找到"避风港"，兰州早就乱了，廖叔叔也遭到了批判，李阿姨家经常遭到不知什么战斗队的围攻。

李阿姨家住的院子，当地人称老红军大院，地址闵家桥25号，大院里住的大多是老红军。李阿姨家六间房，门前一棵大梨树，一片小菜园，后院养了几只鸡，一头羊，即使按当时的眼光看，也不过是一个普通民宅，只是房子多几间罢了。说不上奢华，总是一个家，老百姓要有一个自己的家过日子，老红军也要有一个自己的家过日子，一家人能在一起就知足了。西北经济落后，供应缺乏，不像大城市什么都有。养只羊，挤点奶，喂几只鸡，下点蛋，生活就改善了，延安大生产时期，生活那么艰难就是靠自己动手改善了生活。可是，这样一个普普通通的家，也不安宁了，造反派专找老红军造反，那年头什么鸟人都敢为虎作伥。

这天，数百人的造反派把李阿姨家包围。廖叔叔在他家门前画了一条线，他拿出两杆枪，其中有一支是双筒猎枪，他指着造反派说："胆敢越雷池一步我就开枪。"

廖叔叔让家人把手风琴、小提琴、笛子、二胡等乐器统统搬出来，二子延安，三子毛毛，幼子小熊，女儿江江，一起演奏起《长征组歌》。李阿姨载歌载舞，她会跳水兵舞，脚下踏出的舞点，清晰明快。我无法想象，当年的红军女娃，如今年过半百，还是英姿不减当年。虽然，这仅仅是一个家庭的协奏曲，却是红一、红四两个方面军，为捍卫一代红军军人的尊严发出的呐喊。

延安领衔，突然变奏，合唱起《大风歌》："大风起兮云飞扬，威加海内兮归故乡，安得猛士兮守四方！"这时，几千年来，积淀在中华民族心底的英雄气概全都迸发出来。

廖叔叔家也常有人来外调。一次，快吃午饭了，两个从外地来的人，找到廖叔叔，调查曾在父亲和伯父手下工作过的一个老同志。外调的人问廖叔叔，当时，在关中军分区，他们谁是机要科科长，谁是副科长，有个人的历史问题需要通过他们核实。我们去找过他们，可是，当时到底是谁负责机要科就是弄不清。听的出来他们已经找过父亲和伯父，可能被糊弄得够呛才又找到了廖叔叔。

廖叔叔说："弄不清就对了，谁是科长，谁是副科长，名字只差一个字，哪个是哪个，谁是哪个，好像是他，也好像是他。前后脚调来，还没有任命，很短时间就分开了，记不清，也分不清谁是谁，谁是哪个。几十年了都没音信，我也说不清哪个还是哪个，那个还是那个。"

廖叔叔说的跟绕口令似的，我坐在廖叔叔的身边，看着他笑模笑样，跟外调的人装糊涂，我想笑又不敢笑，他们哪里知道我就是他们要找的人的侄儿或儿子。末了，廖叔叔摆出一脸惊讶的样子说："哎呀！还以为说不定什么时候谁已经牺牲，原来他们俩还都活着啊！"

说着话，饭菜已经端上做，全家人都围到了桌前。廖叔叔让外调的人一起吃饭，他们扭扭捏捏不肯吃。廖叔叔也不客气，自己边吃边说："别让你们白来一趟，我给你们揭发点有价值的问题。"外调的人一听揭发问题就来了精神，随即，拿起笔来准备记录。而廖叔叔则讲起了，当年他和父亲去延安，遭敌人袭击的那一段经历。

"你们说，"廖叔叔一本正经地说，"一个机要负责人，甩开警卫员单独行动，你说这是什么目的？"

"问题很严重，您说慢点。"外调的人一脸严肃。

"从驻地到延安，要经过敌匪活动猖獗的地区……"廖叔叔说。

"完全有投敌的可能！"外调的人神情紧张，激动得手都发抖。

"别那么紧张啊！"廖叔叔摆摆手，又说，"还有更严重的问题……"

"毛主席教导我们说，世界上怕就怕'认真'二字，共产党就最讲认真……"外调的人显然更激动了，说，"您说仔细点儿。"

"他居然还在匪巢家吃了一顿鸡……"廖叔叔说。

"投敌叛变！完全可以定性了。"外调的人说，"这么严重的问题您怎么知道的？"

"因为，从始至终我都和他在一起……"廖叔叔轻描淡写地说。

"后来呢？"外调的人更加警觉了，说，"你要争取立功表现。"

"立功算了，我有三个勋章，多了也挂不下。"廖叔叔接着又说，"一只鸡还没来得及吃。我们就遭到敌人的袭击，他掩护我脱险，还打死了几个敌人。"廖叔叔故作神秘地说："其实，他最严重的问题是……"

"哼！不必多想就知道，被捕叛变了……"外调的人说。恐怕这就是造反派演戏冤案的方法。

"在延安周边的环境的确险恶，但是要想抓住他可不容易……"廖叔叔说。

"那他的问题是什么？"外调的人说。

"他欠我一顿鸡汤！"廖叔叔一本正经地说，"当时说好，他还我。既然他还活着，你们能告诉我他的地址吗？要不你们给我带个话，告诉他欠我的鸡汤我还等着吃呢。"

经过革命战争的人，他们的智慧不容小觑，谁都没有打过招呼，就配合得如此默契。

在兰州住了一段时间，我们离开李阿姨一家回到北京。我刚到家就告诉父亲，在廖叔叔家遇到了外调你和伯伯的人。父亲摆摆手，示意我不必再说了。他笑说："你记住，从雪山草地走出来的人，连死都不怕，怎么可能出卖同志和战友。"

这时一股"徒步串联"的风流行起来。我计划从北京徒步去延安，再从延安反方向沿着红军长征的路线走回井冈山，这种激情有多少革命成分我说不清，但是已经使我从"文化大革命"的主流中分离出来，我找到了我的风向标。覆巢之下安有完卵，但我可以滚蛋啊，滚的越远越好。

这一路，我们经过保定、石家庄、榆次、太原，到达山西文水县。最后一天，我们从山西永和关渡过黄河到达陕北延安，这是我们行走最多的一天，走了120里。冬季的黄河，水绿，急而无浪，却仍然让人感到一股不可抗拒的强大力量，我不由得心潮澎湃，唱起了《黄河大合唱》："风在吼，马在叫，黄河在咆哮……"

从北京到延安，我们走了两千五百里，是长征的十分之一，我的球鞋磨得露出了脚趾。回到北京，父亲默默地听着我的述说，突然，他兴奋地说："《黄河大合唱》激励了一代人啊！黄河在咆哮……"说到这，父亲的话又戛然而止，陷入了沉思。

15. 熄灭了河灯的小河

继续发展的形势越来越让人感到不安。母亲不得不让大娘离开我家了，那天，恰好又是农历中元节。吃完晚饭，母亲带着我把大娘一直送到西便门外桥头。一阵风起，飘来一片乌云遮住了黄昏的余晖，天空一下子变得阴暗起来。隐约看见桥下的小河，漂着一只不知什么做成的河灯，孤零零地漂浮在水面上，火苗忽地一闪就熄灭了，水面上再无一点光明。

母亲和我一直目送大娘，步履蹒跚地走过桥。突然，大娘扔下肩上的包袱，抬起小脚，跌跌撞撞地跑回来。她拉起母亲的手，老泪纵横地说："老大姐呀，舍不得你们啊！能告诉我运动是个啥东西吗？"大娘一边擦着眼泪，一边拉起我的手又说："孩子啊，北京过不下去了，就带着你姐姐到俺家来，俺家有三间大瓦房，不会冻着你，饿着你啊。"时隔那么多年了，大娘对我说的话，至今萦绕在我的耳边。

中元节正值百花争艳的季节。我们大院花池子里的花凋谢了，在炎炎烈日下只剩了焦枝黄叶。父亲喜爱的昙花，一朵花也没有开放。北海公园的中元节河灯，仿佛还是昨天的光景，留在我眼眸里闪烁，一鞭惊醒世间人的大元帅也历历在目，我还记住了他的故事，可是，转眼就换成了我不喜欢的景象。

一天，我们大院受到一群不明身份人的冲击，他们从天花板上掏了一个大洞，进入房间，把住在 77 号的陈大伦抓走。他被押出来的时候，只穿着短裤和背心，胸口布满了血迹。不久，他全家包括保姆都被抓了起来，保姆被逼自杀。我终于明白了，在一个没有围墙的"监狱"里，我们失去了任何法律屏障。

这时，我们大院又发生了一个让人不无震惊的事件。一个铁路工人，为了抢一件军大衣，把住在 2 号一个叫张嘉琪的孩子用刀捅死。我和张嘉琪曾是小学同学，他的姐姐和我的姐姐也是同班同学。事情就发生在自己身边，又是同龄人，给人的刺激尤其强烈。

原本部队干部或转业到地方的干部，把自己穿旧或穿不完的军装给孩子穿不过是为了节约，这与普通百姓家庭"新老大，旧老二，缝缝补补给老三"的道理没有什么区别。可是，在"文革"中军装成了值得羡慕的奢侈品，只有有身份的人才能享用。不要说一件军大衣，就是戴一顶军帽，说不定什么时候也会不翼而飞，甚至招来横祸。

接二连三发生的恶性事件让父亲忧心忡忡，政治运动以及随着政治运动所造成的社会混乱和刑事案件交织在一起，完全脱离了理性轨道，其蝴蝶效应，从社会到家庭，已经威胁和损害到社会肌体的每一个细胞。这是所料不及的，他除了痛心，也无可奈何，他唯一希望的就是身边的孩子不要发生意外事件。

父亲越是担心，麻烦越来。小春再次从新疆回到北京的时候，他已经精神失常。那年一个冬天。他从新疆回北京之前，途径兰州，他先去了李阿姨家，他只有到兰州的路费了。

那天，小春敲门，李阿姨开门一看，没认出他，还以为要饭的呢，李阿姨的三儿子毛毛赶来才认出了小春。小春住在李阿姨家，见人就往桌子底下钻，吓得缩成一团，瑟瑟发抖，他抱着头叫唤："不要打我，不要再打了……"廖叔叔一看就知道小春疯了。李阿姨说："原来好好的一个孩子，怎么会弄成了这样！"她一边擦眼泪，一边给小春做饭。李阿姨给他洗了澡，换了衣服，让他休息了几天，给他买了回北京的火车票。

小春回到北京，完全变了一个人。开始，听见敲门声，撒腿就往自己住的屋里跑，躲在屋子里，插上门，谁敲门也不开；后来，他昼夜颠倒，白天睡觉，不肯见人，晚上，他在自己住的屋里，整晚亮着灯，不停地走，地板被踩得咚咚响。

一天半夜，我被一种奇怪的嗷叫声惊醒。"嗷呜——嗷呜——"这是从小春住的房间里传出的，听上去让人恐怖。我走出房间，不知什么时候，母亲已经站在走廊里了。

"像狼叫，这是怎么了？"我问母亲。

"是狼仔呼唤母亲的声音……"母亲嗫嚅地说，"去！去睡觉去吧。"

祸不单行。一天，一份来自银川的加急电报发到我家："三日内速将小丽接回北京，否则只能送回湖北老家。"这是胡伯伯发来的加急电报，胡伯伯是湖北红安人。不用多想，就知道胡伯伯的急切，胡伯伯预见自己可能失去自由，在失去自由前，他首先想到的就是要保护好老战友的孩子。

胡伯伯被关起来，我们又把小丽接走，这对胡伯伯岂不雪上加霜？其实，全国的老干部都是一样的境遇，自身难保，而父亲就是想照顾小丽也力不从心，我不知道父亲的肩膀还能扛起多少担子。

唯有我来当家，我坚持去银川接回小丽。我从家里搜刮了一点钱，带了两块棒子面饼就上路了，拿什么钱买回程的车票，我没想过，先到银川再说。我乘44次列车到达银川火车站，这时，我才知道银川火车站在所谓的新市区，离城里还远着呢。新市区在当时领导人的计划中还是未来的构想，天色已黑，除了昏暗的路灯，眼前一片旷野，什么也看不清。我只好花了一毛八分钱，买了一张汽车票，兜里只剩下了两分钱，就凭这么两分钱也想接妹妹回北京，只有我敢异想天开。

胡伯伯家住在银川市宗睦巷 20 号。临去银川前，小丽叮嘱我她门前有棵老槐树，找到老槐树就找到他家了。按着她的嘱咐，我没费事就找到了老槐树，凭经验判断，她家住的应当是高级干部才能住的小楼或是独门独院之类的房子，可是，我的判断大错特错，在老槐树前，我溜达了几圈，也没看见一间像样的房子，都是清一色的平房。

老槐树格外显眼，树枝上挂满了白色的标语，像是老百姓家死人时挂起的白幡，在寒风中飘摇，被风撕扯得七零八落。在夜色中隐约可见"打倒……"什么的字迹。有大字报，有"打倒走资派"的标语就是"走资本主义道路当权派"的专利符号，根据这个符号，按图索骥，我找到了胡伯伯家。

胡伯伯家的房子只有两间，里外间。里间是土炕，外间靠着隔墙砌了一个土灶，既可以用来做饭，又可以用来取暖，全部入眼的家具只有一张木板床，一张油漆斑驳的旧桌子。

我第一次看见这么土里土气的房子，竟然是高级干部的住宅！这样的房子我在农村学农时才见过。我想，这些从小就参加革命的老红军，住在跟老百姓没有区别的房子里，还算什么"走资本主义的当权派"，当什么权啊，还要打倒，见鬼了。

我进屋的时候，小丽趴正趴桌子上做作业，没想到那时乱到这种份上，这么小的孩子还在认真读书，委实让我意外。小丽，相当聪明好学，上小学的时候因为成绩突出跳过两级，她比我小四岁却和我同年级。暴殄天物的岁月，令人不堪回首。

第二天，我和小丽去了关押胡伯伯的地方。我至今也不知道那是一个什么鬼地方，干燥的盐碱地一片灰白色，覆盖了厚厚一层粉末一样的浮土，踩上去，一脚一个窝，随即就飞起一团浮尘，我们走了几个小时都没遇见一个人影。

远处的贺兰山笼罩在阴霾之中，山脚，只留下一线灰蒙蒙的山影，就像横亘在地平线上的一条僵虫，早已没了昔日的挺拔壮丽。

在贺兰山下，我第一次看见了胡伯伯，"胡赖"的另一半。当时，胡伯伯正在几个人的监督下挑粪，不知是天空的昏暗，还是胡伯伯肩头的担子太重，胡伯伯佝偻的身影显得十分疲惫。

"6351，还好吗？"胡伯伯说。

"6351问5170好。"我说。一句简单的"密语"，"胡赖"这个久违的称谓，千言万语，尽在不言中了。

回到家，小丽要好的几个同学都来了，她们都是被打倒的干部子女。想起我曾养过的小金鱼和火蓝片，类与群的区分，善与恶的区分，而对人类说，原来既那么复杂，又那么简单。

晚饭，小丽用一角五分钱买肉馅，请大家吃了一顿炸酱面。我兜里只剩下了两分钱，只能摆出一副"客随主便"的样子，不敢多说一句，这个哥哥实在没有底气。

吃罢饭，小丽带我去逛街，她说银川不大，还给我说了一句顺口溜：一条街两座楼，一个警察看两头；一袋烟刁到头，一个动物园两个猴。说着话，我们走到一座三层楼前，小丽突然显得激动起来，说："这座楼就是爸爸负责建起来的……"

在银川住了几天，我准备把小丽带回北京，她不肯，胡伯伯身陷囹圄需要有人送饭，我只好独自返京，让她随时和家里保持联系。

那天，下起了大雪。小丽送我到银川火车站，我们一起上了车，银川算是大站，有十几分钟的停留时间，这时天还亮着。毕竟有太多不放心，说些临别的嘱咐。说着话，不知不觉，火车就开了，我们只好在西大滩下车，西大滩离银川 50 多公里，我打算先把小丽送回银川，我再走。

到达西大滩已经黑天，车站外白茫茫一片。候车室里只有我们两个人。取暖炉恐怕早有没人烧了，用手一摸，冰冰凉，不知谁在地上洒了水，地上结了冰。

我去签票，出溜到售票处的窗口，窗口不大，安装了铁栏杆。敲了好一阵窗口才开，露出一张脸，紧贴着两根铁栏杆，一张红彤彤的脸，被分割成三瓣，像动物园里的猴子把屁股贴在栏杆上。"睡觉了，有事明天来。"猴屁股冷冰冰地吼了我一声。

"抓革命促生产！"我随即跟着吼了一声。

"要斗私批修。"售票员应声答道。

一股暖风从窗口里吹出来，屋里的炉火原来那么暖和，难怪猴屁股通红。这可是意外的发现，我哪能放过。我时不时就去敲窗口，背毛主席语录，只为小窗口吹出来的那股难得的温暖。

我早在上中学的时候就是毛主席著作学习积极分子，毛主席的语录我倒背如流："革命不是请客吃饭，不是做文章，不是绘画绣花，不能那样雅致，那样从容不迫，'文质彬彬'，那样'温良恭俭让'。革命就是暴动，是一个阶级推翻一个阶级的暴烈的行动。""世界是你们的，也是我们的，但是归根结底是你们的。你们青年人朝气蓬勃，正在兴旺时期，好像早晨八九点钟的太阳。希望寄托在你们身上……"我背毛主席语录，售票员就不得不背，这是政治态度问题。

我把售票员折腾得一晚上都没睡。小丽从来想过，她有那么赖皮的哥哥，笑盈盈地感受我带来的温暖。

16. 多雪的冬天

1968 年夏天，父亲去了五七干校，他在去干校之前，希望把我安排到一个让他放心的地方。我们学校军宣队长的想法和父亲不谋而合，他们主动找到父亲，说，让他去老战友家住一段时间吧，随便什么地方都行。北京是个是非之地，走得越远越好，没有学校通知就不用回来了。现在想起来，我们学校的军宣队很有水平，而且，我发觉军宣队一直在暗中保护我，至今我都不知道原因。

我送父亲去干校不久，我就按照父亲的预先安排，再次去了兰州李阿姨家。在兰州的这段时间我只好静下心"睡觉"。睡觉是个好办法。父亲书柜里的《苏共（布）党史简明教程》《辩证唯物主义纲要》和黑格尔的《逻辑学》、费尔巴哈的《黑格尔哲学的批判》，以及李琪伯伯撰写的《〈实践论〉解释》、《〈矛盾论〉解说》等著作，我都通读过，廖叔叔家也有类似书籍，估计是他们上党校时的课本。我重读了这些著作，试图用自己的头脑，对我面对的问题找一个答案。其中的一句话"一个固定不变的概念，是否还适用今天已经发展了的形势呢？"这可能是费尔巴哈著作里的一句话，现在我记不清了。

1968 年 12 月 22 日《人民日报》发表了毛泽东的指示："知识青年到农村去，接受贫下中农的再教育，很有必要。"随即，全国掀起知识青年上山下乡运动。1969 年 1 月 25 日，中共中央、中央文革小组、国务院、中央军委发出今年大、中学校一律不放寒假的通知。这其实是知识青年大规模上山下乡的开始。

不久，我收到学校的通知，让我回校参加毕业分配，这已在我的意料之中。当时，兰州已经动员"知识青年上山下乡"，想必北京的情况一样，我随即告别了李阿姨一家，返回北京。

出乎意料，我到家的当天晚上，就被抓进了"黑干子弟学习班"。那天半夜，天下起了大雪，我已经上床睡觉，几声突如其来的砸门声把我惊醒。两个荷枪实弹的解放军，身后跟着几个工人纠察队员闯进我的房间。他们站在我面前，两只手电筒直射我的眼睛，我什么也看不清，他们简单地问了我的姓名就把我押走了。

我被押送到宿舍大院的食堂，这时，从各家被抓来的孩子已经塞满了整个食堂。大约过了一个多小时，我被带出去审问。审讯的地方在食堂前的空地上，审讯的人都是工人，解放军负责警卫，防止我们逃跑，也有震慑的作用。被审讯的孩子一批拉出去好几个，七八个工纠队员一伙，把我们分别围困起来。我被拉出去的时候，先前被叫出去的人已经有人被打的满地打滚，嗷嗷乱叫。

宿舍管理科的一个水暖工指着我说："就是他，他偷了150辆自行车，302只鸡。"居然说的有零有整，显然，他们在抓捕我们之前早就编造好"证据"，不认罪就是一通乱打。

他们胡编乱造的"罪证"反倒让我心里有底了，费劲巴拉地搞出这么大动静，不过是为了捏造点罪行，教训一下"黑干子弟"的骄横。心里有了底就不怕了，我理直气壮地辩解道："扯淡！我一直在外地，刚回北京最多才两个多小时，来得及偷这么多东西吗？是我变戏法，还是你们变戏法？"

我的"泼皮"激怒了他们，我觉得有人蹲下身，去抱我的腿，肯定只要被扳倒，就是一顿乱打。我没等被人扳倒，我猛地抬起脚，用脚后跟，照着身后的人就狠狠地踹了一脚。只听"哎哟"一声，那人被踹倒在地，我顺势一猫腰，就从人腿的缝隙间，钻了出去。

时间已经是后半夜，天黑黢黢的，没有灯光，周围什么也看不清。听见有人倒地喊叫，一群人立刻扑上去，朝着倒在地上的人就用脚，乱踢乱踹起来。这些人都是临时拼凑的，谁也不认识谁。

"别打了，别打了……"那个倒地的人大声喊叫。

"打得就是你，看你还嘴硬。"

"招不招！招不招……"

一群人七嘴八舌，连踹带骂，直到解放军出来阻止，他们才住手。这时才发现，这一通乱打，打错了人，我安然无恙地站在一边。那人早被打得鼻青脸肿，一个劲儿地哼哼："疼死我了！你们也不看清楚，疼啊……"

解放军已经阻止打人，总不能把我拉出来再打一回吧。我被推回食堂，他们在我身后恶狠狠地甩下一句话："臭小子！等着瞧，有你好看的。"

天不亮，我们从食堂转移到大院东楼的地下室，食堂已经容不下那么多被抓的孩子了。地下室是一间很大的房子，原来是宿舍的百货店，"文革"开始后就停业不用了。这个煞费心机的安排，把我们跟家长隔离开来，我成了瓮中之鳖，可以任人宰割。

这时，国家经委、计委、铁道部、华北局、全总等附近大院的孩子也都被集中到这里，还不断有人被押来。被押来的人多得很快就要挤不下了，像装满沙丁鱼的罐头，满屋散发着一股令人窒息的气味儿。

当时，干部子弟，特别是那些年龄较小的干部子弟，大多数都是初中或小学文化程度，他们正处在迷茫与懵懂的心理和生理状态下。他们在父辈耳濡目染革命经历的影响下，表现出一种"老子革命儿好汉"的优越感，而在老干部纷纷被打倒的情况下，这种优越感又发展成了一种不自觉的逆反和对抗心理。

这种对抗心理引起的社会治安问题，显然干扰了正常的革命秩序，可能为了规范干部子弟的"嚣张"气焰，便以没有法制的方式，把我们都抓了起来。

刚被押进地下室的时候大家还有些恐怖，毕竟谁都没有领略过无产阶级专政的强迫力，可是，抓了那么多的人，很多都是熟识的哥们儿，人多壮胆，也就没人感到害怕了。

有人带头唱起了苏联歌曲《喀秋莎》："正当梨花开遍了天涯，河上飘着柔曼的轻纱！喀秋莎站在竣峭的岸上，歌声好像明媚的春光……"接着，又唱起了《三套车》《莫斯科郊外的晚上》……一首接一首，还不断呼喊口号，随着越来越高涨的情绪，那场面还真有几分从容就义的味道。

歌声刺激了工宣队员脆弱的神经，这显然是对无产阶级专政的挑衅，他们挥动着大棒，大喊大叫地制止散布靡靡之音。

有两个出头闹事的孩子被拉了出去，回来时已被打得鼻青脸肿。我第三个被拉出去，这是一间20平米左右的房间，原来是百货商店的储藏室，没有窗户，只有一盏吊灯，屋里十分昏暗。十来个工人模样的人，穿着象征工人阶级的制服，每人手里握着一根铁锹把，地上还堆放着几床脏兮兮的破棉被。

前面被放回来的人说，要么几个人按住你抽耳光，要么灯一黑，蒙上被子就打。想必一顿乱打是逃不掉了，我做好了奋力一搏的准备。

我一进屋就滔滔不绝背起了毛主席语录："谁是我们的敌人，谁是我们的朋友，这个问题是革命的首要问题……"《毛主席语录》我倒背如流，还夹杂着满口的政治词汇。

我正滔滔不绝地说，突然，灯黑了，接着就有人把被子蒙到了我头上。与此同时，我听到有人大声吼道："谁也不许动手！谁敢动手！老子就对谁不客气了。"接着，蒙在我头上的被子被人掀开了，灯也跟着亮了，我周围的人，一个个虎视眈眈，一脸杀气。

我刚一露出头又继续连珠炮似的背起毛主席语录："毛主席教导我们说，敌我之间和人民内部这两种矛盾性质不同，解决的方法也不同……"我一口气又背了好几段，还想继续演说，一个人打断了我的话："行了！行了！歇口气吧。"看上去他是那些人的头儿。

他一副好奇的眼光，围着我转了一圈，审视着我说："我不打有文化的人，你可以走了。"接着，他又补充了一句："既然明理，你回去就不要闹事了，从这里走出去的人没有不挨打的。"

没想到，我背了几句毛主席的语录就成了文化人，逃过了一劫。在"文化大革命"中也有人尊重文化，毛泽东思想是"放之四海而皆准的真理"。

三天后，经过甄别，我被划入"可以教育好的子女"之类，被送回学校接受专案组审查和教育，和我一起放出来还有李抗美，他也是我们大院的孩子，同在一个学校。"可以教育好的子女"并不是全是"黑干子弟"，李抗美的父亲当时走红，他也和我一起被抓了起来。只要你是干部子弟，就有可能被抓起来，不需要任何理由，"工人阶级"领导一切。没有放出来的人最后被送到良乡监狱。

这件事并没有就此结束，也算是我们贱招，自讨没趣。那天，时值当午，开饭的时间。我和李抗美从学校回来，回家路过我们大院的地下室。地下室的天窗，朝着大院外的小路，半人高，趴在窗户上可以看见里面关押的人。

"睐一眼，回味一下清汤寡水，窝窝头的滋味儿。"李抗美说。

"不忘阶级苦，牢记血泪仇。"我说。

"不知道，他们得关到什么时候。"李抗美说。

"毛主席教导我们，这只是万里长征走完了第一步……"我说。

我们说得正津津有味，大院墙外，拐角处，人头一闪，又缩了回去。"快跑！"李抗美说罢，撒腿就跑，我也跟着跑起来。

跑出十几米，前面出现了十几个人，拦住了去路，我们只好束手就擒。李抗美小声嘀咕："重受二遍苦，重受二茬罪喽。"我说："你真够贫的。"

我们被押回地下室。这时，地下室已经有三个在押来的孩子了，审问中知道，他们都是第一机械工业部的干部子弟。

一个孩子成了掠食的目标。他头戴一顶棕色栽绒棉帽，白色衬里，露出一条白线，按当时的说法，这是给刘少奇披麻戴孝。他脚下还穿一双高腰的将校靴，更是挑衅"无产阶级"的尊严了。

"他妈的，兔崽子敢给刘少奇披麻戴孝，看你就不是好东西。"接着，就有人摘下他的帽子，翻出衬里，在他面前抖了抖，说："老实交代，你和刘少奇什么关系。"

"我，一个国家主席，我怎么可能认识。"

"谁是你的国家主席，你够反动的。"

"嘴硬！把靴子脱下来，看你还敢猖狂！"

"冲墙站着，背毛主席语录。凡是反动的东西……"帽子、靴子，就这样统统被专政了。

看着那孩子，低着头，光着脚站在地上，像念经一样，呜噜呜噜……李抗美觉得好笑，"扑哧"笑了一声。笑声刚落，他就被人拎着衣领，把头往墙上撞，墙被撞得砰砰响。

这回是我忍不住笑了。喉咙里的声音刚出来，自知不妙，我随即改变了声调，一种说不出是笑，还是哭，拖着怪异的长音，把审问我的人都给逗笑了。"你他妈是踩着鸡脖子了。"有人骂了一句。我心里发狠，心说，你懂个屁！这是幼兽被戳戏时发出的咆哮。我和李抗美身上没有油水，穿戴接近革命阶级，被训斥了一通，背了几段毛主席语录才被释放。

离开地下室，我和李抗美撒腿就跑，觉得背后有股冷气追着你。

生怕身后有人喊一声："回来！"

这是一个多雪的冬天，北京一直笼罩在一片萧瑟的白茫茫之中。父辈们早就去了干校，或关进了"牛棚"，大半个院子都人去楼空，只有乌鸦站在白雪覆盖的房顶上"呀——"的一声飞起，又旁若无人地落在你家的阳台上"呀，呀——"地叫个不停。不知它们高兴的是什么？

不久，小玲响应毛主席的伟大号召，离开北京，去陕北延长县当了插队知青。我们学校也在动员上山下乡，同时，部队开始在学校征兵。我报名参军，也报名上山下乡，我们学校的这批同学，当兵的人去了海南岛，插队的人去了东北的白城子。奇怪的是，我没当成兵，也没有被批准去上山下乡。参军的人走了，一批批的知青也走了，学校里剩下的人越来越少。我有些沉不住气了，或许，我连"可以教育好的子女怀"都不配做，也未可知。

我和冯树仁、段志超等几个同学纠集起来去军宣队闹事，质问军宣队"为什么不让我们响应毛主席上山下乡的号召"。那会儿，无论什么人都能找到有利于自己的最高指示。军宣队被我们闹得无可奈何了，对我说："有更好更艰巨的任务等你去。"

什么是更好更艰巨的任务？同学们猜测，下一批知青去榆林，据说那里的条件更艰苦，可能打算让你去那里接受再教育吧。能去哪儿，我已经不在乎，三十六计走为上策，经过几年的风风雨雨，我什么我都能够承受。

不久，冯树仁随母去了干校，从此，我再没有见到他。临别，我和段志超去他家聚会，做肉丸子，因为大家都是第一次做饭，一个成型的肉丸子都没做成，做成了一锅肉末汤，大家却吃得十分开心。

冯树仁吟诗一首："分久必合和久分，三十年后逢在今。虽经峥嵘岁月日，却嬉笑在百花中。"第一句出自《三国》自不必多说，天下大势大都如此，我们已领悟到了人生哲理。末一句用了一个"嬉"字就值得玩味了。经过几年的风风雨雨，我们也已经被逼得有了游戏人生的味道，能够戏谑人生就不简单。接着，段志超也随父去了干校，几个要好的同学都走了，只剩下我一个人还留在学校。

我当不成兵，插队又走不成，我无所适从，只好待在家里看闲书消磨时光。那时曾流行过一本苏联小说《多雪的冬天》。主人公安东纽曾任游击队支队长、纵队长，后来任农业部门高级干部。由于他在工作中坚持原则而冒犯了重要人物，被上级命令提前退休。他在战争年代的老战友，在危难之时，非但没有安慰他，却在他痛苦不堪的时候，敏感地察觉到安东纽克有被重新任用的可能。他的老战友在暗中指使一些政治品德败坏的小人，写匿名信对他恶意中伤，结果，安东纽克被降职使用。安东纽克蔑视那些卑鄙的当道小人，拒绝接受任命，可是，就这样他也没有摆脱政敌的陷害，直到把他搞得万念俱灰为止。

这部小说主人公的境遇，似乎让我找到了父辈们的影子。可惜，时间过去得太久，除了故事的梗概，在我记忆中只留下了模糊的片段："大雪覆盖的乡村"、"一条被大雪覆盖的没有尽头的小路"，似乎还有"一辆伏尔加小轿车在风雪中行驶。"虽然，仅仅几个模糊的片段，我却忘不掉在那个多雪的冬天，我的主人公走过的漫漫长路。

这些日子，包楚恭每到黄昏就独自坐在花池子前唱《走上这高高的兴安岭》："走上这呀，高高的兴安岭，我瞭望南方，山下是茫茫的草原呦，她是我亲爱的家乡……"他嗓音浑厚，略有点沙哑。这本是一个抒情的歌曲，却被他唱得那么苍凉。

我过去不会唱这首歌，天天听他唱，也学会了，有种不可名状的情绪，同一首歌，在不同的环境中，会给你留下不同的感触，像丧歌。包楚恭是包惠僧的小儿子，比我小两岁，或许，这个大院的孩子，都要告别我们熟悉的家园了。

周而复也是我家的近邻，他家有个胖娃娃叫莲莲，长得十分可爱，她的家人经常推着童车出来带她晒太阳。我拨弄她的小脸蛋，她就笑，这让我想起"雨滴滴进碗里"的景象，渴望找到儿时的感觉。

《上海的早晨》是周而复的文学巨著，以解放初期的上海为背景，深刻地描绘了中国民族资产阶级从"子夜"走向黎明的光明前途。我不知道，他还能不能再写一部，"熄灭了河灯的小河"也让我从黑暗走向黎明。

一天，有些时间没来我家的陈先勇叔叔来到我家，他是母亲在红四方面军总医院的战友。他一看见我待在家里看闲书就火了，说："你小子怎么还没走？怕苦，怕当兵！"陈叔叔在北京卫戍区工作，我们学校的军宣队归北京卫戍区管辖。陈叔叔觉得老战友境遇这样艰难，希望通过自己的努力，安排好老战友的孩子，恰遇征兵，他就通知了学校的军宣队，让他们把我送到部队。

这时，我才想起征兵时，军宣队的政委还对我说过一句话："中央有通知当兵不让走后门。"我当时纳闷，他怎么不着边际地对我说这么一句话，也没多想。

陈叔叔弄清了原因，叫我坐上他的车，一起去了学校。那天，大雪，陈叔叔站在操场的积雪上，用他的拐杖指着一个过路的工宣队员喊道："让你们的政委跑步来见我。"

事后，一个工宣队员找我谈了一次话，开始还是那句冠冕堂皇的话"有更好更艰巨的任务等我去完成"。摸不清他们到底想说明什么，我就趁机和工宣队员矫情起来。我说："那么多工宣队重用的学生干部，都被'劝说'插队去了。有的人品质不怎么样，你们为什么让他们当干部，可是，他们做了工作，你们却让他们带头去插队。"

工宣队员没有直接回答我，他说："干部就应当起带头作用。你不同，你也不懂，说是接受贫下中农再教育，到了那儿还有人管吗？我们不想放任你，我们希望你有机会受到更严格的锻炼。"他说的话文不对题，但是听得出来，他们的态度没有整我的意思。

他还给我讲了一个他自己的故事，他说："我是低压电器厂的一个绕线工，每天的工作就是在线轴上绕两圈半的漆包线，我干了二十多年了，每天重复的就是这么一个简单的动作。这是什么？这就是工人阶级的组织纪律性。我们很多工人和我一样，成年累月重复一个简单的动作，一丝不苟，却从来没有烦过。你好好想想，什么时候想明白了，什么时候就知道什么是工人阶级了。"

他善意的说教与我关心的问题不着边际，今天想来，当时，他也只能这么说了。不过，这个工宣队员讲给我的故事却让我记了一辈子，也影响了我一辈子，无论是后来的学习还是工作，每当我不耐烦的时候，我都会想起那个"两圈半线圈"对我的启示。

小玲最先被许伯伯送到了部队，那时，她已经在陕北插队。她准备出走的时候，估计生产队不会放过她，就"暗度陈仓"，绕了另外一条路，才没有被人抓住。小玲平时看上去木讷，事到临头比谁都机灵。没想到的是，延安那么穷困的地方，生产队居然还派了四个人，也不怕浪费人力、财力，一直追到北京，想把小玲给逮回去，可惜，这时小玲在坦克 11 师已经戴上了领章帽徽。

小青走得比较轻松，军区杜政委直接把一份入伍登记表寄到我家，并附便条一张："责成当地武装部协助办理征兵手续，务必按指定日期，送到军区报到。"小青拿着这张便条就去武装部办了入伍手续。

我是来年冬季才当的兵。那几天我们家突然来了五六份入伍通知书，海陆空各部队的都全了，还有一份来自总政机关的入伍通知书，我没填过什么入伍登记表，也不知道谁办的入伍手续。我不敢留在北京，挑了一份空军部队的入伍通知书，告了几天假，不辞而别。军代表顺水推舟，说首长让他当兵，我也管不了。两个月后，妹妹小丽也被送去参军，到了陕西临潼的解放军26医院，当了卫生兵。

我们家的三个女孩子都是单独去的部队，到部队才换上军装。我走得莫名其妙，跟接兵部队一起走。

新兵出发前已经按建制编队，独我不在编队之中。大家都戴着大红花，敲锣打鼓地被送去参军，只有我一个人跟在队伍的后面，胸前没有大红花。我对带兵的干部说："给我找朵花带上吧，别人看我的眼神不对劲儿。"他说："没问题。"说罢，他跑到欢送的人群中，从一个人手里拿着的一束花上摘下一朵，跑回来，递给我说："就是小了点，将就点吧。"别人戴的花有排球那么大，我戴的花比鸡蛋大一点，看上去有些滑稽，连他都不好意思地笑了。

恐怕在大多数人看来，这是走后门，是特权，是不是"特权"另当别论。就当时的情况来说，父亲不过是一只"死老虎"，没有任何权力，而母亲从中央机关发配到街道，只不过是一个顶着老红军的虚名，拿薪水的"闲人"，哪有什么特权可言！

我们几个孩子在父母老战友的帮助下，从不同途径去了部队。父母的老战友们在我父母最艰难的时候，担负起了保护老战友子女的责任，为了不引起政审和其他麻烦，为我们临时编造了档案，嘱咐我们短时间内，除了家人不要与外界发生任何联系。

当兵本是一件光明正大的事情，可是我们却不得不像加入秘密组织一样地改头换面，无伤感。我想，如果一定要把它解释为"特权"，就算是老一辈流血牺牲给我们换来的"革命红利"吧。

第五章　军营里的童话

17.邂逅黑雪

当兵以后，我的心理负担并没有因此轻松下来。在那个多雪的冬天，不会仅仅因为我当了兵，沉积在我心底的寒冷就会消融，历史悲剧也不会改变个人的冷暖。

新兵训练结束，贺参谋长找到我说："我是你父亲的老部下。"他在挑选警卫员时看到我的入伍登记表，意外地发现了我。参军时，不知谁给我改的档案，一直忐忑不安，这回多少让我有点轻松了。

他问我想干点什么，我说当报务员，他说报务训练已经开课，你先留在司令部直属分队吧，以后想干什么再给你调整。其实，想干什么我根本没想过，仅仅因为担心"假档案"暴露顺口一说而已。

一个意外的情况使我使我找到了目标，这时，我在部队已经半年多了。我们部队在宁夏有个小农场，是为了改善首长的生活而办的，司令部直属机关干部或战士每年派一个人轮值。我抓住这个机会，主动要求去农场，天高皇帝远，越远越安全。

让老首长的儿子去农场，贺参谋长横竖不同意，我一再坚持，他只好同意了我的要求。反正也仅有一年的时间，他给农场的教导员写了一封信，希望关心我的进步。我欺骗了我的第一个首长，也是不得已而为之。

我们部队的农场地处宁夏西大滩，离部队有 1000 多公里。周围是一望无际的盐碱地，水渠纵横交错，网格密布，据说，这里是著名的引黄灌区，已有几千年的历史，比都江堰的历史还早。当年我和小丽曾在这里度过一个寒冷的夜晚，人的命运有太多的巧合，是福是祸，世事难料。

一辆小驴车走了十几公里土路把我拉到了农场。车把式小张一路跟我聊天，说当年他刚分配到导航连就调到了农场，他在东北老家放牲口，没想到当了兵还去放牲口，农场养了一百多匹马，他已经在这三年了，真不知道今后复原该跟家里人怎么说，听得出他对连队生活的渴望。他还说农场不缺肉吃，那儿的蚊子特大，三个蚊子炒碟菜……我听的津津有味。

进了农场，大门的北边是牲口棚，南边是羊圈，养了几百只羊，远远就闻到了牲口粪便和草料的气味，这是一种"天高皇帝远"的气息。再往里走几百米就是营房。营房都干打垒的泥土房，比人高一点。我们是一个小班，一共五个人，三个人是无线连来的报务员，邢得权是从司令部警卫班来的战士，他比我早来半年多。屋里只有我一个人，其他战友还在地里干活。我一进宿舍门头就碰到了门框，我摘下军帽掸了掸落在身上的灰尘，笑了。

当天，吃完午饭，我就跟着大家一起下了地。正是收获胡麻的季节，天气酷热，走在田间的路上，还没干活就已经汗流浃背。胡麻长得稀松、低矮，坚韧，农村兵一阵风就能割倒一片地，城市兵使出吃奶的劲儿，也望尘莫及，累得直不起腰，不得不搬个小板凳，坐在板凳上，干一会活儿，挪一下窝儿，那副狼狈相，把农村兵笑弯了腰。

天下黄河富宁夏，这不是一个美丽的传说，到了这你才明白。引黄灌溉，水道纵横，密布田间，大大小小的水渠里鱼多得伸手就能捉住。摸鱼是个乐趣，用不着特别的技巧，把水搅浑了，按着脚踩出的坑，张开五指往下摸，准能抓住一条鱼。出工时放一个鱼篓在水渠里，这是一种自制的捕鱼工具，用一个柳条筐，把草帽顶掏个洞，倒扣在筐上，收工时就能提回一篓鱼。大鱼改善伙食，小鱼晒成鱼干儿，自己留着当零食，几乎每个战士都储备了不少小鱼干儿，或寄回家里老人，或留着解馋。

每天累的筋疲力尽，每天都有收获，晚上一觉睡到天亮，什么都不用想，什么都顾不上想，"劳动是个好办法，很多烦恼都可以在劳动中得到解决"，这才是真理。

我给父亲写了一封信，向他汇报了我的情况。父亲给我回了一封信，他在信里说："在干校的劳动生活，对在延安生活过的老干部们来说并不陌生，比起解放区大生产，一面坚持战斗、一面坚持生产的情况轻松多了。"

他在信里还加了一张照片，他蹲在一片金黄色的稻田里，笑容灿烂得像阳光一样。他在照片的背后写道："耕三余一，我比当年八路军大生产的时候一点不差。"父亲在寄来的信里，还有一句诗："西王母桃种我家，五七中元始一桃。"时值收获季节，干校挂满枝头的桃子熟了，说得没错；后一句，原是"三千阳春始一花"，其中，"三千"二字改成了"五七"，"阳春"二字，改成"中元"。这么一改，意思就变成了"王母仙桃三千年结一次果，在五七干校的中元时节第一次结果"。"五七"二字自不必多说，"中元"在收获季节，说得也无错处，可是，父亲偏偏用了"中元"二字就值得思索了。他是为了超度牺牲战友的亡灵？还是在"五七"精神的指引下，让他的精神也得到史无前例的"洗刷"，我就无从知道了。

不管怎么说，这么难得的"仙桃"干嘛不吃？父亲在信里说："只要他与哪个体弱多病的老同志交臂，袖筒里就会滚出一个桃子，大家心照不宣，共享'战利品'，这是战争年代养成的光荣传统。"看来父亲的干校生活过得有滋有味。

经过一个多月的时间，胡麻收割完毕。教导员特意带我去了一趟生产建设兵团宁夏13师的榨油厂，这里有不少北京和天津知青。我早就听说过宁夏13师，当年，有个绰号叫"小混蛋"的北京知青就来自该师。"文革"中他擅自回到北京，无恶不作，号称"拔头份儿"，就是地皮流氓头子的意思，结果被干部子弟王南生"绳之以法"，一时震惊北京。

看着深褐色的胡麻油从榨油机里流出，我感到兴奋，这是我第一次看见自己的劳动价值。

"怎么样挺好玩吧？"教导员戏谑地说，他话里有话。

"觉得挺新鲜的。"我说。

"时间一长就不好玩了……"教导员说。

教导员的话没说完，一个中年妇女来搭讪，她是这里的管理员。她先跟教导员打了个招呼，然后又对我说："带着领章帽徽说明是解放军，套一件工作服说明是技术兵……"

不是所有当兵的都有工作服，我归属司令部直属分队的技术部门，这可能是空军部队的一种编制。我们发的工作服与空军地勤的工作服一样，我一直觉得这样的装束很美，可是，大热天套一件工作服，显得是不是有点显摆了？

我被她说得不好意思，幸亏教导员把话接了过去，说："怎么样，我这个兵够帅气吧？"

"那是！脸蛋红是红，白是白……"管理员看见我低下头，又说，"小伙子还害羞呢？"

"想说媒？"教导员说，"没门儿，他还是战士，当兵的不许谈恋爱你不知道吗？"

"先认识，等几年不就行了吗？"管理员说。

"你可高攀不起，他老子是长征干部，我们部队的首长当兵的时候他爹就是师长了……"教导员说。我大吃一惊，弄不清他到底知道多少。

回程的路上，教导员说："参谋长不是让你给我带了一封信吗？"

"还有必要吗？"我说。又想，话都说到这个份上了，还不如把我的"假档案"问题坦白了，大不了在农场待到复原。我说："我，我的动机不纯……"

"想争取入党？"教导员不屑一顾地说，"又不是想入国民党，有什么动机不纯。"他迟疑了一下又说："有些高干子弟确实是好样的，有些实在不敢恭维，要看你自己怎么做了……"心非所想，答非所问，不管怎样，我"坦白"了，"坦白从宽"，我的心情好极了。

农场休息两天，我就闲不住了。用教导员的话说，这个年龄的战士有使不完的精力，不能让他们闲着，闲了准能闹出点花活儿。我就是那种没事找事的人。

炊事班每月做一次豆腐，改善伙食，剩下的豆腐渣喂猪。晚饭刚刚吃了豆腐，我又想去"偷"点豆腐渣，做一顿夜宵。部队的生活并不缺吃少喝，添个口味也算找点乐子吧。

趁着大家集中在场院活动，我溜进豆腐房。刚进豆腐房的门，我就意外地遇到了拦路"虎"，它"哈"了一声，原来是一只小猫，自觉如同虎啸山林，哈口气就想把人吓走。

它一身锦袍似的皮毛，背部漆黑，腹部雪白，四蹄踏雪，尾巴拖在地面上，尾尖翘起，轻轻地摇着，像是思考什么。这个不速之客是个什么物种！我旁若无人地往前走了一步，它伸直尾巴在地面上拍了几下。我估计它的意思是"小子！别惹我生气哦。"

狐假虎威的家伙，见我没有丝毫让步的意思，它竖起了尾巴，像一根小桅杆，头向后缩，弓起背脊，侧身，蜷伏，全身的毛都炸开了，瞪着一对又圆又大的眼睛，在阳光的反射下，闪着光亮。它虎视眈眈地注视着我，这是一种很不客气的警告。

我没工夫搭理它，我必须动作迅速，说不定什么时候又有人跑来，也未可知。我跺了一脚，"砰"的一声响，想必足以吓跑它了。

它毫不示弱，得寸进尺，接连"哈"了几声，竖起的尾巴摇了摇，小屁股紧张地扭动起来，颤抖着，一副决斗的架势，它把我当成了一个讨人嫌的入侵者。

嘿！小东西，敢跟解放军叫板。或许，你听说过"老虎学艺"的故事吧？八成是谁误导了你，老虎就是老虎，猫就是猫，这是两种不同力量的较量。

这是一个精灵，捉住它！心一动，我的征服欲被激发出来。"文革"中，眼看着父辈们被"踏上一万只脚"我咬牙切齿，却无济于事，如今我是解放军战士了，居然这么个小东西也敢狐假虎威，找抽。

我摸索着裤兜，掏出一条小鱼干儿，这是我平时的零食。我把鱼干儿扔过去，上兵伐心！果然它被吸引了，小爪子轻轻地在地上刨了几下，目光在我和鱼干儿间游移、闪动，一副随时飞跃起来的样子。

我本能地目测了一下我和它的距离，只要一个跳跃，往前一扑，零点几秒就能逮住它。趁它游移在美味和凶险之间，我一跃而起，向它扑去，只觉得眼前一道黑色的闪电划过，我连它的皮毛都没有摸到。

我一骨碌爬起，起身便追，下意识地感到那条鱼干儿似乎没了。捉住它，一定要捉住它，我的征服欲燃烧起来。

门外是一片刚刚翻耕过的地，只有田边、地头被羊啃过不知多少遍，紧贴着地皮的草根，没有任何可以躲闪、藏匿的地方。它不顾一切地奔跑，飞逝的身影像一道流光。我紧追不舍，如同猛虎下山。过了一会儿，它似乎改变了策略，东跳西跃，躲闪我的追踪，黑白相间的身影反转跳跃，像"黑云压雪"般地滚动。瞬间的想象，我给它起了一个富于诗意的名字"黑雪"。

再过了一会儿，它不再蹦蹦跳跳地奔跑了，速度明显降低。接着，我已经不是跟着它跑，而是跟在它的后面走。它停停，我也停停，它开始跑，我却故意等它跑远一点，再不慌不忙地追上去。所谓"敌疲我打，敌退我退"这可是我军制胜的法宝。

渐渐地它连跳跃的力量都没有了，田里的土块都成了它行动的障碍。我们农场的土质属于僵土，渗水很差，拖拉机翻耕过，会形成很大的土块，需要破碎几遍才能耕种。

我弯下腰，低下头，对着它的后背吆喝道："嘿！嘿嘿……"这是一种戏谑的愉悦。我开始戏弄它，预先斜插到它前面，等它晕头转向地冲我跑来。它几乎撞到我的腿，突然，发现我站在它面前，它惊呆了，瞪着我，接着，掉头又跑，慌不择路。我不慌不忙，又绕到它前面，带着戏弄的快感，欣赏起它那副失魂落魄的模样，津津有味。

哇！太有趣了，它嘴里，居然还叼着小鱼干儿，舍命不舍财的家伙。

它吃力地爬过一个土块，挣扎着往前爬，似乎还想坚持，却像一个泄气的皮球，趴在那一动不动了。

我没有立刻动手抓它，踢它一脚，说："嘿！向解放军投降了吧。"我有过教训，在廖叔叔家小住期间，他为捕捉黄鼠狼下的笼子，误把一只猫捉住了，我伸手就抓，结果，被抓出几道很深深的伤口，它却趁机逃之夭夭。

吃一堑长一智，确信它绝非诈降，我才弯下腰，捏住它的脖子，把它提起来。它浑身软得像个皮囊，拉了一屁股屎，嘴里叼着鱼干儿，还不肯松口。人为财死鸟为食亡，始终是千古不变的定律。

也许，黑雪遇见我就逃之夭夭，我与它只不过是一次邂逅，转眼就忘记了，可是，它没跑，于是，便有了后面的故事。那是一个风起云涌创造故事的时代，每一个经历都是故事，抑或悲剧，或者喜剧。

黄昏的余晖，布漫了田野，满地金色。

黑雪是一只七八月大的母猫，用政治观点衡量，世界观尚未形成，一张白纸好画最好最美的图画。确切地说，我要改造它的世界观，"与天斗起了其乐无穷"。不要觉得我荒唐，到底是自然改造我们，还是我们改造自然，也未可知。

新兵训练的时候，政委训导我们，用强迫的方法改掉你们身上的小资产阶级恶习，并使这种被强迫执行的行为变成自觉的行为，这就是世界观的改造。黑雪也需要一个由被动到自觉的转化，谁让它出生在这个人人都要脱胎换骨的时代。

黑雪绝顶聪明，经过一段从灵魂深处爆发的世界观革命，我不仅在黑雪的身上看了脱胎换骨的变化，而且，我还从它的身上看到了人性的友善。

我支床板的板凳露出了一段头，黑雪每次上我的床就会先跳到板凳头上，舔干净它的爪子后再跳到上床，睡在我的脚下。

黑雪还会讨好。每天农场的起床号吹响之前，它都窝在我的枕边，轻轻地舔我的脸，我不醒它就待一会儿再舔。直到我醒来，它就"喵"一声，把它的脸贴在我的脸上，蹭一蹭，然后，再"喵"一声再贴在我的脸上蹭一蹭。它的意思是说，我没打扰你吧，你醒来了就该给我开饭了，接着，它跳下床，蹲在它的饭盆前，歪着头，眼巴巴地望着我。我喜欢黑雪贴在我脸上蹭来蹭去的感觉，心都被蹭软了。

每当我为它备好早餐，起床的"钟"就敲响了，接着，就是集合，出操，要三十分钟以后才能回到宿舍。它叫醒我的时间非常准确。表现出革命军人的时间观念。

不过"讨好"的这种小资产阶级情调，麻痹不了我。我毕竟属于用无产阶级思想武装起来的高等动物，必须有一个坚强的心，才能把黑雪锻炼成为拒腐蚀永不沾，能够抵御资产阶级糖衣炮弹诱惑的坚强战士。

我的鱼干儿放在床底下的纸箱里，故意留下一条缝，诱惑它，让它接受严格的考验，除非我给予，否则就绳之以法。

一天，我从地里回来晚了，食堂已经开饭。我急匆匆地往回赶，离宿舍还有300多米，黑雪就"喵"的一声冲我跑来，在我脚下高兴得又蹦又跳，接着，它把脸贴在我的脚上蹭了蹭，仰起头，眼望着我，"喵——"的一声长叫。黑雪拖长声音叫声，表示请求，意思说，我都饿了，快给我点吃的吧。

我回到宿舍前，不知是谁已经给黑雪的饭盆里盛上了饭，可是它一口都没吃。我说："不是有饭吗？"它"喵"了一声，跑到门口，回头望着我。见我没动，它跑回来，又"喵"了一声，跑到门口，回头望着我。这小东西真是奇怪了，我蹲下身，敲了敲它的饭盆，示意它可以吃饭了，可是，它仍然没动，站在门口，望着门外，"喵唔、喵唔……"地叫起来。这时，我才算明白它的意思，"你一定饿了吧，快去打饭吃啊！等你打来饭我再吃。"

阳光透过房门，照射在它黑白相间的小脸上，脸的上部漆黑，像分开的窗帘，人字形向下延伸，露出一双明亮的眼睛，仿佛敞开的幕帘，把自己的真诚和善良全部暴露给你。我被黑雪的灵性触动了，我抱起它，说："好样的，真够哥们儿。"

黑雪已经把被强迫的行为变成了自觉的行为。不过黑雪的转变值得警惕，阶级敌人时刻梦想回到过去的天堂，这是那个时代天天响彻耳鼓的警钟。黑雪会不会也梦想回到过去没有人约束的天堂呢？

18. 胜利者的幽默

转眼到了收割水稻的时节。这天农场的"钟声"比往常提前了半小时，农场没有司号员，一截铁轨挂在一棵歪脖树上代替钟。每天早晨，周场长早早就蹲在歪脖树下，手里提着一只钟表，盯着时针，提前一分钟敲响铁轨，绝不拖延一秒钟，战士们背地里都叫他周扒皮。不过他有他的道理，说敲击铁轨的声音不够响亮，传导慢，仅此要提前敲"钟"等大家都听到"钟声"，比规定的起床时间一秒钟都没提前。

黑雪突然听见"钟声"，随即蹿下床，扒开门，伸出小脑袋看了一眼，它奇怪今天的"钟声"怎么提前了，然后，它转回身，蹲在我的床下。我几分钟穿完衣服，整理完内务，随即，从床底下的纸箱里掏出一条鱼干儿，放在它的饭盆里，就跑出门外集合了。对小动物讲纪律，也要讲信誉，即使遇到反常事件，也要按照默认的承诺保证给它的食物，这样才能获得它的信任。

"天气预报，未来几天有雨。"周场长站在队列前讲话："从今天开始，收割采取包干制，必须在降雨前把水稻抢收回来。有能力的包干，早干完，早休息，吃肉包子。不愿意包干的按八小时工作制，剩多少包子就吃多少，不够的吃馒头、咸菜。现在想包干的都出列。"

这样的包干制，在收割胡麻的时候就曾经用过，受到农村兵的欢迎。"我算一个。"邢得权第一个站出来，接着，又有十几个人报了名。邢得权是农村兵，是我们班里最壮的汉子，在全农场数一数二，他一贯瞧不上城市兵。

我也走出队列，说："我也算一个。"我不信邪，凡是较劲儿的事，我当仁不让，虽然收割胡麻时一败涂地，那是因为我还没适应。

"行吗？"教导员眨巴着眼，围着我绕了一圈，看着我的手，这几天收割麦子，我的手已经被弄得满是刀口和水泡了。

"行啊！"我学着他眨巴着眼说。

"割不完，可能吃不上肉包子哦。"周场长也眨巴着眼睛说。

"军中无戏言。"我又学着他的样子眨巴眼说。

"可不是光吃不上肉包子，割不完不能回来吃饭哦。"周场长说。

"绝不反悔。"我说。

"包干就得一包到底，中途不能反悔啊。"教导员说。看来他非要把我逼上梁山不可。

"绝不！"我说。我没干就嘴硬，这几天收稻子已经累得够呛，可中午的大肉包子，我不想失去，何况我更不想输给别人。

话虽这么说，可是到了分配任务的时候，周场长还是手下留情，给我在边角的地方找了一块明显比别人小的地块儿。

不知是巧合，还是周场长成心，我旁边的地偏偏是邢得权承包的。我与他根本就没有叫板的余地，他简直就是一台收割机。他镰刀一挥就抖出了威风，我才割了两趟多，他的那块地就已经割完了。

这就是说他现在就可以回宿舍了，可以等着大吃大嚼肉包子了，而且除了上午剩余的时间，整整一下午他都不用来地里干活儿了。

邢得权一副得意扬扬的样子，手里晃着镰刀，向我走来。我累得跪在地上，看他走过来，赶忙摆好姿势，我不想让他看见我的狼狈相。

"俺今天第一名，"邢得权在我的背后说，"要不要让咱贫下中农帮你一下。瞧你那熊样，要不毛主席让你们向贫下中农学习呢。"

"玩儿去！"我弯着腰，头也不抬地说，心想这一箭之仇，我非报不可。

"玩儿去就玩儿。"邢得权吆喝到，"吃包子喽！大肉包子啊……"

幽默是属于胜利者的。

看他走远，我又现了原形，跪倒在地上，抓住一把麦子，割了下来，再抓一把，再割下来。我想不能停，一定不能停，我要把自己当成一台机器，只要不停地运动就一定能完成任务。可是，并不是谁想当收割机就能当，腰酸背疼，四肢发软，我越来越难以支持，一镰刀下去，连一把稻秆儿都割不断了。

我的手指被割了一道口子，血从刀口冒了出来。我嗫了嗫伤口，血还是流，干脆抓了一把土糊在伤口上，接着，又割起稻子来。

稻田里小咬多得像下雾，一团团的追着人咬，打不着，驱不散，咬一口就是一个包，比蚊子还厉害。吸气时，几只小咬被吸进嘴里，我恶狠狠地嚼了几口，又恶狠狠地啐出去，咬牙切齿地说："今天吃不到肉包子，我就吃你们！"

我发狂了，双手抡起镰刀向稻子砍去。一趟下来稻子倒了一溜儿，但是却没有割断。见鬼！我扔下镰刀干脆用手拔了起来。"让你们看看谁是城市老爷兵，谁是城市老爷兵，让你们看看……"我一边拔着稻子，一边自言自语。

汗水如注，衬衣湿了又干，干了又湿，一层含盐的物质板结在衬衣上，脖子和胳肢窝都被磨红了，动一动就像针刺一样的疼痛……

奇迹出现了，我眼前的稻子被我拔光了，七零八落地倒卧了一片。我抬起头，直起腰，我看见邢得权那块地上的稻子，一捆捆绑扎得结结实实，摆放得整整齐齐，就像士兵排列的方阵。管他呢，我地里的稻子虽然不怎么好看，但也算完成任务了。

我正准备收工，周场长冲我走了过来，我抬腿就走，周场长加快了脚步，我也加快了脚步，他不叫我，我就装着没看见。他跑了起来，我也跑了起来，直到把他甩得老远，我才停下来。

午饭我刚端着一饭盒肉包子走进屋，周场长就来了，他手里掐着两个馒头，说："瞧把你吓得，比兔子跑得还快……"

"我的地可收割完了啊！"我咧嘴一笑，说，"给您换俩包子？"

"少废话！"周场长啃了一口馒头说，"糊弄鬼啊，稻子没打捆我不多说，可地里的草你没割就是问题了。"

"您说什么呢？"我觉得我听错了。

"我说你没割地里的草！"周场长说。

"割草？"我说，"您是让我收稻子啊，还是割草？而且您也没有要求啊。"

"这不同。"周场长说，"八小时工作制，可以不割草，是为了多收些稻子，可是你包了干，地上长的就都要割，不割草，不就等于少割了稻子。"

"就为这？"我不禁一笑，说，"您也太能算计了吧？而且割下的草能干什么？"

"可以喂牲口啊！"周场长说，"你看地边上有多少草，下了工，带回去喂羊，还有，瞧你的稻茬，留得那么高，人是省劲儿了，可饲料浪费了多少？"

"好，好！那我把没割草也割了。"我说。

"当然能多割麦子更好了。"周场长得寸进尺，话里有话。

第二天，周场长加了码。其实，头天他只是为了摸底，连我都完成包干的定额，加码也就不奇怪了。这下我可惨了，给我分配的地比昨天多了一倍，这家伙用人太狠！

中午我没吃饭，继续干了两个多钟头，把分配给我的地就全部收割完了。我觉得还有力气，准备找了一块地继续干。这时，我才发现周场长也没有走，稻田里只剩下了我们两个人。

"这么干体力受得了吗？"周场长说。

"您能不能把明天的定额先分给我，我想先赶出点儿。"我说。

"这活靠的是耐力，得干些日子呢。"周场长若有所思地说，"那就拿你试试？你能干完，别人就没道理干不完。"

"在您眼里我就这么不堪？"我说。

"不是那个意思。"周场长说，"看得出你小子还真有那么一股不服输的劲儿。"

晚饭，我吃了六个馒头，惊得四座目瞪口呆。

我早早就睡下了。睡得正熟，赵班长捅醒我。"喂！醒醒，醒醒……"

"什么事啊？我困着呢。"我说。

"喂！想吃红烧猪腿吗？"赵班长说。

"猪腿？"我忽地从床上坐起来，"在哪？"

"还没弄来呢，"赵班长说。原来中午有头病猪死了，炊事班舍不得扔，被周场长狠狠地骂了一顿。我一听就来了劲儿，浑身的疲劳也一扫而光。

月光明亮，满天星斗，流动的哨兵清晰可见。

我和赵班长匍匐在菜地里，小心翼翼地摸索着，生怕惊动了哨兵。

"喂，"我低声说："你没搞错地方。"

"不会，我亲眼看着埋的，就在这附近。"赵班长说。

我们继续摸索着往前爬，爬着爬着，一道黑影闪了出来。是只狗，它嗅来嗅去的，说不定也是为那头猪来的。

"想虎口夺食……"赵班长说。

"别惊着它。"我说，"让它帮咱们找。"

"好主意。"赵班长说。

那只狗转来转去，终于在一个地方停了下来，它嗅了嗅，刨了几下，又竖起耳朵听了听，接着就起劲儿地刨了起来。

"现在可以了，瞧我的。"赵班长就地摸了一块土疙瘩。

"别动！"我按住他的手，"再让它替咱们刨会儿。"

"够坏的。"赵班长说。

正说着，不知从哪飞来个什么东西，那只狗"呜"的一声跳开了一步，却没有逃走。接着，又有什么东西，接连落在狗的周围，直到那只狗跑开。幸亏这会儿哨兵走开了。

"这回可真的有人虎口夺食了。"我说。

"没那么便宜。"赵班长说，"先看看他们是谁。"

我们屏住呼吸，一动不动地趴在菜地里。

一个人爬了出来，又一个人影出现了，再一个人影也出现了，一共四个，看来还够兴师动众的。

"你看像是哪个班的？"我说。

"不像咱们部队的，"赵班长说，"你看，帽子上没有帽徽，可能是农建师的吧？"隔着一条水渠，那边有农建师的一个排。

"差不多。"我说。

"怎么办？"赵班长说。

"让他们接着替咱们挖。"我说。

刚刚埋过东西的地方，土质非常酥松，不一会儿他们就把那头猪刨了出来，不过也已经气喘吁吁，大概是姿势不太得劲儿吧。

那几个人兴奋地叽咕起来：

"个头还真他妈的不小。"

"够吃一阵子的了。"

"几个月都没开荤了，馋死我了，就咱们班的，谁也不能给。"

"那当然了，费力不说，担多大风险呢。"

"别罗唆了，快干吧。"

"整个抬走算了。"

"不行，那还不让哨兵发现了，剁开了分着拿。"

"快点，把刀给我……"

那边提心吊胆，手忙脚乱，这边赵班长有些沉不住气了，低声说："我们什么时候动手，等会儿就来不及了。"

"放心吧，听我的。"我说。

流动哨走过来，在地头撒了一泡尿，又走开了。那几个人吓得趴在地上，好半天不敢动。我暗暗骂："笨蛋！快干啊。"

几个家伙又砍，又割，又拧，又掰，又撕，又扯，浑身的解数都使出来了，总算把两只大腿卸了下来。

看看哨兵不在附近，我咳嗽了两声，接着，拉着赵班长站了起来。突然冒出两个当兵的，几个家伙吓得抱头鼠窜，连带来的工具都没顾上拿。

我捡起两条猪腿，然后，压着嗓子喊了一声："喂！回来，还多着呢，我们只要两只腿……"说罢，我和赵班长溜出了菜地。

兵不血刃满载而归，惹得满屋子人哈哈大笑。

次日早晨集合，周场长火冒三丈，训斥了炊事班一顿，说："懒得不成，跟你们说有野狗，让你们埋深点，埋深点，就是不听，结果还是被野狗刨了吧。懂不懂，不煮熟，吃了要死人哩。"看来周场长一点都不糊涂。

几天后，我已经变成了一台真正的"收割机"，两镰刀就是一捆稻子。一边割，一边打捆，一趟下来，一捆捆的稻子整齐地在身后排成一行。邢得权那得意的"吆喝"声我再也没有听到过。

最后一天，乌云密布，天气异常闷热，说不定什么时候就会下雨，我们只能加夜班。晚上的小咬比白天厉害多了，一团团地往上拥，隔着衣服咬，叮住了绝不松口，一巴掌扇过去你都能感觉到小咬碰撞手掌的力量。世界上竟有这样贪婪的物种！我成了它们一顿肥美的大餐。

天亮，我承包的地只剩下了一小块儿，最多再有一二十分钟就能超额完成任务。周场长承包的地在我的旁边，他割的还不到一半。我怎么好意思一走了之，我在我那块还没收割完的稻田中间割出一方空地，让周围的稻子遮挡住我，我在那打了一个盹儿，起身，继续开镰。

"怎么突然看不见人了？"周场长抬起头说。

"我怎么好意思撇下您自己去吃肉包子。"我说。我抬头望了一眼，其他人都走光了，地里就剩我和他。

"瞧你牛的。"周场长斜睨着我又说，"你说那两只猪大腿是怎么没的？"

"就是因为没了腿，我就是想走也走不了啊。"我调侃道。

"坏小子！"周场长放声大笑，说，"谁让你吃人嘴短。"

稻子安然入仓，农场放了两天假。有兴趣的人去了大武口，这是离农场最近的一个集镇，有 20 多公里，农场没有军人合作社，日用品都要到外面去买。我去了银川，从农场到银川要有 70 多公里，或许多少有点怀旧的原因。

去银川前，我先给父亲写了一封信，把我的骄傲告诉了父亲。一到银川我就把信发了出去，从这里寄信要比西大滩快得多。

在银川除了胡伯伯一家，我认识的还有杨小燕，她是杨一木的女儿。杨一木 1925 年参加革命，当时是宁夏回族自治区的书记处书记。我按着地址找到他家，这是一排再普通不过的平房，有七八间房。房子的边角是用青砖砌起来的，墙体的中间填充了土坯，除了地板铺设了花瓷砖，其他无论是结构还是外观都与普通民房没有多大区别。一个宁夏省级领导干部的住宅如此简朴，出乎我的意料。

我沿着他家的排房子往里走，排房前是一个不很宽的通道，勉强算是有个院子吧。窗户的玻璃大都破碎，有的糊上了纸；房门也大都被破坏了，歪歪斜斜地挂在门框上，敞开着。走近门口，就能闻到一股粪便的臭味，推开门一看，地板上到处都是人拉的屎尿。屋里什么家具都没有，满地都是乱扔的擦屁股纸，有一张看上去像是政府专用的便笺，便笺上的几个红字清晰可见。

奇怪的是这里还有一间挂了窗帘的房子，有人住，或许是造反派的恻隐之心，还给杨一木家留下了方寸栖身之地。

我敲开门，屋里有一对夫妇，女的走出来，后来知道她姓侯。她用一副审视的目光扫了我一眼，接着，就像背台词一样地说起来："杨书记一家早就不知道搬到哪去了，他的小女儿杨小红偶尔会回来一趟，看看有没有来的信件就走，很难遇见。"侯同志说的话，清楚、简洁。"很难遇见"显然是告诉我，你找不到人，也没有必要再来了。

我当然知趣，临走前想留个条，希望有机会和杨一木的家人联系上，于是，我自报了家门。没想到，我话音未落，夫妇俩竟然异口同声地说："胡赖！是胡赖吧。"听到"胡赖"两个字，我意外惊喜，连连点头，说："是，是胡赖！"这是我第一次从外人的嘴里知道"胡赖"。

这时，夫妇俩一扫刚才还有的警觉，就像他乡遇故人般地述说起来。夫妇俩都是自治区机要处的干部，当年曾是我父亲的学生。他们说，当时他们考上大学，本来去学校报到，可是，一辆卡车把他们装进去，就拉到了一个不知名的地方。那里戒备森严，门口有解放军站岗。不久，你父亲出现了，老兵们叫他"胡赖"，说是咱们机要训练大队的大队长……

讲罢父亲的故事，他们又对我说，他们是成立宁夏省委的时候分配来的。前几年，被赶出机要部门，发配到100多公里外的一家三线工厂当了工人。现在他们一个月可以回一次家，房子是从自治区革委会临时借用的。他们庆幸离开了机要部门，当工人多好，轻松多了，从此可以睡个平安觉了。话虽这么说，我能感到他们心里的隐痛。

我去银川的时候，班里的战友让我想办法买几副扑克回来。离开那对夫妇，我转了几家商店都没有买到，当时，扑克也是奢侈品，有点门路的人才能买到。

我那会儿，有股子敢乱闯乱撞的劲儿，心想商店里没有卖的，印刷厂总该有吧。银川是个很小的城市"一条街两座楼，一个警察看两头"。果然，我没走多远，就看见了一家印刷厂。我径直走到厂办公室，估计工人们把我当成了军代表，没人问我干什么就让我进去了。可是，凭我磨破了嘴，办公室的同志就是不卖给我，说什么他们不是专门生产扑克的，有一点货，是代印的，数量有限，不能外卖等等。本来我并不知道他们有没有扑克卖，他们这么解释，反倒暴露了"天机"，我哪肯错过良机。

我正纠缠不休，来了一个四十多岁的男同志，像是管事的领导，他问我有什么事要办。我照例刚自报了家门，他一听到我的名字，当即就问："是不是胡赖！"一句"胡赖"，又让我他乡遇知音。他没让我花钱，送了我 10 副扑克，这可是个意外收获，足够我显摆的了。

他请了假，请我到他家吃了一顿羊肉饺子。原来他和他夫人都是宁夏回族自治区某处的干部，当年都在西北局某处工作，他们这一批来宁夏机要处的干部有 4 个女同志，23 个男同志。他们也是在"文革"中被"清洗"出来，有的同志被"分配"到很远单位，他因为岁数大被留在银川。

没离开银川我又给父亲写了一封信，告诉他我遇到了两个"胡赖"。11 月底，我收到父亲的回信，父亲在信里说，两份信都收到了。他在信里说，别的地方不敢说，在西北机要只要提起"胡赖"无人不知，看来父亲对我的"邂逅"感到欣慰。他在信里又夹了几张照片，一张是在洋白菜地里照的，照片背面的题记是："您看看，我们辛勤劳动的果实——洋白菜。"这口吻似有作诗的劲头。另一张照片，父亲站在棕榈树下，样子十分洒脱，身板挺直，脚踏在田埂上，双眼凝视着远方。照片的背面写了一行字："南方的风景一年四季如春。"这张照片还有一张放大了的，背面一行字写道："沿着伟大领袖毛主席指引的方向奋勇前进。"足见父亲对干校生活的乐观和对伟大领袖毛主席的忠诚。

19. 我的灰姑娘

入冬，我调到了饲养班帮忙。我被分配去放羊。这是农场最苦的活了，但也是最自由的活，放羊的人只有一个，我用不着听谁吆三喝四，我就是羊群的最高长官。

正是生产小羊的季节，羊圈里添了不少的小羊。半夜，要把大羊哄起来给小羊吃奶。饲养班宿舍距离羊圈有几十米远，为了方便，也乐得自由自在，我干脆搬到了羊圈。

羊圈是个独立的院落，围墙是一圈干打垒的土围子。门是用碎木板拼接起来的栅栏，门一推就会枝枝呀呀地响起来，像安装了预警器，反倒让人觉得安全。进了门，正对面是羊舍，也是干打垒的房子，有 300 多平米。

我的床铺搭在羊舍的西北角，我用几根竹竿拦在床铺旁，不至于让羊跑到我的床上就行了，也可以用来晾晒毛巾和衣物。我用几条塞满了稻草的麻袋，铺在地上，麻袋上面再铺上褥子，盖上雪白的床单，这就成了我的床，货真价实的"席梦思"，躺上去也别提有多舒服了。叠放的被子方方正正，看上去也有几分军人内务的整洁。

我来农场时，藏在提包里几本书，《多雪的冬天》《人世间》《复活》《红楼梦》等。我提心吊胆生怕别人发现，这回再也不用担心了，随便塞在哪个麻袋里都不会有人发现。当然也少不了《毛泽东选集》《毛主席语录》之类的书，我放在床头最显眼的地方。不过我绝对不是为了摆样子，我认真学反复读，不厌其烦。

我整理好床铺，刚想安静一会儿，一群小羊羔就围了过来，挤在"席梦思"周围。这时，黑雪自己也找来了，我去饲养班的时候，没有顾上带上黑雪，抱着一只猫也太不像话。它跳上"席梦思"嗅嗅，巡视了一圈，用小爪子在我的床上刨了刨，把围在"席梦思"边的小羊赶走，然后窝在我的床头，宣誓它已经占领了这里，这是其他人不可逾越的禁地。原来这个小家伙还很霸道，并非那么驯服。

第一天放羊我就遇到了麻烦。

吃早饭的时候，我多拿了两个馒头，又抓了把鱼干儿，打算中午在外面野餐，就像电影里的牧羊人，点着火堆，烤着全羊，虽然我连只羊腿都没有，可我有大把的鱼干儿啊。够刺激！够潇洒！想着就美。

路上走累了，我坐下，吹吹口琴，吹吹笛子，我成了真正的"牧羊人"。这里没有"风吹草低见牛羊"的景象，天灰蒙蒙的，夹杂着浅黄色的沙尘；地也是灰蒙蒙的，龟裂的地皮上生长着一杂草，只有两三寸长，枯黄了，斑秃一样地分散在灰白色的盐碱地上。坐在这样的草地上吹一曲《三套车》，别有一番苍凉的感觉。

等到中午吃完野餐，我再没有闲情感受浪漫了。俗话说，放牛睡扁头，放羊累断肠。奔波了一个上午，累极了，烤着柴火，裹着大衣，往土坡上一靠，本想打个盹，我却一下子就睡着了。

我一觉醒来，天哪！整个羊群连个影子都没了。正不知所措，我发现土丘背风的地方还有一只羊，它正给刚出生的小羊撕咬着身上还没完全脱落的胎盘。

我赶紧跑过去，驱赶它，想让它带我去找羊群，我并没有这方面的经验，只是不自觉这么做而已。可是不管我怎么驱赶它，它就是围着小羊转来转去，不肯离开，我急了，不知当时是怎么想的，我脱下军大衣给小羊盖上，这回未等驱赶它，它竟然离开小羊，奔跑起来。

我紧跟着它跑，跑了五六里路，我终于看到了失散的羊群。顾不上喘息，我又把羊群往回赶想赶紧去找留在那里小羊。而那只母羊没等我驱赶就"咩咩"地叫着调头往回跑。整个羊群也跟着它跑起来。

接着，我又有了新的麻烦。我抱着那只刚生下来的小羊回到羊圈，在羊圈清点羊群时我才发现，不知什么时候我的羊群里少了三只羊，再点还是少了三只羊。

我立刻原路返回，找到天黑都没找到。我琢磨，说不定走失的羊，遇到了别的羊群，混杂到里面去了。如果能和那个羊群相遇，说不定丢失的羊就会跑回来，动物都有种群意识。

接下来的几天，我不断地改变放羊的路线，希望遇到别的羊群，可是几天过去了我一无所获，我开始怀疑我的推断。

星期日，是可以睡懒觉的日子，一大早，我又赶着羊群出发了。

"星期天也不休息啊！" 刚赶出了羊圈就碰到了周场长，他满脸笑容。

"现在是生小羊的时候，多放放羊长得壮实。"我心不在焉地说。

"吃了上午饭再走，今天食堂改善伙食。"周场长说。周日部队都吃两顿饭。

"不用了。"我说，"我多带了几个馒头……"

"好样的！"周场长显然被感动了，拍拍我的肩膀，说，"不怕苦不怕累，当兵的就要有这么一股子劲儿。"

我心里嘀咕，万一找不回丢失的羊，你不扒了我的皮才怪。周场长是个典型的唯生产论者。光念念红本本就行啦？七沟八岭一面坡就绿油油啦？美得你，那是干出来的。这是他总挂在口头上的话。

我一路信马由缰地赶着羊群，走着走着，我突然听到了羊叫声，我遇到了一个羊群，叫声就是从那边的羊群里传来的。接着，我的羊群也叫唤起来，这边几声，那边几声，此起彼伏。有的羊还停了下来，仰着头咩咩地叫，好像呼应什么。

我正纳闷，三只羊从那边的羊群里跑出，直奔我的羊群。"毛主席万岁！万岁！"我振臂高呼，顺手抱起身边的一只小羊，滚到草地上打起滚来。

羊圈里的小羊一天天地多了起来，每只小羊我都给它们起了名字。灰姑娘，哦！就是我遗失羊群那天，遗留在草地上的那只小羊，它特黏糊人。那天我一直把它抱回家，它的羊水沾了我一身，我的身上有它的气味儿，或许它把我当成了母亲。还有白雪公主、小精灵、小矮人……每一只小羊都有一个故事，我把记忆中的童话世界都搬到了这里。

黑雪也融入了这个童话世界，它成了小羊们的小领班，它在我的床头一站，小羊就没有一只不听话的。小羊们成天跟在黑雪的身后跑，黑雪跑到哪儿，小羊就"咩咩"地跟到哪儿。"喵呜"跟我来玩吧！"喵喔"我爱你们，乖。"喵呜喵呜"我的小羊怎么少了一只。"喵呜咪呜"快过来我陪你们一起玩，不然别怪我抓住你哦，那只不知躲在哪里的小羊立刻"咩咩"地跑来。黑雪很会享受，"喵喵喵——"它趴在小羊的身上打瞌睡，晒太阳，"喵呜呜"太舒服了！太享受了！动物也有自己的语言。

不是所有的母亲都能尽职哺乳孩子，有的母羊生下小羊就不管了，只能用人工喂养，用两条腿夹住它，强迫它喂奶。每天半夜还要喂一次奶，我担心小羊吃不饱，每天都挤出一些羊奶装在奶瓶里备用。

每到半夜，小羊都规规矩矩地待在黑雪划定的警戒线之外，眼巴巴地望着黑雪等待它的命令。黑雪骄傲地迈着猫步，绝对绅士，它走到一只羊羔的跟前，歪着头，抬起爪子，轻轻地摸两下，这是一种温柔得像母亲一样的抚摸。小羊羔感到了慈爱，"咩咩"地叫着，好像说"妈妈轮到我了吧？"接着，就走到我的面前，蹲下前腿，扬起头，眼望着我，等我把奶瓶嘴送进嘴里。

黑雪的绅士风度让我嫉妒，它做的那个环节本来归我享受，可是被它占有了，你要知道那"咩咩"的两声叫有多么动人，心肠再硬的人都会被融化了。

我突发奇想，能不能带着黑雪去放羊呢？

这天，天还没亮我就赶着羊群上路了。西北风从身后吹来，把羊皮里子的军大衣吹得像满帆一样鼓胀，大衣的扣子就剩下一个了，敞开着。罩裤的裤裆也裂开了，不知什么时候破的，越裂越长，一直裂到裤脚，被风吹得鼓鼓的。正当对酸甜苦辣咸都津津有味的年龄，我兴致勃勃，还有那么点"我欲乘风飞去"的感觉。

到达牧场的时候，太阳升起来了，像一个混沌的白色的圆点，悬在地平线的鱼肚白上。我放开羊群，这才腾出手，把肩上搭着的麻袋放到地上，麻袋里装着黑雪，它早就骚动不安了，麻袋刚一放到地上它就蹿了出来。

蹿出麻袋的黑雪，立刻就惊呆了，四周一片荒野，没有它熟悉的景物，它全身的毛都竖了起来，惊恐得东张西望。突然，它掉转身，飞一样地向不远处的一道水渠跑去。

那是一条主干渠，有十来米宽，这几天气温骤降才使它结了一层薄冰。"黑雪！黑雪……"我一面喊，一面追赶，当我追到堤岸，黑雪已经跳跃到冰面上，它脚下的冰立刻破裂开。它像蜻蜓点水一样在破碎的冰块上跳跃着奔跑，瞬间就跑到对面的岸上，接着又像一道黑色的流光消失在我的视野中。

我舒出一口气，坐到地上，从衣兜里掏出一盒烟，点燃了一支，吐出一口烟雾，眼睛却依然注视着水面上浮动的冰块。

午后的天空变的越来越阴沉，接着，飘起了雪花，我赶紧收拢羊群，也想早点回去看看，黑雪会不会已经到家了。

直到半夜，给小羊喂奶的时候黑雪也没回来。雪越下越大，地面的积雪也越来越深，天地间白茫茫一片。我睡不着，心里惦着黑雪。迷路了！逃跑了！还是大自然唤醒了它的野性？我希望是这样，也许就是它的野性才使它能够在这样的暴风雪中生存下来。

其实，野性也是科学，这是与特定生存环境相适应的产物。意识来源于客观存在，特定的适应性也来源于特定的客观存在，自然界一切生物都是在这样的适应中与自然和谐生存。随它去吧，让本来属于自然的再回到自然中去吧，黑雪本来就应当顺应自然，人类也一样。

小羊"咩咩"地叫着把我吵醒，呼唤我喂奶，小羊已经养成了半夜让我喂奶的习惯。没了戒虑的小羊放任自由了，几只小羊羔爬上我的床上。我急忙拿出暖在被窝里的奶瓶。

突然，我又改了主意，我伸出手指，小羊立刻衔着我的指头吮吸起来。小羊羔还没有长牙的嘴巴软软的，你能感到吮吸的力量，我试探着抽抽手指，小嘴巴嘬得更紧了。又有一声"咩咩"的叫声，很孤独，一听就是"灰姑娘"，它最瘦弱，往往被强壮的小羊挤在后面。我俯身，低下头，想用脸贴近它，它却嘬住了我的鼻子吮吸起来，我的心醉了。

第三天，天没亮，我坐在窗前，望着窗外，雪依然不停地下着，地上的积雪已有一尺来厚，可还是没有黑雪的影子，我不免沮丧，有种不祥的预觉。

果然，我的担心应验了，那天没吃早饭，我就收到了父亲的来信。父亲在信里说："冬天，我在干校盖房时摔断了腿，已经伤口恶化，不过没什么了不起的，过草地那么艰难，我都挺过来了……"

当年，父亲在过草地的最后一天，因为饥饿和双腿溃烂晕倒在草地上，彭德怀把父亲搀扶起来，他把自己挂着的拐杖让给父亲，对父亲说，走到白云深处就是胜利。如今，变异了的人性，还会有人给父亲一副拐杖，告诉父亲走到白云深处的希望吗？

我擦亮了一根火柴，想为父亲点支烟，可是直到火柴燃尽也没点着。我又擦亮了一根火柴，眼前却出现了"卖火柴的小姑娘"，蜷缩在黑暗的门洞里，我不由得打了个寒战……

我掏出了第三根火柴，捏在手里，迟迟没有点燃它。我童心未泯，我想只要这第三根火柴不熄灭，卖火柴的小姑娘就不会死去，父亲也不会出现意外，我渴望出现一个童话的世界。

也太小资情调了，革命不是请客吃饭，不是做文章。我狠狠心，抬起手，准备把第三根火柴擦亮。

突然，一阵挠门声传来，接着，传来了"喵喵"的叫声。是黑雪！我丢掉火柴，跑到门前，刚一拉开门，黑雪就从门缝里钻了进来。它仰起头瞪着我，随即扯着嗓子长长地叫了一声"喵——"就蹿到了我的身上。我急忙哈腰抱住它，它的皮毛上结满了冰碴，浑身都在颤抖，看来经过一番艰难跋涉才找到这里。我想把它抱到炉火旁，让它暖和暖和，它却一下子挣脱我跳到地上，跑到门口，回过头又冲着我"喵喵"地叫起来。

我好像明白了点什么，走过去，拉开门，这时，一只丑猫畏畏缩缩地走进来，随后退了几步，双耳下垂，头部向后缩，弓起背脊，全身皮毛竖起，侧身，躲到门后的墙根下，眼睛却一直警惕地盯着我。这是一只公猫，尖嘴猴腮，贼眉鼠眼，黄白相间的杂毛上沾满了泥污，两条前腿又瘦又长，棱角分明的爪子张开着，铁钩一样的锋利。

黑雪"咪喔，咪喔"地冲着我叫，"嘿嘿"这是我的情人，虽然丑点，就给点面子吧。接着，它走过去，嘴巴贴在它的耳边仿佛说着什么，发出咕噜咕噜的声响，很亲近，那只丑猫显然安定下来。

嘿！小东西。你怎么给我带回来个丑八怪！救命恩人？患难兄弟？邂逅情人？你知道吗，我为你着急，没想到你风花雪月还挺风流。

我给丑猫起了一个名字叫坐山雕，这是革命样板戏《智取威虎山》里土匪头子的名字。我不喜欢它，长得太丑了，一身的匪气，而我的黑雪乌云包雪，雪含星月，一双圆圆溜溜的眼睛就像两颗镶嵌在夜幕中的璀璨的星星，闪闪发光，透着灵气。

咳！这也太不般配了。

这时，我点燃了第三很火柴，为父亲点着了一支香烟。

20. "贺兰兵站"

农场周围的草场我都跑遍了，羊群像推子似的不知把地皮过了多少遍，连草根都快被啃光了，我琢磨着找个新草场。

"好！好！好！"听完我想寻找新草场的打算，周场长大加赞赏，他说，"往东北方向走，走三十来里地那的草好得很。"看来他早有预谋。

"三十里？"我故作惊讶地说，"往返就是六十里啊！"

"一不怕苦二不怕死学到哪去了。"周场长脖子一梗。

"得！我听你的。"接着，我又说，"那我骑马去？"

"把你美的。"他把手一扬，说，"要骑就骑你那头驴子吧。"

他的话正中下怀，我故作不高兴，嘟囔了一声："真是周……"我没敢往下说。

"周扒皮是吧？小子！"他捶了我一拳，说，"前一段时间表现不错，还得加把劲。"说罢他扭头便走，头也不回的又补了一句，"注意点安全。"

我骑着驴上路了，去探寻新草场。那头驴并不是周场长配给我放羊用的，是我捡来的，大概与牧群走散了，寻着人气跑到了农场，来的时候已经天黑。我已经养了它二十多天，应当说有点情分了。

可是，我第一次骑它，它就一点面子都不给，一路上尽给我找别扭。它走走停停，不打不走，你让它往东它就往西，你让它往西它兜个弯给你往回跑，把我折腾得满头大汗。

我骑驴的样子可能有几分滑稽吧，一路上被士兵们指指点点取笑，有的干脆叫我阿凡提大叔，所不同的是我背着枪。

那头驴磨磨蹭蹭地走了约莫二十多里路，在一个沙丘前，它莫名其妙地跑了起来，越跑越快，直到它越过沙丘，我才发现远处有一个牧群。我明白了，想勒住它，可它脖子上只有一个绳套哪里勒得住。突然，它一转身，我还没有来得及反应，一棵树就迎面冲来，它紧贴着树干一蹭就把我甩了出去。

我的腿被树干撞得生疼，幸亏身下是沙土，不然屁股也要遭殃了。我咧着嘴，爬起来，沮丧地看着它跑远，而它却突然停了下来，朝着我扯着嗓子"啊呜，啊呜，"地叫起来。

它是告别呢，还是嘲笑？去它的吧！真难听。

我发现了新大陆！当我翻过一个沙丘的时候，我被眼前的景色惊呆了。

那里是一眼望不到边的湖泊，被金色的沙丘环绕着。湖水已经结冰，冰面上布满芦苇，金黄色，一片片，一丛丛，一团团，缥缥缈缈。

在荒漠的沙土地上竟有这样景色真是不可思议，我兴奋地跳跃起来。我端起枪朝着芦苇荡打去，奇迹出现了！几百只，几千只，几万只鸟从芦苇荡里冲向天空，遮天蔽日，鸣叫声响成一片，有的高空盘旋，有的低空穿梭，有的直刺天空又俯冲下来。

隐隐约约还有一只红色的大鸟在冰面上低飞，一闪而过，消失在芦苇丛中。太美了！

已经是正午时分，我有些饿了。我从肩上卸下水壶喝了两口水，然后，坐到地上，又从挎包里掏出馒头和咸菜啃了起来，眼睛却一直注视着如烟如幻的芦苇荡。

那只红色的大鸟又出现了，在芦苇丛中时隐时现朝我这边飞来。我来了兴趣，放下水壶，提起枪，朝着芦苇荡走去。脚下是冰，很滑，我一边出溜儿一边走……

那只鸟再次出现了，在芦苇丛中时隐时现，朝我这边飞来，越来越近。这不是一只鸟，是人，一个滑冰的人，脖子上围着一条红色的长围巾，在她的肩头剧烈地抖动着。

我立刻明白了，准是刚才那一枪惹来的。伤人了？糟糕！我停住脚，有些不知所措。迟疑间，她已经冲到我的眼前，一股巨大的冲击力把我撞倒，人仰马翻地倒在冰面上，手中的枪和馒头都飞了出去。

我被激怒了，就地打了一个滚，等我翻身起来的时候，她已经被我压到在身下。我骑着她，想狠狠地抽她几个嘴巴，可抬起的手又停住了。这是一个女兵！帽子掉了，露出两条乌黑的短辫。

"混蛋，流氓！"一个巴掌重重地打在我的脸上。她推开我，站起来，怒气冲冲地喊叫道，"乱开枪，吓死我了，你知道吗？"。

我被那一句"流氓"，骂得面红耳赤，我不知道她指的是我开的那一枪，还是我刚才压在她身上。我随即起身站起，低着头，看也不敢看她一眼。

她一直唠唠叨叨地说着什么，或是在骂我，可我紧张的心怦怦乱跳什么也没听清。我先找到枪，这是军人的本能，然后又捡起她掉下的军帽，大概是她撞我时掉下的。

我把军帽递给她，无意识中又碰到她的手指，我的心紧张得更厉害了，脸上火辣辣的发热。

"你也不给人家道歉。"她的语气好像不那么凶了，带着点委屈。

"对不起。"我木讷地说。想起刚才那一句"流氓"，我又说，"对不起，刚才不是故意的。"

"什么故意？"她说。

"刚才……"我脸上又是一阵发热，结结巴巴地说，"对，对不起，真的，对不起。"说完我扭头便跑。

身后传来她一串银铃般的笑声，接着，她又喊道："小男孩，我以后还会到这来的。"

这简直就是我梦寐以求的世外桃源。在这里给我自己建起了一个窝棚，建在一个坡地上。坡地原有一小块自然形成的凹地，有三米多长，两米多宽，我稍加修饰，再用沙枣树的树枝做支架，做了一个顶子，上面铺了一层厚厚的芦苇，绑扎得结结实实。窝棚看上去很低，从远处看很难发现它，不过低着头钻进去还是能够站起身来。

我还不满足，我在地上铺了厚厚一层芦苇，从场里找来几条破麻袋铺在上面。我用一对小麻雀的标本和一串玉米棒子做装饰，固定在窝棚的支架上。玉米是在收割时我特意挑拣的，只有鸡蛋那么大小，串在一起有点像和尚的念珠，金灿灿的让人喜爱。原来我把"念珠"和麻雀标本一起挂在宿舍的墙壁上，不知是谁打了小报告，教导员把我训斥了一通，让我扔掉。现在我又把它们挂了起来，看上去还真多了几分情趣，虽说是羊司令也得有个像样的战地指挥所啊。

我把藏在羊舍里的几本书也搬到了这里。在靠近床头的墙壁上，我挖了一个长方形的洞，铺上塑料布，把书放进去，再在上面盖上草，这就成了我的"藏经阁"。几千年后说不定就是考古学家的"千古之谜"，不知杜撰出多少离奇的故事。

"民以食为天"，靠着窝棚外墙，我挖了一个行军灶，把烟道延长，生火时就会有较多的热量散发到窝棚里，做饭取暖兼而有之。我还找来几副碗筷，脸盆可以当作锅用，我的窝棚完全可以开伙了。万事俱备，总觉得缺点什么，最后我又在窝棚的前的空地上立了一根旗杆，用一块旧红布做了一面小旗子，旗子上写着"贺兰兵站"几个字。

我给父亲写了一封信，我原想告诉他，我为自己创造了一个属于自己的空间，抑或是一个与时代共性相对立的个性空间。说不清是我的错误，还是本该如此，可是，这样的话能说吗？跟政治沾边的话不能说，不咸不淡的话我不想说，我只好调侃自己，说，我当了"羊司令"，领导一个"贺兰兵站"，有几百号人马。

不久，收到父亲的回信，他根本没搭我的茬。他在信里说："军区司令员陈伯伯和龙伯伯了解了我的情况，知道我的治疗不能再耽误了，他们干脆带人把我'抢走'，留下一张字条说，有问题找姓陈的和姓龙的负责。"如此"劫持"，这在"文革"中算得上胆大包天了，这才是枪林弹雨中拼杀出来的老红军战友。

父亲在信里还说："警备区医院原来让我截肢，我不同意，后来许伯伯以装甲兵的名誉，把我转到301医院做了手术，手术很成功，就是骨头渣没取干净，只好挂拐棍儿了。早知道要挂拐棍儿，当年过草地时，彭德怀送我的拐棍儿还不如留着，说不定以后还能成为革命文物。"这个老爸挂着拐棍儿还忘不了开玩笑。

自从有了"贺兰兵站"，我就没回过回营区吃午饭，从这里到营区要往返六十多里路，就是急行军也未必赶得上时间。我的"一不怕苦二不怕死"的精神，让周场长大为赞赏，他关照炊事班多给我带些午饭时吃的东西。我乐不思蜀，时不时也从炊事班讨点油盐酱醋，我的"贺兰兵站"也算五味俱全了。

黑雪与我越来越亲近，它似乎早就忘记了我曾经对它有过的"暴虐"，它的宽容比人类来得容易，也来得真诚。除了睡觉，它一天到晚地黏着你，你走到哪它就跟到哪，跑前跑后，蹦蹦跳跳，就连你洗脚的时候它也要跳到你的腿弯里窝着。它也许把我当成了平等的同类，或者一个善良的赖以托付生命的统治者。

坐山雕从不像黑雪那样亲近我，总是离我远远的斜睨着狡黠的目光。更可恶的是坐山雕不知什么时候从外面带回一只野猫来，当着我和黑雪的面嬉戏打闹，旁若无人。该死的家伙！竟敢移情别恋，戏弄我的黑雪，我想给它判个死刑，让它尝尝无产阶级专政的厉害，可是，我已经答应黑雪给它留点面儿。

每天，我赶着羊群上路，一路上我一边赶着着羊群，一边捡些沙枣，我牧羊的这条路沙枣树特别多。沙枣树是西北特有的植物，随处都可以看到。沙枣吃起来酸酸的，甜甜的，绵绵的，味道蛮好吃。听说它含有非常丰富的维他命素，自然灾害那几年，这里很多人都是靠它度过了饥荒。

黑雪也能跟着我牧羊了，一路上蹦蹦跳跳，没个安静的时候。有时蹿到沙枣树上玩耍，不经意摇落许多沙枣。它看我忙着捡沙枣，又从树上跳下来，歪着头，用小爪子扒拉，扒拉，嗅嗅，就跑开了。"这有什么稀罕的，而且一点儿都不好玩儿。"

它还会像小孩子似地要赖，走累了就跑到你的前面，当住路，喵喵地叫。你蹲下身它就蹿到你身上，舔舔你的脸，顾扭，顾扭，躺舒服了，就在你的怀里心安理得地打起盹来。

湖边的鱼多得令人难以想象。这也是一个意外的发现。那天为了取水，我在冰上凿了一个窟窿，等我再去打第二桶水的时候，冰窟窿的水面上已经挤满了鱼，条条都有一尺来长。冬天里的鱼像是被催眠了一样，慢悠悠地游动，伸手就能抓到，可是，它滑得捏不住，眼看着它缓慢地从你的手中滑脱，你却无济于事。

黑雪是天生的捕鱼高手，它歪着头，煞有介事地盯着游动的鱼。"喵呜——喵呜——"这是个什么地方，竟然被我发现了。怎么是你发现的？这个小家伙一点不谦虚。

它张开锋利的爪子，一抖，一条鱼就从水里飞了出来。它扒拉了几下，"丝丝丝啊哦"这个会动的怪物，味道和你给我的鱼干儿差不多啊！

黑雪喜欢"捉鱼儿"的游戏，每次一到这里它就欢天喜地地跑去捉鱼，等到要做午饭的时候，总有几条鱼被它扔在冰面上。

我和黑雪大饱了口福，吃也吃不完，常常是"茅屋酒肉臭"。吃饱了，黑雪开始"洗脸"，"唔唔唔"地叫，"喂！喂！"你不洗脸吗？你这个大兵太邋遢了，讲究卫生很重要哦。

婆婆妈妈，你管得着吗？小资产阶级，我想。

吃罢饭，我钻进窝棚打个小盹。阳光透过窝棚的缝隙，我伸了一个懒腰，眯起眼，任阳光沐浴，浑身有说不出的舒坦，我感到一种从未有过的轻松，快乐和放纵。

黑雪在我的"席梦思"上打个滚，舒展四肢，张开嘴巴，舞动爪子，轻轻地摇动尾梢，这是表示对主人信任。它发出呼噜呼噜的声响"我很享受"。它也太称心如意了。

我又发现了新大陆。距离"贺兰兵站"两公里的地方，有个湖中小岛，三面环水，只有一个出口，而且这里的水草格外茂盛，我把羊群赶进去，守在出口一只羊都不会跑掉。

这些日子，天天都有小羊出生，也不知为什么小羊偏偏在放羊的路上生。浑身湿漉漉的小羊，你得裹在大衣里抱回去，还得走三十几里路，我真是累极了。

这天，我把羊群赶进小岛，脱下军棉帽，枕在头下，盖上军大衣就睡着了。这里的草深，军大衣被草撑起，不仔细看很难看出下面还会躺着一个人。我正睡得迷迷糊糊，听到两个人说着话走来。

"发财了，不知谁丢的军大衣。"

"这里有人放羊，我看是放羊人落在这儿的。"

"人在哪？管他呢，拿走再说。"

"也罢，没逮着吕援朝，捡件军大衣也算值了……"

我在大衣下偷偷地乐，天下哪有这么便宜的好事，我一动不动，想耍他们一下，也算找个乐子。突然，听到吕援朝三个字，心里不由得一惊。吕援朝是我们大院的孩子，会有这么巧的事？

我正想着，大衣被人提了起来，我躺着没动，笑模笑样地看着他们。俩人顿时一惊，呆住了，捡起的大衣却还拿在手中。"穿上啊！别冻着。"说着，我一翻身站了起来。

"你是谁？"一人说。这语气不太客气。

有一次，我遇到两个外调的问路，把我当成了劳改的犯人，我浑身脏乎乎的也难怪。从他们的问话中，我才知道附近有个叫"朝湖农场"的监狱。大概他们也把我当成了犯人。

"我叫吕援朝，你们不是要逮我吗？"我笑说。

"解放军！"这时他们才看清楚，我黑乎乎的一身衣服，领口露出了红领章。

我捡起军帽，戴在头上，正了正，说："要是没有我，你们就把军大衣偷走了吧？胆子不小。"

"对不起！"

"就这么简单，一句对不起就行了，这是偷盗……"我说。

"对不起，真的对不起，我们还以为……"

"以为什么？"我说，"带毛主席语录了吗？"

"带了。"

"背毛主席语录。"我板起面孔说。

"毛主席教导我们说。谁是我们的敌人，谁是我们的朋友，这个问题是革命的首要问题……"

"还挺会挑，换一句能在灵魂深处爆发革命的……"我说。

从他们的话里得知，吕援朝就是我们大院的孩子，去了建设兵团，在石嘴山煤矿。他和一个叫安子的逃了出来，他们已经把安子抓了回去。

回到窝棚，我果然遇到了吕援朝，没想到他躲到我的窝棚里了。从我放羊的小岛，往前走，一定要路过我的窝棚，真够险的。

"安子忒笨了。"吕援朝说："我跟他说不能走铁路……"

"你从大武口绕过来的……"我说。

"我看了地图，从西大滩，再到银川……"

"先不说这些。"我说，"你爹红得发紫，怎么把你弄到这来了。"

"有吃的吗？我饿了三天了……"吕援朝说。

我请他吃了一顿"鱼宴"，临走给他带走了几个馒头和一袋鱼干儿。

21. 大地的震颤

农闲时节，除了饲养班，生产班的工作比较清闲，除了给田里送点粪，为来年春耕做些准备，大多数时间都是政治学习。

团副政委来了不行了，连饲养班也得参加政治学习，这是部队的例行传统教育。周场长对这样的学习不屑一顾，政治学习可以，但是，谁也不能饿着他的牲口。我添油加醋，不放羊不行，哪里有那么多草料。教导员可不干了，他知道我不想参加政治学习，更别说让我在会上发言了。他说："你别听场长的，忆苦思甜的时候，你给我好好发言，就一天，然后就去当你的羊倌。"

早上，吃了一顿麸子面窝头，然后，大家进入了场部，这是"忆苦思甜"的第一步。场部的墙上挂着"牢记阶级苦，不忘血泪仇"的横幅。干打垒的房子本来就很昏暗，再把所有的窗户都关闭了，房间里只留了一盏小油灯，昏暗得几乎看不清人。

从这时起我们就进入了"万恶的旧社会"。

《牢记阶级苦，不忘血泪仇》的音乐起："天上布满星，月牙亮晶晶，生产队里开大会，诉苦把冤伸。万恶的旧社会，穷人的血泪恨。千头万绪，千头万绪涌上了我的心；止不住的辛酸泪，挂在胸……"屋里传出了啜泣声……

接着，扩音器里传来了阅读声："那年，我爷爷被地主的狗咬伤了，胳膊上长满了蛆，骨头断成两节，我拿着爷爷的半截胳膊，对呀！对呀！对不上……"屋里，哭声已经像潮水一样涌动。

"牢记阶级苦，不忘血泪仇……"口号声惊天动地。

这个版本我似乎在哪听过，我不知道这是文学创作，还是真实的经历。这哭声有真情的感动，但未必没有惺惺作态的表演。对于文学创作的版本，我有感动，却哭不出来。

我一直有种怪异的想法，阶级仇恨可以引起革命，可是，取得革命胜利的阶级，用仇恨能够维持取得的政权吗？我的黑雪只要给它几条小鱼干儿就安居乐业了，如果人人都能有"小鱼干儿"，还会有那么尖锐的阶级对立吗？苍天有眼！想着，我不由得一惊，我是不是有点反动啊！

突然，我听到副政委叫我的名字，该我发言了，从时间上看，发言的人只有我一个。我本来以为有很多人发言，估计我的发言不会比别人差，足以满足教导员的要求，没想到不是让我发表感受，而是让我忆苦思甜。这可怎么办？我根本没有准备，一时无语，我的表现太糟糕了，教导员坐在我旁边，他看着我的表情，叹了一口气，可是他后悔也来不及了。

我一急就说起了我熟悉的故事：

我母亲出生在四川巴中。她8岁那年，她爹娘出去逃荒，背着母亲，用一升米，就把母亲卖给了一个穷人家做了童养媳，婆婆家离这有百里，在安岳县境内。

那天早上，她娘用自己的女儿换来的米做了一碗米饭，说："咱家穷，养活不了你了，去给人家做女儿吧，好歹不会饿死。"这时，母亲才知道她被爹娘卖了。母亲有生以来，第一次能有一碗白米饭吃，可是，端着那碗白米饭，她吃不下去。母亲还没来得及吃，从没见过面的婆婆就来领人了。婆婆是个小脚，不知她哪来的力气，拎起母亲就走，像掐着一只小鸡。

母亲一路哭叫，扭着脖子，望着她家那间茅草顶的小屋。她多么希望娘能跑出来，叫她一声，把她要回去啊。可是，直到竹林遮住了她家的房顶，她娘一直都没出现。

婆婆发了"善心"，她说："要哭就在这儿哭吧，哭够了，回去别再给我哭丧！"听婆婆这么一说，母亲嘴唇一咬，使劲儿擦一把眼泪。她不哭了！婆婆愣了一下，瞪着眼，恶狠狠地甩出一句话："倔种！我可是用一升米把你换来给我儿子做媳妇的。"这时，母亲才知道自己不是去给人家当女儿。她更委屈了，眼泪直往外涌，可是，她把嘴唇咬出了血，也没让眼泪落下。

从此，我母亲在婆婆家一待就是五年，她再没见过她的爹娘，听村里一起去逃荒的人说，她爹娘饿死在要饭的路上。

婆婆的儿子只有3岁，其实，母亲给婆婆家当了不要工钱的长工。每天天不亮，她就要起来打柴、挑水、种田、洗衣、烧饭，无所不干，尽管起早贪黑，可是婆婆稍不称心就又打又骂。

母亲才是个 8 岁的孩子，做饭的时候，她不得不站在凳子上，举着胳膊才能够到灶台。一天，母亲给婆婆盛饭的时候，不小心把菜汤洒在灶台上，这就惹怒了婆婆。"败家的东西……"婆婆一边骂，一边抄起竹板就打。母亲咬着牙，不哭，不叫。婆婆恼羞成怒，恶狠狠地骂道，"贱皮子，搞球死你！"说着，就拿起铁钳，夹起烧红的火铁，烙在母亲的后腰上。火铁烧透了母亲的衣服，皮肤被烧得滋滋响，婆婆解了恨，才罢手。从此，我母亲的身上留下了一块碗口大的疤痕。我母亲想过死，她偷了一块烟土想吞下去，可是她不甘心，我凭什么要死……

母亲的故事一直很感动我，可是，不知为什么没人哭。

我继续往下讲：婆婆家周围的邻居也有童养媳，小姐妹们一起去小溪边洗衣服的时候，就是她们最轻松的时候。小溪那边的小山，挡住了婆婆盯在母亲身后的眼球。小姐妹聚在一起，相互看着满身的伤疤，说一会儿，哭一会儿，骂一会儿。

望着潺潺溪水中漂流的落叶，母亲想，就让她像落叶一样顺着溪水飘走吧，飘得越远越好。那时，我母亲就下定决心，她早晚要离开婆婆，只是不知道怎么才能离开，往哪儿去。

有一天，这条小溪真的把我母亲带走了，把她带得那么遥远，遥远得连她做梦都没想到过的地方。

1932 年 12 月，中国工农红军第四方面军由鄂豫皖经陕南转战巴山，建立了全国第二大苏区——川陕革命根据地。

红色暴动震惊了巴蜀大地。大街小巷，村村户户，就连大烟馆里的烟鬼，都摆起了龙门阵。"他个田冬瓜的脑壳硬，还是红军斧头硬，搞球死狗日的。""龟孙子，拿他的脑壳当夜壶都不解气。"田颂尧是盘踞在巴中地区的四川军阀，老百姓恨透了他。

1933 年开年，我母亲出去打柴回来的时候，遇见几个带着八角帽的女红军。一个红军说："受压迫的妇女都来参加红军，打土豪分田地，人人有饭吃。妇女不裹足，不当童养媳……"她说了很多话，有些话，母亲听不懂。可是，人人有饭吃，妇女不裹足，不当童养媳，母亲听明白了，觉得又新奇又喜欢。

"红军要女人吗？"我母亲说。

"凡是受压迫的妇女都可以参加红军。"八角帽说。

"童养媳是受压迫的人吗？"我母亲说。

"我过去就是给人家当童养媳的……"八角帽说。后来母亲参加了红军才知道，这个八角帽是红军营长谢超明。

那天，我母亲偷偷地报了名。不知哪个多嘴的家伙，告诉婆婆，我母亲要去参加红军。婆婆对我母亲说："贱皮子，记住，我可是用一升米把你买来的，敢跑，就打断你的腿，扒了你的皮。"

我母亲原本没有计划好怎么走，可是，婆婆这么一说，她反到横了心，打断腿，扒了皮，也要跑。当晚，婆婆盯着我母亲做完活，看她进了柴房，才去睡觉。母亲熬到后半夜，看婆婆一家人没有了动静，就趁机逃了出来。

一路上山高林密，狼嗥声声，母亲不停地奔跑，哪里黑就往哪里跑，直到眼前已经看不见一点村庄的亮光了，母亲才松了一口气。可是，红军在哪儿，她都不知道，反正已经跑出来了，出来了就绝不回头，也没有回头路。

跑了十几里路，母亲身后突然出现了火把的光亮，原来婆婆发现她不见了，带人来追赶。母亲躲进一个山洞，等追赶她的人走远了，她拐入一条小路，继续跑，在崎岖的山路上不知跑了多少路。

天亮，到了一个离鸳鸯河不远的小村庄，母亲遇见了红军，恰巧，就是那个戴八角帽的谢营长。谢营长给我母亲买了一碗醪糟，一块糍粑，这是母亲长这么大吃的最好吃的一顿饭。谢营长一直看着母亲吃完才说："饱了没有？不够再买。"母亲连声说："嗯！饱了，饱了，吃饱了。"第一次有人问母亲吃饱了没有，她激动得哭了，她知道自己从此找到了家。

1933 年 8 月，红军到了母亲的家乡巴中，她正式加入红四方面军，她被编入红军妇女独立营 3 连，后来红军妇女独立营扩编为红军妇女独立团……

屋子的人骚动起来："吴琼花！""他母亲是红军？""这可能吗……"

演绎的故事被当成了现实中的人物，活生生的女红军却被当成了演绎的故事。这就是就那个时代的悲剧，分不清什么是真实，什么是演绎，其实，整个时代都在"作秀"，抑或，我也在"作秀"。

我的自尊心受到了挑战。尘埃飞扬的空宇，连地球的本体都呻吟了，我的心在震颤，在震颤中燃烧，我要让人们明白，什么是真实的，应该为什么样的人感动，接着，我就讲起了红军妇女团在西路红军中的故事：

1936 年 10 月，红四方面军西渡黄河，组成西路红军。红军妇女独立团，改称红军妇女先锋团。西路红军首战吴家川，与河西守敌马步青部在发生激烈战斗，红军妇女女独立团部队减员到不足千人。总部指示，化整为零，分散到各军随主力部队行动。1 营由王泉媛、彭玉茹率领随红军总部行动，2 营由华全双率领随红 9 军行动，3 营由吴富莲、曾广澜率领，随红 30 军和红 5 军行动。

1936 年 12 月 30 日，高台战斗，异常惨烈。军长董振堂以及红 13 师师长叶崇本以下 3000 余人，除极少数幸免外，全部壮烈牺牲。红军妇女独立团 3 营，除少数人突围外，大部分牺牲或被俘。与此同时，临泽战斗，1 营指战员予敌人沉重打击后成功突围。

这时，根据总部命令，红军妇女独立团重新集中行动，随大部队东进。

1937年1月28日，红军妇女独立团在倪家营，浴血奋战，从倪家营突围，抵达三道流沟。梨园口阻击战，红军妇女独立团在梨园口附近，遭敌重兵包围，40多名指战员英勇牺牲。后来冲出重围，转移到祁连山口，掩护总部向石窝山撤退，又遭敌军重重包围，红军妇女独立团许多指战员壮烈牺牲。

石窝会议，是西路红军总部最后一次军政会议。这时，西路红军仅剩一千余人，总部决定余部分散突围，由红军妇女独立团负责掩护总部机关撤退。

红军妇女独立团一路上征战不休，在先前的战斗中，已经伤亡惨重，可是，独立团的姐妹们服从命令，无怨无悔地担负起了掩护总部撤退的任务。

红军妇女独立团经过整编，兵力不足300人。进入祁连山后，队伍被敌打散，战士们各自为战，分散突围。历史在这个节点，拉开了红军妇女独立团最悲壮的一幕……

我越讲越激动，声情并茂，屋子里变得鸦雀无声。

我继续说：祁连山天寒地冻，滴水成冰。战士们没有御寒的棉服，只能用破毡子披在头上御寒，她们几天没有吃过一粒粮食，在乱山之中与敌周旋，各自为战，直到弹尽粮绝，没有一个战士退缩。

马步芳、马步青匪部兵强马壮，围追剿杀，步步紧逼。马匪的马蹄声无时无刻不响在你的耳边，马刀寒光一闪，一个红军战士就被劈成了两半，祁连山上，随处可见牺牲战友的尸体。

一个冻僵双脚的红军女兵，向身边的战友行了一个军礼，然后，突然跃起，向马匪冲去。

她光着双脚，因为她没有鞋子，她没有喊杀声，因为她已经喊不出声音，她没有举枪射击敌人，因为她的枪没有子弹。

她飞奔的脚步听不见声音，却震动了山谷，在山谷里回荡……

她羸弱的身体宛若一朵白云飘起，奔跑，跳跃……面对着魔鬼舞动的屠刀，她就像一颗射向敌人的子弹！

接着，又一朵白云飘起，奔跑，跳跃……

鲜血染红了祁连山冰冷的岩石，染红了祁连山的黄昏。凛冽的山风停止了呼啸，低吟起红军妇女独立团女兵最后的绝唱……

被俘的女红军，年龄大多数在十七八岁左右，最小的只有十二岁，还有已经怀孕的女同志。不少红军战士被俘前已经冻掉了脚，无法行走。马匪下令把冻掉手脚和走不动的重伤员，一律就地处决，用刀砍死，用枪托砸死，用马蹄踏死。在押解被俘红军的路上，随处可见红军战士血肉模糊的尸体和洒下的斑斑的血迹。

她们的生命是那么的稚嫩，又是那么的生机盎然，富于牺牲精神。她们含苞待放，还没有绽放华彩，就在祁连山的黄昏，完成了史诗一般的凤凰涅槃。

这不是我的渲染，这是真实历史画面的一隅……

直到我发言结束，屋子里仍鸦雀无声，我看不清是否有人流泪，但是我能感到地球的震颤……

沉默了几分钟，副政委站起来说："再念一遍！"

"可，我，"我嗫嚅地说，"我没有写稿啊。"

22.幸福像花儿一样甜蜜

我放了几个月的羊，不用太多的想象，你就会知道我脏成了什么样子。不过我不是没有干净的军装，换了也白换，用不了几天就脏得不能看了，只能将就点，何况我本来也不讲究。

一件意外的事，让我换了一套新军装，白得一套新军装这很重要，就是对当兵的来说也很稀罕。

周日，我准备睡个午觉，突然传来了救火声。我抱起棉被就往外跑。原来一个刚入伍的新兵，在油罐里灌打火机，还没离开就打火。他的手沾满了汽油，燃烧的汽油烧疼了手，他一甩，恰好把的打火机扔进了油罐。油罐里的汽油顿时燃烧起来，火焰熊熊。

闻声跑来的战士手里都提着水桶，见状不知所措，我拿起棉被就扑到了油罐口上。火焰从油罐口喷出，捂在油罐口上的棉被立刻燃烧起来。我大喊："快！快往我身上，往棉被上浇水……"

膨胀的气流从我的身下冲出来，喷射出火焰，油罐发出"砰砰"地膨胀声……

当天下午，党支部开会，我受到了嘉奖。

我的棉被、皮大衣都烧透了，烧出一个大洞，罩衣和棉衣也已经烤煳，部队给我补发了一床新棉被、一件新皮大衣和一套新军装。我把烧破的皮大衣补好，利用老兵复员的机会调换了过来，大衣是不允许带走的装备，这下我就有了两件军大衣，自然可以留下一件了。一个将要复原的河南兵，他对我说，他家很穷，用一件军用皮大衣可以娶个新媳妇，我就把这件皮大衣送给了他。这是后话。

当晚，我的几个要好战友都来了，遇到高兴的事当然要庆贺，何况我这里有"小灶"。

羊圈的门一响，黑雪就窜了出去，"喵喵"地叫起来，小羊也跟着咩咩的叫起来。

"没进门还安安静静的，我们一来就叫唤起来了。"郭班长说。

"黑雪说，要警惕阶级敌人的骚扰。"我说。

"那，小羊叫是什么意思？"李班长说。

"狼来了！"我说。

"胡诌！"小晨说。

说着话，周场长进来了，顿时，羊圈里又响起了一片叫声。

"这回它们因为什么叫？"郭班长说。

"它们说，欢迎！欢迎！"我说。

"小动物也会拍马屁？"李班长说。

"这可不是拍马屁。"周场长一本正经地说，"我常来，它们熟悉了当然就欢迎。你们不常来，当然就不欢迎你们了。"

"灰姑娘过来。"我说，接着又叫出一串小羊的名字，"小红帽、白雪公主、小矮人、爱丽丝、睡美人、安琪儿……"随着我的声音，一群小羊立刻拥了过来，围在我身前。

"够小资的。"李班长说，"这是腐蚀无产阶级革命接班人嘛。"

"废话！"我说，"没我腐蚀，这些小羊早就饿死了。"

"跟不上形势吧，"郭班长说，"宁要无产阶级的草，不要资产阶级的苗。"

"亲不亲阶级分。"我调侃道，"小羊吃的可是无产阶级的奶。"

说着话，黑雪"嗖"地一跃，落在小羊的面前，它耳尖向里弯，瞳孔缩成一条缝，胡须向前竖起，小羊们立刻安静了。

"嘿！这只猫是什么意思？"李班长说。

"它发怒了！"我笑说，"它的意思是说，你们真够讨厌的，妨碍无产阶级接班人吃奶了。"接着，我又说，"场长检阅一下我的士兵吧，平时还真难有这个机会。"

"八十三只小羊，一只不少。"场长喜笑颜开，说，"你这个羊倌当得不错，一只都没死，只只小羊都养得跟球似的。"

"您天天偷着数？"我说。

"留了点心罢了。"场长一笑，说，"你小子鬼点太多，收稻子的时候，我慢了一步就被你溜走了。"

夜空，星光点点，月光下，营房重叠错落的轮廓，像勾勒出的剪影悬挂在夜幕上，营区间的小路像一条暗色的光带，蜿蜒曲折。羊舍里传出周场长唱的陕北民歌：

"青线线（那个）蓝线线，蓝格英英的彩，生下一个兰花花，实实的爱死人。五谷里（那个）田苗子，数上高粱高，一时三省的女儿（呦），就数（那个）兰花花好……"

一群小羊围在我的脚边睡着了，毛茸茸，一团团，像是从天外飘来的云朵。人与动物，这是多么大的种群差异，而二者之间的和谐竟是这样天道使然。可是人与人之间，一旦具有了"阶级"属性，就只有你死我活的斗争了吗？

那个女兵又来了。这天我正在窝棚外做午饭，一阵马蹄声传来，我抬头望去，一匹马正朝我这边跑来，我又看到了那条飘扬的红围巾，越来越近，虽然还看不清骑马人，但我猜想一定是她来了。

她骑着马一直跑到我的窝棚前，飞身下马，审视般地看了看我，接着粲然一笑，走过来，伸出手，她说："你好！"

"你好！"我下意识地往两边看看，不知所措地摆弄着手中的炒勺。

她又笑了，摘下红围巾，往我怀里一塞，一伸手拿过我手中的炒勺，径自走到灶台旁。

"哇！好大的鱼，"她揭开锅盖闻了闻，说，"有辣椒吗？"

"有，"我说，"可是猫不吃辣的。"

"拿辣椒来。"她根本没理我的茬，说，"把酱油也拿来，有什么佐料就都拿来吧。还有，要是能放点酒就更香了。"

我急忙小跑着钻进窝棚，放下她的围巾，转眼我就把所有的佐料和一瓶酒都拿来了。我说："佐料都拿来了，就是酒不多了。"

"有一点点就够了。"她审视般地看了我一眼，笑了笑说："你真逗。"

我猜不透她说这话的意思，只能顺从地接受她的支使。这是一种莫名其妙的支配力，我觉得我和她不再陌生，有种说不出的亲近感，异性之间的芥蒂在不知不觉中就消失了。

辣子鱼的香气飘散出来，本来就饥肠辘辘的我，这会儿显得越发急不可耐了。我在她身后不停地转悠，时不时地抻着脖子往锅里看。

"馋死了！"她从锅里蒯出一块鱼，嘘了嘘热气，把炒勺一直送到我的嘴边，说："尝尝看，香不香？"

我张大嘴，呼着热气，尝了一口，说："香香，好吃！"

她又笑了。我突然想起了母亲，多么相似的微笑。

终于，辣子鱼做完了，不用出锅，就着灶台吃就行，柴草的余火还可以保温。我开始做菜时就把馒头放进了炉膛，这会儿已经烤得焦黄，散发出麦粉的香气。

我和她挤在一条长凳上，刚坐下，黑雪就跑来了。它一跃蹿到我的腿上，然后站起来，两只前爪往灶台上一搭，望着锅里的鱼"喵喵"地叫了一声，便戛然而止，嘴巴却依然张着，它说，我饿了，你喂我吧。它嗅嗅，两耳又向后竖立，表示"不要"，你怎么给我做我不喜欢吃的东西。以往炖鱼，我不会放辣子和太多的佐料，或是给黑雪分出一份后，我再添加辣子或其他佐料。

"啊！好可爱的小猫。"女兵说着，伸手就去摸它。

"哈！"黑雪一声叫，双耳直立向后摆，耳尖向里弯，瞳孔缩成一条缝，胡须向前竖起。这是很不友好的表现，它发怒了，"讨厌的家伙，谁愿意跟你套近乎？"

我想制止它，可是已经来不及了，黑雪的爪子随即落到她的手背上，与此同时我按住了黑雪的爪子。黑雪的爪子像刀一样的锋利，已经刺进了她的皮肤，抓痕上渗出血来。幸亏我动作快，不然她的伤口就更深了。

"黑雪！"我呵斥道。黑雪的尾巴猛烈地抽打了几下，它太生气了，"你怎么可以为一个陌生人呵斥我。"

我小心翼翼地拿开黑雪的爪子，低下头，一边捉着她的手，一边胡乱地摸着口袋，想找出手绢给她包扎伤口，她却用另一只手掏出手绢递了过来。

"它叫黑雪，"我一面给她包扎一面说，"可能因为不熟悉你吧。"这时黑雪早就跑开了。

"够小资的。"她低着头，斜睨着我，垂落下来的头发遮盖了她面孔。突然，她嘟囔了一句，"占人家便宜。"

我像触电一样地放开了她的手。"我，我……"我一脸窘迫，急得说不出话来。

"本来就是。"她噘起嘴巴，斜睨的目光带着诡谲的笑意。

"我……"我更加不知所措，脸上火辣辣的，好像全身的血液都涌到了脸上。

"哈哈哈……"她笑起来，说，"小男孩，一点都不禁逗。"

我羞愤难当，想走开，可是刚一站起来，长凳跟着就翘了起来，她被摔在地上。炉灶旁堆着柴草灰烬，虚松的灰烬被她的身体一砸，随即飞扬开来，瞬间她就变得蓬头垢面了。我忍不住大笑。

"都怪你！"她伸出手说，"快把我拉起来。"

"可别说我占你便宜啊。"我站着没动。

"不说，"她使劲地摇着头，说，"快点嘛。"

"好吧。"我弯下腰，伸出手。我的手被她捉住了，抓得很紧。她站起身，猛地向前一拉，随即松开了手。我毫无防备，被她一拉，失去了平衡，向前扑倒在灰烬里，灰烬再一次飞扬开来，弄得我满嘴满脸都是。

我爬起来，我沉着脸说："这回你满意了。"

"嗯，嗯。"她夸张地点点头。

我们对视着，看着彼此的狼狈相，笑了。

"哎！我们吃饭吧。"我说。

"先洗洗吧。"她说。

"随你的便。"我说，"我等会再洗。"我拿过酒瓶，给她的碗里倒了一点，接着又给自己倒了一点。

转眼，她就回来了。这时，我才注意到她面庞，美丽的像一朵花，在深冬的寒风中绽放了，喷吐着芬芳。她是那么的那么清丽，又那么的英姿勃勃，一对黑亮的眸子闪烁着，燃烧着，倾泻着少女内心的甜蜜。

我第一次毫无顾忌地注视着一个女孩子，甚至去品味她的每一个细节，我惊讶地发现她有一对浅浅的酒窝，像是盛满了美酒，把她的脸蛋儿烧得彤红。

奇怪的是，不知黑雪跑到哪去了，直到我赶着羊群回到羊圈也没看见它，难道动物也会吃醋？

第二天，我来到窝棚还是没有见到黑雪，它的气性也太大了，难道就因为我呵斥了它一句，它就一走了之了吗？我们是铁哥们了，论交情不至于这样吧。

我在湖面上凿的那个窟窿，一方面是为了捕鱼方便，一方面是为了给羊饮水。为了不让冰窟窿冻实，我在洞里插了一根木棍，每次到了那儿，只要摇一摇木棍，冰窟窿上刚刚冻上的一层薄冰就破碎了。这个方法连黑雪都会了，它扒拉扒拉木棍把薄冰摇碎，就自顾自地捉鱼儿了。

来日放羊，我带了几只小羊，我相信黑雪听到小羊"咩咩"地叫，一定会唤起它对生命的依恋。

　　我刚来到这里，我就发现冰窟窿上的薄冰不仅碎了，而且冰面上还扔了几条鱼。这是一个"秘密兵站"只有我和黑雪知道，这说明黑雪就在这里活动，而且它还为我准备了午饭。够哥们儿。

　　我随即跑进窝棚，里面没有黑雪的影子，也一点声音都没有。干嘛躲着我？我把铺盖翻了个遍都没有发现黑雪的影子。它会藏在哪呢？我仔细观察每一个角落，突然，我发现我遮挡"书柜"的乱草前，有几撮毛挂在上面。

　　我意识到黑雪生小猫了，才感觉到黑雪的反常。早几天，它就显得烦躁不安，来回地踱步，有时又显得格外依恋人，时不时跳到你的腿上，"喵喵喵"地叫几声，又不安地走开了。看来我冤枉它了。

　　我悄悄地拨开杂草，从缝隙中，我看到那几本书的背后，露出黑雪的背影，还有几只蠕动的小猫。挤在这么小的空间里，真不知道黑雪是怎么想的，以后我才知道它一窝生了五只小猫。

　　我立刻给黑雪做了一条鱼，装进它的饭盆，放到"书柜"旁边。其实，黑雪已经习惯熟食，它饿极了才去吃生鱼。

　　我想在这多待一会儿，黑雪早晚会出来，让它知道我在陪伴它，人类不是那么无情无义。可是，我还要去放羊，羊只吃草尖，不停地走动，即使把它们赶到小岛里，我也无法把守出口。最可恨的是坐山雕，在黑雪最需要陪伴的时候，它却连影子都没有了。

　　将近一个多月的时间，我只能从缝隙里感受生命的悸动。我每天给黑雪做的鱼它都吃得干干净净，我还给它准备了鱼干儿，当小点。

　　直到有一天，五只小猫像小绒球似地滚出窝棚，我总算放心了。两只黄色的小猫，圆脸、长毛，没想到坐山雕那么丑，它的孩子却非常漂亮。一只长得像黑雪，格外机灵，它第一个跑出来，一露头就缩回去，反复几次，它才滴溜溜地跑出来，我给它起了一个名字叫"小精灵"。

其他两只都是三色的小猫，其中有一只，头上的黑斑覆盖了一只眼，就像阿拉伯妇女头上戴着的面纱，我叫它"公主"，它最讨人喜欢，一点不怕人。

我蹲下身，抱起公主，把它托在掌心，它小尾巴一盘，窝在我的掌心里，低下头舔我的手。"我闻到你的气味了，你身上有妈妈的味道，我很放心哦。"

黑雪"喵——"的一声长叫，用忧郁的目光注视着我。"这是我的孩子，我担心你伤害了它呢。"

我放下公主，公主却用小爪子勾住了我的裤腿，它细声细气地叫了一声，"抱我！我让你保护我哦。"

我看看黑雪，又看看公主，我左右为难，不知道该怎么办。这时，黑雪往地上一躺，侧过身，一群小猫争先恐后地跑向它，挤成一团，吮吸起黑雪的乳汁。黑雪低下头，一个接一个地舔着它怀里的小猫，"看见了吧？这才是母爱。"

开春，一天，回到农场，周场长把我叫到场部，教导员也来了。

"你准备准备，回部队。"周场长说。

"不是说好一年吗？还有近半年的时间呢。"我说。

"司令部通知，送你去学习。"周场长说:

"我不去。"我说。

"这是为什么？"周场长困惑地说。

"小羊还没长大呢。"我说。

"哈"场长笑了一声，说:"小羊长大了，还有小羊。而且，除了留种，小羊不等长大就都要杀了取羊羔皮……"

"杀了！"我一惊，说:"难道灰姑娘、白雪公主、小红帽、小矮人、爱丽丝、睡美人……"

"什么乱七八糟的。"教导员说。

"都是他给小羊起的名字。"周场长忍俊不禁，说，"还有安琪儿、没头脑、不高兴、小人鱼、丑小鸭、快乐王子、小蝌蚪，等等。我看他养羊养出感情了。"

"这是杀戮！"我愤然说道。

"我看你更得走了。"教导员说，"能有机会学习是多好的事啊！你先回去，如果非要来，再要求不迟。"

第二天下午，我跟"新羊倌"清点了羊的数字，他不理解我怎么会住到羊圈。他哪能知道我的乐趣。

当晚，我仍住在羊圈，这是我在羊圈住的最后一夜，场部的通知来的突然，我什么准备都没有。我默默地整理行装，一言不语。小羊们异常奇怪，往常早就"咩咩"地叫着，围在我的身边，虽然它们已经断奶。我想跟我的小羊说说话，可是，一点心情都没有。我能说什么？它们又能听懂什么？

熄灯了，喧哗的军营沉寂下来。我蜷缩在被子里，大脑像真空了一样，什么都想不起来，不知不觉就睡着了。

睡梦中，传来灰姑娘"咩咩"的叫声，它的声音不像往常。我立刻翻身起来，想去抱抱它，它却退后了几步，眼神充满了恐惧。

天没亮我就起来了，从井里打了一桶水，洗完澡，换上一身整洁的军装，打上背包，把所有的鱼干儿装进一个面袋准备带给黑雪。刚出门，我就听见灰姑娘"咩咩"地叫，接着，别的小羊也叫唤起来，一声接着一声，声音显得那么凄凉。我读得懂，只好一个接一个地抚摸它们，希望它们得到一些安慰。

我赶到窝棚时，天已大亮。我放下背包，我从面袋里掏出几把小鱼干儿，准备给黑雪做一顿饭，这时，湖面的冰已经开始融化，黑雪没有多少机会再从冰窟窿里捉鱼了。

黑雪看见到我也变得异常古怪，它一声都没叫，蜷缩着卧在我的背包上，接着，几只小猫也跟着爬到了我背包上，拥挤在一起。动物对人类信息素的改变可能异常敏感。

我的火车票已经买了，时间紧急，只能给黑雪做一顿饭就走。灶台里的柴火点燃了，锅里的水开了，几把鱼干儿放进了水里。黑雪一跃跳到灶台上，又卧了下来，四只爪子蜷缩在身下，眼睛眯成一条缝，木讷地望着我。火苗烤煳了它的皮毛，它都无动于衷。我的心被烧痛了！

我了解黑雪的一举一动，顽皮、讨厌、贪玩、骄傲、我行我素，所有的一切都是那么憨态可掬，即使它有时显得古灵精怪，也是那么坦坦荡荡。这其实就是它的本性，我喜欢，可是，这时全都改变了。

黑雪不明白这种改变怎么来的那么无情，也不明白我为什么改造了它，而当我已经占有了它，"统治"了它，却又为什么毫不留情地抛弃它。我真后悔把它带到这里，我改造了它的"世界观"，让它失去了天道使然的本能，可是，我又把它送到了无助的绝境，甚至死亡。

是自然本该顺从人类，还是人类的贪得无厌肆虐了自然？

我正胡思乱想，我听到了"得得"的马蹄声。那个女兵已经换装，显示出窈窕美丽的身姿，脖子上换了一条红纱巾。其实，我们才第三次见面，彼此连名字都没有问过。

她没下马就说："老远就看见炊烟，怎么这么早就做饭。"她跳下马，看见我的背包，愣了一下，说，"你要走了？"

"来得正好。我有事求你。" 我说。我实在没时间寒暄。

"我尽量。"她说。

"我想把黑雪托付给你。"我说，"哪怕送回我们农场，或有人家的地方。哦，我给它准备的鱼干儿至少够吃一年的。还有，有几只小猫也都托付给你了，拜托！"

"这么多小猫！"她又惊又喜，犹豫了一下，说，"只是黑雪……"

"放心。"我把黑雪抱起来，放到她的怀里，说："我了解它。它非常恋人。"黑雪在她的怀里异常温顺，一动不动。"果然很乖。"她轻轻地抚摸着黑雪。

"那我就走了。"我说。我把几只小猫从背包上抱下来，背起背包就走。我不舍，但也无奈。

走出几百多米，突然，我的身后传来她的喊声："黑雪跑啦！"

我急忙转身，黑雪狂奔着向我跑来，它一直跑到我脚下，直接蹿到我身上，两只爪子紧紧地抓住我的衣服，把脸贴在我胸前。我感到一种从没有过的酸楚。

几只小猫也跟着跑了过来，我蹲下身，任凭几只小猫在我的身上乱爬，稚嫩的爪子抠进我的肌肤……

犬牙交错的贺兰山山峰，被太阳染红了，像裂开的大嘴，露着牙齿，笑得也太开心了。

第六章　乍暖还寒的季节

23.臭豆腐的典故

岁月如梭，1976 年 10 月 18 日，中共中央粉碎了"四人帮"，十年浩劫像一个红过了头的烂桃落了地。

在乍暖还寒季节，我们的家庭仍继续着难以愈合的伤痛。那年小春精神失常回到北京，在家住了一段时间没有好转，被送到精神病医院。父亲回京后一直由他一人照顾小春，父亲拄着拐杖，乘长途汽车往返一百多里，月月如此。

我当兵复员后，曾去医院给小春送过几次日用品，心里不怎么情愿，可是，总让父亲一个人去医院探望小春，心里也觉不忍。

精神病医院看上去就和监狱一样，铁制的栅栏门把病人禁锢在里面，没有出入自由。小春原来也算得上一个帅小伙子，可能，因为药物作用，他变得越来越让人认不出来了，胖得走了形，目光痴呆得像死人，让人恐怖。

一天，我又去医院探望小春，把他领出铁门，坐在铁门外的石阶上，把父亲带给他的两条烟和一些零食交给他。小春接过烟，就一根烟接一根烟地抽起来，一句话也没有。我知道小春回到病房，医生会把烟收走，每日定量发给，就由着他的性子爱抽多少就抽多少，反正每月他也只有一次这样的机会。

我探望小春前，父亲叮嘱我说："多陪他说说话，聊些让他高兴的事，这样有益于他的康复。"虽然有父亲的嘱咐，可是，小春没话，我也没话。沉默了一阵子，我说："你在新疆发生了什么事……"我纯属没话找话，原想与小春聊聊他发生事情，可是，话一出口我就后悔了。

没等我把话说完，小春就变脸了，他扔掉手里的烟，像饿狼一样扑向我。冷不丁，我被他撞倒，整个身子被他压在身下，他两只手死死掐住我的脖子，眼睛里射出一道慑人的寒光。直到医生把他拉开，我的脖子上已经留下几个深深的指印，指甲扣进肉里，渗出血来。

小春几次住院，几次出院，他的病没见好转，反而越来越严重，后来医院都不愿意接收他了，父亲只好将他接回家调养。回到家，小春没有了约束，变得越发乖戾、暴躁。他一天到晚地要吃的，吃完就睡，睡起就吃，吃什么都没够。他尤其爱吃肥肉，一点瘦肉都不能带，母亲只好给他做白水煮肉。

母亲每顿饭给他一大碗水煮白肉，没想到他吃了两大碗还说没吃饱。母亲索性让他放开肚子吃，心想，让他放开肚子吃些日子总会吃腻吧。结果，小春从来没够，母亲不敢再让他那么不知饥饱地吃了，不得不限制他的饮食。

开始，小春缠着母亲，傻兮兮地央求几句，后来，他什么话都不说了，没有肉吃，他就暴跳如雷。谁要劝他，他就摔东西，把家里砸得乱七八糟。一家人战战兢兢，担心小春不知什么原因又会爆炸。

一天，小春又跟母亲大闹起来，我早就看不下去了，就借故狠狠地揍了他一顿。我当兵回来，小春早就不是我的对手了，我可以轻易制服他，只是以往把他当成病人，我忍住了。

小春长了一身囊肉，我把他像麻袋一样地摔在地板上，摔得他直吐白沫。见我又要动手，父亲厉声喝道："住手！你怎么可以这样打伤员，要是在战争年代我就毙了你。"没想到父亲发了这么大的火，原来在父亲的眼里小春就是他的伤病员。

"要是没有一个让他怕的人，这个家还有安静的时候吗！"我说。

"小春是你哥哥啊！"母亲叹息道。

"唉！你呀，你呀……"李阿姨连连叹息地说，"我们这一代不容易，你们这一代也不容易，我们为什么不能好好珍惜自己呢？"当时，李阿姨住在我家，她得了癌症，江江陪她来北京看病。

"太凶了！"江江噘着嘴，惊讶地看着我说。

没想到我成了众矢之的，窝了一肚子火。父亲若有所思地说："十年浩劫每一个人都千疮百孔，这是一代人的创伤。我也有委屈，我们这一代人都有委屈，我们的民族和国家需要时间医治，休养生息，可是，一个连亲兄弟都不能包容的人，难道能包容和爱戴我们的民族和国家吗？对个人，对国家，对民族，都不能因为个人的一点委屈就记恨一辈子，更不能兄弟自残。"

当时，小春到底因为什么变成了这样，我们一无所知。"十年浩劫"什么样的怪事都可能发生，我们只能接受。直到小春所在的单位派人到北京探望他，我们才知道了原因。这时，十一届三中全会已经过去了一年。

他们说，小春在"武斗"时被人打坏了。他们还告诉我们，小春在学校有过一个漂亮的女朋友，她也很伤心。我想他们说的那个女朋友，就是小春给我看过照片的那个"刘海英"吧？如今"物是人非事事休，欲语泪先流。"

　　小春最后一次住进精神病医院就再也没有出来过，他 42 岁死于精神病引起的并发症。送葬的那天，从太平间的冰箱里取出小春尸体，他圆瞪着双眼，圆张着嘴，仿佛还在惊吓中"嗷呜——嗷呜……"地呼唤母亲。殡仪馆的师傅几次动手，都没能把他的眼睛合上，或许，"文革"中他经历的哪一次恐怖，已经冻结在他的眼睛里。他哪里知道严冬已经过去，他和他所在的国家，在乍暖还寒的季节正在复苏。

　　父亲从 1955 年调到北京，直到"文革"结束，他第一次见到阔别了二十多年的老战友胡永连伯伯，"胡赖"的另一半。胡伯伯来我家前，还有一段插曲。那年父亲和母亲去杭州待了几个月，家里就剩下我一个人，自己打发自己。

　　一天，来了一个人，给父亲捎来四罐郫县肉酱、一只宣威火腿和一个椰子，说是在软卧车厢里遇到的几个人托他带来的，东西不多却来自五湖四海。我问他带东西的人是什么人，他说是一起开会时遇见的，只要对你父亲说"胡赖"就行了。我又问他那你是谁，他说，也对你父亲说"胡赖"吧，说罢，那人放下东西就走。

　　"文革"以来我对"胡赖"的称谓已经不陌生，我在银川、昆明、广西、沈阳等地遇到过一些曾在西北工作的老机要，只要说起我的姓名，他们就会联想到"胡赖"。管它呢，吃了再说，谁让我也有点"胡来"呢。

　　那时我一个人在家，懒得开火，每日三餐都煮面条，多亏有了几罐子郫县肉酱，我每餐才能用它拌面吃。我还养了一只猫，也懒得给猫煮食，就用送来的火腿，每顿饭切一小块喂猫。等父母回来的时候，郫县肉酱被我吃光了，火腿也只剩下一点腿把子，只有一个椰子没动。

我一五一十地把这件事的经过告诉了父亲。父亲仿佛听天方夜谭，半天都没听明白我说什么。等我再说一遍，还没等我说完，父亲就涨红了脸，他把我递过去的椰子，一把就扔出去，那个倒霉的椰子就骨碌碌地滚到了墙角。

我赖不唧唧地捡起椰子说："要不把椰子砍了，您尝尝。"父亲瞪着眼，看了我好一会儿，扑哧一声笑了。他嘟囔着说："胡赖！胡赖，还有人家胡永连一半呢。"他这一句话，连不善言笑的母亲也忍不住笑了起来。趁着父亲收起了板起的面孔，我赶紧把椰子递给父亲。父亲在手里掂了掂说："别杀了，留个纪念吧，蛮好看嘛。"

接着，我又把剩下的那点火腿把子拿给父亲。父亲拿在手里看了看，说："这是宣威火腿。长征路上，进军云南的时候，我们红3军团在沾益缴获了不少火腿。听说红9军团打下宣威弄了更多火腿，还分给穷人，几天都吃不完，开了大洋荤。"我说："那您就尝尝，我听人家说，炖汤很香呢。"

父亲想也没想就说："算了吧，胡赖，胡赖，就给胡永连留下这个腿把子吧。"

说曹操到曹操，没几天胡伯伯就到了我家。胡伯伯在"文革"时得了癌症，由于各种原因延误了治疗，直到"文革"结束，他才到北京做手术。父亲还没回京的时候就和胡伯伯约好，等他做完手术完就到我家来养病，只是我还不知道而已。

两个阔别近二十年，劫后余生的老搭档，终于重逢了。母亲特意为他们买肉、买鸡、买菜，采购了很多好吃的，可是，谁能想到，他们对美味佳肴视而不见，竟然津津有味地研究起了臭豆腐，也不知这是谁的主意。

刚刚做完手术的胡伯伯还没完全康复，他就和父亲结伴同行，乘坐公共汽车满大街转悠，不知从哪里买的蒸笼，还弄来几把稻草。

他们把母亲预先准备好的豆腐，切成小块儿，铺上稻草，放进蒸笼，再扣上笼盖，两个人就心无杂念地等着品尝自己创造出来的美味了。

等了两天，慢慢地，蒸笼里散发出一股说不清的味道，接着，有了臭味，臭味越来越浓。小丽耐不住性子，想看看他们到底鼓捣些什么，她打开蒸笼一看，立刻就皱起了眉头，发酵的豆腐上已经长出一寸多长的白毛。

可是，两个老人觉得还欠点火候，不慌不忙，耐着性子，直到弄得满屋"臭气"熏天，他们才轻轻地一拍巴掌，低声说道："嘿！成功了。"我想，这种喜而不惊的淡定，他们当年破译了敌人密码时也是这样吧。

母亲说，他们等待臭豆腐发酵的这两天，一天也没闲，趁机转遍了北京的大街小巷，拿着地图专找什么炖吊子、炒肝、豆汁，越是怪味的东西他们就越有兴趣。

我们家从来没人在家里吃过臭豆腐，往常要是谁把气味怪异的东西带回家，早被母亲扔出去了。父亲不一定情愿，他什么都想尝尝，味道怪异的东西才值得一吃，只是因为家人的习惯克制了自己的馋虫，如今有了同盟者，什么忌讳都不需要了。

母亲一反常态，一副温润慈祥的表情，乐滋滋地看着他们恣意折腾，好像早已习惯了他们的一举一动。"臭豆腐，喜欢就买一瓶呗，有什么可琢磨的。"母亲心里这么想着，不由自主地轻叹了一声："哎！胡赖，胡赖，真是臭味相投啊！"

母亲说，他们还有一个吃臭豆腐的典故。一次为了破译敌人的几份密电，"胡赖"不吃不喝。炊事员把几块豆腐放在蒸笼里，用微火腾着热气保温，希望他们随时能吃点东西。一连三天过去了，就剩最后一份密电卡了壳。"胡赖"什么方法都用了，反复计算，仍没有破译。

武开章急得团团转，不断打电话催促。就在这时，一阵风吹进窗户，厨房里传来一股豆腐发酵的异味儿，胡赖轻轻地一拍巴掌，异口同声地说："臭！问题就在这。"

"剩下事归你了，"父亲说，"我先发现的臭豆腐，我先去吃一口，立功的机会留给你了。"

"有功的是臭豆腐，凭什么你先吃，立功的机会还是留给你吧。"胡伯伯说着，直奔厨房。

"喂！"父亲紧追几步说，"胡赖，一人一半啊。"

闻讯赶来的炊事员一看就急了眼，说："我说两位首长，豆腐都长毛了，还能吃吗？要不用油炸一下，别把肚子吃坏了。"厨师是陕西人，从来没有做过臭豆腐。

"有必要吗？"父亲狡黠地看了一眼胡伯伯，然后对炊事员说，"你们陕西人不懂，湖北佬越臭越好。"

"去你的吧，"胡伯伯说，"你们老表才越臭越好。"

在那个不堪回首的年代，父亲险些丢了一条腿，胡伯伯险些丢了一条命，还有很多境遇还不如他们的老干部。这一代人曾承担了历史上最惨痛的劫难，而他们无论是当年的高官厚禄，还是劫后余生，他们把自己的得失、荣辱置之度外，依然"臭味相投"。

我们的老一辈比我们更快地走出了历史的阴霾。这一代人的脊梁是铁打的，他们没有惊天动地的豪言壮语，你也会感到他们的铮铮铁骨。他们用他们"臭味相投"的淡定和笑容，告诉人们过去的已经过去，明天我们会活得更好。

24. 赣南情

1982年1月，父亲当年的警卫员宋德林叔叔来到北京。他刚刚办完退休手续就来看望阔别二十多年的父亲。当年，父亲很喜欢他的这个警卫员，一直把他从联防司令部带到西北局，后来父亲调到北京也想带着他，可是，他已经娶了当地媳妇，不愿意离开西安了。

也许是战争时期养成的习惯，宋叔叔住在我家的时候，有事没事总是坐在我家门口，谁来了都要挡一挡，盘问几句。母亲做饭的时候，他也盯着，一会儿说油多了，一会儿说父亲不吃生盐，母亲怎么能不知道父亲不能吃生盐？随他去唠叨。

父亲对他说："现在不是战争年代了，我和你一样，都是老百姓。你什么都别管，我给你当导游，带你好好在北京玩一段时间。有时间就露一下我的手艺，让你吃个够。"

父亲给他做江西老家的鱼圆子，说："我家的鱼圆子可是天下第一美食啊，吃了我的鱼圆子，保证你连西安都不想回了。"战争年代父亲给不少老战友许愿，请他们吃家乡的鱼圆子，可是，种种原因都没实现。这会儿，他把欠的这份人情账，全都转给了宋叔叔，也不自觉地流露出强烈的思乡之情。

可惜，宋叔叔不习惯吃鱼圆子、大米饭，他是陕西人，爱吃面食。父亲自称是半个陕北人，面点手艺绝对一流。小时候过年，他总会按照我们的生肖捏几个馒头，逗我们高兴。他捏的小白兔、小刺猬、小猪栩栩如生。父亲做的饺子也是一流，可以捏出好几种花边，皮薄、馅儿大，我们谁也比不上。

可是，宋叔叔对什么都没兴趣。他哪儿也不去。父亲去哪儿，他就跟着去哪儿，买菜、遛弯儿也跟着，弄得父亲怪不好意思。母亲说："你呀，真是当警卫员的命。"

一天，父亲特意给宋叔叔包饺子，在饺子里放了一元硬币，做了记号。宋叔叔咬到硬币，眼泪一下子就流出来了。原来母亲给宋叔叔洗衣服的时候，发现宋叔叔来京的火车票是一张硬座票，母亲估计他的经济相当拮据，几次问他的工资收入他都不说。

父亲说："现在你可以告诉我你的经济情况了吧，有困难一定要说，你的毛病就是有困难不说。在临县的时候供应紧张，你瞒着我把口粮省下来给我，自己吃野菜，我还不了解你吗？"而宋叔叔也太了解父亲了，父亲做思想工作从来不动声色，总有办法，让你把心里话自己说出来。

母亲说："不该要的我们不要，但是一定要说清楚，不能吃饺子，连里面的馅儿都不知道是什么味儿。不管有多大的困难，我们跟你一起扛，我们是战友啊！"

宋叔叔是抗战初期参加革命的老八路，退休工资才四十多元，相当于一个二级工。父亲说，如果不是他一个心眼儿地跟着父亲当警卫员，也会进步很大，但他无论做什么工作，这个工资也低得太离谱了。父亲了解了宋叔叔的情况，去民政部找了有关领导。宋叔叔回到西安后，单位按规定给他重新调整了级别。

父亲还有一个他很喜欢的警卫员，姓李，名字我记不清了。父亲说，当年韩先楚耍赖，换走了那个警卫员。这个人能打仗，进步也快，解放战争开始就当了团长。有几年李叔叔每年春节前都来看父亲，陪父亲住几天，然后就乘飞机去看望韩先楚。战争年代的上下级，亲如兄弟，令人赞叹。

1983 年父亲离休，他第二次回乡，也是他最后一次回乡。小姑姑家还住在父亲 1951 年探家时的老屋，要走十多里山路，只有一条人踩出的小路。

小姑姑早早就在山脚下等候父亲了，远远地看见父亲步履蹒跚地拄着拐杖走来，她三步并作两步地迎上去，拿起父亲的拐杖，手指就颤抖起来。她轻轻地抚摸着父亲的拐杖，像是抚摸自己的孩子，接着，她不由自主地转过身，蹲下去……

父亲从小就趴在小姑姑的背上长大，熟悉她的一举一动，儿时的记忆，一幕幕地出现在父亲的眼前……

小姑姑家的卫生间是一种猪圈兼茅坑的建筑，两条木板搭在猪圈顶上，上面解手，下面喂猪。在城里住惯的人真不知道如何忍受，而父亲却像回到家一样，无处不让他看到亲切。

小姑姑那次从北京回到老家后，也一直自己砍柴、做饭、种地、喂猪，还过着和解放初期没有多大区别的生活。可是，在父亲的眼里，老家一直就是一个神仙去的地方，他说："那里翠竹松柏、绿草茵茵、茶树白花、水田耕牛，往来耕作，怡然自乐。"

父亲的老家只有几十户人家，一条小街，没有几间像样的房子，几分钟能走遍全街。父亲走遍了村子里每一条小路，遇到乡亲就亲热得不成，坐下来，喝杯清茶，拉拉家常。

"观海是随四野打回老家的，他第一个回乡，那会儿还没你的音信，村里人盼啊。"

"51 年你才回来，盼回来了一个，又盼望着下一个谁回来……"

"观桥，唉！要是活着就好了……"观桥，也是父亲的叔伯兄弟，跟父亲一起参加红军，牺牲在草地上。

"如今啊，又过去了 32 年 6 个月……"从父亲第一次回乡，到这次回乡恰好是 32 年 6 个月。父亲一时语塞，沉默了一会儿，不知所言地说："家乡的米真香啊！"

经历了离别亲人的切肤之痛，经历了丧失根据地后的白色恐怖，又经历了岁月沧桑的无数磨难，没想到家乡的亲人，数着日子计算自己离家的时间。原来在家乡父老的眼里，自己还是他们的儿女。

父亲这次回乡，最惦念的一件事就是想再看看当年苏维埃政府奖励给他的小木枪。父亲在 1951 年回乡时的笔记中写道："1931

年苏维埃政府奖励给我的小木枪让我一辈子都念念不忘。背着这支小木枪，我作为少共代表，参加了第一届中华苏维埃临时政府的代表大会。1932 年的 10 月我参加了红军，这支枪就留给了我的爸爸，他把小木枪挂在我常放着的地方。1934 年 10 月我随红军主力离开中央苏区开始长征后，苏区人民就遭到了国民党反动派惨无人道的屠杀和迫害，作为苏维埃政府的积极分子的家人，可想他们的境遇是何等艰难。

爸爸和姐姐被白匪绑了起来，吊打，拷问。白匪骂爸爸，你儿子是"共匪"，要满门抄斩！爸爸骂白匪，你们才是匪徒，你们连女人、孩子都要抓，不是匪徒吗！

为了保护我的小木枪，白匪一来爸爸就把我的小木枪藏起来，他们一走，爸爸就把我的小木枪又挂回原处。想我的时候就看看小木枪，他们天天盼着我有一天胜利归来。后来爸爸去世了，临终还嘱咐姐姐代他保管小木枪，说将来革命胜利了再把这只小木枪交给我。"

小木枪成了爷爷对父亲的唯一念想。恐怕每一个赣南父老并非没有想过，在革命的漫漫征途上，他们的儿女随时都可能牺牲，这是一个没有希冀的思念，却又始终不会放弃。小姑姑将父亲的小木枪保存了二十年，父亲 1951 年回乡时还看见了小木枪，仍然挂在父亲原来挂的地方。可惜，在白色恐怖的年代，小木枪都保存了下来，父亲这次回乡时，却看不见小木枪了，父亲想起来就唏嘘不已。

父亲在他早年的笔记和回忆录中，三次提到他的小木枪。纪念红军长征胜利 70 周年，中央机关专门为部分健在的 22 名老红军印制了邮票，邮票上印有老红军个人的照片和题词。父亲的题词是："木枪当年红军娃，太行指挥千军汉。莫问何处有青山，百战沙场几人还。"其中第三句我记得不太准确。从父亲题写的这首诗可以看出，小木枪作为一个时代精神的象征，标志着父亲走向革命的开始，他格外珍惜也在情理之中。

回乡后父亲还专程去了朋口战役遗址。那里是他入党的地方，他的许多战友在朋口战役中牺牲，为中国革命献出了年轻的生命，父亲一直怀念着他们。

石城县位于赣南东部，连城位于闽西，两地相距甚近，却是两个省界。让父亲没有想到的是，他这个异乡客，同样受到了朋口百姓极其热情的款待。

负责招待的人对父亲说："一盘菜只能吃一口啊，多一口也不行。"父亲原以为这是当地待客的风俗，只好入乡随俗，按照父亲的习惯，他才不喜欢吃饭的时候磨磨蹭蹭。没想到一桌菜十几盘，接连翻了三台，父亲这才明白，人家为什么说"一盘菜只能吃一小口"。

父亲说，我只不过是一个幸存者，幸存已经是奢侈，缘何还受到百姓这样的款待，他被感动了，也羞愧难当，后悔不该这样劳师动众。

受到朋口之行的经验"教训"，父亲应邀去石城江西共产主义劳动大学作报告时，他特意对校领导说："我不确定去的时间，我的胃不好，也不能在那里吃饭，能看望一眼大家，拉拉家常就好。"结果，适得其反，害得师生们天天守候在学校门口，等父亲来了，照样夹道欢迎，锣鼓喧天，杀猪宰羊。

红军无处不故乡，无论时间过去了多久，百姓的情谊还是那么醇厚。父亲在老家一住就是一个月。说不清父亲魂牵梦绕的是家乡的美丽和祥和，还是那个从红小鬼开始的岁月。

父亲生长在赣江源头的山村里，这里的山，这里的水，这里浩瀚无际的修竹林海，造就了赣南人民勤劳朴实、善良亲爱、坚韧倔强和富于牺牲精神的性格。终于，革命在这里找到了自己的襁褓，而赣南人民也选择了中国革命。从此，赣南便与根据地、摇篮、老区有了不可分割的血缘，但是，赣南人世代相传的性格，并不因曾经有过的贫寒、牺牲或光荣有什么大的改变。

父亲回京后对我们说："你们回老家看看，只要回一次老家，你们就会被家乡的父老感动。记住，自己去，不要打扰当地政府，给人家添麻烦。"他抱怨春明："你搞教育，就为家乡办点教育嘛，家乡人民盼着你回去呢。"他对我说："家乡修路，你捐点钱，有了路就好发展经济。"以后，父亲不知说过多少次这样的话，我们都无动于衷。谁也没有决心千里迢迢去体会他的那个"神仙世界"。

这就是两代人的差异。即使后来我多次回乡，也有不少感动，对父亲的乡情逐渐理解，可是，一时一事的感动并不能懂得真正的乡情。也只有父亲和那个时代从家乡走出来的人，才能品味出其中的味道。

第七章　凌云壮志

25. 昙花一现的启示

父亲从老家回来，又开始种起了昙花。"文革"前父亲最喜欢养昙花，而且他养的昙花特别好，一开就是七八朵，每次开花的时候，父亲就邀请他的同事和老战友来赏花，聊着天，品着茶，十分惬意。父亲说："昙花有道理啊！谁说昙花一现，对人生来说有过一次绽放就足够了。而且，昙花在晚上开，从不与别的花争芳斗艳，也是一种值得学习的品格，至于别人如何评说，那是他们的事，无需介意。"当时，我还听不懂父亲讲的道理，只记住了一句成语"昙花一现"。

中国共产党十一届三中全会前后的几年是我最动荡几年，从新中国建立以来，我党一直延续的指导思想发生了历史转折。可是当我为这种转折感到欢欣鼓舞之后，我却突然发现"文革"十年，失去的年华、学业，在现代化建设的历史列车上，已经没有了自己的位置。我有种不可名状的邪火窝在心里，无处宣泄。

一次我和父亲一起去文津街的俱乐部，父亲让我陪一个二炮的伯伯打乒乓球。我打急了眼，发狠，抢起乒乓球拍，抽得他无法招架。他不动声色，一次次捡球，一次次发球，一次次被我毫不留情地抽过去……事后，他对父亲说，你这个儿子，发起狠，不得了，可惜生不逢时。

一天，我叫父亲一起去卢沟桥的"八一射击场"打靶，我特意找了两个部队的射击高手和他比赛射击。那天，在射击场，父亲4枪打了40环，枪枪命中靶心。我打了两个10环两个8环，另外两人，一人打了两个10环两个9环，一人打了3个9环1个8环。

射击完毕，父亲关上枪机的保险，把枪放在枪架上。从装上弹夹、瞄准射击、射击完毕，到关上保险，这一连串的动作，父亲做得都是那么娴熟。然后，他对我们说："打多少环不是问题，关键的问题是你们的弹着点太分散，说明练得还不够火候，再往下，你们的成绩会更糟糕。"说罢，他看了一眼枪又说："你们可能对这种枪不熟悉，吃了点亏，还是好好练练吧，等掌握了再和我比赛不迟。"

父亲当年使用过的枪五花八门，我们使用的56式冲锋枪，他根本没有摸过。他初次使用这种冲锋枪，问都没问，摆弄了几下，就自己装上了弹夹，射击成绩还超过了我们所有的人。说不清父亲是否看出我的挑衅，不动声色的恶心了我们一顿，说得我们张口结舌，不知该说什么好。他们那一代人，能文能武，热爱生活，充满激情，是什么造就了他们，我一直无法解读。

"公司"这个名词，第一次出现在我的眼前，那是1984年的事，如今有人把它称之为"公司元年"。我们大院的孩子拿给我的一张印着自己名字名片，让我找到了新的兴奋点。

为此，我和父亲经常争吵。我想办公司，父亲说，你去当资本家，那我们革命是为了什么？我偶遇的一个外商给我办理了去加拿大留学的手续，父亲说我要叛党叛国。我又让人给我办了去香港上学的手续，父亲说，香港是帝国主义的殖民地。外商高薪聘请我到他们的企业工作，父亲说，共产党养活了你，你去吃资本家的饭，你能心安理得吗？

暑假，我去了一趟西大滩，我想找回那时的生活，直到现在我都觉得那是我一生最快乐的几个月。

我到处打听那个女兵的下落，或许也是为寻找"黑雪"，寻找我渴望的那种人与自然的和谐。可惜，我们部队的那个农场已经不在，看得出那里已经多年没人耕种，我的那个"贺兰兵站"也已经坍塌。坍塌的或许不是我的"贺兰兵站"或许还有我的精神世界。

我和父亲越来越对立，那年，大年三十，我和父亲又吵了一架，一赌气，我终于离开了家。我向朋友门尤立借了一间5平方米左右的杂物间居住，当晚就病了，发高烧，一连三天。邻居见我进门后就没出来过，叫来民警，敲开门，把我送到了医院。

放弃既得利益，并不是一件容易的事。可是，既然已经到了这一步，我还有什么可留恋的吗？我只能乱闯乱撞，到处碰壁，经常是身无分文，最艰难的时候，一卷豆腐皮，我吃了一个星期，饿极了掰下一小块儿充饥。这时，我才明白原来离开了父母，我连自己都养活不了，还充什么英雄！

边江涛与我是同年入伍，同属司令部直属分队的战友，烈士子弟。当兵、入党、提干、上大学，统统装备起来了。他去"应聘"，人家说："年龄大了点，学历低了点，现在需要的是研究生。"绝对的新一代布尔什维克，遇到了尴尬。

安阳与我也是同一个分队的战友，绝对是个人才，机遇使他成为当时全国最年轻司局级干部，仅仅两年就跌入谷底。不无尴尬。

我第一次与香港商人孙先生走进广州白天鹅宾馆，这是中国第一家中外合作的五星级宾馆。我的成长经历并未引起我多少惊诧，反倒是让前台的服务生感到了尴尬。一个穿着一身军大衣的土包子，堂而皇之地走进如此高档宾馆，怎么可以？最后预交了押金，才给开了房。孙先生说："我从来没有遇到过这样的事。"

中秋节，我去周书记家做客，进门，看见他家的小院里有一道用装满了月饼的点心盒，垒起来的矮墙，一米左右高，围成一个圈，圈里还养着几只鸡。

"您是想学羊续悬鱼？那也太夸张了吧？"我说。

"我没那么高觉悟。"周书记说，"悬鱼拒贿，得罪人，以后没法工作。这不，就成了现在的样子。一会儿，福利院就拉走……"老布尔什维克也遇到了尴尬。

种种尴尬我都不适应，也没有回头路，传统与激进、懦弱与坚毅、好学与懒散、傲慢与低调、挥金如土与艰苦朴素，我是一个多重性格的人。老一辈的心信仰是在九死一生的磨砺中产生的，而我的信仰是在教科书中，以及父辈们给予的优越感中形成的。

我就是我，我习惯了我行我素，始终穿着一身与时代风格格格不入的旧军装。其实，这也是大院风格的遗风，我从来没有见过我们大院的哪个高级干部穿得西服革履，除了接待外宾。

终于，我找到一条适合我的路。直到我获得了包括发明专利在内的十余项专利和专有技术，我用自己的技术与外商合作，建立了两家中外合资企业，这时，我才回家去看望多年未见面的父母。

那天，我到家正好碰见刘三源伯伯，他不无调侃地说："咱们的老红军后代也出了红色资本家哦。"刘伯伯是我家的邻居，1935年长征到达延安后，他和父亲曾同在军委机要科工作。

父亲淡然一笑，说："当了兵，上了大学，不说发财不发财，有胆量扔掉'铁饭碗'，我看也是勇气。我们当年革命是为了给老百姓找饭碗，他们今天是为了过得更好，找新饭碗，这是时代的进步。"

看来父亲对"下海"有了新的看法，我为父亲的理解感动。但是让我真正感动的是，在父亲过世后，我才看到他对我写的一段笔记："在'摸着石头过河'的实践中，对国家，对个人都是一个艰难的抉择。水清见底，说不定摸到一块什么奇石，否则，碰得头破血流也不奇怪。挫折肯定难免，谁也不是先知先觉，不是谁自己喜欢折腾，有时是命运把你推到哪个地方。关键是你怕不怕挫折，有没有血战湘江的勇气……"可惜，我看到的这段笔记已经太迟了。

当晚，我和父亲吃饭，兴致极高。父亲和我不停地碰杯，喝完了一瓶黑芝麻酒。黑芝麻酒是父亲从江西驻京办事处买来的。

趁着酒兴正酣，父亲又打开了一瓶。我和父亲天南海北什么都说，我有我的得意，父亲有父亲的骄傲，他在骨子里就是一个不服输的人，虽然从不夸耀自己。

"还记得我在美军飞机上……"父亲说。他突然提到这段往事，令我惊奇。

"当然记得……"没等父亲说完我就插话。

我最早知道这个故事，那是我当兵回家探亲的时候，春明告诉我的。他说："在蓝天上，用的是美军的飞机，押解九个敌特分子，其中一个还是敌人的师长，而父亲独身一人，想想就觉得有多浪漫、多英雄、多伟大……"说着，春明完全沉浸在少儿时代的回忆中，仿佛他就是当年只身押解敌人的孤胆英雄。

春明还说，他在晋绥贺龙附小上学时，曾写了一篇作文，记述了父亲的这段经历，作文的题目是《爸爸回来了》。这篇作文大意是：

一天放学，母亲告诉他，八路军南下总队留守处转来电报说，父亲坐美国人开的飞机从太行山回延安，同机还押解了九个敌特分子。晚上睡觉前，父亲就可以回到家了。可是，等啊等，他不知不觉就睡着了，等醒来，已经是第二天早晨，他没有见到父亲。母亲对他说，父亲回来过，但是，还有新的任务，不能等他醒来就走了。母亲交给他一支钢笔，说这是父亲在战斗中缴获敌人的战利品，嘱咐他好好学习。春明问母亲昨夜的天黑吗？母亲说昨夜的月亮很大很亮，昨夜的星星很多很亮，父亲的眼睛又大又亮。春明说，他写的这篇作文，还被当时延安的刊物发表了。

听了这个故事，我激动不已，觉得父亲也是一个英雄一样的人物，就去鹦鹉学舌追问父亲。

"浪漫个鬼呀，这是九死一生！"当时，黎伯伯正在我家做客，没等父亲开口，他就抢先说道，"一个机要科长在敌人的飞机上，敌人改变航线怎么办？只能同归于尽，这是死命令！你要知道当时国民党抓住一个共产党的机要员和抓住一个共产党的中央委员悬赏是一样的，了不得啊！"

黎伯伯的话带着教训小孩子的口吻，说得那么玄乎，可是，父亲却只对我说了一句再简单不过的话："噢，回到延安给春明送了一支钢笔，是派克的。"

父亲一贯低调，从不夸耀自己，或许，趁着酒兴，他也要说说他的骄傲了，我和父亲以往的接触中还从来没有过。可惜，父亲说的是另一回事，他说："当时同机的还有两个干部的孩子，王叔叔在一次聚会的时候，遇到了那两个孩子，他们也讲起了这段经历，如今都是老人了……"原来父亲的兴趣是，他意外获得了那两个同机孩子的消息，根本就没有把自己的那次经历当作一回事。

这也足以让我激动，我说："我替你去找他们。"

父亲说："可惜，王叔叔没能留下他们的姓名和地址。"

我说："我可以写篇文章在《北京晚报》上发表，题目就叫，《孩子你在哪儿——记一次从太行山到延安的特殊飞行》怎么样？他们看见了一定会和你联系。不过，你要把详细过程讲给我，我才能写。"

"赐之彘肩。"父亲说。我的提议显然让父亲兴奋，他给我夹了一只红烧鸡腿。这是"鸿门宴"里非常豪气的一段文字，我熟悉这一段文字。没想到父亲对读过的书不仅记忆深刻，而且，还能随意把文章的记述转化成对白。他语出惊人，着实让我吃惊。

"覆其盾切而啖之。"我反应敏捷，随即应答父亲。

"赐之卮酒。"父亲给我倒了一杯酒，自己也倒了一杯。

"壮士立而饮之。"我说。我与父亲碰杯一饮而尽。

"壮士能复饮乎？"父亲说着站了起来，又给我满上了一杯酒。

"臣死且不避，卮酒安足辞！"我也站起来，与父亲一饮而尽。

这时，父亲早已沉浸在他在美军飞机上执行任务的回忆中。我也仿佛融入了父亲的回忆，在蓝天白云上飞翔……

"Sit down. Sit down, please."我说。这是父亲在美军飞机上，说的一句话。

"砰！See god！"父亲说。这也是父亲在飞机上，为了威慑敌人说的话。

一段对白，气壮山河，眼看第二瓶酒又快喝光了，我说："喝得差不多了，就到这儿吧。"父亲当时已经八十多岁了。

"砰！See god！"父亲说，"再来一瓶，这才喝到哪儿啊，今天给你个立功的机会，不醉不归！"我几年没回家，父亲显然抱怨我，借酒发挥。

"不会吧？都老头子了。"我说。

"不服气，你去问老曹。"父亲说得一本正经。

"老曹……"我迟疑了一下，随即，想起曹操的千古名句"烈士暮年，壮心不已"。这个老爸，拿我打岔玩儿，他一点都没醉，晚年的他一直豪气冲天，飞翔在蓝天上。

接着，我转回了话题："据说，当时你还给母亲留了遗嘱，是吗？"

"屁话！"父亲粲然一笑，说："这哪里是军人的作风，一份特级电报怎么可能写遗嘱，就两个字，军礼！"

"军礼？"我沉吟了一句，接着，我感到了震撼！

军礼，其实只是军人的一种普通礼节，可是，当一个军人担当使命，执行党交给的任务时，军礼就有了特别的含义。军礼，代表着一个军人对完成任务的决心，代表着视死如归的誓言。

父亲过世后，我在整理父亲的笔记时，看到了父亲当年的这段笔记，一个九死一生的特殊任务，在父亲的笔记里只有简单的几个字："一切听从党的召唤！"这一代军人早就锻炼得浑身是胆，面对生与死的抉择，在他们的眼里，原来就这么轻松，简单、平和，没有一句豪言壮语。

军礼！这两个字，给我留下了无尽的想象。我默默地向父亲行了一个庄重的军礼。我也曾是一个军人，我不知有多少次行过军礼，可是，只有在这时，我才明白了什么是军礼，军礼意味着什么。

我和父亲兴致还浓，这时，母亲走出饭厅，转眼又回来了，她说："昙花快开了，吃也吃够了，喝也喝够了，快去看昙花吧。"原来我和父亲一顿饭已经吃了三个多小时，现在已经晚上九点多了。

夜，深蓝色的夜幕，轻垂在天穹，从斑驳的树影间流出一泓如水的月光，沐浴着含苞待放的花蕊，把她洗涤得格外明丽。不知不觉，昙花绛紫色的外衣慢慢地打开了，洁白如雪的花瓣慢慢地展开，纤细卷曲的花蕊在微风中颤动，仿佛敲打着你的心弦。

我第一次注意昙花的绽放。她竟是那么淡定、自信，展示出她的姿态。这一刻，我和父亲都沉默了，似乎都在品味着什么。

我终于明白了"昙花一现"的道理。生命的短暂并不是昙花的本质，只要你有过一次从容的绽放，就有足够的骄傲，不需要谁知道，也不需要谁评价。

我想，这就是父亲一直想对我说的话吧。

可惜，我一直没有听父亲完整地叙述过他那次执行特殊任务的经过，也无从动笔。直到写本文，根据父亲零七八碎的讲述，等我写完了他的这段经历，我才意外地从别人的手里，找到了较为丰富的相关资料。我只好重写，这才有下文比较完整的文字。

26. 八路军南下支队

1944年，由于八路军抗日和中国军民的英勇奋战，抗日战争的形势发生了逆转，日军龟缩在据点里转为守势，失去了往日的疯狂。毛泽东主席洞察到这一力量对比的变化，认为八路军已有能力在更广泛的地区建立新的根据地，发展八路军武装，准备迎接大反攻的到来。中共中央决定组建八路军南下支队，正式名称为第十八集团军独立游击支队。这是一个重大的战略部署，毛泽东称此为"第二个长征"。

1944年10月中旬，以八路军第359旅留守延安的部队组成南下第一支队，王震任司令员、王首道任政委，目的是南下湘粤边，打通与广东东江纵队的联系，开辟根据地。

1945年1月中央决定驻守关中的陕甘宁晋绥联防司令部警备第1旅主力，从驻地向户县集中，在村驿训练部队，准备继已经南下的一支队继续南下。

同年年2月，父亲随部在晋绥区发动的春季攻势战役作战。在平遥战斗中，父亲缴获了一支伪师长的花口撸子，留下作为自己的配枪。这是一支不错的枪，可惜子弹少了点儿。接到命令，父亲随部逐次退出战斗，向户县集中。

1945 年 5 月中旬，警备 1 旅及准备随军南下的干部集中到延安进行短期整顿。5 月 18 日党中央、毛泽东，决定组成南下第二、第三支队，第二支队由留守陕甘宁的 359 旅余部组成；第三支队由驻守关中的陕甘宁晋绥联防司令部警备第 1 旅两个团和八路军总部特务团组成，该团暂时缺编，计划到晋南后归建。

第二、第三支队拟南下挺进湘、赣、闽三角地带，建立新的抗日根据地。第二、第三支队组成临时总指挥部，文年生任总指挥，雷经天任总队政委，莫文骅、陶铸任总队副政委。父亲任总队司令部机要科科长，总支委委员。这期间，中共中央召开了七大。

父亲——向老首长、老战友告别，他最先去了何德全那里。何德全时任八路军总兵站部部长，长征时任红 13 团的参谋长。父亲打算为机要科换两把好枪，顺便也为自己的配枪 2 号花口撸子多要一些子弹。父亲说为了打仗走后门不算走后门，谁还没有几个老熟人，他断定老首长肯定会满足他的要求。何德全是我在前文中提到的何伯伯。

何部长一见父亲就知道了他的来意。警备 1 旅组成南下支队，他怎么能不知道，早就料定父亲会来。他对父亲说："到我这来的都是要枪，要子弹的，别啰唆，有什么要求尽管说……"这时，他提起了当年在雪山上，想对父亲说却没说出的话。他说："白团长当年就对我说，你这个小鬼命大，是打不死，也拖不死的家伙。雪山上，我就想对你说这句话，可又觉得这话不能说，说了不吉利，也算是讲点儿迷信吧。"

父亲对何部长说："首长就等着我们胜利的消息吧。等解放了赣州，我先请你吃家乡的鱼圆子，保证让首长不知何处是故乡。"

"小鬼学会哄人了？谁稀罕你的鱼圆子，我只有一个要求，给我活着回来。"何部长说罢，让人给父亲换了两把新枪，还给了父亲 100 多发花口撸子的子弹。他嘱咐父亲："要远征了，南下路途艰险，一点儿不亚于长征，我可不希望再也见不到我的救命恩人啊！"何部长的话充满了深情。

何部长一直把父亲送出大门，父亲飞身上马，向何部长庄重地行了军礼，说："首长放心吧，我一定活着回来，你就等着我们胜利的消息吧！"接着，他扬鞭策马，消失在马蹄嗒嗒的尘烟中。

南下任务非常艰巨，千里迢迢，有黄河、长江等大江大河阻隔，不仅要通过日寇、日伪和国民党顽固派占领区，随时准备与日伪、敌顽作战，而且孤军作战，要坚持到大军南下到来。漫漫南下之路，不知将会遇到多少意想不到的困难和危险。可是，一想要打回老家去，父亲就振奋不已，他早已高兴得"不知何处是他乡"了，仿佛家乡的解放已经近在眼前。

当年的"红小鬼"已经今非昔比。长征的艰苦没有拖垮他们，日本的疯狂扫荡没有吓倒他们，国民党的经济封锁没有困死他们。如今，他们已经到了最富活力的年龄，对再次"长征"充满了更为丰富的想象力。他们不仅没有把随时都可能发生的牺牲放在眼里，而且，他们充满了信心，有决心、有能力把握未来战争的主动权，最后取得革命的胜利。

母亲被留在南下总队留守处。这意味着她和父亲将要再次分别。这一走，不知何年何月才能回来，也不知还能不能再相见。入夜，等孩子们都睡着了，母亲开始给父亲整理行装，默默地把一件一件衣服叠好，把攒下来的几块银元装进父亲的行囊。

父亲看着母亲把衣物一声不吭地装进自己的包里，一股依恋之情由然而起。他在陕北战斗、学习、生活了整整 10 年，如今已经有了妻子和孩子，老大 7 岁，老二 5 岁。他熟悉马栏的一草一木、一山一水，早已和那里的人民建立了鱼水难分的深厚感情。

"你一个人带孩子，这么一点钱还是自己留下用吧。"父亲说。

"啰唆！放心走吧，如果你牺牲了，我会把孩子抚养成人。"母亲说罢，又补了一句，"不要忘了给孩子写信，也不要再用电码子写信了。"

生死未卜的分离，母亲说得那么直白、简单、毫无修饰，内心的柔情，更多的被坚强、刚毅的外表所掩盖。"不要忘了给孩子写信"，又恰恰说出了母亲对父亲南下的担忧和牵挂。面对生死离别的淡定和女性的阴柔之美交织在一起，这就是战争造就的一代女性的特点。

天没亮，父亲离开了家，轻轻地掩好窑洞门，事先他已经嘱咐警卫员提前在门外等候。他小心翼翼地牵着马，不让马蹄发出一点声音，等走远了，他向母亲住的窑洞，行了一个军礼，才策马飞奔而去。

其实，母亲一夜没睡，父亲一出门，她就不声不响地跟在父亲身后，等父亲策马离去，她默默地向父亲的背影行了一个军礼，一直目送着父亲的身影消失在黑暗中。

1945 年 6 月 6 日正值农历芒种时节。南下部队在延安飞机场受到了毛泽东和中央首长的检阅。全体指战员精神振奋，表示坚决完成南下开辟抗日根据地，迎接全面反攻到来的艰巨任务。

部队受阅后，南下三支队即从延安出发，经绥德，又往葭县。葭县，地处黄河之滨，三面为峭壁，隔河与山西相望。抗日战争爆发后，父亲多次随部出征，东渡黄河，纵深数百里与日军作战。

望着黄河的惊涛骇浪，父亲心潮澎湃。

"风在吼，马在叫，黄河在咆哮……万山丛中抗日英雄真不少，青纱帐里游击健儿逞英豪，端起了长枪洋枪，挥动着大刀长矛，保卫家乡，保卫黄河，保卫华北，保卫全中国！"黄河是八路军不屈不挠英勇抗战的象征，像一条流金的河奔流不息，它记述了父亲多少难忘的战斗岁月，也记述了八路军多少浴血奋战的感人故事。

渡过黄河，便是日伪军占领区。南下的路途情况非常复杂，经吕梁山，下晋中平原，过汾河、平遥……要经过日伪占领区、蒋管区、游击区，每经过一地都要用各自流通的货币。部队走到哪里就得用哪里的票子，否则就吃不上饭。遇到国民党保安队就强行"借路"，以国民革命军的身份要求他们安排吃和住。

渡过黄河不久，南下三支队便与日军遭遇发生战斗，打退敌军后，继续前进。到达汾河平遥时，南下二、三支队会合，这时，再次与日军遭遇。

当时，总指挥部的部署是，总指挥部从离平遥 5 公里远的地方通过，掩护部队从平遥与总指挥部之间的地方通过，以分割总指挥部与敌军的接触，保证总指挥部的安全。

可是，总指挥部刚刚开始行动，周围就突然响起枪声，机关枪雨点一般地扫射过来。原来，日军得到八路军要通过平遥的情报，估计八路军不会在离县城很近的地方通过，预先到达离县城 5 公里外的地方设伏，总指挥部恰好与敌人遭遇，而掩护部队却较"安全"地通过了平遥。

南下支队是一只战斗力非常强的部队，大部分是经过长征的干部和老战士，指挥、布阵、队形，随即展开，迅速组成了强有力的火力对抗，日军见状，一时不敢贸然进攻。

听到枪声，战斗部队及时赶来，总部机关遂迅速地脱离战斗。这次遭遇战相当激烈，我军打败了鬼子三个中队的进攻，我们的部队也有损失，一个团参谋长在这次战斗中牺牲。

部队脱离战斗后，作了短暂的休整，明确了今后行动的目的：

南下支队的目的不是为了某一目标的战斗，而是为了开辟南方根据地的战略目的，只要对敌人形成杀伤力后，部队就要迅速脱离战场继续前进。

明确了今后的战斗目的，部队边打边走，打退敌人后即走，不与敌人纠缠。因此，部队常常奔袭前进，在大大小小的战斗中，捎带着缴获了一些武器和物资，补充了部队的给养。

1945年7月下旬，南下支队到达晋南，欧致富率领的八路军总司令部特务团归建，隶属于我八路军南下三支队。团长欧致富与父亲是红5师的老战友，直罗镇战役后，父亲才与他分开了，没想到分别近十年又走到了一个部队。

两个老战友相互行了军礼，然后，欧团长兴奋地捶着父亲的胸脯说："老伙计，我早就盼着你来了。你改行后，分开多少年了，过去是只闻其声，不见其人，这回可见面了，可见面了。"

"一开始就知道你的团编入南下支队，"父亲也兴奋地捶了欧致富一下说，"高兴啊！分手有十年了吧，你的零件还齐全吧？"

"你看见了，一件不少，还算囫囵个，棒着呢。"欧团长说。

"据说要打回你的老家去呢，这回可要找你讨饭吃了。"父亲说。

"不一定，我估计先打回赣南去，那儿的群众基础好，是咱们的老苏区嘛。"欧致富说。

"要真是这样当然好，到时候我请你吃鱼圆子，吃个够。"父亲说。

南下三支队与欧团会合增加了兵力，部队情绪十分高涨，继续前进。等部队过了中条山，部队接连收到党中央火急电报，从中央发来的急电来看，战争形势正发生在急剧变化。

8月8日中央急电称，苏联政府对日宣战，由西、北、东3个方向出兵我国东北，向日本关东军发动大规模进攻。

8月11日，党中央又连续发布6道命令，指出，苏联参战后日本已宣布投降，国民党积极准备向我解放区"收复失地"，夺取抗日胜利的果实。这一争夺战，将是极为猛烈的。

8月15日，中央军委发来急电：日本天皇被迫公开宣布无条件投降！

译电员译完电文，愣在那里，几分钟都说不出话来，往常他会立即交给父亲审核、签字。

"怎么回事？"父亲一把抢过电报，扫了一眼，随即也愣住了，说："再核对一遍，会不会译错了。"虽说中央的电报早已预见到日本投降，可是，当看到日本天皇宣布投降的电报时，父亲还是不敢相信。译电员说："怎么可能！我核对好几遍了。"

父亲压抑着狂跳起来的心脏，用手指接连敲着抄报纸说："再给我核对一遍，再给我核对一遍，快！"

日本鬼子无条件投降了，这一震撼人心的特大喜讯，让全军指战员顿时沸腾起来。八年抗战我们胜利了！我们胜利了！这一刻，不知道有多少人都激动得流出了眼泪。

然而，还没等我们品尝到胜利的果实，感受到八年浴血奋战给全中国人民带来的和平，蒋介石却令我八路军原地不动，要日本人向国民党军受降。天下哪有这样的好事，我们出生入死，浴血奋战，你来摘桃子！

中央军委急电指示："对于一切不愿投降的侵略者及其走狗实行广泛的进攻，歼灭这些敌人的力量，夺取其武器与资财，猛烈地扩大解放区，缩小沦陷区。同时要组织和武装敌占区的广大人民群众，以配合部队进攻，紧抓巩固解放区，为夺取最后胜利而斗争。"

根据中央军委的这一指示精神，南下支队日夜兼程，迅速向黄河挺进。途中，敌人为阻止我部渡过黄河收复失地，我部与敌人发生了一次较大的遭遇战。

文司令员命令，用一个连的部队负责保护机要科迅速强行通过。机要科的配枪全部是短枪，一旦被敌人发现对面是机关，后果不堪设想。父亲尚未摸清敌人的兵力，不敢贸然带领机要科强行通过。他随即下令，听从他的指挥，不到万不得已，一律不准使用短枪。

父亲顺手从身边战士的手中拿过一把长枪，挑起帽子去试探敌人的火力。刚一露头，就听见"啪！啪！"两声枪响，挑在枪上的帽子被敌人的子弹穿了一个洞，与此同时趴在父亲身边的连长应声倒下。原来那个连长探出头查看敌情，不幸被敌人狙击手击中头部牺牲了。

父亲判断敌人的火力恰好集中在机要科将要通过的方向上。他调整兵力，以两个排兵力攻击敌人，吸引敌人的注意力，自己则带领机要科，在一个排的掩护下迅速从敌人火力薄弱的方向突击前进，安全地通过了敌人的封锁线，同时，其他机关人员也跟在机要科的后面安全通过。

渡过黄河，南下支队从豫西转向豫北，经王屋山，连续收复济源、温县、孟县，在河南铁门打了最后一仗，切断了陇海铁路线，阻止了国民党军利用铁路四处抢摘抗战胜利果实的企图。

这时，中央军委根据抗日战争胜利后的形势发展，电令南下支队停止南下，在焦作附近待命。尚未停顿，中央又命令南下支队急行军到麻田集结，准备挺进冀、热、辽。

自6月6日从延安出发，转战山西、河北、河南已有四个多月，由于长途跋涉，连续作战，急行军，父亲疲劳过度，患了急性肠炎和肺结核复发。

在部队向麻田集结的途中，父亲发起了高烧，开始还能坚持，后来就迷糊起来。父亲不知什么时候掉了队，浑身冷得直哆嗦，一头钻进附近的一个地窖，地窖里有柴火，他拢起一堆，点燃了，就昏昏沉沉地睡了过去，什么也不知道了。

父亲在昏迷中，隐约听见地窖外有人叽叽咕咕地低声说话，凭直觉，估计遇到了敌小股武装，他拔出手枪，做好了拼死一搏的准备。可是，父亲单枪匹马不敢贸然开枪，一旦暴露自己是一个人，敌人冲进来，后果不堪设想。

他强打起精神，检查了一下身上携带的东西，担心有机要文件带在身上，万一自己牺牲了可能落到敌人手中。

父亲说，部队的代号、密码等机密文件本来都装在自己的脑子里，极少随身携带，但是机要工作的纪律是"人在密码在，人亡密码毁！"父亲的脑袋就是密码本，但还是要防备任何疏忽可能造成的严重后果。

经过检查，父亲的身上除了卷烟纸，一点有用的纸片都没有，父亲放心了，做好了与敌人同归于尽的准备。

父亲不是一个轻易认输的人，他常玩笑地说，我的脑袋太重要了，不能随便就报销了，能找到这么好的一颗脑袋不是一件容易的事情。他急中生智，掏出两排子弹，扔进火堆。

父亲迷迷糊糊，听见子弹"噼噼啪啪"的爆炸声……

文司令员发现机要科长不见了，急红了眼，他指着父亲的警卫员小李的鼻子大吼道："竟然敢把我的机要科长给丢了，找不回来人，我枪毙了你。"随后，文司令员命令他带领一个排的骑兵去寻找父亲。

以后，父亲一直在昏迷中被担架抬着走。等父亲醒来时，警卫员小李说："当时好危险啊，我们刚搜索到首长藏身的地窖，就听到"噼噼啪啪"的枪声。当时，窑口聚集了十几个地主武装，我朝着那帮家伙就是一梭子，打死了一个，接着，大家一通狂扫，敌人毫无还手之力，死的死，逃的逃……"父亲这一通"乱枪"，在关键时刻，迟滞了敌人的行动，也及时给警卫员报了警。

父亲一路躺在担架上，跟随部队到达麻田，文司令员决定让父亲和其他掉队的十几个同志，暂留麻田总部休息。父亲说，这是他在战争年代唯一一次躺在担架上，被别人抬着走，拖累同志心里真不情愿。

当时，总部的条件非常困难，为了让父亲尽快恢复健康，总部首长给父亲送来一千元冀币，作为营养费，希望他尽快恢复健康。冀币是八路军晋察冀根据地发行的货币，是各根据地发行的货币中流通时间最长的货币，一直使用到发行人民币。100 元冀币兑 1 元人民币，1000 元冀币算是一笔不少的钱了。

27. 特殊任务

1945 年 10 月 24 日上午 8 点左右，总部参谋来到休养所找父亲，说首长请他去接受任务。听说有任务，父亲很高兴地说："我也正要向首长请示回到部队呢。"

出了休养所，一辆小吉普把父亲拉到总部，这时，总参谋长滕代远和副总参谋长杨立三已经在办公室等待父亲了。

"你的身体怎么样，好些了吗？"杨副总长问父亲。

"好了，我们十几个同志正等着归队呢。"父亲说。

"其他同志我们另有安排。关于你，我和滕总长研究过，要你执行一项特殊任务，完成任务后，你的身体还需要在延安疗养一段时期。"杨副总长说得直截了当，似乎早有了完整的考虑。

听说执行特殊任务，父亲很高兴，可是，又说要到延安疗养，父亲就急了，他说："我刚刚从延安来，现在需要到前方去，任务我执行，回延安修养我不去，还是另安排别的同志去吧。"

杨副总长笑了笑说："交给你的是一个特殊的任务，一个不怕死的人才能完成的任务，这就是说随时有牺牲的可能。"

"可是，"父亲困惑地说，"为什么让我去休息，不让我去战斗？"

"不要急嘛，"杨副总长又笑着说，"这个任务我们经过反复研究，需要一位久经锻炼、临危不惧，又要机智勇敢、坚决果断的人才能完成。不仅要斗勇，更要斗智。本来有几个人选，经过反复挑选，我们认为你是最合适的人选。"

接着，杨副总长向父亲交代了任务的内容和性质。杨副总长说："日本人投降了，我们要和平，全国人民要和平。但蒋介石要打内战。现在我们的人正在与国民党谈判。但是，要揭露国民党企图发动内战的阴谋，就必须有证据，有材料，这样才能在全国人民面前揭露他们假和平真内战的阴谋。

"我们在陇海线抓了八个美国间谍和一个伪师长，这些人专门搜集解放区的军事情报，准备打内战的材料。谈判桌上我们急需这批材料和人证。这就需要一个可靠的、久经锻炼的干部把材料连同被俘人员一起押送回延安。

"时间紧迫，走不行，坐车也不行，只有坐飞机，我们要利用美军执行小组的飞机，才能完成这项任务。

"飞机用的是美军的飞机，驾驶员是美国人，用美军飞机把美国俘虏押送到延安军委总部，所以说，这个任务很特殊，很重要，直接影响到我们这次谈判，事关一局的利弊。"说到这里，杨、滕两位首长相互看了看，接着，杨副总长又说："怎么样，这个仗不好打吧，有没有勇气完成这个任务？"

"关键是必须飞到延安。"滕总长接着说，"敌人是很狡猾的，随时可能改变航向，飞往重庆或南京。如果敌人不听指挥，我们只能把飞机炸掉，这很简单，但是，要用勇气压倒敌人，用机智战胜敌人，迫使他们飞向延安就不容易了。当然，也要作好牺牲的准备，敌人硬要飞向南京、重庆，我们就要与敌人同归于尽。"

听了滕、杨两位总长的话，父亲领会到这个任务的重要性和艰巨性。父亲说他和敌人面对面拼刺刀的仗打得多了，可是，在飞机上跟敌人面对面的战斗却从来没想过。他想，我是一个共产党员，在任务面前只许前进，不许后退。他当即向首长表示："保证完成任务。"

滕总长看着父亲，满意地点了点头。他把父亲叫到地图边，让父亲说明回延安的路线。父亲想，他是从延安一步一步走过来的，这一路上的每一个山头，每个城镇他都能识别得一清二楚。

他指着地图说："这里是麻田，往南四十里是黎城东阳关，长凝这里标示的应该是一个飞机场，对吧？再过去就是五屋山、中条山、太岳、汾河、昌梁、黄河、绥德、延安。"说罢，父亲笑了笑说，"能给 100 分吧？"

"所以我们才选中你去完成这个任务啊。"杨副总长也笑起来。随后，两位首长跟父亲研究了任务，被押解的俘虏押解途中曾逃跑过一次，后来再次被抓获，看来敌人并不安分。

父亲认为不能让美军飞行员知道乘机人员是被押解的俘虏，起码在飞机起飞前不能让美军飞行员知道。要想把俘虏押解到延安，如果捆绑起来，飞机可能都开不走，因此，最好的方法是让他们先上飞机。不能捆绑，先压制他们，不能让他们有机会与飞行员对话，只要飞机起飞就由不得他们了。

首长同意了父亲的意见，然后，千叮万嘱，让父亲坐在驾驶员身后，监视罗盘指示的飞行方向。说父亲路线记得很熟，这很有利，但空中识别和地面识别还是有差距，更要仔细，一定要迫使驾驶员沿着我们指定的方向飞行。迫不得已，与敌人同归于尽，这是下策，我们要"活页纸"的材料，这是上策，所以，要沉着，机智，用智慧战胜敌人。

"如果……"滕总长若有所思地说，"如果你发现飞机改变了航向，总不能立刻就把飞机炸掉吧，你考虑一下，有没有更好的方法，最好先提出警告，然后再……"

"有方法，可以先警告他们。"父亲没等滕总长说完，就胸有成竹地说："我在军委通校学了几句常用英语。'Obey my orders！'这是服从我的命令的意思。'The coor dinates of the Yellow River'这句话的意思是'坐标黄河'。太行、太岳、延安都是拼音，表示地名通过替换单词就可以了。"父亲想了想又说："我还可以用国际通用的明码电报提出警告。'5300 4848 0252 4418 0055 7806 3109'意思是航线偏离了黄河。'2174 2172 4355 4104 5300 4848 7378 5887'意思是按指示的航线飞行。不妨试试，这可是我的长项。"父亲一边嘀嘀嗒嗒说出一连串电码，一边解释给两位首长是什么意思，两位首长不约而同地笑了起来。

杨副总长说："这就是我们共产党人的能耐，培养了那么多的人才，没有克服不了的困难。没选错，就是你了，就是你了！"父亲说，他不经意地显摆一把，受到首长的夸奖，心里非常高兴。

研究完任务，两位首长仔细检查了父亲的武器，滕总长见父亲使用的是一只2号花口撸子，就问："你要不要换一支左轮？"

父亲说："这支枪我用惯了，不用换，给我带一颗带栓子的手榴弹（手雷），必要时使用。"

滕总长说："还有什么要求，给延安的电报可以给家属留句话。"

父亲不假思索地说："就两个字……她（母亲）是红军干部，读得懂。"

一个九死一生的任务，父亲给母亲留下的两个字是什么呢？我是在那年跟父亲对饮的时候才知道的。

滕总长下达了命令："明天，即 1945 年 10 月 25 日下午 3 时执行任务。如果敌人改变预定航向，就炸毁飞机，同归于尽！"

父亲向首长敬礼说道："坚决完成任务！"

这是一次颇为冒险的飞行，在此之前，我军已经有过一次类似的冒险飞行。

那是两个月之前发生的一次飞行，叶剑英利用与美军观察组协商好的一架美军运输机，把刘伯承、邓小平、林彪、陈毅、薄一波、滕代远、陈赓、肖劲光、杨得志、邓华、李天佑、江华、聂鹤亭、陈锡联、陈再道、王近山、张际春、宋时轮、傅秋涛和邓克明等20 位干部，从延安送到了太行山的长凝机场，这些干部都是当时我党在各大战略区的主帅和高级将领。

简略地了解一下当时的历史背景，对理解我党这两次冒险飞行的重大作用和意义就清楚了。

八路军南下第二、第三支队从延安出发时，正值召开中国共产党党第七次代表大会。6 月 11 日，大会结束后由于诸多战略问题需要研究和安排，各解放区的主要将领没有及时离开延安返回驻地。

1945 年 8 月 15 日，日本投降，形势发生了历史性变化，为完成新形势下的战略部署，用什么方式，以最快的速度将这些滞留在延安的将领送往前线，就成了至关重要的一步。

当时，叶剑英给毛泽东提出了一个大胆的建议，借助美军驻延安观察组的飞机去实现这个目标。于是，叶剑英利用与美军观察组举行例行聚会的机会，提出，想"借"一架飞机，送一批"干部"去太行山。美军在太行山设有美军观察组的情报站（包括气象情报），他们的人员经常往返于太行山长凝机场与延安机场之间。由于有这个方便条件，常有八路军工作人员搭乘便机，因此，美军观察组对这个请求并没有感到意外，欣然允诺。

飞行路线，要经过同蒲路。同蒲路有日军的诸多军事据点。当时，日本虽然已经投降，不敢主动向八路军进攻，但还没有受降放下武器。谁能保证，万一飞机在飞越日军占领区时因故迫降，或因其他什么原因发生意外，这将意味着什么，其危险可想而知。

从延安机场到太行山长凝机场，空中距离有340余公里，飞机大约飞行了两个多小时，平安抵达。就此，党中央完成了一次有惊无险的调兵遣将，而美军飞行员一次不明真相的飞行，使我军完成了需要艰难跋涉数月才能完成的战略性输送任务。

飞机到达长凝机场，刘伯承和邓小平随即奔赴30里外在涉县的晋冀鲁豫军区总部。此时，在山西的阎锡山已经派出7个军的兵力抢占了山西境内的大中城市和交通要道，并派出1.7万余人的部队向晋东南上党解放区大举进犯，很快占领了长治、屯留、长子、襄垣、潞城、壶关等县城。

8月25日邓小平、刘伯承乘飞机从延安到达太行山长凝机场，8月26日，中央军委就连续致电指示刘伯承、邓小平，集中太行、太岳、冀南部队，针对国民党的进攻，以牙还牙，发动上党战役。电令指出：收复上党全区，采取一切有效手段彻底消灭伪顽，逼敌投降。

8月31日再度去电，指示刘伯承和邓小平：阎部一万六千占我长治周围六城，乃心腹之患，必须坚决彻底全部歼灭之。

国共两党的军事斗争，剑已出鞘，大战在即。在此期间，蒋介石为抢先机，获得军事上的优势，取得谈判资本，他一面以受降为名，调集大批军队向解放区发动进攻，企图消灭中共领导的解放区和人民军队，一面邀请中共中央主席毛泽东赴重庆谈判，实为"假和谈真内战"之阴谋。而美军执行"扶蒋压共"的政策，大肆搜集我军情报，为蒋介石发动内战积极提供我军的军事部署。

在这样的形势下，我党在军事准备的同时，也在积极应对与国民党展开的政治斗争。稍后开始的重庆谈判，我党与国民党展开了一场政治斗智的较量，整个事件过程从 1945 年 8 月 29 日开始，至 10 月 10 日结束，国共双方签订了《政府与中共代表会谈纪要》（即《双十协定》）。10 月 11 日，毛泽东在张治中的陪同下飞回延安，周恩来、王若飞等仍留重庆与国民党继续商谈尚未取得协定的问题，而北平的军调工作又在积极的准备之中。

父亲执行的这次任务，其目的就是为了揭穿国民党反动派"假和平，真内战"的阴谋，为继续"商谈"国共两党尚未解决的问题，为北平军调处谈判所做的政治准备之一。

两次飞行目的不一样，前次"调兵遣将"是我党军事斗争的大智大勇，父亲的这次"冒险"同样是我党政治斗争的大智大勇。

就危险程度而言，父亲执行的这次任务则更加险恶。前者是美军飞行员出于"友谊"的主动行为，后者是利用"敌人"的飞机，押送我们的敌人，在美军飞行员随时可能了解真相的情况下的"冒险"飞行。这是一次九死一生，更具危险的行动！

长凝飞机场位于晋东南黎城县东阳关外的长凝村，隐藏在破旧的民房和乱草丛中，只有几十米的简易跑道，没有地面导航设备。这是 1944 年末才修建的一个简易机场，是为了方便美军观察组搜集情报往返延安而建立的，也曾执行过轰炸日军据点的任务。

1945 年 10 月 25 日下午 3 时，即父亲接受任务的第二天，父亲携带着总部交给他的情报材料，连同押送的八名美军间谍、一名伪师长，在恰到好处的时间登上了飞机。如父亲所计划的一样，美军飞行员登机前没有丝毫警觉。与父亲同机的人除了被押解的九个人外，还有另外两个人是搭乘便机回延安的干部子弟，岁数都很小，但起到了迷惑敌人的作用。

这是一架美军小型运输机，草绿色，需要靠人转动螺旋桨启动，机舱低矮得连坐在座椅上的人都直不起腰来。

临上飞机时，杨副总长再一次叮咛父亲要沉着、冷静、机智，他还给父亲带了几个梨，让父亲呕吐时吃。父亲深感首长对他执行这次任务的担忧，他向首长敬礼说："请首长放心，保证完成任务。"

震耳欲聋的飞机轰鸣声响起来了，接着一阵剧烈的颠簸，飞机腾空而起，在空中盘旋了一圈，冲向蓝天，向西北方向飞去。

太行山的秋天，满山的秋叶一团团火红，一团团金黄，一座座突兀的山峰缭绕着一片片白云。父亲顾不上欣赏这如花似锦的山色和蓝天白云，他全神贯注地注视着驾驶盘上的指南针和飞机下的地标。

飞机越飞越高，地面上的景物在云雾缥缈的天空中若隐若现。父亲第一次乘坐飞机，开始感到眩晕、恶心，但是，机内、机外，哪怕是最微小的变化也逃不出父亲敏锐的眼睛。

父亲说，由于职业习惯，他记忆周围的景物，就好像记密码一样，凡是他经过的地方，方向、位置、特点，他看一眼就会本能地把它准确地转换成数字记忆，牢牢地刻在心里。即使这架飞机飞得再高，他仍能对方向做出准确判断，绝不会迷失方向。

飞机在气流作用下，飞行得很不平稳，非常颠簸，可是，座舱里敌人却没事人似的，半闭着眼睛，一动不动，似乎在等待时机。过了十几分钟，父亲开始呕吐。就在这时机舱里开始骚动起来，接着，有几个人弯着腰站了起来，"哇啦哇啦"地喊叫着，他们说的鬼话（英语）父亲一句也听不懂。

父亲忍住呕吐，大咳了一声，厉声喊道："坐下！请坐下！ Sit down，Sit down，please。坐下！坐下！ Sit down，Sit down……"

父亲一边一句人话（中文）一边一句鬼话（英文）交替着喊叫，一边拿出手雷，做了一个爆炸的手势，说："砰！ See god！"

父亲说，也不知道他们听懂了没有，反正就这么比画了一下，机舱里立刻安静下来，所有的人都乖乖地坐了下来。这一阵骚动，飞机驾驶员可能没有听清什么，但显然警觉起来了。

飞机飞得忽高忽低，一会儿降到 1100 米，一会儿又猛地把机头拉高。父亲用蔑视的眼光环视了一圈周围的情况，紧盯着罗盘指示的方向，丝毫不敢放松。

不好！方向在偏移。这是敌人在使诡计，想把父亲搞晕，然后改变航向。接着，驾驶员又忽左忽右地飞行起来，敌人在试探，想看看父亲在飞机上到底能不能判断方向。

"混蛋！竟敢折腾老子。"父亲在心里狠狠地骂了一句，随即，朝着飞行员扔过去一个梨，笑了笑，做了一个吃梨的手势，说："OK！"接着，脸一沉，晃了晃握在手中的手雷说："砰！ See god（上帝），砰！南京，砰！重庆……"示意他们别找不痛快，如果偏离航向，大家都去见上帝。

驾驶员终于老实了，明白身后的这个八路是个欺骗不了的家伙，他的游戏规则"砰！ See god！"玩不得。

美军飞行员倒也有几分幽默，把父亲扔给他的梨吃了，又毫不介意地向父亲要梨。首长临走时，给父亲带的几个梨，本来让父亲止吐时用，父亲原想带回延安交给母亲，拿给孩子们尝尝，没想到，他带的梨一个都没剩下来，全都被美军飞行员要走了。估计太行山的梨子味道不错，抑或，驾驶员为了减轻心里的不安，他们身后的八路军手里一直攥着手雷。

以后，美军飞行员一直老老实实地沿着预定航向飞行，经过两个多小时的飞行，下午六点前，飞机降落在延安机场。

父亲胜利完成了这个特殊任务，军委首长说，父亲带来的材料和敌人的口供，为我方谈判提供了有力证据，发挥了很大作用。他受到中央首长和总部叶剑英同志的表彰，被西北军政委员会授予"人民功臣"奖章。

当时，父亲急于向中央首长汇报工作，没有来得及问那两个同机孩子的名字，但几十年来父亲心里一直都惦念着这两个孩子，这毕竟是一次非同寻常的邂逅。

父亲的这段经历让我震撼，可是，我不明白为什么他不愿意对我多说。直到我写作本文的时候，父亲一个过往甚密的朋友对我说，他看不透我，他不愿意对他看不透的人谈自己经历。

我和父亲对信仰的理解，差距太远了，虽然，他对新的社会思潮，对今天的社会模式并不保守，但他与没有经过流血和牺牲的人谈信仰，他不相信我与他会有同样的理解。他宁可把自己的记忆带进坟墓，也不愿意把他的经历，让一个他不信任的人作为猎奇故事来写。这是我们父子两代人的悲哀，或许，这种悲哀并不限于我们父子。

前文中提到的那两个搭乘便机的干部子弟，我多么希望他们能看到我的文章啊！对父亲，对他们都应当是一段十分珍贵的回忆，而我写的故事并非为了猎奇，只是为了让人们更多地了解一代人的精神和信仰，也算让父亲的在天之灵知道，两代人的信仰，虽然有差异，但我未必不能读懂他。

第八章　阳坡头的窑洞

28.缺失的惊讶

改革开放的风潮，起伏跌宕，一浪推一浪，一浪比一浪高。越来越多的人富裕起来，小汽车、大房子已经不是高级干部专享的"特权"。无论是媒体，还是人们茶余饭后的话题，红军和红军的"特殊待遇"已经不是人们感兴趣的话题。人们更感兴趣的是万元户、百万元户，最后逐渐发展到千万元户、亿元户，甚至百亿、千亿元户。物质生活，颠覆了我们曾经有过的革命传统理念，可是，我父母和他们那一代人依然如故，坚守着他们永远忘不掉的记忆。

父亲和母亲每次看长征影视片时，见景生情，他们最喜欢说的就是长征时的经历，你一言，我一语，说得十分热烈。

"你说虱子呀，过草地的时候我身上的虱子恐怕得有一个团的建制，只要部队停下就赶紧抓虱子，宿营的时候第一件事也还是抓虱子，人都饿干巴了，剩下点血还要给虱子打牙祭。"母亲说。

"女兵就是穷讲究，你就不会打虱子的牙祭。我捉虱子用牙咬，听见啪啪的响声，血蹦出来了，才解恨。咬着，咬着，不留神就把虱子给吞了，吃掉了。"父亲说。

"恶心！你这个馋鬼我还不知道，没你不敢吃的东西，还说不留神吃了呢，我看你是不好意思说吧。"母亲说。

"有什么不好意思说的，就像打反动派一样，你胆敢吃老子的血，老子就要你的命。当时，我还真想过，要是顿顿能有一碗虱子肉吃，就开洋荤了，还怕没粮食？可惜，虱子少了点儿……"父亲的话，听得让人起鸡皮疙瘩，我想他不会真的把虱子吃了吧？

"看，这是懋功会师吧？"母亲插话说："这和实际情况不一样，我们天天盼和老大哥的中央红军会师，可是一见面，老大哥破衣烂衫，戴的帽子还是用竹条撑起的，像小壳壳，顶在头上，而我们四方面军穿的都是新军装。"这是母亲少有的得意。

"胡扯！"父亲听母亲说到"小壳壳"就冒火了，说："谁的小壳壳？谁的帽子是小壳壳？打下遵义的时候，我还发过两套新军装，穿都穿不完呢。"说罢，他又补充了一句："我们是中央红军啊，长征的时候我喝的酒就是茅台酒，全军喝的都是茅台酒，是茅台哦！"父亲故意夸大其词。"茅台酒之说"他自己都说过，没有传说中说得那么夸张。

其实，母亲的说法没错，当时，红四方面军刚刚开始长征，补给充足，人强马壮，军容比较整齐。而红一方面军经过长期征战，跋山涉水，缺少后勤补给，人困马乏，疲惫不堪，其军容可想而知。两个在家里会师的一、四方面军的老红军，斗起嘴来，蛮有趣，不过，在我们家一直都是红一方面军领导红四方面军。

1993 年军事科学研究院出版《红一方面军军史》通知父亲去领赠书，我和父亲一起去了军事科学研究院的发行部门。因为伯父也是红一方面军的，根据早就编写好的名单，他们推测父亲和伯父是兄弟俩，就把两册书都给了我们，其实，那会儿我伯父已经过世。

领完赠书已经是中午 12 点多了，父亲说："我饿了，跟我到老战友家吃顿便饭。"我不想陪他去老战友家，我的经验只要他和老战友一坐下，就聊个没完，说不定什么时候才能回家。我说："要不在饭店里随便吃点，如果你不介意，我带你去我的朋友家蹭顿饭吧。"

到了我朋友家，他家只有两位老人在家。父亲饿了就胃疼，他不想再去别的地方了，他说："打扰了，我饿了，给我弄碗面条就行，越快越好。"

两个老人一时不知所措，说："我们刚刚吃完午饭，吃的也是面条，要是想快，有剩下的卤，还热着呢。"

父亲说："行啊，就是不能给我放生盐。"这是父亲在长征时留下的病根，没想到父亲狼吞虎咽地吃完了，又说："再来一碗面。"

我朋友家的两个老人，对视着偷偷地笑了。后来我的朋友对我说："他们从来没有接触过这么老的老同志，一点架子都没有，比老百姓还老百姓。"

回到家，父亲匆匆地翻开书，他关注的地方，就宁神静气地看一看。他说："有两本书，你伯父已经不需要了，你可以拿走一本，把有红 5 师的地方给我注释出来。你要清楚哦，红 5 师或红 13 团、陕甘支队 13 大队实际上就是一个部队哦。"

两个星期后，我把做好标记的书拿给父亲。父亲一边翻书，一边唠叨："瞧！高虎脑战役、新圩阻击战，噢，就是湘江战役！我们红 5 师打了多少硬仗。怎么回事，石城阻击战非常惨烈，怎么没提？""大战娄山关，我们红 13 团担任主攻……飞夺泸定桥怎么一句没提我们红 13 团……""这也不对，过雪山时，红 1 军团部和我们红 13 团在一起行动，我们也是先头部队，怎么一个字都没提？""也怪了，我们一直是打硬仗的部队，见鬼了……你看！你看！直罗镇战役就写了我们这么一句话'第 1 团、第 13 团及军团侦察连，由聂荣臻政治委员率领由北面实施迂回……'这书写得有问题，陈赓带着担架指挥红 13 团战斗，一直传为佳话，怎么也没写进去？我还给陈赓做过手术，包扎过伤口呢。"一部战史，编撰的是主要史实，父亲较真儿了点，也在情理之中吧。

1993 年 8 月，我去湖北恩施考察，在一个中药种植基地，看见山沟里长着几束野草蛮好看，就问药农这是什么草。药农告诉我，它叫篦子草，是一种药材。我想起父亲讲过的故事，本想要一颗篦子草栽进花盆，带回家送给父亲，可是，因为我还有好几个地方要去考察，就摘了几片叶子带回家。

没想到，父亲一看见我带回的这几片叶子就兴奋起来，眼睛闪着光说："就是它，当年打仗的时候，烧伤、刀伤，我都用过。"即便是一棵草也能引起父亲对往事的回忆。这是这一代人最具华彩的记忆，他们这辈子都忘不了，可是，他们的记忆中的华彩，还能在人们的记忆中延续下去吗？

我们家周围和父母单位的人，除了同时代的老干部，年轻人差不多都把母亲当成了一个毫不起眼的老太太。母亲过世的时候，一些年轻人，用石破天惊的口吻说，原来听说有个长征过的女红军，没对上号，没想到原来就是她呀！

母亲一直把自己当成一个和百姓没有区别的老太太，从来就没想过自己有什么可值得别人惊讶的地方。一个九死一生的诀别，她和父亲也不过说了一句"给春明带回了一支钢笔"，哦，父亲说的话还多几个字"是派克的"。

在我父母的战友中，仅夫妇都是老红军的就能找出一打有余，他们都有九死一生的经历，看上去也都和平常老百姓没有分别。

王阿姨和她的丈夫都是我父母红军时代的战友。王阿姨的丈夫是一个将军，那个年代被发配到西北地区的兵站。得知他们又回到北京后，父母带我去看望他们。

那天，我们在王阿姨家还没坐稳，杨阿姨也来了。杨阿姨夫妇也是我父母红军时代的战友。

杨阿姨没进门，笑声就先飞了进来。她手里捧着不知从哪里弄来的两个刚烤熟的红薯，一边咯咯地笑，一边翻腾着手里滚烫的红薯，大着嗓门说："刚出炉的红薯，还烫着呢，快吃吧。"

王阿姨随即迎上去，抢过一个红薯，就咬了一口，烫得她直咧嘴，一个劲儿地直吸溜儿，话都说不出来了。杨阿姨看见了我们，说："哇！儿子也带来了……"话音未落，母亲早就手到擒来，把杨阿姨手里的另一个红薯抢了过来。她说："我的同志哥，一切缴获要归公啊！"她一分两半，一半给了我，一半给了父亲。母亲平常是个很沉静的人，只有和她的姐妹们在一起的时候才原形毕露，有说有笑，没有分寸。

"好！毛主席用兵真如神啊！"杨阿姨一边嬉笑地说，一边又去抢王阿姨手里的红薯。王阿姨一边躲闪，一边嘻嘻哈哈，又跳又唱："腰儿那么一掐掐，头戴绫罗花……"

几个年过花甲的老太太，看上去就像农村大娘，在将军楼里扭动着发胖的身体，一个躲闪，一个追逐，嘻嘻呵呵，打打闹闹，母亲还拿过父亲的拐杖，敲着地板"起哄"。

如果不是身临其境，你根本无法相信她们都是身经百战的红军女战士，完全与平常的老太太没有什么区别。不同的是在她们的平常中，加入了她们在特定时代留下的只有她们自己读得懂的印记。

我想起了母亲讲过的红军女兵在草地上的故事。草地上，野草边，露珠里映出的篝火、太阳，原来在她们心中，一直还带着昨天的惊讶。

钟伯伯和李克良阿姨夫妇也是一对红军夫妇，他们在总参工作，也是"文革"后才回到北京的。钟伯伯刚回到北京就住进了 301 医院。

那天，我代父母去医院看望钟伯伯，我带了一把鲜花，一盒点心。钟伯伯一见我带来的东西就说："拿什么花啊，你怎么也学会奢侈了，以后，再来不要带这些没用的东西了。"一把鲜花，也成了奢侈品，看着钟伯伯憔悴的面容，我不由得感到心酸。

我和钟伯伯接触的时间较多，我小的时候，有一段时间常去他家玩。钟伯伯一直在部队从事财务工作，由于工作养成的习惯，他无论做什么事都仔细得令人咂舌。

一次，我去钟伯伯家玩，发现他有一个房间里装的都是报纸，他呼哧呼哧地喘气，忙活着整理旧报纸。钟伯伯害了严重的肺气肿病，说话的时候，时不时就得用吸痰器吸几下。

我看着他那么吃力就想帮他一把。他告诉我，这一屋子的报纸是他进京以来保留的《人民日报》《解放军报》和《参考消息》，一张都不缺。每月他都要把看过的报纸整理好，存放起来。他说这些报纸都是单位花钱给他订阅的，将来要一张不少地交还给单位。我当时还小，觉得他搜罗这么一堆"废纸"真是多余，还不如换钱买冰棍呢，难怪他小女儿金平说他"抠门儿"。

钟伯伯知道我爱吃江米条，每次去他家，他都用江米条招待我。那天，他家正好没有了江米条，他拿了钱，让金平去买一斤江米条。等金平回来的时候，他发现找回的钱少了几分钱，就让金平把账再算一算。金平说，秤高点，钱就多了点，不信你自己算吧。

我是顺便来他家蹭吃蹭喝的，当着女儿的面就那么计较，我都觉得脸上挂不住。一斤江米条，差不了几分钱，即使在寻常百姓家也未必计较，他的"抠门"成了我闲聊时的话题。虽然这么说，可我一直非常喜欢钟伯伯，他老态龙钟的样子更让人有种特别慈祥的感觉。

随着国家经济的发展，我对往事有了不同的认识，对钟伯伯那个几分钱的故事有了越来越多的感动。如今，公款消费、大吃大喝、贪污、腐败，有多大权力，就有多大胆，恨不得把无数先烈流血牺牲打下的江山统统装进腰包，尚觉贪心不足。相比钟伯伯的"抠门儿"，那些"崽卖爷田不心痛"的家伙真让人感到寒心。希望我的故事"一鞭惊醒世间人"。

老红军曾留给人们的传统观念越来越淡化，还能有惊讶已经难能可贵。相比之下，反倒是平头百姓的眼光，比起一些国家公务员，似乎对红军还保留着更多善意的惊讶。

一天，我偶然在新华街南头对面的一家有烤鸭的饭馆吃饭，觉得味道不错，于是，在母亲生日那天，我就带着父母再次来到那个饭馆为母亲祝寿。

母亲生活简朴惯了，即使儿女花钱请客她也不让铺张浪费。一桌五个人，我点了一只烤鸭，一盘宫保鸡丁，另外两盘素菜是母亲自己点的，一个清炒油菜，一个白菜豆腐，这都是母亲平时常吃的菜。就这么简单的四道菜，看上去不过是家里人随随便便的一次便餐罢了，可是，竟引起了店老板的注意。等待上菜的时候，店老板就凑过来跟我们搭讪。

"老太太看上去可不一般呢。"店老板说。

"怎么见得？"我说。不由得打量了一眼母亲，又看看其他就餐的几个人，实在看不出谁有什么特别的地方。母亲的着装，做派，恐怕还不如一般的老百姓，一身洗得软塌塌的外套穿了十几年都没换过，早就没了形。而我继承了母亲的传统，穿着跟个乡下人差不多，更看不出有什么特别的地方。

"看上去味儿不一样，有股说不出来的劲儿。"店老板打量着母亲又说，"反正就是不一般，看上去像邓颖超的范儿，那会儿的老干部全是这个味儿。"

我们一桌人都笑了起来，我摇着头说："给我妈过生日，吃顿便餐罢了。"

母亲说："我就是个老太婆嘛。"她的话带出点四川口音。

"得！借我一个胆儿，"店老板撇着嘴，带着十足的京腔说，"哥们儿，别打岔玩儿，咱哥们儿看人可不走眼儿，老太太可不是一般的不一般，我敢说，她是个老红军。"看我们不动声色，店老板接着说，"老太太南方口音，你是地道的京腔，怎么就到北京了，走过来的呗。怎么走，长征呗。"

"这个推理太离谱了……"我大笑起来。

"嘿！推理，还是个文化人呢。"店老板没等我说完话就奚落了我一句，接着又说："没啥道理，老干部就是这范儿，端着架子的那才是装大个的呢，我才不鸟。"后来，店老板说，这顿饭他请客，我们执意不肯，店老板仍送了一壶免费的好茶，北京人仗义起来真够味儿。

父亲桃李满天下，他的影集里最多的就是他当年的学生和下属临别留念的照片。从他们写在照片后面的留言中，可以看出他们之间的情意，那份被尘封了几十年的同志之情，至今依然情意浓浓。父亲有不少学生也在他们退休之后，千方百计地寻找父亲的线索，希望再续沉默了半个多世纪，当时还无法表达的师生之情。

2006年10月18日，纪念红军长征胜利70周年，新华社记者采访了中组部的老机要高俊生同志。高俊生对记者说起了父亲，他说："当年在西北局机要处，我的第一位处长是个老红军，经常在单位讲长征故事，每次都能感动很多人。现在这位老干部已经九十多岁了，前几天我还去看过他，共同回忆起当年革命的情形。如今全国大革命时期的老红军也就几十个了，再过些年这些故事想听也听不到了。"

听得出高俊生对父亲的深情厚谊，可是，他不一定想到，他在1955 年 5 月 9 日送给父亲的一张照片，父亲一直珍藏至今。

我在写作本文时，从照片后面的题字，才知道照片是高俊生送给父亲的。这张照片不是他本人的照片，而是一张开国大典时毛泽东站在天安门城楼上的三寸照片，普普通通，大家都见过。

父亲对一张赠送的普通照片都如此珍惜，这才是父亲给我留下的惊讶。他珍藏的不是照片本身的价值，而是友谊。父亲对在他身边工作过的人，无论职位高低，对他们的友谊都是这么地珍惜。

由于工作特点，很多老机要员分别几十年才见面，没有利益关系，一声问候，一杯清茶，"君子之交淡如水"，却装满了悠悠之情。而我们今天的一些干部还能品尝出什么是"淡如水"的真情吗？

机要纪律看上去冰冷得缺少人情味儿，但是，这并不影响他们深藏在内心的丰富情感。

1997 年 8 月 16 日母亲在北京逝世。当时，父亲考虑李质忠同志身体不好，年事已高，就没有把母亲过世的消息告诉他。直到给母亲举行遗体告别仪式的当天早晨，李质忠才知道母亲去世的消息，他当即给治丧办公室打电话说，代他送一个花圈，接着，他驱车赶到八宝山革命公墓。

送别母亲的还有一些母亲在红军时代的老战友。其中，一个老战友坐着轮椅来送别母亲，她颤颤巍巍地举起手，向母亲行了一个军礼，而在送走母亲的第二天，她也过世了。父亲的战友给父亲打电话说："老李（指母亲）有福气啊，多了一个老战友为她送行。"

那天，给母亲送行的人格外多，大都来自机要系统。母亲的灵床周围摆满了鲜花，遗体上覆盖着鲜红的党旗，在哀乐中，一条长长的队伍，缓缓而行……

泪水模糊了我的眼睛，我看不清送行队伍中人的面容，也不知道他们的名字。他们默默无闻，即使"昙花一现"的风采，也从来没有被人注意过，可是，我看清了他们心中流动的那条暗河，波澜起伏，源远流长。

给母亲守灵的那天，我带着女儿休休和春明陪伴父亲，默默无语。我实在不知道该对父亲说些什么，我们家从父母到孩子几乎没有一个人能说出一句动情的话，虽然，内心的柔情并不比任何一个人少。

望着香火一点点的燃烧，线香燃尽的灰烬一段一段地折断，脱落，我的心悸动起来，我突然意识到母亲离我们越来越远了，一行泪，无声地从我的眼眶里滚落下来。

就在我再次给母亲续香火的时候，父亲激动起来，这是他从没有过的激动，他说："你们什么都可以忘记，但是，你们永远不能忘记自己的母亲……"接着，他就讲起了，他和母亲的故事。

29. 父亲的初恋密码

红军三大主力会师会宁前，父亲从军委机要科调到红 29 军。红 29 军（陕北）于 1936 年 1 月由红一方面军一个团及陕北地方武装为基础组成，肖劲光任军长（后谢嵩），朱理治任政委（后甘渭汉）。红 29 军初建时不足千人，后来发展到 1500 人。

三大主力红军的胜利会师会宁后，红一、二、四方面军联合发出《关于粉碎蒋介石进攻的决战动员令》。红 29 军奉命配属于右路部队，担负安边、盐池一带的钳制任务。红军主力从南、东、北三面向山城堡猛攻，激战一日，红29军配合红军主力歼灭了胡宗南部78师1个多旅，红28军击溃敌左路第1师第1旅，敌各部仓皇西撤，红军取得了山城堡战役的胜利。

最让父亲高兴的是在战斗中，他缴获了一匹枣红马。当时，红29军隐蔽待命，只等炮兵开火就向敌军发起攻击。

这时，父亲只身进了林子，被悄悄摸来的敌三个侦察兵盯住了。父亲在林子里与敌侦察兵周旋起来，转来转去，居然发现，敌人还在林子里藏了三匹马，其中一匹枣红马，真漂亮啊。

父亲立刻兴奋起来，他本来可以找机会消灭敌人，或甩掉敌人，可是大战在即，他既不能暴露目标，也不能放走敌人，何况，他已经看中了枣红马，看中了就是他的，哪有送到嘴边的肥肉不吃的道理。父亲牵着敌人玩起了猫捉老鼠的游戏，视线却始终不离枣红马。敌侦察兵也看透了这个狡猾的红军，他们既接近不了父亲，想走，又无法接近枣红马。

正在这时，我们的炮兵开火了。听到炮声，敌侦察兵撒腿就钻进了林子深处，与此同时，父亲闪电般的靠近枣红马，随即飞身上马。枣红马一声长嘶，驮着父亲就狂奔起来，在硝烟弥漫的战场上，枣红马就像一道红色的电弧光，炫人眼目。

父亲缴获枣红马，不知是因为他机智，还是因为我们的炮兵帮了大忙。父亲在他的笔记中写道："红色炮兵呱呱叫。"

父亲费了好一番劲儿才驯服了枣红马，他给枣红马喂了一把黑豆，说："这可是我的干粮哦，有对不住你的地方，算我给你道歉了。不要耍脾气啦。跟着咱红军你就找到家了，连老百姓也会欢迎你呢。"

枣红马的耳朵转向父亲，蠕动着嘴，低下头，碰了碰父亲的腿，它听懂了父亲的话。这说明枣红马已经成了他的好朋友。

在红 29 军回师途中，父亲遇到一个快要饿死的小孩儿，他只有十二三岁大。父亲把自己随身带的干粮给了他，可他却非要跟着部队走。父亲不忍撇下他，打算把他先带回部队再作安排。

肖劲光正好经过，他说："瞧他吃得满嘴饭渣，这么小的孩子怎么能打仗啊！"

"不管他，他就要饿死，先带回家再说吧。"父亲说。

"带回家？"肖劲光审视着父亲，饶有情趣地说，"嗯，你家的孩子归你带，不过你别耽误执行任务。"说罢，他策马而去。"老弟，"父亲拍拍马背说："有任务了，我有不祥之兆啊。"

1936 年 10 月，红四方面军西渡黄河，组成西路红军。母亲带领的女兵排，跟随朱德带领的红军总部机关，随红一方面到达陕北，驻扎在陕甘边界的宫河镇东山头村。

在这里休整了两天，母亲带领的那个女兵排和临时编入的其他女兵由母亲统一带领，又来到旬邑县马家堡村休整。当时关中特委（后改为分区）机关在这里办公。

父亲回到驻地，他说的"不祥之兆"就应验了。肖劲光指示父亲去管理红四方面军女兵的工作。父亲一听就不乐意了，自己一直在野战部队，怎么可以去给"娘子军"当头儿。领导对父亲说，你曾在卫生机关担任指导员，熟悉卫生工作，这些女兵大都是从医院来的，你是最合适的人选。父亲无话可说，只好服从组织安排。

母亲到达马家堡村，见到的第一个人就是父亲。母亲说，他骑着枣红马威风凛凛，好不神气。他的眼睛特大。他把我们引进几孔窑洞，窑洞已经打扫干净，放了铺盖，接着，他就让人给我们发放了棉衣。当时已是冬季，大家穿的还是单衣，摸着厚实柔软的棉衣，女兵们激动地流着眼泪说，我们终于回家了。

父亲说，看着女兵一个个骨瘦如柴，脸被冻得铁青，真心疼。可是，女兵们抱着棉衣却没人穿，真让人纳闷。父亲说："同志们，这么冷的天先穿上棉衣吧，一会儿，我有话对大家说。"父亲说了两遍女兵们还是一动不动，大眼瞪小眼地盯着父亲。父亲被看毛了，低下头，打量着自己，心想，自己有什么不对劲儿的地方吗？

"你能不能先离开一会儿？我们有自己的事要做。"母亲说。父亲恍然大悟，赶忙退出窑洞。看见父亲站在窑洞外，母亲又说："我的意思是，你离得越远越好。一会儿我们会叫你，行吗？"接着，父亲就听见女兵们像一窝小鸟叫唤起来："这个傻小子，什么都不懂！""管他哪，捉虱子啦。""要是有热水，擦个澡就好了……"

"真多事儿。"父亲嘀咕了一声，随即去老乡家，找了几个妇女帮忙烧水。

父亲说，本来把这些女兵集中起来，不过是为了让她们有时间恢复身体，也让她们了解一些时局和党在现阶段的政策和任务，没想到这些女兵不仅事儿多，而且真难对付。

这段时间，局势和党内的情况都发生了很大变化，学习内容当然少不了批评张国焘的逃跑主义错误路线，可是，这就得罪了红四方面军的女兵。

父亲最典型的说法是，如果不是我们派出一支部队，阻止你们西渡黄河，你们这些女同志早就全完了。是不是如父亲所说，我没找到依据，我只能按照父亲的回忆来写。

母亲说，根本不是这么回事。他讲话总带出点儿中央红军老大哥的味道来，一副教训人的样子，女兵们能服气吗？而且他不止一次这么说，早让红四方面军女同志不耐烦了，大家合伙奚落他，他自找不痛快。

一天，父亲老调重弹，女兵们立刻哗然：

"烦不烦啊！总这么胡说，有什么麻烦，我们执行命令错在哪儿了？"

"就你们一方面军牛，可是，懋功会师的时候，嘿嘿，红四方面军一个个兵强马壮，你们一个个破衣烂衫……"

"小壳壳……"一个女兵一边说话，一边从兜里掏东西吃，原来吃的是酸枣，红透了的酸枣已经晒干了。她像投篮似的往嘴里一扔，接着做出一个怪脸，"嘻嘻"。

看着她吃酸枣的样子，父亲已经老大不高兴，一听"小壳壳"就更生气了。他说："胡扯！小壳壳，谁是小壳壳，必须说清楚。"看来父亲要上纲上线了。

"还是用竹条撑着的。"母亲性格温润贤淑，寡言少语，有时也会跟着叽叽喳喳的女兵们插上一句。

"你说什么？"父亲说，他涨红了脸。

"算了，算了！"女兵们哄堂大笑，七嘴八舌地说："又没人抢你的小壳壳，如果真像老大哥，能不能给我们做点实际的事儿，多给我们几个暖壶啦……"

"多烧点热水啦……"

"老让我们李排长（指母亲）跑腿，还常常没热水……"

父亲这才想起来，每天去办公室小院里打开水的都是母亲，早、中、晚，一天三次差不多都是她，双手一边提一个壶，每次要来回跑好几次。

"不是有暖壶吗？成心捣乱。"父亲嘟囔着说。

"嘘——好几十号人呢，就两个暖壶，亏你还当过指导员，就这么关心战士啊？"

"官不大，谱不小，官僚主义，不管群众疾苦，我们四方面军的干部可不像你这样……"

"嘿，生气啦！"看着父亲又涨红了脸，一个女兵说，"还有肚子问题呢！算了，知道大家都困难……"话没说完，一把酸枣就塞进了父亲手里，"嘻，吃酸枣，甜着呢。"

"这才是兄弟部队的样子嘛。"父亲斜睨着对方，怀疑她的诚意。

"不许吃，李排长带我们辛辛苦苦采来的，干嘛给他，老说咱们的坏话……"

"吃吧，吃吧，咱们四方面军可没那么小气。"

父亲攥着一把酸枣，不知该吃，还是不该吃，够尴尬。这些顽皮的姑娘，把父亲弄得一点脾气也没有。得罪了女兵，真难缠，父亲算是领教了，后悔不该来这里。

看着父亲一脸的窘迫，母亲对父亲小声地说道："玩笑嘛，我们自己的事自己解决，不就是跑几趟嘛，不用麻烦别的部队的领导了。"

母亲的话似乎带点刺，岂不火上浇油？可这不是母亲的本意，母亲的性格就是这样，直来直去，有什么说什么，自己能做的事绝不求人，有困难就自己克服，自己克服不了的就忍着。

红四方面军女兵们到达陕北时，患病的人不在少数。粮食紧缺谁也没办法，女同志用热水的地方多，却是人之常情。可是，父亲那会儿年轻，身强体壮，参加红军以来从没用热水洗过澡，数九寒冬，从河里打水，直接就往身上浇，爽得很。他从来没想过女同志与他有什么不同，让一个小伙子去关心女同志的生活太难为父亲了，他哪里会考虑这么多婆婆妈妈的事情。

一天，父亲从宿舍去女兵学习班的路上，看见几个姑娘仰着头，叽叽喳喳地说着什么。父亲抬头一看，一棵树，有十多米高，树顶有个鸟巢，一个女兵正往树上攀爬，她就是我的母亲。

"我的同志哥，"父亲皱起眉头，显得有些无奈地说，"又要搞什么鬼名堂啊！"

"打牙祭呗，这都不懂……"一个人还没说完，另一个人就抢着说，"你们一方面军不管饱，我们四方军就只能自己想办法了，总要补补身体吧……"女兵们说话夹枪带棒，嘴不饶人。

说话间，母亲已经够到了鸟巢，转眼又飞快地滑下，眼看就要接近地面了，腿一紧，停顿了一下，便稳稳当当地落在了地上。这一连串的动作，迅速、敏捷，身轻如燕，落地的瞬间宛若蜻蜓点水。

那飘逸的一落，让父亲看傻了，想不到一个看上去那么温润、寡言的女孩，竟然一身的灵气，这样活泼可爱。

母亲根本没有注意父亲的表情，她从衣兜里掏出几个鸟蛋，捧在手里。姑娘们立刻兴奋起来："哇！这么多啊，加起来有几十个了吧？又可以打牙祭啦。"说着，从母亲手里接过鸟蛋，就一窝蜂地跑开了，在身后洒下一串银铃般的笑声。

"又可以了，"父亲皱着眉头对母亲说："这是什么意思？"母亲脸一红，咬咬嘴唇，头发一甩，跟着就去追赶其他女兵了。

父亲望着树上的鸟巢，愣了一会儿，嘟囔道:"天哪,这么高啊！"

当年的母亲是个很让人喜欢的漂亮女孩儿，细长的眼睛，圆圆的脸蛋儿，皮肤白皙细腻，透着红润，长征那么艰苦的日子都没能改变她的风姿。父亲被母亲吸引了，不过他只是在潜意识中喜欢母亲，哪敢有非分之想。

一天，习仲勋对父亲说："这个姑娘不错啊。"父亲的心突然怦怦地乱跳起来，却什么话也说不出来。那时，关中分区和新正县党政机关同署办公，父亲和习仲勋的办公室同在一个院子，习仲勋长父亲三岁，同龄人之间无所不说。母亲每天打水都要往这里跑，跑多了，这里的人也都认识母亲。

"这么好的姑娘不要错过呀。"习仲勋又一次说。父亲羞赧地说："想想吧。"母亲无声无息地闯入了父亲的心扉，他动心了。

可是，当父亲想鼓足勇气对母亲表达心仪的时候，父亲却被调到中央军委干部团担任机要组长，随即被派遣到红军驻西安联络处任译电员（后来的八路军驻陕办事处）。

1936 年 12 月 12 日西安事变爆发，次日，童小鹏、李金德跟随周恩来前往西安，任中共代表团译电员。不久李金德调回延安，任中央军委机要科的外交组组长，负责中央与西安和其他国民党统治区党的地下电台的联络工作。同期，父亲接替李金德去西安担任译电员。这时，西安事变已经发生 3 个多月。

父亲临走前，母亲问父亲身上有钱吗，父亲说没有。母亲说，我还有三个银元，是攒下的伙食尾子钱，你都带上用吧。父亲手里惦着母亲塞给他的银元，第一次感受到异性的温暖，他激动得鼻子有点发酸。

父亲出发前的当晚，想给母亲写封信，他有太多的感慨想对母亲说，可是，折腾到半夜仍未成文。他不知道该写些什么，能写什么。眼看着天快亮了，天一亮就要出发，父亲终于拿出血战湘江的勇气，用电码写了一行数字"4583 2053（等我）"，临走前，托人转给了母亲。父亲既没有勇气当面向母亲表白心仪，又担心别人看见自己给母亲写的信不好意思。可是，他也没想想母亲能不能看懂，虽然用的是明码。

母亲看见莫名其妙的一串数字，一头雾水，猜想，这个搞密码的家伙，或是想问候一句什么，或是……母亲甚至猜想，父亲可能想说句什么"不怎么好意思"的话。有话也不好好说，母亲越想越恼，就想把父亲一夜没睡才写出来的"情书"，揉成一团，扔进炭火里烧掉。

母亲的小举动，没有逃脱那些姑娘们的眼睛。"嘿！有人写情书吧，别烧呀！让姐妹们分享一下嘛。"

"要得，要得，让我们也看看嘛！咱们姐妹可不能吃独食哦。"

"我得好好参谋，参谋，别让那个搞特务（指密码）的小子，把咱们姐妹骗了……"姑娘们七嘴八舌地吵嚷起来。

"看就看吧，拿去吧，也给我念念听。"母亲大大方方地把"情书"递了过去。她心里有数，鬼才看得懂呢。不过也后怕，如果真的写了什么让人不好意思的话，那才丢死人呢。

"我可看了。"一个姑娘神秘兮兮地举着被母亲揉成一团的"情书"说，"真——的——要——看——了——真的哦！"

"快点，快点啊，我都等不及了！"姑娘们又叽叽喳喳地嚷嚷起来，"还不念，等什么？我来念，我来念。"

"慢点！慢点！"拿"情书"的姑娘说，"大家都闭上眼，这是一坛蜜呀，闭上眼睛才能尝出甜味呢。"她闭了一下眼，夸张地伸了伸舌头，舌尖上仿佛真的沾上了"蜜"。

姑娘们煞有介事的双手合十，有的人真的闭上了眼睛，有的人一只眼睁开一条缝，那副顽皮的样子，逗得母亲抿着嘴直笑。

只见那个拿着"情书"的姑娘，小心翼翼地打开纸团，又闭了一下眼，然后，突然瞪圆了眼睛，夸大地"啊——"了一声，接着，她就苦起了脸，叹出一口气来："嗨——天书呀！"

姑娘们乱叫起来："臭小子！敢耍咱们，揍他，让他知道知道咱们红四方面军姐妹的厉害。"

"我还以为有多酸呢，牙根都软了，嗨，真没劲！"

"这个搞密码的家伙，专会说鬼话，我去找人看看，看他到底说什么。"

"得了，费那个劲儿呢，去他的吧，狠狠捶他一顿，就凭他老说咱们红四方面军的坏话，也该捶他一顿，看他还敢不敢说鬼话。"

"哼！他想占咱们红四方面军的便宜，没门儿。嘿！李姐你怎么还笑啊？"

母亲听她们说着，自己笑着。母亲说，那会儿要是父亲在场，准被姑娘们乱捶一顿，花季女孩儿的嬉笑怒骂都是蜜。

听父亲说到这，我不觉笑起来，说"你也太失败了。费劲巴拉，费了那么大的心思，写了这么一份'情书'，就灰飞烟灭，差一点就失去了一次'千年等一回'的姻缘。"

"你母亲后来说，她才没那么笨呢，要不是因为是一封'天书'，她才不会给人家看呢。"父亲完全融入了他对往事的回忆中。

红军驻西安联络处驻地在七贤庄，这是一个很大的院子，有一千多平方米。父亲刚到七贤庄不久，发生了一件震惊全国的事件。

那天，周恩来再次从延安赴西安与国民党当局谈判，联络处车队押运副官吴宗汉随行。吴宗汉在井冈山曾担任过毛泽东的卫士。为保证周恩来的安全，随行副官陈友才利用自己身材相貌酷似周恩来的特点，伪装成周恩来，以迷惑敌特的视线。

上午，汽车从西安南门兵站出发，12时许进入崂山。就在汽车爬坡时，突然，枪声大作，密集的子弹向"周恩来"和警卫人员射来。敌人误把陈有才当成了周恩来，子弹集中向他射击，陈友才中弹牺牲。警卫战士虽然顽强抵抗，但因寡不敌众，也大部分牺牲。冲到跟前的敌人，从陈友才的衣袋里搜出有"周恩来"字样的名片，这伙匪徒确信陈友才就是周恩来，遂在他的遗体上连捅数刀，见阴谋已经得逞，匆匆撤离。

崂山事件震惊全国，后来查明袭击周恩来的是国民党甘泉县党部收买的一群政治土匪，他们得到周恩来去西安的消息，就密谋了这次伏击计划。

这个事件已有文章报道，称生还的人包括周恩来只有 4 人，但不知道时任押运副官的吴宗汉是否包含在内，相关文章没有写到他。父亲回忆说，吴宗汉为了掩护周恩来，衣服的肩上、袖子上被子弹穿了三四个洞，九死一生。

父亲在西安联络处工作不久，又调任中共陕甘省委任译电员和省委机关党支部书记。报务员是陈云东，他是父亲在军委通校的同学，江西兴国人。

中共陕甘省委成立于 1935 年 11 月上旬，书记朱理治（兼任红 29 军政委），军事部部长肖劲光（兼任红 29 军军长）。1936 年 5 月中共陕甘省委撤销，所辖组织大部分划归陕北省委领导。1936 年 12 月西安事变爆发后，根据中共中央和平解决西安事变的方针，为了配合东北军、西北军抵御国民党南京政府的军事进攻，中共中央决定红军主力南下渭北一带集结待命，同时决定再次成立中共陕甘省委，书记李维汉，军事部部长刘景范，统战部部长杨一木。

父亲和陈云东等的主要任务是对东北军、西北军，以及在东北军、西北军中我党隐蔽电台的密码通信。这期间中共中央围绕着"西安事变"开展的密码通信工作格外活跃。父亲在军委通信学校的几个同学梁木成、刘克东等，和父亲在中央军委机要股时的几个战友童小鹏、李金德、何凤山等，都先后参加了"西安事变"的密码通信工作，他们完成了党交给的任务，为"西安事变"的和平解决尽了一份力。

30. 莫尔斯浪漫曲

父亲去红军西安联络处的这段时间，母亲学习结束，被分配到新正县担任妇女主任。关中分区的妇女部长是郝明珠，陕北人，从小参加革命，长得漂亮，有文化，嘴巴甜，聪明中多些倔强。她和母亲同年，母亲和她很对脾气，她对母亲讲了许多陕北的风俗，对开展妇女工作很有帮助。

新正县位于陕甘宁边区南大门关中分区前沿，由甘肃省正宁县和陕西省旬邑县、邠县（今彬县）接壤的地区各一部分组成，共产党领导的边区民主政权与国民党正宁县政府并存，政治、军事形势十分复杂，时辖6区37乡。

母亲调到新正县工作前，习仲勋同志领导的关中游击队，在红军主力的配合下，狠狠地打击了敌顽、土匪的嚣张气焰，但是形势仍不安全。国民党顽固派为了破坏边区人民的安定生活，故意放任和纵容土匪为非作歹，烧杀抢掠，奸淫妇女，无恶不作，尤其抢掠儿童的事件常有发生。百姓提心吊胆，惶惶不可终日。

这天，母亲经过一个叫湫头的地方，突然听到呼救声，几个流窜的土匪抢劫了一户民宅的粮食，临走还掠走一个男婴。母亲见状立即开枪阻止，土匪听到枪声骑马就跑，土匪逃跑的路线要绕过一条"回"字形山路，母亲从小路横插过去，抢在土匪的前面，挡住了去路。

母亲一只手举着手榴弹，一只手用枪指着土匪厉声喝道："把孩子留下！"土匪看着母亲冒火的眼睛，完全一副拼命的样子，慌忙放下孩子，接着，又放下了抢劫的粮食，这才灰溜溜地逃走了。老乡说："女红军真厉害，要回了孩子，还把粮食也要回来了。"母亲说："孩子不能给，粮食也不能给。"

那会儿，人手少，工作多，敌情复杂，为了尽快地开展工作，母亲"千里走单骑"有车搭车，有马骑马，没马没车就徒步行走，一把枪，一个背包，两颗手榴弹，跑遍了十里八乡。

"那不是很危险吗？"我插话说。

"经过长征的人，根本不知道什么叫危险。"父亲说："尤其是四方面军的女同志，天不怕地不怕……"

由于工作繁忙，父亲与母亲分离后又两次调动，一直没有时间想起母亲，直到调到陕甘省委，他这才有闲暇想起母亲，可是他很难有机会遇见母亲。

而母亲给父亲那三块银元的时候，什么意思也没有。她生活节俭，但对待同志却非常大方，只要哪个同志有困难她都尽量帮助。当时，只是觉得一个男同志不一定能存下钱，出远门了，而且在一起工作了那么长时间，没多想就把攒下的钱全都给了父亲，反正自己留钱也不会乱花。至于那封莫名其妙的信，管他说什么，母亲早就忘掉了。

"千万别忘记，要不就没我们了。"我调侃道，希望父亲从痛苦中走出来。

"当时，我也不知道给你们母亲的信收她到了没有……"父亲说。

"那会儿特揪心吧？"我说。

"你母亲一点都不领情，她说，她和郝明珠天天在一起，住在一个窑洞里，又是姐妹，又是同事，说我要是有心，来一趟不就行了？"父亲说。

"最后呢？"我说。

"最后我和你母亲在阳坡头村见了面……"

"阳坡头？"我说。

"关中分区和新正县政府都在这里办公。"父亲说，"我们就在阳坡头结的婚。春明就出生在那里……"

"我出生在阳坡头？"春明说。

阳坡头是一座土城环绕的大村子，除城门外，西、北两面都是四五米高的城墙，城墙外就是悬崖绝壁，南面有一道天然形成的沟壑，陡壁上有几十孔窑洞，其中一孔窑洞就是他们的新房。

结婚的那天，他们照了一张合影，照片上的两个人，相距差不多有一尺，这可能是世上罕见的新婚照了。估计母亲身上有刺儿，父亲不敢靠近。最让人发笑的是父亲的那身衣服，看上去蛮新，但肯定不是量身定做的，上衣特别长，下摆盖过了屁股，裤腿特别短，有点像现在流行的七分裤。

父亲比较讲究形象，他有不少穿着八路军服装的照片，甚至直到 1946 年他的一些照片还穿着草鞋，虽然衣服都是旧的，还穿着草鞋，但看上去很合身。可是，新婚、新照，却穿了那么一件碍眼的衣服，倒也显示出时代印记。

父亲和母亲的新婚照，我小时候就见过，感觉异样，也没多想。父亲说，够奢侈的了，衣服是他去红军西安联络处工作时发的，去那儿工作的同志当时都换了便装。离开西安后一直没舍得穿，要不是这身衣服这么漂亮，说不定你妈还不嫁给我呢。

婚宴只有几斤大枣、几斤花生、一瓶老白干，参加婚礼的人每人一碗抿节儿。抿节儿也叫"抿尖儿"，是一种粗粮细做的陕北面食，乃陕北面食中的佼佼者。

夜，一牙儿弯月爬上了树梢，带着一钩浅金，不多的语言却承载了新婚夫妻之间太多的甜蜜。

可是，按照父亲的说法，结婚后七天，他就像挨着酸枣棵子，近不得，远不得。睡觉的时候，他和母亲一个床东，一个床西，相背而眠。

"6024 3583（亲热）一点都不行。"父亲嘀嘀嗒嗒地敲着桌子说，他都是老头子了还那么腼腆。

"什么意思？"春明说。

"你不懂就别问了。"我说，"就是很难熬的意思。"

新婚宴尔，本该是如胶似漆，可是，白天还好过，各自有各自的工作，到了晚上，本来还有话说，只要一躺下，就一句话都没有了。长夜难度，父亲只好天天晚上在肚皮上练习发报，背密码，打发时间，一连七天，就这样度过了"一刻值千金"的良宵。

第七天早上起来，母亲看见父亲还在用手指"嘀嘀嗒嗒"地敲打电码，知道他又是一夜没睡，就问："发的什么电文？"

"唉，"父亲叹了口气说："今天的电文是，今天有任务，现在就要走。"说罢，父亲把一张早就折叠好的纸条递给母亲，说，"我走了以后再看。"母亲心想，你可别再给我写一串数字，不然我还给你烧了。

结果，父亲走后，母亲打开字条一看，里面写的还是一串看不懂的，比原来更多的阿拉伯数字："6245 2053 0226 3932 0001 0020 1326 1311"（让我们要一个孩子）

父亲这一走哪里是执行任务，等报到后才知道，父亲又调回了中央军委机要科，任译电组长，战争年代的调动就是一道命令。

父亲与母亲从相识到结为连理，刚结婚就天各一方，以后，频频调动，还没来得及体验"浪漫"，就一再分手，投入新的战斗岗位。1937年8月25日毛泽东、朱德、周恩来发布命令，红军改编为国民革命军第八路军，至此，红军时代结束。他们的婚姻跨越了从土地革命到抗日战争，从红军到八路军两个时期，算得上牛郎织女的跨时代姻缘了吧！

这就是我父母的新婚。说不清到底是那个年代的年轻人浪漫，还是今天的年轻人更浪漫，不同的时代有不同的浪漫，但是那个时代的浪漫，品味起来，更觉醇厚一些吧，给人留下更多的回味。

31. 肖劲光特批的两斤小米

中央机要科地处延安，与母亲的驻地相距数百里，夫妇俩离多聚少，难得一见。不久，父亲又调到红 30 军任机要科科长近一年，接着他又调到了八路军留守兵团。

1939 年 9 月，八路军留守兵团成立，肖劲光任司令员，曹里怀任参谋长，莫文华任政治部主任。父亲任留守兵团司令部机要科长。

当母亲初次去八路军留守兵团看望父亲的时候，他们的第一个孩子春明已经快一岁了，父亲还没有见过他。

这天，母亲背着孩子去看父亲，路上搭乘一辆国民党的军用卡车。刚上车就知道遇上了兵痞，他们嬉皮笑脸，出言不逊。母亲立刻叫停了汽车，跑到驾驶室，把坐在副驾驶位子上的上士拉下来，说："我是长官，你到后面去坐。"那个上士被莫名其妙地拉下来，又稀里糊涂地上了后面的车厢，上了车才冲着驾驶室喊了一句："他妈的，什么时候女'共匪'成了我的长官！"一件趣事，足见母亲的胆量。

"你们说，你母亲背着的孩子是谁？"父亲说。

"肯定是我了。"春明说。

"怎么样？你母亲的胆子够大吧？"父亲说，"这种胆大妄为的事她干的多了，有时间我慢慢给你们讲。"

搭了一段车，母亲又背着春明，徒步走了三四天路，才来到父亲的驻地。可是，到了驻地，母亲才知道，父亲早在一个多月前就跟随部队东渡黄河去了山西。

母亲到驻地的时候，警卫还把母亲当成了奸细，扣押了半天，那时，常有敌特、奸细潜入根据地刺探情报，伺机进行破坏活动，部队对陌生人盘查得非常严格。后来，留守驻地的参谋来了才解了围，他对警卫说："笨死你了，听口音就该知道是红军干部，给首长敬礼。"参谋告诉母亲，现在部队已经在返回的路上，很快就回来，让母亲先住下等两天再说。

母亲原来已计划好，见到父亲的时候正好是星期五，可以免费住宿一天再走，可是现在一算，多等一天就正好赶上过礼拜六，还得花钱住宿，母亲打算再等一天，让父亲见一眼儿子就走，反正以后还有时间见面。

那时，在延安过夫妻生活叫过礼拜六，部队规定两口子每周只能在星期六晚上团圆一次，没有单独的住处，只能住招待所。平时，部队的公家人住宿免费，可是过礼拜六就要收费了，住宿一次五角钱，不开饭，被褥自己带，过完夜，各自打起背包回自己的战斗岗位。

多等一天还要花房钱，母亲舍不得花这份冤枉钱。她等了一天，还是没有父亲回来的确切音信，知道战事频频，临时又有什么任务也是平常的事，打了招呼就返回自己的部队去了。

凑巧的是，母亲刚刚离开父亲的驻地不到十来里，父亲就回来了。参谋告诉父亲，母亲刚走不久，肯定追得上。

父亲骑上马就追。等追上母亲，父亲一见儿子就喜出望外，他跳下马，顾不上跟母亲多说一句话就拨弄着儿子的脸蛋儿，一个劲地说："像老子，像是一个模子抠出来的。"大哥长得又黑又瘦，细长的脖子上挑着一个小脑袋，看上去像一根豆芽菜，成人后很像父亲。

好不容易才夫妻相见，母亲却不肯住下，她在父亲的劝说下勉强回到营地。恰好遇见肖司令员。肖司令员一见父亲抱着的孩子那么瘦，就说："孩子怎么那么瘦，每月特批两斤小米，给孩子补补身体。"

听了肖司令员的话，母亲心里感动，不觉鼻子一酸，却忍着什么也没表现出来。她给肖司令员敬了礼，说了声谢谢，就急忙转过身去，从父亲的怀里抱回了孩子。母亲太需要人的关心了，一个人背着孩子往返近十天的路程，就为了让父亲看一眼孩子，路上还可能遇上土匪，可是，父亲只顾逗弄孩子，连一句关心的话都不会说，还不如首长会关心人呢。

吃完午饭，母亲背着孩子，带着肖司令员特批的两斤小米就离开了父亲。母亲来去匆匆，只带着孩子和父亲吃了一顿饭，让父亲享受了几句儿子咿咿呀呀学语的快乐。父亲抱怨，母亲有了孩子，她的心思全都放在孩子身上了，这可能是所有父亲都有的不平衡。

肖司令员特批的那"两斤小米"，让母亲一辈子都念念不忘。有这么严重吗？不了解延安当时的生活，不了解在延安一个母亲怎样哺育儿女，就不知道那"两斤小米"的分量。

在延安革命队伍里的公家人实行供给制，分大小灶吃饭。大灶规定：每人每月吃 8 次肉，每次 4 两，馒头每月吃 4 次；小灶规定：每日米、面各占一半，其中，大、小米各占一半，肉食按照当时水平计。一般来说肉食配给，小灶比大灶稍高一些，但差别不多，主要是粗细粮差别较大。

延安对儿童比较照顾，标准超过了小灶的标准，一个月至十二个月儿童的奶费标准，每月肉 6 斤，十二个月以上儿童，另发粮食，每日 4 至 8 两。保育院、托儿所的儿童按照小灶待遇。

干部子弟学校及保育小学生按照小灶标准，另加肉 1 斤，蔬菜自给，其余的由政府发给。从上述供应标准看，虽然远远无法与今天的孩子相比，但基本营养还算有保障。

原来延安的物价相当便宜，猪肉每斤 0.5 元、猪油每斤 0.8 ~ 0.9

元、山羊肉每斤 0.35 元、绵羊肉每斤 0.4 元。父亲每月的津贴 4 元钱，另外机要员还有补贴，母亲每月 3 元钱。这样的收入在延安算是"大款"了，生活可以过得不错。可是，自从有了春明，母亲就不能不算计了，父亲的津贴，她不要，父亲要抽烟，加夜班，她让父亲自己照顾身体，多吃点好的，孩子的生活则由她一个人承担。这是抗战初期延安的供给情况。

1939 年，延安的供给出现了急剧恶化的下降局面。日军对根据地实行了大规模的扫荡、蚕食，推行惨绝人寰的"三光"政策和经济封锁，妄图彻底摧毁我抗日根据地。而国民党顽固派也积极推行反共政策，故意制造反共摩擦，断绝八路军军饷和军需供应，封锁了陕甘宁边区。胡宗南公开叫喊"消灭边区"的口号，构筑了一条由碉堡、工事组成的贯穿三省，连绵千里的封锁线。

关中分区南线的封锁沟有六七米宽、十几米深，碉堡密布，互相能够火力支援。在进出边区的大小路口设立哨卡，严禁棉花、布匹、药品、火柴及所有日用品输入边区，对边区输出的食盐和土特产实行苛刻检查，严密监控，切断了边区同外界的一切联系，并采取各种办法干扰和破坏边区的财政经济。再加上连年的自然灾害，民不聊生，疫情流行，粮食和物资奇缺，延安甚至出现了等米下锅的严重局面。

蒋介石经济封锁边区的目的很明确，就是要困死、饿死边区军民，拖垮共产党。在最困难的时候，延安保育小学有时一个孩子一顿饭只能有一两个小土豆吃，八路军指战员常常以米糠、地瓜蔓、树叶、草籽充饥。毛主席回顾当时的困难状况时曾说："我们曾经弄到几乎没有衣穿，没有油吃，没有纸，没有菜，战士没有鞋袜，工作人员在冬天没有被盖"的地步。

母亲带着孩子去看父亲的时候，就是延安经济开始恶化的时候，原来五角钱可以买一斤猪肉，这时，连根猪毛都买不到了，连小米都成了稀罕物。省一点是一点，为了孩子，母亲不得不勒紧腰带。

父亲再次见到大哥春明的时候，母亲又要去中央军委后勤学校学习了，她的同学有李桂芝和李克良阿姨，前文都曾提到。军委后勤学校有严格的规定，学习期间不许任何人请假，不得已，母亲只好让父亲暂时照顾儿子。其实，也不用指望父亲多费什么心思，只是让父亲按月把孩子的口粮送去罢了。

由于母亲长期缺乏营养，工作繁忙，春明一生下来母亲就没有奶水。母亲不得不把他寄养到老乡家，一个月探望一次，给儿子做一顿饭就走。

母亲原来想给春明找个有奶的人家，找了十几家都不理想，后来经当地妇女干部介绍找到一户人家。介绍人说，这家的婆姨刚刚生过一个孩子，出生后不到一个月就没了，她有奶，丈夫是游击队员，不常回家，她希望有个孩子在身边算是一个安慰。

虽说母亲生第一胎，可是，一见面就发现这家的婆姨根本没有奶水喂养大哥，这是母性的天性，说什么也别想瞒过她的直觉。后来知道，这个婆姨怀孕三个月就流产了，哪里有奶水，不过看见这家婆姨抱着孩子亲昵得不成，全把春明当成了自己的孩子，母亲犹豫再三，忍痛留下了春明。虽然，留下了春明，可母亲还有一层担心，始终让她放不下心来。

在延安，对女同志来说，生育子女是一件很不幸的事情。一方面要喂养孩子，一方面还要参加战斗、生产、学习。有了孩子的出路只有两条，一个是退出工作，自己喂养，一个是送给老乡寄养，或干脆把孩子送给老乡。当时，不少革命队伍中的女同志有了孩子，就把孩子寄养在老乡家，有的是暂时寄养给予一定的报酬，有的干脆把孩子送给农妇。

延安是个非常贫瘠落后的地区，卫生环境很差，因此，一家能有几个健康的孩子都很难得。当地妇女们特别喜欢有孩子，哪怕送养来的孩子，也当亲生的一样疼爱，不管是寄养还是送养的孩子都非常受欢迎。为了占有孩子，担心被亲生父母接走，有的人家就偷偷搬家把寄养的孩子隐蔽起来，可谓用心良苦。所以，送时容易接回难，有的女同志想再找回孩子却无处找寻。为了争夺孩子，延安还出现过亲生父母不得不强行把寄养的孩子接走的事，为此，还发生过老百姓跟政府闹事的事件。

母亲是一个经过长征的革命干部，革命工作就是她的生命，她绝不可能放下自己的革命工作，去当家庭妇女，而在童年时就离开亲人饱受疾苦的母亲，又怎能舍弃自己的骨肉。孩子就是她生命的一部分，无论怎样做，对母亲来说都是一个痛苦的抉择。

那天，母亲带着父亲去春明的奶妈家认门，这是父亲第一次到春明的奶妈家。奶妈一见母亲带来了陌生人，以为母亲要把孩子带走，眼泪就吧嗒吧嗒地掉了下来。

她一边擦着眼泪，一边抢着给母亲表白说："再不敢用土疙瘩给娃娃擦沟门（擦屁股）咧，不敢给娃娃吃死蔫菜（不新鲜的菜）咧。"奶妈指着炕桌接着说："当旮旯还放着晌午刚刚给娃娃做的菜哩。你批评我（音：è）我娃解事（懂事）咧，立不定（站不住）的死蔫菜，我娃娃都不肯吃咧，你说要得不？"

原来前次，母亲去看望春明，发现奶妈用土疙瘩给他擦屁股，等到做饭的时候，又看见奶妈给春明做饭的菜叶子都发黄了。母亲就责怪奶妈说，你要是这样带孩子，我就不让你带了，看来奶妈误会了母亲。

父亲听得一头雾水，直皱眉头，说的都是什么鬼话啊，怪里怪气，还夹杂着四川话。"要得不"，八成是奶妈跟母亲学的四川话。

母亲告诉父亲，奶妈嘴快，开始根本听不懂，后来奶妈学会了点"普通话"，好歹也能听明白啦。我琢磨江西人、四川人、陕西人凑到一起，谁说的都不是普通话，谁也听不懂对方说什么，真是难为他们了。

"喜欢吃糖吗？"父亲对春明说。这是父亲为了去看春明，特意给他买的糖果，只有三块。这是一种黑糖，包装非常粗糙，不过对延安的儿童来说已经是奢侈品了。

父亲伸出手，把糖递到春明的面前，说："叫爸爸，这些糖都给你。"学了一口陕北话的春明，恐怕也没听懂父亲的江西话，他却怯生生地看着陌生人，躲到母亲的身后，用手指划拉着母亲身后的衣襟。自从那次母亲带着春明见过父亲一面后，春明恐怕早就忘记父亲是谁。

"这是爸爸特意给你买的，好甜哦。"母亲说。她背过手去轻轻地拉了一下春明，春明一动不动，躲在母亲的身后不肯出来。

"叫爸爸。"父亲凑上去，想把糖塞给春明，可是，春明摇摇头，反倒把手攥了起来。

"叫爸爸！"父亲摇晃着手里的糖，继续说，"叫爸爸！叫爸爸呀……"春明忽闪着眼睛，仍然疑惑地注视着陌生人，就是不肯把父亲手里的糖接过去。

"叫达达（陕北话爸爸），是达达给的。"奶妈说。

"达——达？"春明迟疑地伸出手，随即又把手缩了回去，他看着母亲，说，"糖？我要鸟蛋蛋。"

母亲才想起，刚才只顾看父亲拿糖逗弄春明，连给他带去的鸟蛋都忘了。可是，等春明从手里接过母亲递给他的鸟蛋时，他却转身躲进了奶妈怀里，娇腻腻地扭扭屁股，扬起头，脸蛋儿像小花盘似地望着奶妈说："奶妈给我的小鸟蛋剥皮儿。"

父亲看了一眼母亲，皱起了眉头，他沉下脸对春明说："让你吃糖你就吃糖，真不懂事。"

奶妈一下子搂紧了春明，说："我娃还小着哩！"

春明把脖子一拧，说："屁呀，吃啥糖！我有鸟蛋蛋。"此前，春明还没有吃过糖，哪里知道糖是一种什么样的诱惑。

母亲鼻子一酸，眼泪差点流出来，好像什么心爱的东西被别人夺走了一样。

那是一种无奈的割舍，又是一个母亲对另一个母亲无心的取代。母亲妒忌，委屈，孤独，无助，自从把春明送给奶妈，她一直就想找个没人的地方大哭一场。

32. 马栏乡情

父亲还在留守兵团的时候，留守兵团的一些部队已经在战斗和训练之余，开始从事农副业生产，种菜、养猪、打柴、做鞋袜等，从而改善了部队的生活。毛泽东肯定了这一做法，要求推广到留守兵团的所有部队。1940 年 2 月 10 日，中共中央、中央军委发出《关于开展生产运动的指示》，要求各部队"一面战斗，一面生产，一面学习"，这标志着大生产运动的开始。

1941 年 9 月 16 日，关中成立了警备司令部兼警备第 1 旅，属八路军留守兵团建制（1942 年后归陕甘宁晋绥联防司令部建制）。文年生任关中警备司令部司令员兼警 1 旅旅长；阎红彦任警备司令部政委兼警 1 旅政委；杜平任政治部主任。父亲时任关中警备司令部兼警 1 旅机要科科长、司令部政治部党支部书记、党委委员、司令部政治协理员。

关中警备区司令部驻扎在马栏镇，以马栏镇为中心，形成插入蒋管区的囊形地带，向南可以进逼西安，向东可以切断咸（阳）榆（林）公路，是国共两党必争的战略要地。

境内的三水河上游称马栏河，中、下游称三水河，向南是注入黄河的重要支流泾河。三水河上段，穿流马栏山区，河宽在 10 至 20 米之间，两岸陡峭，水流湍急，下游河道较为宽阔，马栏河流域覆盖着大片原始森林。

关中警备司令部兼警 1 旅一成立，就在防区率先开始了大生产运动。开荒种地首先遇到的问题就是没有农具，没有农具就上山伐木，挖窑锻铁自己造。

寒冬腊月冰封雪地，早上，太阳还没出山，军号一响，文司令员就率领司令部的伐木队集合了。

他站在队前高声喊道："各单位的人都到齐了吗？"说者无意听者有心，大家顿时大笑起来。原来在一次战斗中，文年生率部与日军激战，一发炮弹突然落在他附近，爆炸掀起的气浪把他埋进土里，战士们立刻扑上去抢救。可是，还没等大家动手，他自己就从土里钻了出来，他双手拍了拍身上的土，把头、耳朵、鼻子、双腿都摸了一遍，然后说："好像全身各单位都在，大家放心，没事。""全身各单位都在"，一时成了八路军留守兵团的流行语。

文司令员自己也笑了起来，说："笑什么，各单位一个都不能少嘛。"接着，他一语双关地说，"既然各单位都全，一会儿大家就都给我往冰河里跳，大家有没有决心？"他的风趣，让大家一下子就忘记了严寒，异口同声地高呼道："有！我们有决心，坚决完成任务！坚决完成任务……"

震天的呼喊声在山谷中回响，惊跑了树林里的寒鸦、走兽。

"出发！"文司令员振臂一挥，指战员们高唱着歌曲，迈着整齐的步伐，向河谷前进了。

当时，河水已经结冰，没有任何运输工具，只能砸开冰层去放柴。司令部的干部组成了先锋队。父亲喝了几口烧酒，城里人叫"老白干"，衣服一脱，只穿着一条裤子，一件背心，就带领先锋队跳进了河里。

原始森林里，传来一声声吆喝，放柴喽！放柴喽……一棵棵树轰轰倒下，声音传出几里地。接着，一队队的人马，嗨呀！嗨呀！喊着号子，把一捆捆树排，顺下河滩。

凿开的冰块顺流而下，相互碰撞着，发出轰轰的撞击声。破碎的冰块像刀子一样锋利，皮肤被划出一道道血痕，先锋队一个个奋勇当先，跳进冰河如同蛟龙闹海，场面何等壮观。渴了吃块冰，饿了啃口干粮，一干就是十来个小时，到下午五六点钟才能收工。

那时，父亲的腰疾、肺病和胃病很严重，晚上裹着被子睡觉还浑身哆嗦，早晨醒来身上冰凉，无处不疼，可是，父亲喝上几口烧酒，照旧带领着先锋队跳进冰河去放柴。

一个多月的时间，天天如此。不知道什么是苦，什么是累，也不知道什么是困难，什么是艰难，干部带头，吃苦在先，发挥共产党员的模范带头作用，完成任务就是胜利。

"当时你有那么多的病，怎么能支撑得住呢？"我说。

"工作紧张，就什么都忘了。"父亲说，"等想起来，任务已经完成。就好像一有仗打，我就没病了，那会儿的人都这样，哪有哼哼唧唧的人。"

我整理父亲这段生活笔记的时候，我还看到过父亲的另一段笔记："我听人说，也亲眼看到过一个例子。在透视室里，一个人有肺病，一个人没有肺病，检查的大夫把他们的病例错记了。有肺病的说他没有肺病，有肺病的反倒好了，而没有肺病的却被吓倒了。

"1941年是我胃、肺病最严重的时候，我没有被病魔吓倒。

对待疾病要像对待敌人一样，把它吓回去就行了！你不怕它，它就怕你，革命要有坚强的革命乐观主义精神。"

紧张的伐木工作进行了一个多月才完成，这时，父亲才想起了儿子。糟了，怎么一忙什么都忘了，这个月连儿子的口粮都忘了送去了。过去买什么，用什么，都是母亲操持，父亲从不操心，现在母亲去学习了，该给孩子带点什么，他一点主意也没有了。

母亲临走时，把平时攒的钱都留给了父亲，还留下十几张邮票。她特意叮嘱父亲，买东西时，不要找不开零钱就不要了，邮票可以顶零钱用。

可是，即使想买什么又能有什么可买的呢？当时，延安物价飞涨，货币贬值，远远超过了增发的津贴。

父亲走过几家商店，走到门前了又没进去，进去也没用，想买的东西买不到，买得到的东西钱又不够。他百般无奈地在街上游荡，觉得给儿子买东西怎么比翻译密电码还难。男人到底和女人不一样。

他拣了几片干树叶，盘腿就地一坐，把树叶搓了搓，卷了一支烟，点着了，连吸了几口，才抽出烟来。父亲的烟瘾比较大，可是，他很长时间都没有舍得买烟叶了，留在办公桌里的烟叶都是原来买的还没抽完。值班的时候，实在熬不过去了，才舍得抽几口，烟叶卷的烟，也要分成两次抽，一次只抽一半。

树叶卷的烟，一点香烟的味都没有，父亲几口就抽完了。他从屁股旁拣了几片树叶，又卷了一支，打算点烟的时候，才发现火柴也用完了。他一挺身站了起来，掸掸屁股上的土，快步走进一家商店。

商店里空荡荡的看不见一个人。父亲踮起脚尖往柜台了里扫了一眼，谢掌柜正趴在柜台下面，撅着屁股，手里拿着一把扫炕的笤帚胡啦什么。

"搞什么名堂呢？来盒火柴。"父亲说。

"90元。"谢掌柜说着站起来，手里还攥着一撮烟末。

"什么？"父亲吓了一跳，原来5分钱一盒的火柴，现在居然变成了90元。父亲原来一年的津贴，现在连一盒火柴都买不起了，他以为听错了，说，"你说的是多少钱？"

"90元还贵，你以为呢？"谢掌柜见父亲一脸惊讶的样子，见怪不怪地说。

"早两年这个价都能买一头猪了。"父亲说。

"老皇历了，现在几天就一个价，一天一个价，说不定一会儿就涨，要买就快买，明天有没有买，也未可知。"说着话，谢掌柜用他刚从地上扫出来的烟末卷了一支烟递给父亲，说："先抽一支我的吧，这不刚从地上扫出点烟末，过几天就和你一个德行了，值点钱的东西都拿去换急需的物资了。"

父亲接过烟，在鼻子上闻了闻，往地上一扔，咬牙切齿地踩在脚下，拧了拧，头一甩就走。

"嘿！这可是罗川烟啊，稀罕物呢！"谢掌柜朝着父亲的背影喊道。罗川晒烟是当地著名的烟叶。

父亲给春明带去的口粮比原来配备的少了一半，草纸有多少带多少。草纸是母亲省下来留给儿子用的，母亲每月配发的草纸只有15张，为了节省出一点，母亲把一张草纸裁成六份，分开使用。

一张草纸值多少钱，还要这么节省，这在今天的人看来，几乎不可思议，可是，母亲早就养成了习惯。1980年前我们家放在纸篓里的手纸，还都是被母亲裁成巴掌大小的报纸，了解了这些也就了解了当时根据地军民的艰难。

父亲到达奶妈家的时候，春明正在奶妈家的门口"骑竹马"，两腿间夹着一根树枝，一边跑，一边唱着歌谣："胡宗南，太凶残，抓丁讹钱没个完。打日本，不上前，内战把兵都出全。特别队，清乡团，想把好人都杀完。要想免去灾和难，赶快打垮胡宗南。"连小孩子都在"打胡宗南"了，边区的艰难形势可见一斑。

"还会唱什么歌？给爸爸再唱一个。"父亲说。

"爸——爸？"大哥迟疑地说，"哦，达达。"看来春明这回听懂了父亲的话。

接着，他操着陕北腔，给父亲唱了一首歌谣："猴娃猴娃搬砖头，砸了猴娃脚趾头。猴娃猴娃你不哭，给你娶个花媳妇。娶下媳妇阿达睡？牛槽里睡。铺啥呀？铺簸箕。盖啥呀？盖筛子。枕啥呀？枕棒槌。棒槌滚得骨碌碌，猴娃媳妇睡得呼噜噜。"

春明唱得有声有色，看来他没白吃父亲给他留下的糖，他品尝到了糖与父亲相关的滋味，跟父亲不再那么陌生了。只是他满口的陕北话，让父亲听着别扭，倒也让父亲忍不住哈哈大笑。

"咱娃有长进哩。"父亲满脸堆笑，他的江西口音也带出了一句陕北话。

"我会的还多着哩。"春明说。

那天，奶妈给春明做了一碗酸汤面，自己吃的是野菜团子。"为什么不吃菜团子？"父亲问春明。

"奶妈不让吃，说这是大人吃的饭，小孩儿吃了不长个儿。"春明说。

"想打胡宗南吗？想打胡宗南就和奶妈吃一样的饭。"父亲说。

春明成人后，个子不高，瘦瘦小小，恐怕就是没跟奶妈吃一样的菜团子吧，这话可是我说的。

父亲说，后来部队有几次断粮，连老百姓都没得吃了，可是奶妈勒紧腰带，从没有让春明挨过饿。老百姓心疼的不仅仅是他们代养的娃娃，他们心疼的是我们共产党领导的人民军队啊。"亏欠了老百姓啊！"这句话，父亲说了一辈子。

这年的冬天，关中部队打造了几万件农具，文司令员给自己特制了一把八斤重的锄头，带头开荒生产。开始是打造农具，后来又开始制造炸弹、手榴弹、地雷，凡是需要的就自己动手。司令部机要科的工作量一直都比别的科要繁忙得多，12个人的工作，每天都要工作十几个小时以上。为了完成战斗、生产两不误的任务，父亲抽调了10个人上山生产，家里只留了两个人承担日常工作，一旦战事紧张可以随时调回生产人员，但任务完成后立即返回生产岗位。父亲用文年生的话打比方说："开荒种地用的是力气，译电用的是大脑，各单位分工负责，学习、生产两不误，打起仗来就各单位一起上。"

开荒第一年，机要科开垦了90亩原始荒地，秋天打了120石（大石）粮，合40800斤，够机要科吃两年的，留在科里的两个人也合力完成了12个人的任务，做到了生产战斗两不误。

当时，中央下达的任务是，耕三余一，就是耕种三年要有一年的余粮。机要科超额完成了上级下达的任务，在全旅直属机关评选英模的大会上，被评为集体先进单位，获得了优胜红旗和"工作生产交辉"的光荣称号。"工作生产交辉"好像不怎么通顺，但也说得过去，这是父亲笔记里的原话，不作改动。

战斗部队也做出了突出成绩，警1旅2团在防区内就开荒地3万余亩，当年就取得了粮食丰收。文年生被西北局高干会议评选为生产模范，毛泽东为他亲笔题词："生产教育，二者兼顾"。

"鸡叫头餐吆嗬咳，叫二餐哩吆嗬咳，月亮上来吆，各哩哩哩嚓，推炒面呀么嗬儿嗨……"这就是当年在边区十分流行的一首陕北民歌《推炒面》，反映了边区人民大生产的高涨热情。后来这首民歌经改编，就变成了今天家喻户晓的《军民大生产》："四二年那么，嗬咳，大生产呀么，嗬咳，边区的男男女女，西里里里察拉拉索罗罗罗哒，齐动员那么嗬咳……"

在大生产运动的同时，我八路军关中防区的军民"一手拿枪，一手拿锄"，随时准备反击国民党顽固派、土匪的进犯和骚扰。面对着国民党部队的防线，关中军民针锋相对，修筑了大量防御工事，沿着敌人的封锁线，开荒、种地，收割庄稼，养鸡、养鸭、养兔、养猪，结果，不仅粮食丰收了，伙食改善了，还建起了大粮仓，关中成了陕北边区有名的粮食基地，而在我关中防线对面的敌人，一粒粮食也没捞着，一根鸡毛都没捞着吃。

八路军的战士吃饱了肚子，也给延安的老百姓带来了福音，他们赋税减轻了，生活提高了，关中分区呈现出了"丰衣足食""六畜兴旺"的可喜局面。当年曹孟德屯垦戍边，如果能看到八路军建起的这样一道风景线，恐怕也会拍手叫好吧。

金秋时节，山丹丹花开得火一样红艳，到处都洋溢着丰收的喜悦。这时，春明已经到了可以进幼儿园的时候了。不久，他将被母亲送到延安中央保育院，在"马背上的摇篮"开始他新的生活。

这天，一大早父亲和母亲骑着马来到了春明的奶妈家。对母亲和奶妈来说，这一次，不再是一个母亲无奈的割舍和另一个母亲无心的取代了，而是母亲无心的取代和奶妈无奈的割舍，后者比较前者，会不会更加无情呢？

奶妈又像丢了魂似的，全乱了方寸，她去找春明的衣服，拿来的却是自己的衣服。奶妈无法遮掩自己慌乱的神情，她说："天快冷了，原想给娃娃改件袄，做个棉窝窝哩。"其实，她早就把春明的衣服、棉鞋做好了，上一次母亲来看春明的时候她还拿给母亲看过。她找来了春明的衣服，想一想，又拿了回去，说："娃娃的裤腿短了，有合适的，记不住放在阿达（哪里），不急，这就找来。"
她下意识地拖延时间。"给娃娃带上几个馍，都是新打的麦子，香咧。
哦，还有娃娃爱吃的臊子面、扯面，咱娃也爱吃饸饹咧……"奶妈
已经糊涂了，她东摸摸，西翻翻，眼睛里噙着泪水，不知该说什么了。

春明不想走，好像也在故意拖延时间。他跑到窑洞外，拎起
一只小小的柳条筐，这是奶达给他做的玩具。他在柳条筐里装满玉米，
挺着小肚子，慢慢吞吞地走进窑洞，又慢慢吞吞地把玉米倒进装粮
的袋子，然后，又像逃跑似地转身跑出窑洞。

"你弄玉米干什么？"父亲冲着窑洞外喊道。

"管个屁啥！"春明发起了脾气，怒冲冲地喊着说，"我，我
要给八路军送军粮呢。"

"原给娃娃说好，"奶妈急忙解释，"后日去送军粮……"奶
妈再也忍不住，泪珠吧嗒吧嗒地落了下来。

"就由着孩子吧，别说什么了。"母亲对父亲说。母亲感同身受，
要分别了，这是任何一个母亲都不忍触动的舐犊之情。

"尝尝。"奶妈给春明端上了他最爱吃的臊子面。

"尝尝。"奶妈给父亲和母亲也都端上了一碗臊子面。

"尝尝。"这是春明的口音里最浓重的一句陕北话。从此，
他也再没有吃过奶妈做的臊子面，再没有听见过那熟悉的乡音：
"尝尝"。

"同志！别忘了……再来啊……"这时，奶妈一反常态地说了
一句公家人才说的"同志"，一句话没说完就哽咽着什么也说不下
去了。或许，奶妈觉得只有用公家人的话，对公家人说，她说的话
才能被公家人当真，她不想让公家人忘了他们老百姓的情感。

我想起了赣南人民送别儿女参加红军时的眼泪。这眼泪伴随着
红军的脚步走过了万水千山，而如今黄土地上的人民又用他们的眼

泪，继续养育了红军和红军的儿女。他们仍然没有壮士断腕般的豪言壮语，但是，他们羸弱的肩膀却延续着赣南人民的伟大牺牲，扛起了民族抗战的重担。

"我（ê），"春明用浓重的陕北话说："我要奶妈，不要公家人……"他呜呜地哭了，抬起小手，一遍一遍地擦着奶妈脸上的泪水，他搬玉米时弄黑的小手，弄脏奶妈的面庞。

在回部队的路上，春明坐在母亲的马背上，一直扭着头望着奶妈站在窑洞外的身影，渐去渐远。

突然，奶妈的身影消失了，转眼，她又出现在窑洞顶上，远远传来她的歌声。那浓厚的陕北民歌曲调，唱得如泣如诉：

"爬上（那）坡坡八道道梁，走下（呀）沟沟瞭不见人，招一招（呦）手拉不上话儿，泪（格）蛋蛋眼眶眶里流……"

原来这就是父亲编排的那段双簧的生活背景。

这一刻，奶妈的心被撕碎了吧！母亲的心也被撕碎了吧！我们这一代不可避免地品尝了战争和饥饿带来的苦涩，可是，在这样的苦涩中，我们又幸运地品尝了人民真挚情感。这是革命战争使我们这一代人不得不付出的代价，同时，也获得了最珍贵的情感。

不知从什么时候开始，父亲的口音里少了"公家人"的话，却多了点儿陕北老百姓的腔调。他还能用陕北方言唱儿歌："箩箩，面面，杀公鸡，擀细面。婆一碗，爷一碗，两个娃娃两半碗。"

这些都是陕北的母亲最擅长做的吃食。只是不知道百姓对"公家人"的希望，是不是一代接一代的"公家人"还能记得，还能当真。

讲完母亲的故事，父亲说："春明，你还有点印象吗？"春明羞赧地低下头，不语。

"其实，不是让你们记住谁的名字。"父亲说，"但是，不能忘了母亲，忘记生你养你的地方……"

"阳坡头！"春明说。

"另外两个大点的孩子都出生在马栏。"父亲说，"其实，这也是我不能忘记地方，按说我一半是江西人，一半是陕北人，我生活在陕北的时间比江西还长……"

说着话，父亲走进里屋，打开一个赭石色的小柜子，比床头柜大一点，这还是当年在他们在西北局工作的时候单位配发的，我从小就见过。父亲说："你们都过来看看，这是你母亲仅有的遗物。"

小柜子里放着一件折叠整齐的衬衣已经褪色，起了毛边，这是母亲新婚时穿过的衬衣。衬衣上放着母亲的军人转业证，转业的旁边放着一叠1000元的人民币，这是母亲留下的让我们代交党费。看来母亲在过世前就已经准备好她过世后的最后一次党费。接着，父亲从小柜的底层取出一个小手绢，手绢里包着三块银元。

"这就是母亲当时给您的三块银元？"春明说。

"不！"父亲哽咽地说，"那是我南下出征前，你母亲留给我的三块银元，南下生死未卜，我有很多话要对你母亲说……"

遗憾的是，父亲这些早该对母亲说的话，最终没有说出来。他对母亲的表白迟来了一辈子，不知母亲九泉之下可否知道。

我的女儿雪休在小学五年级的时候，曾写过一篇纪念我母亲的文章《夜幕中的那颗星》，发表在《东方少年》杂志上。

她在文章中写道："我四岁的时候，那天深夜，守候在奶奶病床前的爸爸告诉我，奶奶睡着了。一颗星镶嵌在漆黑的夜幕上，眨着眼，有时也会闭上眼睛，休息一会儿。我想，奶奶就是这样睡着了吧，可是，等星星睁开眼睛的时候，一眨一眨，亮晶晶，会变得更加明亮。

"随着我年龄的增长，奶奶的故事，在我的脑海里变得越来越清晰：雪山上红军伤员队伍向卫生员行的军礼、草地上红军女兵向着太阳行的军礼、爷爷南下出征前奶奶向爷爷的背影行的军礼……军礼！奶奶的军礼，一个红军老战士的军礼，这是老一代革命者对革命事业无声的誓言。奶奶就像夜空中那颗闪亮的星，指引着我克服困难，永远前进！"

没想到母亲唯一的一篇祭文，出自孙女之手。想起当年我们唱的《少先队队歌》："我们是共产主义接班人，继承革命先辈的光荣传统，爱祖国，爱人民……"

如今，我不知道，我们这一代，还有多少人，还能像纯真无邪的孩子，充满热情地唱起那首歌，回忆起我们曾经为戴上红领巾而激动不已，也曾经有过一双清澈的眼睛，仰望共和国天空上闪耀的星，为无数革命先烈的壮烈牺牲而感到惊讶！

今天，我们到底缺失了什么，缺失了什么样的惊讶？

第九章　红军魂

33. 寻找今天的缺失

我们家从 1955 年迁到北京，如今已经过去了半个多世纪。现在的北京高楼如云，立交桥、环形路，蛛网密布，四通八达，夜间的长安街，来来往往的车辆川流不息，宛若流动的星河。

我们大院周围早就改变了模样，当年的古城墙、护城河，早已拆除、改道，建起了二环路，沿路建起的高楼大厦林立，数都数不清。我们大院里也变了模样，失去了昔日的华彩，变得陈旧不堪。无人打理的花园荒草丛生，失于修剪的花木大部分枯死，尚在存活的花木，零零散散，疯长出长长短短的枝条，似乎不甘忘记昔日的风光，反倒平添了几分岁月沧桑。

我们大院被北京市文物局定为"应当保存的历史建筑"。看来我们这一代也属于"文物"了。我们子女都年过半百，有了自己的孩子，各自的家庭都有了新的生活秩序。物是人非，却仍然像"应当保存的历史建筑"一样，延续着两代人之间的缺失，似乎又都想找回过去的骄傲。

母亲健在的时候，一家人吃饭总是由母亲操持；母亲过世后，父亲孑然一身，格外孤独。我开始感到父亲的"红小鬼"情结在慢慢转变，更像一个慈父了，甚至，还能让我感到母亲的温柔。

每每家人聚餐，父亲就早早去采购，亲自做饭。他变着花样创造一些新口味，让儿女们高兴。他还研制了一种美食，起了个不错的名字叫"羊尾巴"。那是父亲将自己最爱吃的白水煮肉改良后的一种美食，先把肥肉用白水炖透，再裹淀粉，过油，然后，放回原汤，加上笋片、粉丝等。

我从小就沾不得一点肥肉，看见父亲端上来的"羊尾巴"，尽是肥肉，哪里肯吃。父亲百般劝说："吃一点吧，尝尝，一点都不腻，真的吃不出肥肉味儿。"经不住父亲近乎央求的劝说，我尝了一口，果然味道鲜美，一点吃不出肥肉的油腻劲儿，我放心地吃起来。父亲咧开嘴笑了，孩子一样的笑，不住地王婆卖瓜，给我往碗里添菜加汤。

物质上父亲什么也不缺。母亲在世的时候有句话："我们是国家的人，我们有国家管，你们什么心也不用操。"这是她唯一的自信和骄傲了。其实，他们真正需要的却是像那首歌里唱的一样："找点儿空闲，找点儿时间，领着孩子，常回家看看。带上笑容，带上祝愿，陪同爱人，常回家看看……"

可是，那个"曾给解放军运过军粮"的马夫形象，历经沧桑，还能唤起我等待"雨滴滴进我碗里"的惊喜吗？我们经历了太多磨难，可磨难带给我们的却是一个不那么简单的话题。

战争年代，我们不得不跟父母分离。新中国成立了，为了革命工作，父母又不得不舍弃儿女情长。诚然，我们的父母为我们创造了普通百姓得不到的优越生活，当我们享受这些优裕物质生活的同时，却又是父母不得已对子女感情的牺牲。

我渴望的从来就不是什么丰富的物质需求，我们更希望得到平常百姓的孩子得到的情感，渴望出生在一个普通老百姓的家里，平平安安就好。

可是，我们的父辈没有选择，他们注定不仅要为千千万万的人民流血牺牲，同样还要牺牲他们对下一代的情感，而他们的牺牲又注定了我们两代人共同的缺失。

我开始有意识地与父亲一起回忆一些儿时的往事。我们都不再需要理性的说教，拉拉家常，说说儿女情长，这是我们缺失了半个多世纪的奢望，希望找回他的缺失，也找回我的缺失。

小学二年级暑假，父亲送给我一只小白兔，养在家门外的菜园里。我天天去菜店捡菜叶喂小白兔。他下班的时候，也会给小兔子带回几片菜叶或是胡萝卜根什么的。

我盼着小白兔快快长大，可是，就是看不出它长。父亲哄我说，每天揪揪兔子的耳朵它就能长快了。我当真了，每天都揪揪小白兔的耳朵，可惜，没等到小白兔长大，小白兔却意外地丢掉了，原来被住在43号的一个女孩给偷了。

我按照别人提供的线索找到她家，她非但不赔礼，还破口大骂："还你该死的破兔子。"她拎起我的小白兔，就狠狠地摔在了地上。

看见小白兔摔在地上一动不动，我抱起小白兔就往家跑，求父亲救救我的小白兔。他看了一眼说："小孩子打打闹闹的事，兔子死了就死了吧，爸爸给你炖兔子肉，兔子肉很好吃啊。"

那个女孩儿已经上大学了，比我大得多，偷了人家的东西还气急败坏，不讲道理。我一肚子的委屈，没想到得到的却是这样一句话，我瞪着眼，盯着父亲，惊讶得说不出一句话来，接着，我就"哇"的一声大哭起来。

"真是的，一个小伙子，还哭，没出息。"父亲不耐烦地说，用手胡撸了一把我的头就算安慰了我。

我不吭声，默默地流泪，泪眼模糊地看着他把小兔子的皮剥光。等他把炖熟的兔子肉端上饭桌，闻到诱人的香味，我差点流出口水来。可是，看他故意大口吃肉，我气死了，最后，他连汤都喝得一干二净，还咂巴嘴。

"馋死你了吧？"听我说起往事，父亲说，"当时，就是想告诉你，别那么死心眼，坏事可以变成好事，做什么事都要顺其自然。"

"有你这么教育孩子的吗？成心气我。"我说。

"那么以后呢？"父亲说。

"从此我就不吃兔子肉了呗。"我说。

"再以后呢？"父亲说。

"再以后嘛，"我笑谑地说，"还是不吃你的破兔子肉嘛。"

后来，父亲又给我找来两只小白兔。刚刚丢了一只小兔子，我非要养在家里，父亲没办法，只好做了一个笼子，把兔子养在我家厨房的阳台上。

这时，我才发现小兔子有"语言"，比我以前知道的还要可爱得多。我逗它玩儿，它发出喷气声。母亲说，兔子感到受威胁就这样，你再惹它，可能会咬你。哇！兔子急了还咬人，果然有说头。父亲说，听你妈的没错，大生产时，你妈养的兔子有一千多只，让它吃它就吃，让它睡它就睡，让它跳进锅里为革命牺牲，它就英勇就义。父亲怪话真多。

不过母亲真的懂兔子的语言。兔子把身体靠近笼边代表让你把它放出来；兔子感到非常高兴和非常享受时，会跳跃；主人清理它的笼子，兔子可能会扑过来，表示它不喜欢人家碰它的东西；抽动短尾巴，蹦蹦跳跳，是一种调皮的表现，意思是说"你和我一块玩吧，来捉我啊"。

小白兔成了我的好伙伴，每顿饭我都偷一块馒头给它吃，看着它像小孩子一样地扑向你，你会有种归属感，非常幸福。

夏季，北京非常炎热，那会儿还没有空调，电扇也很稀罕，我家只有一台电扇。天气特别热的时候，晚上，我们常在客厅里睡觉，客厅有四扇折门，全部打开非常凉快，当然，小兔子也被我邀请到客厅。

一天，不知睡到什么时候，我迷迷糊糊地抓到一把兔子屎，一翻身，顺手放在旁边。早晨起来，才知道正好放在母亲的嘴边。我哪知道母亲什么时候睡到我旁边来了，结果，小兔子再没机会同享天伦之乐了。

"那次不能说我不通人情了吧？"父亲说。

"那也怨你！"我说，"也罢，怪我当时小，不懂事，如果是现在，我也会那样做，兔子已经死了，干嘛不美餐一顿呢？"

一天，家里吃饺子，我给父亲讲了一件陈叔叔的事情。那会儿，陈叔叔的儿子大勇从部队回来探亲，陈叔叔让大勇和他一起睡。陈叔叔的身体不好，半夜遗尿，尿了大勇一身。大勇说："老爸你也真是的，嗨！"陈叔叔说："嗨什么，你不是海军吗，还怕泡在水里吗？"

"这个老陈！"父亲一听就笑了，可是，刚刚翘起的嘴角，随即又消失了。父亲一时不语，陈伯伯和儿子的戏说，让父亲吃醋了。

我用筷子沾了一下醋，递给父亲说："老爸，来一鬃！"这句话是后文中的一段趣事。

"什么？"父亲愣了一下，说，"去你的吧！我才不吃醋呢。"

父亲显然成了老小孩儿了，一生自信的他，不愿意让人看出他的缺失。

有时我也跟父亲调侃。我对父亲说："我们还没上小学的时候，一次母亲发现花被面上的花破了，想也不想，一口咬定是小玲臭美，把被子上的花抠下来当花戴。有这么臭美的吗？还逼着我作伪证，我不肯，就罚站。"

"我当时就知道错怪了小玲，"父亲说，"色彩重的地方容易氧化，可是，我总不能当面批评你妈吧？"

这件小事本该一笑了之，却让小玲耿耿于怀，委屈了一辈子。小心哦，错怪了孩子也会记恨一辈子呢，这可是我对今天做父母的忠告。

"你还不一样，总出洋相。"父亲也调侃我，"还记得你在北京饭店偷糖的事儿吧！装了那么多的糖，像个大肚蝈蝈，结果出了大洋相。"父亲流露出几分得意，我小时候常看到他的那种表情。

"得了吧，才没有让你得逞呢。"我得意地说，"本来跟同学说好，回学校时给他们带点糖，既然你调了包，把糖换成了纸巾，我干脆把几包纸巾送给了同学。纸巾上印的暗花可漂亮了，跟绣上的花一样好看，同学们稀罕极了，比得到糖还高兴，尤其是女同学，让我下次多带点儿。"

"我说怎么回事呢，后来糖少得不多，纸巾就不够用了，你怎么从来没说过？"父亲说。

"没想到吧？都跟你学的，吃一堑长一智。"我说。

我尽可能多地与父亲回忆儿时的往事。父亲说："没想到这么多事你都记得。"我说："我遗传了你的基因，记忆特别好，所有细节我都历历在目。"这时，我看到了父亲欣慰的笑容。

我试图通过往事的回忆，让父亲感到一个已经老年的儿子，对一个更老的父亲的理解，让他知道我从来没有忘记过他的养育之恩。可惜，"老吾老以及人之老，幼吾幼以及人之幼。"理性的理解不等于心理的融合。父亲把"红小鬼"情结遗传给了我，而我又把"红小鬼"情结还给了父亲，我也不习惯儿女情长了。我们过去的缺失，又成了父亲晚年的缺失。

其实，这本来就不一定是一种缺失。一代人有一代人的性格，残酷的战争不可避免地在他们的性格上打上了战争的烙印，如果在他们的性格中连一点战争的痕迹都没有，那他们还会是自己吗？

事实是父亲已经用他的方式，把他所有的爱都毫无保留地给了我们，这就够了。我们需要正确地认识我们自己，更需要对老一代有一颗感恩之心。如果一个人连这一点都没有，即使他曾有过缺失或磨难，那么他必定永远在缺失中抱怨，找不到自我。

随着我和父亲交流的增多，我开始感到我与父亲心灵的碰撞。可是，父亲的体力毕竟越来越衰弱，虽然他的容貌并没有太多改变，但是他的精力显然不如过去了。

开始，我们要离开父亲的时候，他陪伴我们走到车站，直到我们上了车，他才离开。后来他只能把我们送到楼下，再后来他就只能站在阳台上向我们招招手了。

小时候我们每次返回学校的时候，父亲也是那样向我们招招手，那时，他从来没有注意过，我们不得不离去时，那种无助的目光。如今，从父亲的目光中，也看见了我们曾有过的那种目光，我宁愿让时光倒流，让父亲找回他那时的"红小鬼"情结。我不知道我们还有多少时间，找回彼此缺失的儿女情长。

我注意到父亲经常在沉思中默默无语。

一天，我又去看望父亲，父亲坐在他常坐的写字台前发呆，我走近了他都没有察觉。

"这么多的信啊。"我说。父亲写字台上的文件筐里装满了信件。

"没有了，再没有了。"父亲梦呓般地自言自语，竟没有察觉我对他说话。

直到我走到父亲的跟前，我才看清他的文件筐里装的都是一些党政军各单位发给父亲已经过世的老首长、老战友的讣告：文年生（"文革"后平反）、肖劲光、方志纯（方志敏的堂弟）、欧致富、谢镗忠、曾三、李质忠、叶子龙、黄有凤……

这些讣告中的人物，简直就是就是中国工农红军二万五千里长征的军阵。我听到了红军在长征路上的脚步声。

"爸爸，我回来了。"我说。

父亲依然沉溺在对老首长、老战友的回忆中，他抬起手臂，向他的老战友们行了一个军礼。我看不见父亲的面容，但我能感到这个军礼的沉重，这一代人的生命气息，始终相连，不管死了的，还是活着的。

"我来了！"父亲自言自语，些许，他才清醒过来，转身对我说道："啊！啊，回来啦。"

我感到一种不可名状的震颤。

34. 春联 AAAA

春节来临，我照例要给父亲买点年货，我不像别的孩子那样精心，准备都是些既实用又花里胡哨的东西。我每次给父亲带去的东西都是临出门前顺便去商场买的，什么贵我就买什么。

这天，我采购完年货，临出门才发现卖水果的柜台上有一种梨100元一斤。都说"四喜临门"，我也讨个吉利，就要了四斤，结账时才知道，四斤就是四个梨，每个梨100元钱。

我回到家，父亲一看我带去的那四个梨就对阿姨说："这几个梨拿去解解渴吧。"父亲说得不动声色。我明白，他不高兴了。我在家里的孩子中是最大方的一个，他觉得我也变得抠门儿了。

"这个梨可是100元一个。"我也不动声色地说。

"噢！那就留下吧。"父亲说，他不好意思地笑了。

说着话，父亲当年的几个学生来拜年，父亲立刻拿出我买的梨招待他们，说："尝尝，资本家吃的梨，看看，比我们当年在绥德刘家川村吃的野酸梨能好到哪去。"

"资本家也未必吃过这种梨。"我说，"售货员说，这是从日本引种的新品种，刚刚上市不久……"

"老首长还记得刘家川村的野酸梨啊？"陆叔叔说。

"那当然了。"父亲说，"打离开陕北，我再也没有吃过那么好吃的梨……"

"我也怀念那时的生活。"吴阿姨说，"那种野酸梨的味道，其实，就是我们从事机要生活的开始……"

"唉！"父亲叹口气说，"我老了，没有机会再回陕北了……"

"您不老！"陆叔叔说着，他打开一个提包，从里面掏出一卷纸，提包里面露出了野酸梨……

"这是真的？"父亲激动地说，"我要先吃一个。"

"我去延安观光，特意给老首长带回来的，不过，您先别急。"陆叔叔说着，打开了他手里的卷纸，说，"我们商量着给您写了一副春联，不知您喜欢不喜欢。"

陆叔叔刚一展开，父亲的目光就燃烧起来。这可能是世间绝无仅有的一副佳对。

上联是：1132 7122 0581 6386 0171 0055 9982；下联是：太阳升起来了。（下联是上联的译文。）

"您还记得吗？"陆叔叔说："这是您当年讲解电报密语说的一句话。"

"其实，这是一份明码电报，太阳升起来了。"吴阿姨说，"密语是前进……"

"怎么能忘记？命令部队'前进'。"父亲说。

"我至今都为这堂课激动不已……"陆叔叔说。

"缺个横批。"父亲若有所思，他找来笔，随即写道："AAAA"。

"AAAA"是表示电报等级"十万火急"的报头。

这一刻，所有的人都沉静在激情燃烧的战争岁月，他们在桌子上嘀嘀嗒嗒地敲击着莫尔斯电码唱起了《民解放军进行曲》："0686 0467 9982 0686 0467 9982 0686 0467 2053 0226 4104 7130 0124 0686 1132 7122——向前！向前！向前！我们的队伍向太阳……"

随着那嘀嘀嗒嗒地敲击声，父亲和他的学生沉入对往事的回忆：

1947年8月，延安保卫战取得沙家店战役胜利后，联防司令部机要科从螅镇渡口东渡黄河到达碛口镇，这里已经是晋绥解放区。或许是老天的眷顾，这时天气晴朗，万里无云，一眼望去黄河岸边的岩石缝里开满了金黄色的野菊花，像繁星一样密密麻麻，一丛丛，一簇簇，向着东渡黄河的部队绽放笑脸。

"战地黄花分外香"，父亲一路行军，一路采摘野菊花，这可是值夜班难得的好茶。野菊花在陕北高原并不鲜见，唯有黄河两岸最多，对大自然的恩赐父亲从来都不放过。

碛口镇是湫水河进入黄河的入口，沿湫水河逆水而行20余里，抵达沙垣村。联防司令部前、后梯队在分别几个月后终于会合。联司驻扎在湫水河北岸的沙垣村，贺龙住在一个刘姓村民家的两层楼院里，上下层各有5孔窑洞，贺龙住楼上，朝西有个独立的门，楼下住的是林伯渠、机要科和一部小电台，邻近的院落里还设有两部大功率电台。湫水河南岸的南圪垛村驻扎的是习仲勋领导的西北局机关。沿湫水河向东北30余里到双塔村，沿河几十个村庄驻扎着中央后委和军委三局的通信中枢。

这时，西北局机要科科长胡永连并入联防司令部。这就是说，联防司令部有了两个机要科长，一个是父亲，一个是胡永连。父亲说，两人虽然同为机要科长，但他们使用的代号、密码、分工都不同。父亲归周恩来领导，负责对西北野战军的密码通信，直接对彭德怀负责；胡永连负责什么父亲从来没有说过，机要工作同属之间，一个单位最高负责人之间，甚至挚友之间相互都有必须保守的秘密，这对不了解机要工作的人来说难以理解。

有趣的是，不知什么时候开始就有了"胡赖"的称谓。贺龙也这么称呼他们。"胡赖"的称谓一直延续到新中国建立后，以致父亲的一生。父亲的同事独遇见他都称他"胡赖"，甚至他的学生也称他"胡赖"，"胡赖"也成了他们的昵称。

联防司令部刚在沙垣村住下，毛主席就给贺龙发来电报，要求贺龙迅速动员 7000 至 10000 石粮食，以保障作战计划之完成。

常言道"兵马未动，粮草先行"，但是，陕北战场的情况恰恰相反，而是"粮草未动，兵马先行。"

胡宗南从进攻延安开始，就像饿虎扑食一样地把战争推向了顶峰，采用了比侵华日军"扫荡"更为残酷的"拉网"、"篦梳"战术，所到之处颗粒无存。而陕甘宁、晋绥两区由于"胡祸横行"造成的战争破坏，加之天灾人祸，土地荒芜，粮食供应更加困难。我野战军哪里还有什么"粮草先行"的储备。但不论困难有多大，必须保障野战军的粮食供应，贺龙立刻下令，由向河同志负责运粮支援前线。

8 月 27 日，中共中央军委又发来急电："野战军南下，已无粮携带，着从速令绥（德）延（安）两地区沿途筹粮。能否保证粮食供应，成为西北战场解放战争能否胜利的关键。"毛泽东的催粮电报非常清楚地表明了，"粮草未动"的险恶形势，已经成为保障陕北战争取得胜利的背水一战。

当时，西北野战军（简称西野）约 6 万人，中共中央、陕甘宁边区各机关、部队、学校及游击队约 2 万余人。这 8 万余人每月需粮 1.6 万多石，还不包括河东晋绥军区部队和西北局坚持留守地方的广大干部，以及"乡不离乡，村不离村"，坚持地方斗争的游击队和民兵。战区后勤储备和老百姓已经不堪重负，偶然得到一袋几十斤的粮食，都让大家惊喜不已，现在要迅速解决 8 万多人的粮食所需，其困难可想而知。

贺龙主持联防军后勤工作会议，决定将联防军后勤部和供给部合并，组成新的后勤部，军队供给实行统筹统支，一切为了前方，集中有限财力、物力为战争服务。他要求陕甘宁晋绥政府的各级兵站，由地区专员和县长兼任站长，负责筹粮、筹款、运输，使野战军走到哪里，就可以在哪里得到供应。

1947 年 9 月，贺龙司令员下令，机要科的女同志全体调离司令部，以便于司令部的军事机动。根据贺龙的命令，联防司令部机要科的女同志全部调到了后委的中央机要处。不久，联司机要科也随部迁移到中央后委所在地双塔村。

同月，贺龙通过周恩来向晋冀鲁豫解放区征调了 10 万石粮食。粮食有了，可这么多的粮食怎么才能运到陕北前线呢？贺龙令联防司令部，立刻向各级兵站发出军勤动员令。

《军事勤务动员条例》是一种由兵站或过往军人向政府要军勤，按《军事勤务动员条例》给予民众一定报酬的制度。这种"军勤"没有常备状态的组织，而是根据战事的需要，由政府临时下乡动员或雇佣老百姓，将分散在各地的人力、畜力，在有限的时间内，按规定组织起来，完成运输任务。

各级政府、兵站立即行动起来，把《军事勤务动员条例》编成口号和歌曲等形式进行宣传。连孩子们都动员起来了，春明东渡黄河后在贺龙附小上学，一放学，老师就带着学生去村里唱歌，动员民众支援前线。

在各级政府、兵站的动员下，一时间在通往陕北前线的路途上，形成了数百条百里、千里长的运粮队伍，仅在晋南就有数万人参加了运粮，有的还是千里迢迢从河南远道而来的运粮队，途中要经过中条山、吕梁山、汾河等地。运粮队的队伍昼夜不停，浩浩荡荡，络绎不绝，男女老少齐动手，肩扛、驴驮、马拉，冒着敌人的炮火前进。

父亲的回忆中总有一些感人趣闻。他说，山西人和陕北人一样爱唱歌，送粮的路上歌声不断，小曲不离口，曲子也多得不得了，白天赶路的时候唱，晚上歇脚的时候也唱。

屋檐下，两个歇脚的运粮队员，大概是一对恋人吧，你一首，我一首，唱的歌没有一首重样。

一个接新兵的解放军干部在屋里听得入了迷，等新兵集合了却不见他来，原来他听了一晚上的小曲，快天亮反倒困得睡着了。直到其他接兵的同志找到他，他还在梦里哼着小曲："军勤动员令，千里送粮忙，阳婆婆要歇脚，月儿紧着跑，冷里格紧着跑……"他连哼带唱，唱的是一个很流行的曲子，歌词不知道是谁改的，或是他自己在梦里编的，歌词蛮像样，曲子却走了调，自己还美滋滋地唱个不停。

一天半夜，父亲去机要科查班，路上，耳边，电台的"嘀嘀嗒嗒"声响个不停。这是父亲认为最美的音乐，仿佛梵音从天而降，随风飘洒，时而如玉珠落盘，时而如百鸟争鸣，时而像高山流水，在这梦幻般的乐曲声中，他听到了来自天堂的"人民战争"的《欢乐颂》。

月光下到处都是临时歇脚的运粮队员，影影绰绰，三三两两。树下，两个人影，一会儿低声说些什么，一会儿又"你一盅，我一盅"低声猜起酒来。

好酒量！好兴致！父亲好奇，不由自主地凑过去搭讪。原来是一对新婚青年，刚拜完堂，就一起参加了运粮队，胸前还戴着大红花。他们很骄傲地对父亲说："大红花是运粮队出发前，区长亲自给俺们带上的，嘱咐俺们一路上都不要把大红花摘掉，让运粮队都看见，还夸俺们是他们的光荣，是支前模范呢。"

多朴实的庄稼人啊，父亲被感动了，说："你们也是我们的模范，是我们学习的榜样。来！让我也跟咱们的模范碰一杯。"

可是，当父亲端起他们递过来的酒杯时，才知道他们"你一盅，我一盅"喝的并不是酒，原来他们的"小酒盅"里装的是一小口醋。他们每人拿着一截细柳条，你蘸上一点儿，我蘸一下，全当酒喝呢，不过是这两个热乎乎的新人，为了偷偷地讨个欢喜罢了。

父亲说："猜什么呢？"新郎官心直口快地说："想要个娃……"他刚说出一个"娃"字来，就被新娘子满面羞赧地捅了一下，新郎官的脸也红了起来。看着一对亲亲热热的新人，父亲不忍打扰他们的幸福，说了几句祝福的话就离开了。

一对刚刚拜过堂的新人就参加了运粮队，多么感人的故事啊，父亲一到机要科就把这件事告诉了值班的同志。没想到这个故事传来传去，竟编排出了一个笑话。说山西人喝酒的时候，用马鬃蘸着喝，"你一鬃，我一鬃……"喝了一晚上，一盅酒还剩下了大半杯。山西人"盅"和"鬃"，发音差不多，难怪弄成了笑话。这就是前文"来一鬃"的由来，不过我从来就没有把它当成一个笑话来说。

1947年冬季将临，前方部队急需越冬的被服，家家户户又被动员起来为部队赶制棉衣。屋里屋外，炕上炕下，到处都铺满了棉布、棉花，小媳妇、老婆婆，趴着的，卧着的，蹲着的，她们唱着小曲，没日没夜地穿针引线，一唱就唱到日头红了，又唱到月亮爬上枝头。老百姓唱一天都没够，你听一日也不烦。

艰苦的革命战争没有把根据地的人民压垮，黄土高原上荡漾的民歌小曲，却给根据地军民注入了高昂的革命热情。小曲儿唱遍了黄土高原，保障了我军作战需要的粮食及其他补给，为把战争推向国民党统治区提供了经济保障。如果说，淮海战役的胜利，是用民众的独轮车推出来的，那么西北的解放战争又何尝不是如此！

后方保障不仅需要解决粮食、被服，而且还需要其他各种军需物资和经费，等等，这副担子都由贺龙领导的联防军挑了起来。

早在抗战时期，为了解决陕甘宁解放区的经费、物资需要，陕甘宁晋绥就建立了不少各种级别的贸易公司，对外是生意人，对内全都是军人，有些贸易公司还配了秘密电台。贺龙把所有的贸易公司都统一起来，纳入联防司令部统一指挥，想尽一切办法做生意，筹措物资，为了前方的需要什么买卖都做。

1948年5月31日，贺龙在西北野战军前委扩大会上报告说："河东的抗勤任务，超过了抗日战争的总和。"这是一个令人惊叹的数字，足见西北解放战争后勤保证工作之巨。抗勤，就是前面说过的"军勤"。

1948年7月，中共中央又决定将晋冀鲁豫解放区所辖晋南19个县划归西北解放区，使得西北解放区范围更趋扩大，有力地支援了西北解放战争人力和物资的需要。

西北战争爆发前，联防司令部机要科的联络对象主要是所属各部，固定的联络对象有九个；战争爆发后，联防司令部联络的对象包括了中央前委、后委、西北野战兵团、联防司令部所属分区、西北局及晋绥区所属部队。后来因协同作战和后勤保障需要，联络对象又增加了友邻战区所部，以及新组建起来的野战部队、地方部队，甚至还包括了诸多的为后勤保障服务的贸易公司，及其他不断增加的新的联络对象。

这段时间，联防司令部机要科的密码联络工作更加繁忙，电报昼夜不断。父亲回忆当时的情况时说，那是机要工作最繁忙的一段时间，中央机要处的李质忠同志与他和胡永连是最忙的三个人，常常忙得通宵达旦，连饭都顾不上吃。发来的急电，多得说不清，电文长的多则数百字或更长，少则十几个字，西北战场的战线有多长，机要科收发的电文就有多长。

父亲的警卫员宋德林回忆那段时间的工作时说，那时很难有一天能睡个囫囵觉，常常一天只能睡三五个小时，有时整天连轴转，一刻不停。发出的电报要先译成密码数字，收到的电报再从密码数字译成文字，都是用毛笔一笔一画地抄写，一字不能错。

他说，那时你父亲经常睡在办公室里，一听到有电报就跳起来，遇到"AAAA"电报，哪怕正在吃饭，放下碗就拿起毛笔译电。

"来电报了，快译！快译！"一次你父亲打着盹，就在梦里喊叫着惊醒了。他爬起来就找电报，看着正在译电的机要员才发现自己原来在做梦，就自嘲自解地说，我说有电报就有电报嘛。大家听了偷偷地笑，不作声。

那时，父亲胃病最严重，胃疼，吃不进东西，随时要喝热水。宋德林给父亲备了两暖瓶热水，让他随时有热水喝，喝了热水胃疼就缓解了。

有几次译电的时候，父亲把毛笔插进了喝水杯，写了几个字才发现，甩甩笔，蘸上墨，继续译写电文。宋德林还没来得及给他换掉弄脏的水，他又端起杯子喝起来，喝了一嘴黑。

宋德林笑起来，别的同志也跟着笑起来。他开玩笑说："笑什么？喝点墨水可以防治胃病，要不你们都来试试？"

宋德林说，你父亲那会儿喝的不知是什么药，跟墨水一样，黑乎乎的很难喝，他尝过一口。

随着陕北失地的逐渐收复，1948 年 10 月 22 日，西北局、陕甘宁边区政府和联司，从山西渡过黄河回到陕北，分别驻扎在绥德县义合镇薛家渠、雷家沟和刘家川村。联司驻地在刘家川村。

根据形势发展和上级的要求，父亲在完成日常工作的同时，又加紧了对机要员的培训工作……

机要训练大队曾驻扎在的绥德刘家川村，这里山川沟壑纵横，野山梨漫山遍野。时值收获季节，这里的野山梨还是青色，咬一口有点涩，却酸甜可口。其实，机训大队的学员也像这里的野山梨，不显山不露水，酸涩的机要工作中却充满了甜蜜，这是因为他们将要承担的使命，无限崇高。

业务入门从密码发展史讲起，内容包括明码电报、密码。比如，二十世纪二三十年代，国民党军队的密电，是明码加明码，即直接可以看到的内容为明码，对明码进行某种处理后得到的内容为密码。方法多样，有替代密码、置换密码、矩阵换位等。再如，密语、乱码、哑子母，减少字母出现，绝对不要用无谓的虚字和词句，如"清明时节雨纷纷……"作乱码等。当然，作为暗语另当别论，长征开始曾用"鸽子飞了"暗示部队已经出发。

密码学习非常枯燥，成天和数字打交道，需要记忆成百上千的数字代码，每天背电码，代码和乱码混在一起让你理不出头绪，而且这种记忆不是一劳永逸，代码常常更换，更新一次，就得重新记一次。

在战争中学习战争，这是父亲认为最有效的教学方法，即使，有些电码破译是模拟的教学课程，也必须一丝不苟。破译敌人的电报，不分昼夜、风雨无阻，必须完成党和组织交给的任务。

工作和教学环境十分艰苦，没有翻译设备，没有打字机、计算机，破译密码全靠一支笔、一个算盘，手工操作，反复计算。

基础课有语文、外语，即使从学校选调来的高中生，甚至大学生也得从头学起。语文教学从中学到高中，都有完整而严格的教学计划，英语用的是林语堂的《开明英语读本》这是民国时最畅销的英语教材，教师请的不少是从美国留学回来的学者，可谓高规格教学。

为了掌握英语教学进度，父亲常和老师研究教学计划，有时也用英语搭几句话，顺便多学几句英语。

"Today the first few lessons?"（今天讲第几课）父亲说。

"Lesson six."（第六课）老师说。

"The students keep up?"（学生跟得上吗？）父亲说。

"Your students gold."（您的学生都是金子。）老师说。

"Mr. is a gold digger."（先生是淘金者。）父亲说。

这是父亲和英语老师的一次对话，老师困惑地盯着他，说："首长学过英语吗？"

"就会这么几句。"父亲粲然一笑，说："当真就会这么几句。在通信学校学了几句，当时，在联司，美军观察组离我住的地方只有十几米，遇见就搭几句话。我没有系统学习的机会，顺手拈来，也算偷人家点东西吧……"

父亲兼任西北局机关团委书记，对青年的传统教育、革命理想教育，是父亲最为关注的问题。他经常给青年讲长征故事，他要把红军"魂"注入到新一代人的内心世界，让他们成为自觉的革命者。

长征中，红3军团的一个管理科长，他自己也有伤，因为遗弃了一个伤员就被枪毙了。在革命队伍中对同志的仁爱，既是患难与共的情感，也是铁的纪律。对同志的关爱，也是纪律，学生听了觉得新鲜，也感到了温暖，他们的生活不全是冷冰冰的数字。

抗战时期，晋绥军区有个机要员，是个老红军。打土豪的时候，他偷偷地藏了点东西，换成钱，给自己做了一身新衣服，结果就被枪毙了，因为对老红军的机要员纪律要求更严。一个革命者不论资格多老，功劳多大，都必须不断地完善自己，用纪律约束自己。纪律是无情的，像冷冰冰的牢笼，但是关进去的不是同志之间的情感、友爱，甚至天道使然的人性。

两个故事，一个因为"放弃"受到纪律的惩罚，一个是因为"获取"受到纪律的惩罚，父亲讲传统不是简单的说教，常常让你深思，感动不已。

一代人有一代人的生活模式，特别是年轻人，朝气蓬勃，意气风发，在新中国即将建立的岁月里，他们燃烧的激情并不比今天的青年逊色。父亲说，无论做什么工作，哪怕是过日子也要有激情，没有激情做不好工作，也过不好日子。长征那么艰苦，不是苦巴巴地熬出来的，靠的是充满激情的革命理想，机要工作者也不例外。他非常关心青年人的娱乐活动，寓乐于教。

第一次组织舞会，父亲找来几个人伴奏，他们只会拉二胡，吹唢呐，打腰鼓，这样的曲子也能跳舞！年轻人被惊得目瞪口呆，他和几个延安时期就参加工作的老同志带头进入舞池……

大家听着父亲对往事的述说，他说到这，一屋子的人都笑了起来。接着，大家齐声说道："AAAA。"

我一直想解读"胡赖"这一代机要工作者，他们的一生不失令人惊讶的华彩，可是，他们谨言慎行从不多言，就好像一个忠实的墓地守护人。年年、月月、日日，总有人捧着鲜花，去追忆逝者充满风采的往事，寄托他们的哀思，来了，又走了，春来，秋去，花开花落，可是，谁能注意到守护人的落寞、枯燥，为他们矢志不渝而惊讶呢！

这就是一代机要工作者的信仰，坚守党的秘密是他们永久的使命。从他们投入革命的那一天，向党旗举手宣誓的那一刻，就注定了他们将要付出的牺牲。他们坚守了党的机密，也封存了他们自己的华彩。"胡赖"那一代人，并不是所有人都读懂。

35.除却故乡难为家

再没有什么比"回乡"更让父亲焦虑的事了。父亲第二次回老家，距今已经又 25 年了，如今父亲已 91 岁高龄，岁数越大就越是思念家乡。"活着的红军回来了！"这是父亲一辈子都忘不了的声音，家乡父老思念他，他也一样地思念家乡父老。

父亲这次住医院快一年了，健康状态每况愈下，几个月来医院接二连三地通知病危，他躺在病床上，还有过回乡的念头。可是，山高水远，车船劳顿，病榻上，他连执笔书信的力气都没有，哪里还可能奢望回乡，徒添几分思乡的惆怅罢了。

很多年以来，父亲曾多次让我们回乡看看，可是种种原因一直未能成行，每一个子女都能找出各种各样的理由推托。我们从小在北京长大，老家从来就是一个被大城市的繁华冷落了的地名，除了在填写履历的时候会想起自己的籍贯，就再无什么可以值得记忆的地方了，两代人对老家的理解迥然不同。

秋夜，一牙弯月，一棵老槐，浓密的绿叶像是一个偌大的云团被高大挺拔的枝干撑起。一缕秋风吹过，一片秋叶，落在病房前的空地上，随风飘动，孤零零地显得有些落寞。

病榻上的父亲，身上挂满了大大小小的输液瓶、输液袋以及鼻饲管、导尿管、监视器，就连手脚都被固定在床架上动弹不得。我想起司马迁在《报任安书》中的一句话"积威约之渐"，意思是说，人的精神在这样的"捆绑"下，恐怕早就被消磨殆尽了。现代医学的这种"捆绑"艺术，令人无奈。

该是我们回老家看看的时候了，那是父亲梦里落叶归根的地方，寻找我们的根，寻回父亲的梦。

2007 年 10 月，我们从北京乘火车往赣州，从赣州换乘长途汽车到石城县。然后，从石城县城到秋溪村，再换乘长途车去老家洋地。途中，我们在秋溪，遇见一位老婆婆在自家门前晒莲子，闲来无事，一边等车，一边跟老婆婆学起了剥莲子。老婆婆说，这一带是著名的"白莲之乡"，赖家祠堂就在附近。过去老家人常给父亲捎来莲子，煮食起来绵软而沙甜，味道很是不错，还没到老家，我们就已经嗅到了家乡的淡淡清香。

从秋溪到洋地的路，只有一条山路，依山而行，蜿蜒曲折，两辆车勉强能够错开。京九铁路通车前，从南昌到赣州还没有铁路。据说，眼前这条铺设了水泥的路，是为了扶持革命老区建设在近些年才建成的，原来全程都是沙石路，把人都能颠散，父亲两次回乡走的都是这条路，相比父亲我们的旅途轻松多了。

一路乘车而去，山青林密，道路平坦，拐了十几个弯，途中似经过几个淹没在山林里的小村子。走到路的尽头，眼前豁然一亮，我们便到了洋地村。这是我们"寻根"而又从未回过的老家了。

洋地村傍山而建，满山的松树、茶树、毛竹，郁郁葱葱，青翠欲滴，环绕了整个小山村。从村口由西向东有条小街，小街的两边是卫生院、邮局、工商所、信用社、商铺、村委会，不多的几栋两三层的楼房，其间夹杂着的多是低矮的民宅，高高低低，看上去杂乱而陈旧。

走到路的尽头，有两三栋色彩明丽的小楼，看得出是富裕起来的村民在近几年才建起的民宅。向北的坡地上还有一座规模不算小的养老院，十分惹眼，或许是老区特有的设施，在北京的乡村我从没见过规模这么大的养老院。

绕过小街，山那边是老房子。那是一排具有客家风情的建筑，古朴且年久失修，有一面墙坍塌了。听老家人说，父亲就出生在这里，当年的苏维埃政府也在这里。屋前是一片开阔的水塘地，种植的都是当地特有的白莲，时值秋日，荷塘里只剩下了枯黄的枝叶。

不知父亲当年牵着水牛读书的地方是不是也在这里。想起父亲记述儿时的笔记："连水牛也跟着'哞哞'地叫起来，好像学着先生的样子故意压低了嗓门吓唬我，一个字都不能背错哦，哞——小心打板子哦，哞——"我开始感到几分淡淡的乡情。

根据父亲的介绍，洋地村有变化，但变化不大，房间里没有抽水马桶，厕所还像父亲1983年回乡时见过的样子。这是我们最不能忍受的地方，想象中苍蝇蚊子成群就受不了，所以，从石城县出发时，我们才通知村里的亲戚，原不打算吃饭，走马观花地看看父亲当年住过的老屋，能给父亲一个交代就行了。

可是，一到洋地，我们就知道错了。刚刚落脚，乡亲们就你家提一条鱼，他家提一只鸭的来了，他家的婆婆、你家的奶奶都赶来帮助做饭，再无"搪塞"的理由了。

等候做饭的时候，为了打发时间，我们坐在路边的竹椅上喝茶，听着一些不认识的老人，操着江西话，兴致勃勃地闲聊家乡的往事，竟然还有人详细地讲起1951年父亲回乡时的情形。

一个老爷爷说："那会儿石城的土匪还没有肃清，部队派了一个排的人负责保证你父亲的安全，结果遇到一队人马……"时隔近六十年，父亲回乡途中的一段插曲，乡亲们都记得这样清楚，我似乎被什么触动了。

我们喝着茶，听老家人说着话，又有人来打招呼，我就叫乱了辈分。一个头花白的老人，我称他叔叔，他连连摆手说："错啦，我当叫你叔叔。"父亲越是到了晚年就越是惦念家乡，而我已经有了白头发才第一次回乡，村里人居然还知道我的辈分。我触摸到"根"的感觉，惭愧啊！对不起乡亲们的这份亲情。

时近午时，家家屋顶升起了袅袅炊烟，本来就不算繁华的小街更显得人影稀疏了。老家哥哥的房子临街而建。几只咕咕觅食的老母鸡，沿街寻寻觅觅。一只黄狗躺在小街的中央，懒洋洋地晒着太阳，打起了瞌睡。这时，一辆公交车驶进村子，从路中间穿过，我下意识地站起来，担心那只狗被车碾着，可是，车过之后，那条狗漫不经心地抬头看了一眼，就又躺在地上打起了瞌睡。摒除了小街上那些杂乱的建筑，这里的秋景倒也给人一种古朴、素淡、恬适的感觉。

出人意料的是，无论你上厕所，还是在小街边喝茶，看上去环境杂乱，你却见不到苍蝇，空气清新得就像在森林公园里一样。

小姑姑一生劳作，生活艰辛，竟然活了95岁。父亲说，过世前几个月，她还自己喂猪、做饭，小姑姑长寿和这里的自然环境不无关系，或许，这是上天给赣南人的回报，也未可知。

时间不长，特意为我们准备的饭菜端了上来，偌大的圆桌，有三张，每张桌子都摆上了八大盆菜，我说的是"盆"，而不是"碗"哦，这可不是笔误。

别的美味佳肴不必多说，只说说最让父亲津津乐道的那盆鱼圆汤吧。鱼汤炖得像牛奶一样白润，鱼丸子圆溜溜的有乒乓球那么大，堆得冒了尖，不用吃，香气就沁入肺腑，让人直咽口水。难怪父亲说这是家乡的第一美食，以往老家来人，别的可以不带，唯独鱼丸子少不了。老家的鱼丸，在父亲记忆中有着永远忘不掉的情结。

吃罢午饭，老家的哥哥带我们去给奶奶上坟。那里山高林密，野草有半人多高。老家的哥哥光基一路砍草开路，他说："唔！这里野猪多呀，会吃人呢。"我不知道奶奶坟茔当时的环境，现在看上去却是一处难得的清幽之地。

一路爬山，出了一头的汗，在给奶奶烧香的时候，微风突起，甚觉凉爽。父亲说过，他参加红军前那晚，在奶奶的坟前，也是微风突起，仿佛感到奶奶的抚摸。我也感到了奶奶的抚摸。我第一次回乡，第一次祭奠奶奶，或许奶奶在天有知，一脉相承的血缘即使你从来就没有接触过，你的血管中却始终流淌着她的血液。我不由得心潮涌动，真想叫一声奶奶啊！这是我回到老家才有的感觉，触到根的感觉。有根才有家！

从这次回乡后，一直对家乡淡漠的我，又几次回到石城。我似乎被什么吸引了，"根"的引力，无论你怎样枝繁叶茂，走到多么遥远的地方，承继了什么基因，抑或变异成什么物种，终究叶落归根，化为家乡的泥土。或许，还不仅仅是这些。这是一个养育了红军，养育了中国革命的土地，我们的根系中浸透了无数先烈的血液。

石城一年一个变化。我再次回石城时，这里已经变成了一座相当繁华的城市，琴江穿城而过，两座跨江大桥把新老城连成了一片。

夜色中的大桥，宛若彩虹在水面上临空飞起，桥栏上镶嵌的彩灯，闪闪烁烁；沿岸的高层住宅、别墅、商铺、店堂、游乐场毗连相接，在流光溢彩的霓虹灯照射下异彩纷呈，宛若琼楼玉宇；逛夜景和在沿江广场跳舞的人密密麻麻，熙熙攘攘；城中保留的老街上，亭阁楼宇，桂花飘香，在月光下信步闲游，又是一番散淡自得的感受。

"桂花屋"是石城县最负盛名的一幢客家古建筑。据说，那是太平天国幼天王的囚禁地。修缮一新的桂花屋，墙壁上留下的弹痕依稀可见，仿佛默默地述说着历史的一抹印记，也述说着石城人民在石城阻击战中那些可歌可泣的故事。

老家洋地也改变了昔日的模样，到处都是盖起的三层楼的别墅，一眼望不到边。老家的嫂子桂兰让我们在她家住了几天，自来水、有线电视、宽带网，家家入户，大房子、大客厅，每间屋都安装了空调，每层楼都有抽水马桶，不比城里人的豪宅逊色。侄子冬根是村长，把新编写的《祖谱》拿给我看，这是一部几十万字的书，富裕起来的老百姓已经开始追求精神生活。

"月光光，夜夜光，月华姊，在中央，偷眼来把凡间看，人间美景胜天堂……"这是父亲儿时唱的儿歌。我几次夜行"偷眼来把洋地看"，都迷了路，没有走过同一条街。我对家人开玩笑说："不是我们回乡下了，我们是乡下人进城了，以为到了天堂。"

36. 临终密码

父亲已经到了弥留之际，自前次我们回老家到现在，他在医院已经连续住了有一年之多。他平静地躺在病床上，仿佛熟睡了一样，一头依然浓密的银发散落在雪白的枕间，宽阔的额头上看不出有明显的皱纹，也看不出病态的憔悴，只是比我们回江西老家前又消瘦了许多。

父亲的容貌看上去比实际年龄小得多，我不止一次地听病区的门卫夸赞父亲是个美男子。父亲对这样的赞美很是受用，沾沾自喜，他认为只要死得有尊严，不失风度，早死一天，还是晚死一天并不那么重要。

他说古代巫医彭祖号称年寿八百，临死的时候抱怨，要不是睡觉的时候枕头垫高了两寸，他还能活得更长。父亲才不信这样的传说，他偏偏喜欢高枕，高枕才无忧。一个连睡觉姿势还要讲究的人，为了活着而活着，这样的人活不长，活着也没意思。

父亲的性格豁达，幽默。由于战争年代留下的胃疾，1964 年他的胃切除了五分之四，十二指肠全部切除。手术后不久，他遇到一个刚做过肝囊虫手术的蒙古牧民，医生劝他以后多吃菜，他说："干嘛非让我吃草（菜），我不吃草就要吃肉。"父亲说："咱俩对脾气，我的胃就是吃草吃坏的，所以我得了'胃亏肉'，也得多吃肉。"那个牧民拍着手，哈哈大笑地说："到我们草原去吧，请你吃烤羊腿，包你天天有肉吃，吃个够。"父亲也笑起来，按着肚子，生怕把还没拆线的伤口笑破了。

从我有记忆开始，我就没有看见过父亲腻腻歪歪，没病找病，说什么健康指标有问题了，什么不能吃了，要注意营养均衡了，等等。他在饮食上我行我素，由着性子想吃什么就吃什么，他最爱吃的美食首当肥肉，用白水煮了，蘸酱油吃，才觉得过瘾。

我也没听父亲喊过疼。在战争年代父亲腰椎骨裂，得过严重的肺结核病；在"五七干校"他的小腿骨粉碎性骨折差点截肢；离休后，心肌梗死七八次，脑梗六次。在他看来，无论是战争年代还是和平时期，只要活得开心，就算有病，也不用去管它，人的病全在精神上，笑一笑治百病。

他对家人和医生的健康警告，全当耳旁风，他每次住院都是因为急诊才进去，进了医院就报病危。父亲这一次住进医院再没有离开过病床，在这一年的时间里，医院接二连三地报病危。他的生命力惊人地顽强，每次进了 ICU 重病监护室，他都能乐呵呵地走出来，可是，只要病情好转，他就不那么安分了。

在病床上，稍不留神，他就会把身上挂着的瓶瓶罐罐拽下来。

他我行我素，想吃什么就吃什么，什么都想吃，什么都想做，甚至还想去陕北当年战斗过的地方吃一顿羊杂碎。他不止一次地念叨，定边一带的羊杂碎最有名，阳坡头的"抿节儿"最好吃。

著名导演谢添在住院的时候认识了父亲，给父亲题写了一幅字"丰碑"。他说："长征是丰碑，你的生命力也是丰碑。"谢添写的字，是"倒笔"书法。

父亲笑说："长征对个人不能说丰碑，只是我个人的一段经历。我长寿是因为小时候，我爹妈把我许给阎王爷做儿子，阎王爷知道我死了要去见马克思就做不成他的儿子了，哪还舍得让我早死啊。"父亲的生死观一直就这么豁达。

不过比起廖叔叔的洒脱，父亲还是自愧不如。廖叔叔几年前就过世了，他临终前的中午，喝了一瓶啤酒，吃了两条鱼，酒足饭饱，眼睛一闭就走了。

父亲羡慕死他了，想起他和廖叔叔当年为了吃鸡遇险的经历，他说："我的老伙计，希望你还是骑着驴慢慢走，买只鸡等着我，我的马快，追得上你哦。也不用怕土匪骚扰了，咱老哥俩可以踏踏实实地打牙祭。"

可惜，父亲再没有机会与廖叔叔踏踏实实地打牙祭了，他每况愈下，已经没有了自理能力，只能靠鼻饲维持生命。要按他的性格，在生命的最后一刻，他才不愿意输给廖叔叔呢。

父亲静静地躺在病床上，这是他少有的安静，我感到这次父亲真的要走了。被乱七八糟的管线捆绑着活在病床上，他觉得这样的活法没劲儿，他累了，也烦了。虽然有优越的医疗条件，但是，不是所有的人都愿意这样苟延生命。

那次我们回乡，给父亲带回一顶八角帽，从此，他就把八角帽放在枕边。他常拿着八角帽说："他的老战友差不多都走了，就是自己还赖着不走，也不知道还能不能赶上战友们的队伍。"

他也常提起家乡，他说："活着的时候没有机会报效家乡父老，亏欠太多，还不如早点走，让我早一天去陪伴养育了我的家乡父老吧。"

病房里的温度热得让人烦闷，窗户被谁拉开了一条缝，雪白的纱幔被气流轻轻扬起，在窗前雾一样飘散开来。

我怪异地想，就让父亲像雾一样飘走吧，让雪白的雾轻轻飘起来，慢慢弥散，留下一片无瑕的空白，让他的灵魂弥散在天堂里。这不免小资情调，我的老红军父亲不可能这样想。他的生命轨迹从一开始就属于那个"红小鬼"的时代，活是红军的人，死是红军的鬼，可是，他的儿子就一定要坚守这份信念吗？

为什么不能让我带着神祈般的虔诚，把父亲送到人们视为圣洁的天堂呢？以往的革命文学从来就没有把革命者包括在"圣洁"的内涵中，似乎"圣洁"与"革命"是相对立的反义词，这是无产阶级文学家的偏误。难道无数先烈抛头颅洒热血解放了全中国，仅仅荡涤了旧中国的腐败和污浊，而他们流血牺牲，竟不能有一块属于圣徒才有的净土，或许虚无的灵魂也需要有选择的文化涅槃！

我想起了母亲，一个 1933 年参加红军的老战士，一个纯粹的贤妻良母，平常的老太太。报纸上对她盖棺定论的讣告的定语是"久经考验的忠诚的老红军战士"，这个代表组织的评价，足以慰藉一个平平常常的女红军战士的在天之灵了。可是，当我看见母亲遗体上覆盖着中国共产党党旗时，我却莫名其妙地感觉到这不一定是母亲想要的。我感到对母亲的这种程式化的评价，似有一种难以名状的缺憾，可缺憾的是什么我又说不出来。现在又到了父亲该走的时候了，对他又该怎样"盖棺"定论呢！

窗前的纱幔雾一样飘起，我眼前蒙上了一层迷雾。人的一生大都被蒙在雾里，等你什么都看清了，又恐怕什么都晚了。

我下意识地转过身，回头去看父亲。父亲的嘴唇微微嚅动着像是要说什么。小青低下头，侧过脸，贴近父亲的耳边说："您想说什么？"可是，谁也没有听清父亲说些什么。

父亲的手从被子里伸了出来，颤颤抖抖，或许，是心灵感应，我感觉到父亲颤抖的手指似乎还带着节奏。父亲已经不能说话，家人焦急地相互张望着，一脸茫然，猜不出他抖动的手指，想要表示什么。

也许，由于我们愚钝，让父亲失望，他恢复了平静，又一动不动了。须臾，父亲的手指又一次颤动起来，那分明是一种更有节奏的"敲打"，似曾见过的熟悉。我突然意识到，这是父亲在发送电码吧？

父亲是报务和译电的双面手，几十年的密码通信，使他能像条件反射一样迅速准确地收发电文。面对这种无声电码，莫非父亲希望我来破解。我最早的报务常识，还是在我小时候与父亲嬉耍时，他教给我的，没想到当年的嬉耍，竟可能成为我和父亲临终交流的"密钥"。

我也多么渴望能再次与父亲交流啊，我还有很多话没来得及跟父亲说，哪怕就是一种心理电波的交流，我相信心理暗示。我感到了父亲的亢奋，手指更加有节奏地敲打起来，这是他用最后的力气，奋力发出的电码吧。"怒发冲冠、凭栏处、潇潇雨歇。抬望眼、仰天长啸……"这才是父亲的性格。

我似乎明白了父亲发出的电码，他最怀念的是他机要生活的那段经历。可是，我无法分辨他发出的是"乱码"还是明晰的电码，抑或只是我的猜想。我没有更多的时间去猜测和破解父亲要表达什么，有很多问题，我需要父亲更明确地告诉我。我试探着用手指敲

打着父亲的手背，"嘀嘀嗒嗒"地发起电码来，我只能这样地尝试
一下了。

父亲一直看不透我，我也不一定读懂了父亲，这是我们两代人
的缺憾，那么，就让我尝试读懂他吧。

很多事情，父亲清醒的时候已经有了交代，或许他只是不放心，
或许他又想起了什么还需要强调的问题。我尽可能地选择一些他已
经关照过的事情，用尽可能简短的电码传达我发出的信息，希望父
亲能够读懂我发出的电文。

"qrv"我用Q字简语和明码交替着对父亲说："0402 0271
0006 4848"（准备上线）。接着，我就发出一串明码："0707
0446 2069 0645"（告别战友）。我揣摩着父亲的愿望，或许他希
望最后再见一眼他的战友。他的老战友现在还活着的只有两个人
了，一个是余占鳌伯伯，他是父亲在军委通信学校的同期同学，一
个是黄华龙伯伯，他是父亲长征时的石城同乡。（在本文写作过程
中黄华龙伯伯过世。）

我相信我发出的电文是正确的，可是，父亲回答的却是"……"

"0074 8093 6316"（交党费），"代他交最后一次党费"，
这是父亲多次交代过的事情。他在生命将要结束的时候，竟和母亲
想的一样，这一代人对信仰的执着是什么都不能改变的。

"6623 0932 5071 1367"（送回老家）把他和母亲的骨灰送回
老家合葬，这也是他清醒时早就安排过的事情。

可是，无论我询问他什么，我都没有得到他的答复。也许，
他根本就没有任何意思表达，他颤抖的手指只是他生命状态的
反应。

我转化了话题："2589 6850 600 8 2429 0115 3966 0007"（有
重要文件留下）其实，这才是我最关心的问题。父亲生前的工作笔

记有厚厚一摞，这是一份多么珍贵的史料啊，于党，于国，于己，都是那么地难得。可是，每当我表示帮他整理出来的时候，他总是犹豫不决，推三阻四，不知道他内心纠葛的到底是什么？即使他的笔记里涉及机密，也都已经过时了，有什么不可以说的。

我的努力始终没有得到父亲的答复，或许，他早就沉醉在他最美妙的音乐中，从他发出的第一份密码通信，到他发出的最后一份密码通信，这是怎样一曲波澜壮阔的革命战争的交响乐啊。

我感到一股潮涌从父亲心底翻起，就像从海洋深处传来，看不见一点的浪花，却一波一波地从他的心底涌来，那么强大，排山倒海，一直传递到我的手指，冲击着我的心潮，瞬间，那潮涌，消失了，平静得没有一点波纹。

子夜，天下起了雪，我听见了雪花轻轻落地的声音，听见了父亲从心底发出的最后一组莫尔斯电码声："1132 7122 0581 6386 0171 0055 9982"这是一组多么熟悉的电码啊！

北京八宝山革命公墓松柏郁郁苍苍，庄严、肃穆，遗体告别室内放满了鲜花，父亲的遗体上覆盖着鲜红的中国共产党党旗。

遵照父亲的遗愿，我们子女带着父亲和母亲的骨灰回到了石城县洋地村，这是父亲最后一次，也是他永久回到了生他养他的故乡。

父亲安葬在石城县洋地村的一座小山上，小山上的松树是绿的，小山上的小草是绿的，小山外的竹林是绿的。在山那边，茫茫浓绿的竹林中，就是潺潺流淌的赣江源头，流经瑞金、会昌、于都、赣县、赣州、吉安……延绵数百里，奔腾不息，汇入波涛滚滚的万里长江，奔向大海。这是一条孕育了红军的母亲河，一条为中国革命牺牲了千千万万英雄儿女的母亲河。

听着赣江源竹林的阵阵涛声，我仿佛听到了铁流两万里的脚步声，抗日战争冲锋的号角，人民解放军的高歌："我们的队伍向太阳，脚踏着祖国的大地，背负着民族的希望，我们是一支不可战胜的力量……"

听着赣江源的潺潺流水声，我仿佛听到了一个母亲对儿女的喃喃诉说："活着的红军回来了……"

第十章　长征

37. 活着的红军回来了

冬夜，天下着雪。一棵老槐树，挺立着，树枝上挂满了雪花，遒劲的枝杈伸向天空，像一只大手紧紧地抓住了天穹不肯倒下。

父亲过世后，我开始寻找他的笔记和遗物。父亲经历长征到达延安后，一直在军事指挥机关的机要部门工作。他经历了三大主力会师、西安事变，以及后来的八路军南下、延安保卫战……等重大历史事件的密码通信工作。

我从小就对"密码"充满好奇，每每父亲和老战友聊天，一时兴起，用手指"嘀嘀嗒嗒"地敲打几下，就会把我带入战争年代神秘密码通信的遐想。

我早想把父亲的经历写下来，不乏猎奇心理。可是，父亲很少谈及个人经历，即使惊心动魄的战斗经历，他也只是轻描淡写，一带而过，对密码工作更是缄口不言。

父亲过世后我几次清理他的笔记，除了一些零散的活页笔记外，成册的笔记只找到了一本。这本笔记纸张已经发黄，残缺不全，大多数页码被撕掉，剩下的记载没有值得猎奇内容。显然，经过认真筛选，才保留了他认为可以公开的内容。

我从父亲残存的笔记中知道，他曾经多次想将他参加革命的经历记录下来。他一生三次撰写回忆录，第一次是在1949年新中国建立，第二次是在1958年人民英雄纪念碑落成典礼，第三次是在"文化大革命"的时候。他在笔记中写道："每次提笔，想为牺牲的战友写点什么，告慰他们的在天之灵，都禁不住泪流满面，终不成文。"

父亲对撰写回忆录，曾有如此强烈的愿望，难道就没有给我留下一点必要的线索吗？虽然父亲早就让我明白"昙花一现"的道理。

父亲的晚年，我也曾努力过，想找回我们两代人的缺失。我毕竟享受了他给我带来的"革命红利"，我想通过我的努力，把他近八十载革命的经历记载下来，权当回报，平衡我对他的内心亏欠。我并不高调，可是，"红二代"听上去也不那么入耳，说不清是贬义还是褒义，抑或是一个太过复杂的命题，以后有兴趣探讨也未可知。但我毕竟也没有那么没肝没肺，至少对老一代革命者还心存感念之心。

父亲一个过往甚密的朋友对我说："一个老红军、老机要，一生淡泊名利，未必需要你的回报。他的一生有比九死一生的光荣经历更有意义的内容，这才是老辈希望后人读懂的故事。"

要想读懂父亲，就要找到他的"密钥"。父亲临终前发出的最后一组"电码"，可能，就是他的"密钥"，却又是一个无从探究的"密钥"。

雪继续下着，雪花染白了大地，染白了老槐树。

我静静地听着雪花的飘落声，埋头在父亲的笔记中。读着，读着，从他平淡，没任何渲染，甚至，有时让人忍俊不禁的记事中，我读出了感动。

父亲觉得最美的音乐就是"嘀嘀嗒嗒"的电报声，从"嘀嗒"的电报声中，可以听到他的战友们冲锋时的号角声、危机时的呼唤声和取得胜利时的欢呼声……

"1132 7122 0581 6386 0171 0055 9982"。那年听父亲说起这段电报组成的对联就让我激动不已，一个军事行动命令就像诗句一样。伴随着"嘀嘀嗒嗒"的电报声，我渐渐走进父亲笔下那风云激荡的战争岁月，走进了一个老红军战士的内心世界。

下面是父亲新中国成立前后的几段笔记（有删节）：

1948 年 9 月 7 日秋，地里原本绿油油嫩生生的庄稼，被秋风吹得变成了金黄色，不知不觉，农民已经开始往家里搬运玉米棒子了。

延河从北面流来，在宝塔山下拐了个弯儿向东流去。这座用窑洞顶起的城市，灯亮了，夜幕中映衬出拱形的窗口，一眼望去，在高低起伏的山丘间就像参差错落的楼宇。

风吹进窑洞，堆积在办公桌上的译电纸被风吹得沙沙作响。这些日子常常忙得通宵达旦，往来电报像雪片一样多，不留神就堆起厚厚的一叠。我每天都在为各战区转来的战报激动不已，梦都做不及。原来计划下一步进军到什么地方，一眨眼，那里就解放了，仗打到这个份上，连我们自己都始料不及。

我感到了凉意，陕北的天气，秋凉来得早。

1949 年 5 月 8 日，我和几个同志在延安合影留念，准备离开延安去西安。解放西安，已经在我们计划的时间之中，最多不过十几天，胡宗南溃败只能按着我们的时针走了。

1949 年 5 月 17 日，武昌、汉口、汉阳、九江解放。

5 月 20 日，西安解放。从战报上看，胡宗南的部队仗都没打就被我解放军吓跑了。我奉命前往西安，参加接收工作。

5月22日，罗元发军长率领第一野战军第6军举行了盛大的入城式，西安市几十万民众夹道欢迎。罗元发是我们红5师15团的老政委，在西安这样的大城市，我第一次看见了我们红5师的身影，值得骄傲啊。红5师牺牲的战友们，我可以把我们胜利的消息告诉你们了。从乡村到城市，我们胜利了！你们能听到我们胜利的欢呼声吗？你们的血没有白流，可以安息了。

5月28日，天刚亮从西安返回延安。

6月14日，西北局机关迁入西安。我还要继续留在延安一段时间，机要训练大队的工作尚未结束，这是延安培训的最后一批学员了。同学们早就按捺不住了，问西安比延安大多少。我说，去了西安就知道了。别光想着进大城市，在西安的街道上，看见有的同志骑马在街道上靠左逆行，出洋相。我们管理城市要从走路学起，不然就像毛主席说得那样，我们都要给人民交白卷。

8月14日，赣州解放。不知道为什么，战争的进程越快，越接近家乡的解放，我就越抑制不住对家乡的思念。

8月23日，瑞金解放。

1949年9月21日，中国人民政治协商会议第一届全体会议在北平隆重举行，确定成立中华人民共和国。我从参加苏一大到现在才过去了18年啊，我们共产党人就有了自己领导的国家，想起来就激动不已。

9月27日，广昌解放。石城是中央苏区六个全红县之一，现在广昌都解放了，广昌到石城才140多里，家乡的解放还会太远吗？嘿！还等什么，给我来个冲锋就到我的家乡啦。

昨夜，梦到了姐姐。（这是一段很长的记述，为了表达的需要，我把父亲对儿时的一段回忆，调整到了其他章节。）从开始长征，一路征战，枪林弹雨，我很少梦见过家人，梦里看到最多的是牺牲的战友，可是，他们的名字记得的却不多了。

有时我和老李（我的母亲）聊起长征时的战友，她也说记不清名字了。一路上日夜奔袭，天上有飞机，地上有追兵，部队里的战士又都是南腔北调，往往是刚补充来的战士，还来不及问清他们的姓名就牺牲了。牺牲的人比活下来的人多得多。老李说她当班长时的战士，活下来的连自己只有两个，整排、整营都牺牲的人太多了，几千人的红军妇女独立团到达延安时不过几十人。后来在陕北待久了，连家乡话都不会说了，名字就更记不清了。

1933 年，她参加红军时的营长叫谢超明还记得，自己的名字都是她教会写的，听说她还活着，现在不知道在哪支部队。牺牲的战友成千上万，却叫不出几个名字，或许，红军就是一个名字吧，一个用集体生命书写的名字，一个永远不能忘的名字。

1949 年 9 月 30 日，石城解放。欧师长（作者注：四野第 48 军 142 师，下同。）打来电话，说他和谢政委（谢镗忠）解放了我的老家。瞧这两个老伙计，一个师长，一个师政委，把他们牛的，还说我欠他一碗鱼圆子。

你这个广西猴子，小家子气了，那么多地方都被你们吃下了，还惦记着我的"鱼丸子"。哼！诚心逗我。要是我在石城，包你吃鱼丸子，吃米酒，吃油粑粑……我们石城的美味佳肴多了去了。其实，你也可以找老谢嘛，他是赣县人，离我们石城也就三四百里路。我们赣南人好啊，热情，让老谢先请你把红米饭南瓜汤吃饱，鱼丸子算我欠你们的啦。

不过话又说回来了，你不是也是红 5 师的人吗，还是一个团的呢。石城阻击战我们把石城丢了，给找回来不就得了，你们解放了石城和我解放了石城有什么区别。我是红 5 师的老兵，我们红 5 师的人解放了我的家乡，这感觉不一般啊！这个家伙让我生气，没跟我说几句话就挂了电话，居然还对我说别啰唆了，还有仗打呢。嗨！还想多说几句呢，算什么老战友。

我想现在真的该想家了，不，是可以想家了！可是，解放大军的炮声还在轰鸣，冲锋的号角此起彼伏，无数的战友还在前仆后继，流血牺牲，这时，想家是不是太奢侈了呢？

从1934年离开中央苏区到现在，整整15年啊！我无法想象乡亲们是怎样熬过那一段艰苦岁月，熬过离别亲人的切肤之痛。红军走了，就这么走了，丢下了含辛茹苦养育了我们的亲人，丢下了妇孺老幼，而他们又该怎样面对白匪的烧杀、抢掠、凌辱，又会为掩护留下的红军伤病员牺牲了多少生命！

我一想起这些就有一种军人的愧疚。中国革命的胜利，真正需要得到回报的不是我们这些打江山的人，而是养育了我们红军的乡亲，是他们养育了红军，养育了中国革命，我们亏欠人民的太多。或许，我的思乡之情，面对牺牲的战友们不免奢侈。可是，面对家乡父老，倘若牺牲的战友在天有知，也会让活着的人，为赣南父老进一炷香吧。

1951年2月24日，零点50分，我终于盼来了回乡的日子。从石城解放到离开长安回乡，我又整整度过了1年4个月又24天，时间过得真快啊。

我坐上了回乡的火车，参加革命后第一次回乡，第一次坐上人民的火车，我兴奋不已，久久不能平静。临行前宋德林专门为我查清了回乡的路线，还清清楚楚记在一张纸上：从长安站出发，在郑州转车，去汉口，再乘轮船，到南昌，然后换乘汽车……最后到我的故乡石城县洋地村，一共要走7天时间。宋德林告诉我，已经跟江西部队取得了联系，老家还有土匪没有肃清，不过安全没有问题，保卫工作由当地部队负责。他还叮嘱我，我现在走的时间，比原计划推迟了几个来月，别忘了带上彭总的手令（彭总的手令是他去朝鲜参战前写的）。我对宋德林说，多余，你比秘书还啰唆，我是回自己的家，闭上眼我也能摸回家门。虽说老家还有小股流窜的土匪，就算遇到了，还不够我当红苔吃呢。

火车的车轮在铁轨上咯咚咯咚地转动起来，越走越快，转眼长安就消失在视野中。我斜倚在软卧包厢的窗前，窗外白雪皑皑，窗内暖气拂面。哦，想起来了，上车的时候，送行的小年轻塞给我几封信，抽出一封，我借着灯光看了起来：

"在这春暖花开的时候——春天，您要胜利荣归了，我感到十分兴奋和愉快，祝颂你的荣归，连我也有许多感慨布满我的周围。我想当您踏上人民的火车之际，一定会回忆起您在那光荣伟大的具有历史意义的二万五千里长征吧。哎呀！太伟大了，我对您们有无限的尊敬。二十年来在暴风雨的环境里，艰苦奋斗，在困难的境遇中，开辟了光明大路，在二万五千里长征的奇光照耀下，换来了今日的幸福和自由民主……人民的天下，正像春光照耀下的万物一样，遍地都开满了自由的鲜花，将结出实实的果实……"（该文摘笔者信的原件，有删节。）

分明是春寒料峭，这个小青年啊，非说是鲜花盛开的春天。在人们的眼里，荣归者，早就是鲜花簇拥的春天，哪有什么严寒。我一连打开几封信，字里行间尽是荣归、赞誉的字眼。

是荣归呢，还是该对赣南人民负荆请罪！

本想读读这些信，让自己极度兴奋的心情平静一些，但是，我的心潮反倒更加激荡起来。不过我不是陶醉于环绕在头上"长征战士"的光环和簇拥在身边的鲜花，也不是值得引以为荣九死一生的光荣经历。让我想起来的是，赣南苏区流行的一首民歌，每当红军出征，乡亲们就会唱起来，把亲手编的草鞋送给红军。可惜，时间太久了，隐隐约约，还能想起曲调，歌词全忘记了，可是乡亲们给红军送草鞋的绵长情意，却始终魂牵梦绕在我的心头，这是忘不掉的乡情。

我想起了老向，本来约好，等我的老家解放了，请他吃老家的鱼圆子。如今我要到石城了，可以好好款待一下老伙计了，你却牺牲了。要是你还活着多好，我会把所有的津贴都花光，请你吃一盆子鱼圆子，咱老战友喝个够，不醉不归……

向伯伯牺牲的消息是误传。我还没上小学的时候，就特别注意过向伯伯的照片。他穿着中国人民解放军的呢料制服，在父亲的影集里是最帅气、最威武的一个军人形象。

在本文写作的过程中，我再次打开父亲留下的影集，在此之前我已经不知翻过多少遍。也许冥冥中有人引导，我从父亲的影集里取下了向伯伯的照片。这才发现，照片的背面，写着向伯伯写给父亲的临别赠言："献给老战友作为我们各自南北两地的纪念。向河。"由于有了向伯伯的名字，我查到了向伯伯线索。向伯伯没有牺牲，后来一直在成都军区工作，如今已经过世。父亲一直思念向伯伯，虽然他已经过世，但我的发现毕竟可以告慰父亲的在天之灵了。

2月27日，在南昌，我向军区提交了彭德怀的手令，军区决定派一个排护送我回乡。我说解放都一年多了有这个必要吗？负责保卫的同志告诉我，已经有两个副师级干部在回乡的途中遭遇土匪袭击牺牲了，山里不安全，要时刻警惕残匪的袭扰。

没想到被这位同志言中了。刚进入石城境，我带的警卫排就与'土匪'不期相遇。我和他们搭了两句话，见对方的眼神不对劲，没等他们行动，就抢先一步，用枪口顶住了'土匪头子'的脑袋。与此同时，我带的一个排也被他们包围了，这些家伙的手脚够麻利。结果，一场误会，原来是搜索土匪的便衣，把我们当成了伪装解放军的土匪。我说，你们听不出我的口音吗？他们说，就是你的口音才让我们怀疑，南腔北调。看来我的口音已经不像家乡人了。

3月1日，这是我将要到达老家洋地的头一天，我终于踏上了故乡的土地，家乡的泥土真香啊。这是红3军团踏上了长征之路的出发地，往事如烟，历历在目。

原计划在距离洋地村15里的沿岗圩歇脚，按当地的习惯这是一个逢集的日子。不知当年的阎王殿还在不在，真想问问阎王爷，给我算了多少粮账。儿时的生活再苦也有趣。

离开家乡二十余年，对家乡的气候已经有些不适应了。有人说南方的天是美人的心，千变万化，说阴就阴，说晴就晴。离沿岗圩还有两里地，天就变了脸。乌云阵阵滚来，电闪雷鸣，雷声像炮弹在头顶炸开，吐出一条条火龙，好似几年前解放军在淮海战役消灭蒋军六十多万的炮声一样，接着，雨点就像机关枪一样地扫射起来。（父亲在笔记里的描述，透着战火硝烟的味道。）

我快步走进一家香币店，这时，店里已经有两三个人了。街上的人也立刻四散开来，奔跑着去找躲雨的地方，有的人打着油伞，有的人戴着斗笠，有的人光着头，肩上挑着担子，手里提着篮子，肩上背着捎马袋，一个个淋得像落汤鸡一样。

"老板，今天逢集吗？"我一进店门就搭讪，"雨下的好大啊。"

"今天逢集，雨下得真大。"老板随口一答，看了我一眼，又迟疑地说，"你，不是本地人吧？"

"怎么见得？"我说。

"口音不像。"老板一面给我端茶，一面拿出水烟壶招呼我抽烟。

"今天有从洋地来赶集的吗？"我尽量用家乡的方言说话，希望他听得出我是地道的老表，说不定他还能认识老家的熟人。

"不像。"老板摇着头，看了看我，又迟疑地说，"洋地？可能，有吧。"显然我故意提到洋地这个小村子，让老板更加困惑了。

这时，店铺里又挤进七八个躲雨的人，这是一条小街，赶集的人大都是附近的乡邻。熟脸的，半熟脸的，凑在一起，少不了叽叽喳喳，说东说西，看见我这个陌生人，不免溜上一眼。老板遇见了熟人，就顾不上"异乡人"了，又张罗着给熟人端茶倒水。

我竖起耳朵，想听他们说些什么，其实，想听听乡音。这时，我才发现自己也不太听得懂家乡话了，不觉感到了几分酸楚。"少小离家老大回，乡音无改鬓毛衰。"经历了长征，抗战，解放战争，南征北战，地北天南到处走，不仅口音变了，恐怕我的容颜也不再像当年十四五岁时的样子了，我的亲人还能认得出我吗？

说不清"乡音未改"和"乡音已改"哪个更让人心酸。

雨不停地下着，越下越大，密集的雨点和蒸腾的水汽交织在一起，在店门外形成一道朦胧的雨帘。我的眼前仿佛出现了姐姐的影子，她姗姗走来，拨开雨帘，说："呐，红薯。"这是我小时候，听她说的最多的一句话，她不善言笑，但她一直都是我心里最温暖的一缕阳光，我多想现在就听她说一声"呐"啊。

"你是，你，你是……"突然，有人对我说。随即，姐姐的影子就在我的眼前消失了，我走了神。

"你……"望着那人，我一时不知道对他说什么好，刚刚走进香币店，就觉得有人注意我。

"可回来了，"这时，那人已经潸然泪下，泣不成声地说："啊！好啊！可回来了，回来了就好，回来了就好啊……"

他是负伤掉队的战友，还是担架队员，还是负责照顾伤员的老乡？我极力搜索记忆，可是，无论如何，我都想不起他是谁了。莫非真的像老李所说的那样，无论你是否记得他的名字，活着，还是牺牲的，只要你记住他们是红军就行了。

"红军！"有人低语："是一个活着的红军回来了……"屋里原本悉索的嘈杂声，顿时戛然而止，只听见门外雨声唰唰。

人们相互张望着，交替着眼神，最后把目光集中在我的脸上，瞬间的沉寂，接着，整个小店就沸腾起来了。

"啊！红军回来了，咱自己的红军回来了！"

"啊！是活着的，活着的红军回来啦！回来啦！"

"啊！活着的红军回来啦，回来啦……"

有人不顾一切地冒雨跑出小店，对着小街叫喊起来："活着的红军啊，回来了，回来了，活着的红军回来了……"

听到喊声，在附近躲雨的人纷纷跑来，小店的门口顿时挤满了人。有的人往店里挤，有的人踮起脚尖，仰着头往里看，呼叫着："活着的红军啊，活着的红军回来啦，回来啦……"

人们传递着闪烁的泪光，一遍遍地呼喊："回来了，回来了啊，回来了就好……"

"活着的红军，回来了就好，回来了就好……"

我一字一句，咀嚼着父亲笔记本中的每一个字。"古来征战几人回"，红军长征出发时有 8.6 万人，其中，石城人就有 1.6 万人，到达陕北后，活下来的仅有 50 人。

"活着的红军回来了"，这句话，说不清是惊喜，还是苦涩，还是两者都有？

我的思绪跟随着父亲的笔记，来到了红军长征的路上。

38. 四渡赤水

红 3 军团渡过湘江，为了迅速脱离敌人的追击，来不及休整就马不停蹄地急速前进。当时，队伍十分混乱，不断受到敌追兵和民团的骚扰，很多人掉队找不到自己的连队，部队边打，边走，边收容，不分建制，一边收容，一边整编。等到红5师到达老山界脚下的千家寺，掉队的战士大部归建，此时，红5师已经离开湘江近200里路。让父亲没有想到的是，此时，红5师撤离新圩阻击战战场时，来不及转移的100多名伤员，还在演绎着集体牺牲的悲壮命运。

次日，中革军委发出了关于缩减军团后方机关的命令，决定取消师医院，多余的医护人员充实基层，增设连卫生员。红3军团在驻地进行了缩编，将军团医院缩编为卫生所，每个师一个所，每个所十副担架。

父亲在笔记中说："红军进入贵州，变成了虎狼之师，我们把敌人打得鸡飞狗跳，拼命逃跑。"红1军团在乌江与守敌激战夺取渡口。红3军团控制茶山关，守敌不战而逃，顺利渡过乌江，向遵义攻击前进，追击溃敌。

1935年1月7日，红3军团配合红1军团智取遵义，消灭守城敌军，黔军向桐梓溃逃。

遵义会议期间，蒋介石急调嫡系部队和川黔滇等兵力，从四面八方向遵义地区涌来。根据敌情变化，党中央决定撤离遵义，摆脱敌军包围，北渡长江，前出川南，与川、陕根据地的红四方面军会合。

红3军团率先出发，由遵义懒板凳向土城、赤水方向前进。李天佑指挥红5师，途经花秋坝、放牛坪、兴隆场，进占土城东南方向的回龙场、临江场、周家场等地。这时，敌川军等部队也先于红3军团进入赤水域，为击破敌军的追堵，彭德怀统一指挥红3、5军团，在土城地域与川军展开了一场激战。红5师从正面向川军发动猛烈进攻，激战数小时，敌阵地动摇，可是敌兵越打越多，不断增援，这才发现敌兵力大大超出了红军的预料。

在敌军重兵堵截，又不断增援的情况下，原定从赤水北渡长江的计划已经不能实现，中央红军决定迅速撤出战斗，由土城下游西渡赤水河，这就是一渡赤水。

红军一渡赤水改向扎西。扎西（今威信）位于云、贵、川三省结合部，俗有"鸡鸣三省"之称，属云南境。

农历大年正月初六，天下着鹅毛大雪，红5师到达扎西。扎西是一个四周环山人口稀少的小城，房子大都是石头建成的，父亲在小街转悠了几分钟，身上就落满了雪花。

一家铁匠铺炉子里的余火还红，父亲就去搭讪，顺便聊一聊当地的闲草野方，以备不时之需。闲聊中，父亲说起在行军营盘山的路上，见到许多橘子树，挂满枝头的橘子落了满地也没人摘，这才从铁匠的嘴里知道，这种橘子至今已有几百年的历史，霜打过后最甜不过了。

父亲不由得想起家乡盛产的南丰蜜橘，有种"天涯何处不故乡"的感觉，很是亲切。

红军到达扎西后的第二天，中革军委发布了《关于各军团缩编的命令》。红3军团取消师一级组织，全军团编足四个整团，红5师缩编为第13团，彭雪枫任团长，李干辉(后为张爱萍)任政治委员，何德金任参谋长，黄春圃（江华）任政治部主任。原红5师卫生部部长尹明亮任团卫生队队长（后调到红12团），邱慧欣伯伯接任尹明亮任团卫生队长。父亲担任红13团卫生处机关党支部书记、指导员，同时，兼任保卫干事。扎西整编是中国革命生死攸关的转折点，从此，中央红军摆脱了五次围剿以来一直被动挨打的局面，开始步步走向胜利。

红军在扎西地区休整期间，敌人重兵向扎西地区逼近。中央红军决定迅速脱离川、滇两军和蒋军的追击，折回贵州，再入黔北。

红 3 军团从扎西出发，向古蔺地域以南进军，到达贵州回龙场。红13 团的任务是抢占赤水，架设浮桥，掩护红军主力东渡赤水。红13 团在彭雪枫团长的带领下，急行军 90 里，抢占土城上游的二郎滩。

黔军闻讯，急调一个团向赤水河急进，企图堵截红军东渡赤水。为争取先机，红 13 团一面组织工兵抢搭浮桥，一面用三只小船以最快的速度运送部队渡河，与敌军展开激战，杀出一条血路，为中央红军二渡赤水创造了条件。

中央红军二渡赤水，把敌追兵甩在了后面，红 3 军团以红 13 团为前卫，迅速向桐梓地区前进，逼向遵义。桐梓与遵义之间的娄山关是夺取遵义的重要隘口，远看重山叠嶂，云雾缭绕，其间，劈崖断壁，如剑直插云天，只有一条千回百转的公路可以通过。娄山关自古乃兵家必争之地，一夫当关万夫莫开，占领娄山关，遵义城便无险可守。

攻占娄山关这一光荣而艰巨的任务由红 13 团担当主攻。彭雪枫团长下令，限黄昏前夺下娄山关，这是死命令。

红 13 团突击队率先出发，抓着葛藤和灌木的枝条攀缘而上，悄无声息地迂回到娄山关守敌的侧后，突然发起攻击。彭雪枫亲自指挥 3 营，进攻点金山。点金山是娄山关的最高峰，拿下点金山，就可以瞰制娄山关。

红 13 团苦战一昼夜，敌人防线全线崩溃，狼狈逃窜，来不及逃跑的敌人尽数缴械，山脚下，路两旁，排满了黔军的尸体和俘虏。红 13 团为夺取娄山关战役胜利付出了重大牺牲，到达遵义清点人数的时候，红 13 团牺牲最多的一个连只剩下了五六十人。红 13 团再次以其辉煌的战绩载入红军史册。

娄山关战役是红 13 团自湘江战役以来打得最痛快的一仗，打出了威风，打出了气势。再没有什么能比让战士们彰显勇敢更让他们值得骄傲的事了，夺取娄山关胜利后，红 13 团不顾连日作战的疲劳，乘胜向遵义方向猛追溃敌。

胜利的喜悦让红 13 团的战士们高兴得没了样子，夜间行军，一窝蜂地往前跑，完全没了秩序。每个人的脸上都挂满了胜利的笑容，吵吵嚷嚷说的都是夺取娄山关的趣闻轶事。连伤员也不甘寂寞，忘了疼痛，七嘴八舌地"吹嘘"，没完没了。

"那家伙钻在石缝里放冷枪，老子最恨放冷枪的家伙了，摸过去，抢起枪托就把他的脑浆砸出来了，省颗子弹哩……"

"过瘾啦，把敌人的臭屎巴巴都打出来了。"

"嘻！这你也看见了，吹牛皮。"

"当然啦，不信你问卫生队的指导员，那个俘虏捂着屁股喊疼，说屁股受伤了，可是又看不见血。结果一脱裤子检查，咦，满屁股都是屎巴巴，臭死了，原来裤子被子弹穿了一个洞，哪也没伤着……"

"哈哈……"

父亲最不忍的就是眼下安排重伤员的问题。谁都明白，留下养伤什么都可能会发生，可能被白匪杀害，可能因伤口恶化……从此再也找不到自己的部队。

"要是把我留下，就给我留下一颗手榴弹，遇到敌人拼一个算一个，我绝不当俘虏。"没有什么比生命更值得的珍惜的东西了，可是战争不得不让红军战士做出最坏的选择。

到了分别时分，只有默默注视的目光和军礼！每次和伤员告别，每次都不忍去看浑身裹着绷带的战士的军礼，每次都忍不住再回头看一眼自己的战友，又不得不硬着心肠告别战友。一路征战，伤亡不断，战士、干部，全体指战员早已融合成一个有机的生命体，谁也离不开谁，你的生命中有我，我的生命中有你，相互依存，不可分割，无论谁流血、牺牲，都痛彻肌肤。

红军第二次占领遵义后，蒋介石亲自调集重兵欲在遵义围歼我红军。我军将计就计，诱敌迫进，在遵义地区伪装徘徊，寻机歼敌。敌军已被红军打得晕头转向，不敢冒进，步步为营，红军诱敌不能，遂转兵西北，寻求新的机动。

为调动敌军，彭德怀命令红13团团长彭雪枫统一指挥红10团、红13团，他指示彭雪枫，时间短促，地形不利，以调动敌军为目的。彭雪枫遂由枫香坝奔袭遵义西安镇、泮水镇黔军，佯攻黔西县打鼓新场，接着，又率领红10团、红13团奔袭鲁班场守敌。

我军这一行动果然调动了敌人，当敌军靠近我军之际，我军突然转兵向北，1935年3月中旬，红军攻占茅台镇。红13团到达茅台镇，当日半夜渡过赤水，这就是三渡赤水。这期间只有四个来小时的时间。

中央红军三渡赤水，打乱了敌人围歼红军的部署。当敌军跟着红军追击而来，中央红军则以一部迷惑敌人，伪装成我主力西进，而红军主力则秘密、迅速，出其不意，折而向东，从太平渡再渡赤水河，即"四渡赤水"。渡河后，随即毁桥阻敌追兵，向南寻求新的机动。

四月中旬，彭德怀指挥红3、5军团进占兴仁。令红13团改推进，为疾进，迅速抢占北盘江，打通进入云南的通道。北盘江域为滇黔咽喉之界河，地理位置极为重要，渡过北盘江，我军将获得更大的机动，摆脱敌军的封锁。这一决定为北渡金沙江奠定了基础。

39. 巧渡金沙江

红军渡过北盘江即由贵州进入云南。红3军团火速攻陷云南寻甸、沾益。在沾益火车站缴获了一批待运的宣威火腿，其中还有茶叶、云南白药等，补充了部队的给养。这时，红军离昆明只有不到200里路程了。

蒋介石发现中央红军进入了云南，又急忙调兵遣将保卫昆明。红军威逼昆明，意在金沙江，这时，金沙江两岸敌兵力空虚，红军遂改向西北，直指金沙江畔。

金沙江从川滇边界的深山峡谷间奔腾而下，这是红军长征路上的又一道天堑。战前，部队进行了政治动员，说明抢渡金沙江的意义。指出红军背后有10多万追兵，如果过不去，红军则会陷入"前无去路，后有追兵"的险境。

红3军团以13团为前卫，直取禄劝洪门渡口，红3军团主力随红13团跟进，红11团为军团后卫。当时，敌军为防止红军渡江，控制了大小渡口，将船只抓走。红13团迅速占领洪门渡，找到一只小船，但因江阔，水急，浪大，架设的浮桥被水冲垮，军团主力难以渡江。

当晚，接到军委首长电报，军委干部团夺取渡船，完全控制了皎平渡。命令，红3军团主力改向皎平渡过江，这时，红13团已渡过了金沙江。红13团渡江后，随即烧毁船只，以强行军迅速与中央干部团会合，阻击从西昌、会理方向赶来增援安通州的敌军。

一次惊心动魄，生死攸关的战略机动，紧张、有序，配合的天衣无缝。在父亲的笔记中有一句如诗如歌的话："金沙流水响叮当，无敌红军要过江。"

"金沙流水响叮当"仿佛金沙江不过是一条叮叮咚咚的小溪，"无敌红军要过江"，一个"要"字，说得那么轻松、自信，仿佛"过江"不过是红军胜似闲庭信步的一次散步罢了。

从父亲的笔记来看"巧渡金沙江"，恐怕不是后来的文学作品才赋予它一个富于想象力的"巧"字，而是，在毛主席运筹帷幄的指挥决策之中，从一开始就如诗般地"点"出一个"巧"字。作为一个基层指挥员的父亲，也深深感受到这次战略机动中的"巧"，这说明毛主席军事思想已经深入到广大指战员的心中。

为了弄清父亲这段话的来源，我特意检索了有关资料。父亲写的那句话，原来是红军渡江时的一首歌词："金沙流水响叮当，无敌红军要过江。不怕山高路又长，我们红军真顽强。渡过金沙江，打倒狗刘湘，消灭反动派，北上打东洋。金沙流水响叮当，常胜红军来渡江，不怕水深河流急，不怕山高路又长……"。

类似的渡江歌还有："金沙江水浪滔滔，两岸峭壁插云霄，巨浪翻滚几丈高，金沙江水浪滔滔，红军意志比天高，哪怕急流似飞箭，何惧巨浪起狂涛，英雄插翅要飞渡，征服金沙立功劳。"其中，"巨浪翻滚几丈高"说的是"险"，"船行水上一叶漂。"就颇有点李白"轻舟已过万重山"的浪漫情怀了。像这样的渡江歌有十来首，比较描述红军长征的其他诗歌，"巧渡金沙江"比任何一次战役、战斗都多，它反映了红军"巧渡金沙"的喜悦心情。红13团凭一条小木船从洪门渡渡江，或许，父亲当时的感受就是一次激情的"漂流"，其轻松、喜悦的心情溢于言表。

只要你了解一下中革军委在这一段时间的电报，就会为毛主席运筹帷幄的指挥决策所振奋。红军每一次军事行动，从时间、地点、行动路线、战役步骤、战役预期，行动中各部队之间的联系，衔接、配合，甚至团、营一级的部署等都是何等的缜密，无懈可击。

《中国工农红军第一方面军史》载："从四渡赤水到北渡金沙江，这是中央红军长征中最惊心动魄，最精彩的军事行动……这是毛泽东高超指挥艺术的生动体现，是红军战争史上的奇观，是以少胜多，变被动为主动的光辉典范。"

父亲通过彝族聚集区的经历颇为有趣。彝民聚居在一片荒莽的山林之中，以石头支地，上置锅釜造饭，充满了原始部落的野气。彝、汉之间语言不通，发音不同，文字也不同，汉人官吏、军阀、地主、绅士们以及他们的政府，一贯蔑视、虐待和欺压这些落后的弱小民族，烧杀抢掠，敲诈勒索无所不为。彝族人为了报复汉人，也时常抢杀、夺掠汉人的财物，由此造成了彝、汉之间的民族对立。彝族内部的矛盾也很尖锐，彝族内部有很多种方言，说不同方言的彝族人不能通话，由此，分出许多互相对抗的宗支，彼此仇视，抢杀、格斗，养成了嗜杀、野蛮的习性，因此，通过彝民区，并非易事。

一日，走了近百里，山势渐缓，路也渐宽起来。走着，走着，父亲就打起盹来，半睡半醒地跟着部队前行。父亲说，走在崎岖不平的山间小路上，不用看路，只凭脚下的感觉，他也能打个瞌睡。不然等到了宿营地，人困马乏，战斗连队的战士可以坐下休息了，可卫生队却反倒更忙了，要忙着给伤员疗伤、换药，不休息好，哪来的精神。

行至黄昏，突然，父亲觉得眼前一暗，差点与一个人撞上，一个黑乎乎的莽汉，像一堵墙挡在了父亲的眼前。父亲一个激灵，随即闪开一步，他意识到自己掉了队。心想，他遇到的人可能就是大家议论时所说的"倮倮人"吧。

那人穿着一条像布袋一样粗的裤子，赤脚，裸臂，举着一把刀，虎视眈眈地注视着父亲。父亲想拔出枪吓走那人，可是部队严令遵守民族政策，任何时候都不得对彝族群众开枪。枪不能开，那就给他点钱吧，不过就是给点"买路钱"嘛，可是，父亲又舍不得，这点伙食尾子钱攒下的不容易啊。枪不能开，钱舍不得给，命更不能给，哪里有活生生地让人把脑袋砍下来的道理。

父亲对他说："我们是红军，红军和你们是朋友，是穷人的部队……"父亲连说带比画，反反复复说了好几遍，那人毫无反应，仍然举着刀，两眼瞪着父亲。

算了吧，说什么也白搭，鬼才知道他能不能听懂，先看看他到底想干什么再说不迟。父亲与他目目相觑，不说，不笑，也不惊慌，看着他衣衫褴褛的样子，想来也是受苦人，还不免产生了几分怜惜之心。就在这时，那人突然放下刀，莫名其妙地转身走了。父亲糊涂了，或许，他看见的红军和他见过的兵匪大不一样吧，或许他从父亲的目光中读出了善意。

不管怎样还是尽快离开，估计走不了七八里路就能赶上部队，父亲赶紧放开脚步去追赶部队了。回到部队，领导说，估计遇到了单独出行的"倮倮人"，以后千万不能掉队，小心被袭击。还嘱咐大家通过彝族区时，一定要注意民族政策，让大家多准备些礼品送给彝民朋友，争取每人准备一件礼物。

次日，天色蒙蒙部队就出发了，红13团以强行军速度前进，大家步步紧跟，格外警惕，恐其掳掠掉队的人员。

行进中，突然从山林里冒出十数成群的彝民，远近跳跃，呼啸而来。宣传队员立刻卸下武器，带着礼品迎上前去，高举双手，表示"手中无武器，我们要亲爱。"同时，派人去谈判，宣传红军的民族政策。

一位彝民老者靠近父亲，父亲把准备好的一条全新的花毛巾赠予他，这是父亲获得的战利品一直没舍得用。老者左右看了看别的同志拿出的礼物，露出非常高兴的样子，说："嘎嘎样。"父亲仿其发音也说："嘎嘎样。"父亲这么一说，老者显得更高兴了。谁知道他说的什么意思，看他蛮高兴的样子，估计是一句让人满意的好话。

一路上，大家都选择最好的东西相赠，或赠以随身携带的毛巾、小肥皂，或赠以其他什么小物件。父亲几次"嘎嘎样"，身上再无拿得出手的东西了，只好要战友的东西去"嘎嘎样"。"嘎嘎样"到底是什么意思，父亲说不清，父亲学舌彝语的发音也不一定正确，时间一长就更走样了。

想起父亲讲的这段经历就让我想笑，他所谓的"九死一生"，原来都是他觉得最有趣的记忆。相比他真正经历的九死一生，他反倒说得轻描淡写，这是父亲一种潜在的幽默，只是他的幽默当时还没有机会表现出来。

红军通过彝族聚集区继续北上，分兵两路，日行80余里，不惜一切直扑大渡河，抢占渡河先机。

父亲在早年笔记里写道："十七勇士光荣榜上把名标。"红军原打算架浮桥渡河，可是，水流湍急，架桥十分困难，红军遂改变计划，红13团日夜兼程向泸定桥飞奔，侦察连指导员覃应机等12人组成突击队⋯⋯

渡过大渡河后，彭雪枫、张爱萍率领红13团进入人烟绝迹的二郎山原始森林。二郎山崇山叠嶂，朽树、枯藤，参差错落，根藤缠绕，遮天蔽日。天下起小雨，路上满地败叶，异常光滑，连牲口都站不住脚摔下山崖，红13团只剩下一匹黄骡子。

不知什么原因，那天很多人拉肚子，彭团长把骡子让给走不动的伤病员轮流骑，背上驮着人走，尾巴上还有人拽着走。父亲把备用中药分发给大家，一路走来，顺手采摘一些新药材以备不时之需。

父亲说，途径云贵川那一带地区的时候，常能得到一些黄连、止泻木、水杨梅、路边黄之类的草药，这会儿都派上了用场，其中，水杨梅、路边黄还可治疗骨伤。还有一种样子很好看的植物，懂中药的同志说，能治刀伤、烫伤，也可以治腹泻，翻越二郎山的时候，他还采过，可惜把名字忘了。这些都是父亲的回忆，其中的药名未必准确，相隔时间太久了。

长征途中西药极为罕见，用的药大都是中草药，产地不同，来源不同，五花八门，有时同一个病用不同的药，只要能治病，有什么药就用什么药。长征路上无闲草。

40. 翻越大雪山

翻过二郎山，红3军团在红9军团的策应下，强渡全天河，攻占四川全天城。这天，军团命令就地休整一天，一面突击治疗伤员，一面叫大家准备羊皮、烧酒和辣椒等保暖的东西，说是为了过雪山时用。父亲觉得奇怪，六月天哪儿来的雪？既然是命令，就要坚决执行。父亲只剩下半块钱的伙食尾子钱，买了一小块羊皮，二两烧酒和一些爆米花。可是，有些同志并不在意，为了轻装没有准备防寒的物品，结果，爬雪山的时候就吃了苦头。

红3军团由红13团、红10团率先出发，经盐井坪、崔店子到达夹金山脚下的硗碛，准备翻越长征路上第一座大雪山——夹金山。"硗碛"为藏语的译音，是四川夹金山脚下的一个藏民聚集的古老村镇，人烟稀少，森林密布。

从这里望去，夹金山脚是一线绿色的林木，往上看树木渐稀，山峰忽地拔地而起，白雪覆盖的山峰直入蓝天，在湛蓝色的天空映衬下，又美丽又壮观。父亲说，这是他长征途中看到的最迷人的风景。

翻越大雪山先头部队的顺序是：红1军团第4团先行，第5团随4团跟进，红1军团军部和红3军团第13团、第10在5团之后跟进，由红1军团聂荣臻统一指挥。彭德怀带领红11团、红12团负责断后，掩护中央红军主力翻越夹金山。

一天清晨，红13团开始向大雪山进发。下午四五点钟，老天变了脸，刚还是晴空万里，转眼就狂风骤起，下起了鹅毛大雪。风卷着雪片，万马奔腾似地呼啸着从山顶上倾覆而下，眼前什么也看不清了。战士们被风吹得摇摇摆摆，站立不住，部队只好停止前进。大家手拉手地围成一圈，互相围抱着挤在一起取暖，在山上蹲了一个晚上。

次日，部队继续往山上爬，越接近山顶，空气越稀薄，气温越冷。突然，父亲感到一阵爆裂似的头疼，出现了高原反应。继续往前走，头痛减轻，可是，严重的缺氧，又让人喘不过气来。停下来，就不喘，往前走，就喘得透不过气来。

白雪覆盖的山梁，被前面的部队用刺刀和铁铲开凿出一条小路，一步一坑，一溜儿逶迤而上，有时断崖陡起，小路几乎直立了起来，有时峰回路转，陡然向下，路旁就是弄不清深浅的断崖沟壑。刚刚开凿出来的小路，很快就被满天的大雪覆盖了，勉强看得出开凿过的痕迹。小路变成了一条灵动的小蛇，一步一滑，让你不知道往哪儿落脚，连一块歇脚的平地都找不到，站不稳就把你甩出十几米，弄不好就掉下山崖。

父亲负责照顾伤员和收容掉队的同志，走在部队的最后面。大家手拉手，相互搀扶着，一个拉一个，一个推一个地前进，无伤的同志照顾有伤的同志，体壮的照顾体弱的同志。

彭团长命令部队不许停步，尽快通过，他一直站在山头上等候掉队的伤员。前面的部队已经翻过了山头，他仍站在原地，鼓励大家，克服困难，战胜大雪山。

山上，出现了先头部队牺牲战友的遗体，遗体被雪覆盖，有的直挺挺地一排躺在雪地里，怀里抱着枪，可能是露营的时候被冻僵了；有的蜷缩着腿，背靠背，像是相依取暖，在打盹的工夫，就在雪地里永远睡着了；有的像是伸手去拉摔倒的战友"抓紧我！用力啊！"，瞬间，生命就像雕塑一样地凝滞在那里。

父亲说，部队长途跋涉，战斗接二连三，有时几天没有粮食吃。战士们本来就衰弱的体质，这时，已经到了生理极限。雪山上一步不能停，一个不经意的停顿，生命就可能凝滞在雪山上。雪山上不知留下了多少生命的塑像，每一个塑像都会引起你无尽的联想，都有一个不朽的传说。

父亲在心里呐喊："不能倒下！站起来呀！站起来呀！我的战友们！"他在鼓励战友，也鼓励自己，坚持！挺住！就是爬也要爬过雪山。他不是为了苟延自己的生命，而是为了在长征途中牺牲的战友，每一个牺牲的战友都深深地刻在了他的心里，他不能让那些牺牲战友的血白流，他要带着他们的遗愿杀回老家去！每一个红军战士就剩下那么一口"气"，支撑着生命不肯倒下。生理学的"极限"在红军的字典中当有另一番解释。

一个战友脚下一滑，被狂风卷起，像一个被风吹起的棉花团，忽悠悠地飞向山崖，瞬间消失在漫天飞舞的大雪中。

父亲搀扶的一个伤员，一把没扶住，他就栽倒不动了。父亲趴到他的身边，脸贴着脸，气喘吁吁地说："你，你装死啊！抢渡湘江活过来了，娄山关又没死，难道，难道你就熬不过去了。嘿！嘿！一辈子就躺在这不嫌冷吗？"

父亲的声音并不大，可是，那个伤员听见了，他挣扎着坐起来，喘了一口气，然后，他冲着父亲喊道："你他妈打扰我睡觉了！"这一声喊，让父亲咧开嘴笑了。父亲"嘘"了一声，说："不能大声说话，惊动了山神可不得了哦。"

"啊！啊——"那伤员铆足劲儿，又大喊了一声。这一声呐喊，连山上的积雪都被震动得滚动起来，低头行军的红军战士一下子都昂起了头。雪山上哪里有什么山神，一往无前的红军才是主宰生命的神。

眼前又一个战友栽倒了，他是团参谋长何德全。父亲急忙赶过去，把他拉起来，扶他坐下，抱在怀里，感觉何参谋长的气息已十分虚弱。"参谋长，醒一醒啊，醒过来啊……"父亲一边说，一边一点一点地给何参谋长灌了几口烧酒，又掏出一把爆米花，一粒一粒地喂给他，然后，解开自己的羊皮坎肩，裹住他，抱紧，用自己的身体给他取暖。渐渐地，父亲感到他的身体变暖了，睁开眼，能动了。父亲长出一口气，搀扶起何参谋长，一步，一步，向雪山爬去。

夹金山终于被踩在了脚下，在海拔 4000 多米的高峰，父亲突然觉得，狼嚎般的风雪，一下子变得那么柔和起来，面目狰狞的冰峰、断崖，一下子都没了踪影。眼前变成了一片柔曼起伏的雪丘，银装素裹，行进中的队伍，像一条灰色的曲线把雪山分成两半。

一阵狂风吹来，父亲头上的军帽被风卷走，父亲全然不顾，望着脚下一览无垠的皑皑白雪，他兴奋地对何参谋长说："雪山，我们又战胜了，战胜了！"

何参谋长也兴奋地说："是啊！我们又胜利了，我们战胜了大雪山。"何参谋长看了一眼父亲，话锋一转说道："有句话想对你说……"何参谋长原想说什么，可是他又话锋一转，说："小鬼，还是先下山去吧，四方面军正等着我们会师呢。"

父亲说，何参谋长当时准有什么话想说，但首长不说，他也不好追问。后来，到了延安，父亲频繁调动，虽然常有机会和老首长见面，但各自在不同的部队，聚散匆匆，哪有闲谈的时间，父亲也早就忘了雪山上的那回事了。直到 1945 年 6 月，父亲南下出征前，去跟时任八路军总兵站部部长的何德全告别，这时，何德全才提起当年在雪山上想说的那句话，这句话前文说过。

翻过大雪山，红 13、10 团到达维达乡，与红四方面军先头部队懋功支队会合，从这里就完全进入了藏民区。四天后，彭德怀、杨尚昆率领的红 11、12 团翻过夹金山到达了维达，红 13、10 团团归建。

中央红军全部翻越大雪山，在维达附近的懋功（今小金县）与红四方面军胜利会师，全军上下一片欢腾。在这里，中央召开了确定了红军继续北上的战略方针。

蒋介石不惜余力阻挡红一、四方面军会合的妄想终于彻底失败了。懋功会合，充分证明了毛泽东军事路线的正确，这是历史天空上一抹灿烂的彩霞。此时，红一方面军历经八个月，万余里艰苦卓绝的行军作战，只剩下了两万余人。

夹金山只是红 3 军团翻越的第 1 座雪山，两河口会议之后，红 3 军团翻越第 2 座大雪山梦笔山，进入马尔康的卓克基地区；沿黑水界山长板山翻越第 3 座大雪山，这一路山山相连，海拔均在 4000 多米以上。红 3 军团在黑水芦花一带滞留了一个多月，接着，又在黑水境内翻越第 4 座大雪山托罗岗，第 5 座大雪山打鼓山。之后，红 3 军团长征到达甘肃达拉池境，又翻越了最后一座白雪戴帽的雪山，至此，红 3 军团先后翻越了 6 座雪山。黄克诚回忆红军过雪山、草地时说："一路上死亡相继，尸体比比皆是，惨不忍睹。"

41. 草地上的七天

红军第一、第四方面军会合后，混合编为左右两路军，在中共中央统一指挥下继续北上过草地。红 3 军团编入右路军，改称红 3 军（以下仍称红 3 军团），隶属部队不变。计划从毛儿盖出发，穿过草地，向班佑前进。这时，肖劲光调任红 3 军团参谋长。由朱德、张国焘、刘伯承等率领左路军，从马塘、卓克基出发，绕过松潘过草地，向阿坝地区开进。

红3军团担任右路军后卫，红13团为红3军团前卫。毛泽东、周恩来等中央领导随红3军团行动，彭德怀命令红10团和红11团交替掩护，保卫毛主席和中央领导机关的安全。

红3军团在黑水、芦花一带，为了接应红四方面军主力，协同红四方面军第30军作战，扫清番兵和国民党残部的阻击、骚扰，保障红四方面军与芦花之间的通道，同时策应在毛儿盖的红军部队筹粮，战线拉得很长，战斗不断，经常受到敌机的轰炸，部队消耗很大。

本来那一带粮食较多，红3军团可以获得必要的粮食补充，可是红3军团在侧格割了7天的麦子，上级就传达了军委命令，粮食留给红四方面军。这样，红3军团不仅失去了必要的休整时间，也没有获得其他部队那么多的粮食准备。红3军团还没过草地就已经粮草殆尽，身体拖垮，人困马乏。

一天，红3军团从波罗子开到毛儿盖，这是红3军团过草地前最后一次筹粮机会。军团首长命令休整一天，准备过草地的粮食，要求每人备足十天的粮食。

毛儿盖只有两三百户人家，种植的只有青稞，前面的部队已经把粮食弄得所剩无几，再加上连日来老天总是下雨，筹粮真难啊。有的人弄了十几斤，有的人只弄到几斤，父亲好不容易才弄到了五斤生麦子（青稞），还不到军团要求的一半。

一般来说，前卫优先，红13团是红3军团的前卫，可是，按照彭德怀的一贯作风，即使担任前卫，也要顾全后面的部队。父亲的老战友廖作庭说，红13团是红3军团过草地时最艰难的一个团。他当时在军团收容部队，走在军团的最后面。前面部队留下的粮食到了他们这里比较多了一点，过草地的时候，没有遇到红 13 团那么大的困难。

松潘以西是一片渺无人烟的大草地。当地牧民有很多说法，说没有向导找不到路，路上必须携带充足的干粮，准备皮衣皮靴等，否则，即使不被冻死，也会饿死。还说草地每天都有妖魔鬼怪出现，不是刮大风，便是下暴雨、冰雹，冰雹大得能砸死人，反复无常，很少有人活着走出草地。

父亲当然不信这些鬼话，离开中央苏区红军已经走了一万八千里，翻过数不清的峻岭险山，跨过无数的激水湍流，已经无所谓"蜀道难"了。

出发前父亲召开了党支部会议，要求党、团员发挥先锋模范作用；行军、露营首先满足伤员的需要；两个人搀扶一个伤员，六个人抬一副担架，体力强的帮助体力弱的，轻伤员帮助重伤员；任何时候都不能遗弃伤员，遗弃伤员军法从事；牺牲的同志要掩埋好，登记他们的姓名、年龄、籍贯和番号。父亲说，红军在每一次战斗前，各连队都要召开党支部会议，党支部的战斗堡垒作用是红军取得胜利的根本。

1935 年 8 月下旬，红 13 团从毛儿盖出发。刚刚踏上草地，父亲眼帘中的白雪还没有消退，又被染成了绿色，草地上的草长得有几尺深，风吹草低，碧波荡漾，令人心旷神怡。可是，继之而来的就是一种让人不安的空旷，行进中的部队仿佛沧海一舟，不知不觉中就被淹没在无边无际的草海中了。

部队行军 40 里进入草地，草地就露出了另外一副狰狞的面孔。被美丽面纱掩盖下的茫茫草地，水道横流，泥潭遍布，一洼洼黑水像骷髅深陷的眼窝凝视着天空，吐出一股股逼人的寒气。一脚踩上去，脚下就"叽咕叽咕"地往上冒黑水，令人毛骨悚然，这是一条网织的死亡之路。

父亲脚下一软，自知不好，随即推开他搀扶的伤员就陷进了齐膝深的泥泽。"嘿！下马威啊！"父亲说。他想用力拔出腿，可是越用力，陷得就越深。幸亏及时赶来的战友，几个人联手，累得满头大汗，才把父亲拔了出来。父亲浑身泥巴，一只脚的草鞋被拔掉了，找不到，只好换了一双新草鞋。

大家只能倍加小心，用木杖探路，从坚硬一点的草甸上跳跃到另一个草甸上。这样跳跃着行走，对伤病员来说，每走一步都会撕痛伤口，都是一次酷刑，不少伤员的伤口被撕裂，脓血往外流，每迈出一步都是那么艰难，走不了多远，就已经不堪疲惫了。

幸好眼前出现了先头部队用树枝搭起的棚子，说明先头部队在此露宿过，部队就此停止前进，决定宿营。

卫生队顾不上行军的疲劳，随即搭建救护所，用油布牵起四角支起一个帐篷就是所谓的救护所。治疗伤员没有什么可用的药品，一点盐，兑成盐水，用纱布沾着盐水塞进伤口，再把纱布拉出来，带出脓血，如此反复，直到把脓血洗干净，包扎上。这对伤员简直又是一次酷刑，可是，所有的伤员都忍着疼痛一声不吭。

天黑了，安置完伤员，父亲呼出一口长气，就地一坐，这才觉得饿极了，原来连饭都忘了吃。父亲掏出一把生青稞，想煮熟了再吃，可是，到哪去找干柴，也累得一点都不想动了，索性把青稞塞进嘴里咀嚼起来。青稞有点像大麦，煮粥，或用青稞面烙饼，做成炒面味道蛮不错，可是没有脱壳的生青稞吃起来就很难吃了。

父亲吃罢饭，巡视了一遍伤员，草棚里已经没有他的位置。他不想打扰已经休息的同志，撑起油布伞，蜷缩在伞下，就在草地上躺下了。

天下起了雨。雨滴落在油布伞上，又沿着伞滑落在衣服上。听着"滴滴答答"的下雨声，他说这样的"雨打芭蕉"，再配上他的二胡，说不定也能"绕梁三日"，让人陶醉呢，可惜，他的二胡在湘江战役渡江的时候丢了。想着，想着，父亲酣然入梦。

梦中，父亲被一阵刺耳的声音惊醒。父亲起身，打伞，闻声走去。原来是卫生队长邱慧欣等到大家都睡下了，才开始独自疗伤。他在进攻会理的时候左臂负伤，一直没好利索，伤口反复复发。

"你来的正好，自己总是下不了手。"邱慧欣说。

"怎么严重到了这种程度？"父亲说，看着他露出的骨头，皱了皱眉头。

"你没看出来，这才第一天，不下决心，这个草地我恐怕是走不出去了。"邱慧欣说着，把手里的刀递给父亲。

"我这有一口酒，你喝了，忍住了！"父亲说。

"狠点！把骨头刮干净……"邱慧欣说。

第二天早上，父亲吃了一顿半生不熟的青稞饭，没有干燥的柴草根本做不熟饭，饭没做熟，火就熄灭了。一锅饭，看上去比稀粥还稀，水是水，青稞是青稞，嚼起来像嚼橡皮筋，嚼不烂，可是，能有点热乎劲儿，已经让父亲十分满足。这是父亲在过草地时，吃过的唯一一顿有点热气的饭，他吃得津津有味。

出发前，父亲抓紧时间加固了几个有些松散的担架，从露营的帐篷上拆下十几根树枝，做成拐杖，分发给大家用来探路，也可以让伤员支撑着身体减轻行军带来的痛苦。

草地上的天气变幻莫测，刚刚还是阳光灿烂，转眼，就是狂风骤起，接着，就是暴雨、冰雹。冰雹大得连牲口都能砸死。风雨过后，天气变得异常寒冷，一路走来，大家的身上都感觉不到一丝热气，等到晚上露营更觉寒气逼人。

半夜，突然听到呼救声，父亲急忙赶过去一看，几个战士背靠背地睡着就牺牲了，是起夜的战士发现了他们。等到早晨起来，又发现一个战友在睡梦中长眠不醒了。

第三天，突降大雨，河水猛涨，横流奔泻，大家拉着背包带蹚水过河，走在齐腰深的水泽里，冻得瑟瑟发抖。父亲说，在草地上天总是阴沉沉的，飘动着连绵不断的雨丝和雾霭，他的衣服从来就没干过，饥饿和寒冷始终威胁着红军的生命。

父亲对战友们说："同志们！唱唱咱们的高虎脑战歌吧，国民党六个师都被咱们打败了，还战胜不了脚下的草地吗？"战士们立刻振奋起来，一路高唱。

晚饭时，父亲突然发现米袋里的青稞少了多一半，不由得大吃一惊，部队严格规定节约粮食，这才走了不到三天啊，一定要省着点吃了，往后的路还不知道有多艰难。父亲想，多找些野菜代粮吧，可是，经过前面部队的采摘，连野菜也很难找到了。

父亲像过篦子似的一片地，一片地地找，头低得久了眼前发黑，抬起头缓口气再找。终于，父亲发现了两颗野菠菜（样子像），接着，又找了三颗野芹菜（样子像），父亲高兴得就像找到了金子。

父亲从米袋里捏出一小撮青稞，数了数有十三粒。犹豫了一下，从米袋里捏出了几粒，数了数有七颗，又犹豫了一下，取出四颗放回米袋。留在手里的青稞一共十六粒，再加五颗野菜，然后，父亲从水坑里舀了一缸子水，数着青稞，就着野菜，没有放盐，也无盐可放，这成了父亲在草地上的一顿"豪餐"。

父亲就着野菜，一小口，一小口，慢慢地吃，想多延续一点咀嚼的快乐。吃了几口，觉得这么个吃法，越吃越饿，嘴里、肚里什么感觉都没有，好像喝进去的全是水，他心一狠，索性把所有的青稞和野菜一股脑塞进嘴里，大嚼起来。野芹菜清香的汁液，流出嘴角。

这一夜，在茫茫草地上，父亲睡得很甜美，梦里，还在回味野芹菜留下的满口清香。父亲说："野芹菜特有的香气，让他至今不忘，而且，绝对不是因为当时饥饿。"

其实，过草地时，最缺乏的不仅是粮食，还有盐。父亲过草地后落下一个病根，不能吃生盐。盐放在菜里煮熟了吃没关系，但是，做完菜再放盐或凉拌菜撒上一点生盐，只要嘴唇一碰，立刻就会呕吐起来。父亲说，过草地时，食盐太稀缺了，随身带的盐本来就没有多少，剩下的一点盐只能留给伤病员，这是卫生员的责任。

第四天，父亲的腿受污水浸泡中了毒，发起炎来，红肿得像个棒槌，每走一步都钻心的疼痛，可是，父亲仍然坚持抬着担架走。

"渴！"担架上的伤员呻吟了一声，他需要一口热水，父亲随即放下担架去找水。"谁有热水？谁有热水……"父亲一边跑，一边喊，见人就问。他明知很难找到热水，可是，他抱着一线希望不肯放弃。几分钟后，父亲空手返回，伤员已经没有了气息，可能就缺一口热水啊，暖暖身子就能缓过气来，父亲痛心不已。

水泽遍布的大草地，到处是水，却很难找到一口可以饮用的水。腐败在水里的毒草使水都变得有毒了，沾到伤口就会发炎、化脓，就是健康的人泡在这样的腐水里，不用多久，皮肤也会中毒糜烂。行军的路上，渴极了就在水洼里捧几口喝，想喝一口热水，在草地上简直就是奢望。体弱的同志喝了不洁的生水就拉肚子，草地上到处是粪便，清水一样稀的粪便里，没有消化的青稞清晰可见。

营养缺乏、疾病，极度恶劣的生存环境，再次使红军到了生理极限。草地上冻坏的、脚肿的人数过半。

有的人实在走不动了，坐下来休息一会儿，可是，一坐下来就可能再也站不起来了，好像死神在冥冥中召唤。每天，每一步路，都有死亡，有多少人牺牲在草地上谁也说不清。

这晚，宿营地多了一点草棚，看来可以奢侈一个晚上了。父亲安排完伤员，看见还有一间空着的草棚，就打算多打些野草铺在棚顶，免得半夜下雨的时候漏雨。等父亲打完草，再次走进草棚，却发现一个卫生员不知什么时候已经躺在里面了。

顾不上管他，父亲先要盘算一下米袋里的粮食，昨天已经发现有人断粮，父亲分出几把青稞给了断粮的同志，现在要算一算，自己还剩下多少青稞，还能坚持多久。

"你还有多少粮食？"父亲随口对身边的卫生员说。

"前面……"卫生员有气无力地说，"筹粮的时候，就不多……"看样子这个卫生员饿得连说一句完整话的力气都没有了。

父亲突然意识到，一天都没有看见卫生员吃饭，不用多想就知道原因。父亲二话没说掏出一把青稞，塞进他的手里，说："你断粮了吧，哪天开始的？先吃一点，我的粮食多，明天跟我吃。"其实，父亲自己的粮食也已经到了可以用颗粒计算的程度了。

"我，吃了……还有好多野菜。你，你把粮食装好，装好了。"卫生员说。

"这是命令！快吃了！"父亲说。

"真的，吃过了。"卫生员固执地说，"不用了。"

天下起了雨，雨水透过棚顶的野草流下来，滴在父亲的身上，父亲挪了挪身子，可是，无处不漏雨，后悔没有多割些草把棚顶铺得再厚实一点。

"怎么……"卫生员梦呓般地说，"怎么听见了鸟叫声？"

"是下雨的声音，"父亲说，"快了，再坚持一下，走出草地就能听到鸟叫了。"

"我们那儿，"卫生员自顾自地说，"我们那儿，有种鸟……叫声，好听极了。布谷，布谷……快快……割麦！快快播种……布谷，布谷……"卫生员的声音消失了，手里还握着父亲塞给他的那把青稞。

这一夜父亲的耳边一直萦绕着那个卫生员的声音："布谷，布谷……"

第五天，在蒙蒙细雨的路上，父亲意外地遇到了伯父。伯父戴着一顶散了边的斗笠，裤角烂成了布条，瘦骨嶙峋的身体只剩下了一把骨头，走起路来摇摇晃晃，看上去像个稻草人，估计他掉队了。

兄弟俩上次见面还是在高虎脑战役的时候，如今相去有一年了。这一年有多少同志都牺牲了，兄弟俩都还活着，真是又惊又喜，可是，兄弟俩面面相对，却不知该说些什么。能说什么呢，说不定明天就是死亡。

伯父抖着几乎空了的米袋，抓出一把青稞面塞给父亲，没想到竟然是一把炒熟的青稞面，真是太奢侈了！父亲也兜底从米袋里掏出一把生青稞塞给了伯父，兄弟俩紧紧相抱，说着一样的话："挺住！""挺住！"

第六天，父亲开始发烧、拉肚子，腿肿得比暖瓶还粗，皮肤裂开了口子，脓血流得满脚都是。每向前走一步，都要费九牛二虎之力，他再也走不动了。

过草地的时候，最可怕的事情就是掉队，只要掉队就很难跟上队伍，越拉越远。茫茫无际的草海中没有树木，看不到房子，也看不到战友的身影，只剩下黑暗、凄冷和孤独。

父亲挣扎着，一步一挪，向一块高点儿的地方走去，刚坐下，就像被磁石吸住了一样，想再站起来，也难了。昏昏沉沉地，父亲恍惚看见了一串红色的小浆果，红得诱人。父亲又惊又喜，他使出浑身的力气想把小红果摘下来。可是，够啊，够啊，就是够不到。

眼前的小红果，是真的，还是幻觉，怎么就是够不到，父亲自己也说不清。只觉得眼前的小红果，变成了红宝石，闪闪烁烁，越来越多，多得数不清。

转眼，红宝石又变成了红五星，就是八角帽上的那种红五星，闪烁着红宝石一样的光彩。父亲仿佛看见一队带着八角帽的红军战士从他的眼前走过，迈着整齐的步伐，高唱着红军战歌，飘然升起，向着天空飞去……父亲仿佛听见了布谷鸟的叫声"布谷布谷……"仿佛看见他的姐姐端着满满一碗蒸饭，热腾腾，香喷喷，向他走来……

"你是13团的保卫干事吧！"恍惚中父亲听到一个熟悉的声音，原来彭德怀军团长站在他的面前，这一声召唤，把父亲从恍惚中唤醒。

父亲在回忆录里写道："彭总见到他溃烂的双脚不由地叹了口气，用右手指着前方说：'同志！你看，前面浮起的一大片白云，这有白云的地方就是班佑，离这儿只有90里。我们的先头部队已到了班佑，那大片白云就是用牛粪烧饭冒起的烟，到了白云深处，就是胜利啊！'彭总说罢，将他扶起来，把自己拄着的棍子递给他，说，'你就拉着我的马尾巴走吧。'"

"牛粪烧饭冒起的烟"，多么温暖的召唤，父亲甚至看见牛粪怎样燃烧，冒着红色的火苗，父亲完全清醒了。

顿时，一股涌动的热血流遍了父亲的全身，他振作起来，这是一个战士听到冲锋的命令时，瞬间爆发的力量，是战士才能感受到的那种一往无前的力量。

父亲郑重地向彭军团长行礼说："报告首长，走到白云深处就是胜利！"

父亲向着白云升起的地方迈开了脚步。在迈开脚步的瞬间，他发现在自己身旁的草丛中，原来真真切切地长着一串串像葡萄一样的红果子，这不是幻觉。

父亲凭着仅有的一小把颗粒可数的青稞麦，挣扎着走到班佑，这时，他的米袋里已经颗粒无存。

班佑只有几十户人家，属于藏区部落。那里的房子是一种用几根木棍支起，外面扎上柳条篱笆的棚子。棚子周围糊上牛屎，牛屎风干后，揭下来就可以用来取暖和做饭，这就是所谓"牛屎房"了。这个温暖想象，支撑着父亲走出草地，可是，这里根本无法解决部队的吃住，又行几十里，在阿西、巴西地区，才算找到了吃的东西。

红军走出草地，红一、四方面军会师，在包座打了一个的大胜仗，为红军长征北出四川进军甘南，继续北上扫清了障碍。1935年9月上旬，红军进入甘南达拉境，翻越了长征路上最后一座白雪戴帽的雪山到达俄界。

在俄界，中央决定，取道腊子口，继续北上。腊子口是甘、川古道的咽喉，是红一方面军长征中的最后一道险关。拿不下腊子口，重返草地回不去，继续北上出不去，势必导致进退无据的境地。突破腊子口，国民党反动派企图挡住红军北上抗日的阴谋就彻底破产了。

1935年9月17日，红军占领腊子口。父亲在他的笔记中写道："腊子口是个非常险要的地方，我们占领了腊子口，又掩护大队红军过关。我们团为完成这个任务，一千多人三天没有粮食吃，只吃了一头牦牛。"

突破腊子口，红军乘胜占领哈达铺，进入甘南。至此，红军才最后走出了藏民区。红13团人人衣衫褴褛，饿得只剩下皮包骨头，除了枪支弹药外，身上背的只剩下烧得黑黝黝的脸盆和喝水的缸子。

父亲在笔记中写道："从进入藏民区以来，在一个多月的行军中，没有见到过老百姓，没有见过火，没有吃过热饭，没有见到过房子。到达哈达铺，才看见了一座座的房子、一片片庄稼和果子树。我们是多么高兴啊，但我们没有进老百姓的房子，仍在地里露营，却好似上了天堂。"

红军在哈达铺给养得到补充，每个部队都杀猪宰羊，吃得满嘴流油顿顿饭都像过年一样，比过年吃得还好。

红军在哈达铺休整了两天，部队从当地得到许多报纸，交给彭德怀，彭德怀从报纸上发现，陕北除刘志丹外，还有徐海东、程子华的红25军并有一块根据地。彭德怀立即向毛主席报告，党中央研究后确定向陕北进军。

为了迎接新的革命形势，中央红军在哈达铺进行了整编。红一方面军整编为陕甘支队，彭德怀任司令员，毛泽东任政委。红1军团改称1纵队。红3军团改称2纵队。红13团改称第13大队，陈赓任大队长，张爱萍任政委，划入林彪、聂荣臻领导的1纵队。

哈达铺整编后，红军继续北上，日夜兼程，在武山鸳鸯镇，突破敌渭水封锁线，又经陇西县四十里铺，到达通渭县城的榜罗镇。

红军在榜罗镇休息了一天。中共中央在榜罗镇召开了一次具有历史意义的会议，会议决定将红军长征的落脚点放在陕北。

那天，天下起了蒙蒙细雨，父亲参加了由中央主持的支队连以上干部军政会议，会议在榜罗小学边的打麦场上召开。在会上毛泽东传达了中央政治局常委会议的新决策，进行了政治动员。他向全体官兵正式宣布："陕甘革命根据地是抗日前线，我们要到抗日前线去。"毛泽东的讲话赢来了全体干部暴风雨般的掌声。

1935年10月初，红军击溃敌军，翻越六盘山，顺利通过平固公路封锁线。10月中旬，红军进入吴起镇，这里已经是陕北苏区的边缘。

这时，敌3个骑兵团尾追而来，企图阻止红军进入进陕甘苏区。

为了不让追敌跟进，中央红军打响了吴起镇战斗。此役，红军击溃敌骑兵 3 个团，俘敌约 700 人，缴获战马 1000 余匹，重创敌军，迫使敌军停止了追击。

这次战斗，父亲在塬上伏击敌人骑兵时摔下深沟，腰部受伤。父亲说："长征，我一路走来打了数不清的仗，都没有受伤，可是，长征进入陕北的第一仗却受伤了，还是自己摔伤的。"

取得吴起镇战斗的胜利，标志着历时 1 年，横贯 11 省，行程二万五千里长征的结束。中央红军历尽千辛万苦，终于找到了自己的战略大后方。这意味着蒋介石反动派围剿中央红军的妄想彻底破产，意味着新的革命高潮的来临。

42. 露珠里的篝火

1933 年 8 月，母亲参加红军，当时她在红四方面军总部宣传队，她记忆中的战友有贾义。不久，母亲在通江编入红军妇女独立营，任 3 连班长，她最要好的战友叫李桂芝。本文中能说出名字的无论是父亲的战友和母亲的战友，其实，都是经过长征幸存下来的人。红军妇女女独立营属于战斗部队序列，直属总部指挥，这是中国革命历史上唯一一支具有正规建制的妇女武装力量，后扩编为母女独立团。

1935 年，还是春寒料峭的时候，红四方面军总部紧急抽调了一批有战斗经验的女兵充实到红四方面军总医院，母亲也从红军妇女独立团调到总医院。总医院位于通江县王坪村，直属红四方面军军总政治部领导，军级编制。

她在报到的当天，医院就开始了紧张的训练，战场救护、包扎伤口、打针、换药、护理、运输伤员等基本常识样样都学，边教学边操作，跟走马灯一样快。母亲培训了三天，就通过了考核。她被派到总医院担任护士排长。临走前，领导说，你们是有战斗经验的战士，在今后的战斗中要发挥骨干作用。母亲不理解领导的意思，妇女独立团是战斗单位，天天要打仗，现在调到医院，怎么反倒强调起发挥战斗作用来了。

不久，红军总医院开始迁移。红军总医院有数千名伤员，被编成4个团，随军行动，伤病员按病情和级别编为重伤连、干部伤员连、休养连、轻伤连和病号连。红四方面军的全部家当，军火厂的机器，堆积如山的步枪、弹药，十几万人的吃、穿、用品，都由红军总医院的女兵搬运。肩挑、背驮、人抬，把大量的辎重和其他物资，从王坪搬运到苍旺坝，再搬运到苍溪县，强渡嘉陵江，其艰难可想而知。

长长的一条运输队伍和伤员队伍一眼望不到头，母亲这才明白，红四方面军准备长途行军作战，部队需要一批有战斗经验的干部和战士，防备与敌人遭遇，随时可能发生战斗。其实，这就是红四方面军长征的开始。

红军总医院连队里的男兵极少，母亲熟悉的男兵只有两个，一个是陈先勇叔叔，一个是负伤住院的胡永连伯伯，还没痊愈就留在总医院当了文书。胡伯伯到延安后，他和父亲都做了机要工作，后来还成了搭档。

长征路上母亲和陈叔叔一直在一起，等长征到达陕北后就分开了。直到新中国成立后，我们家调到北京，陈叔叔随进京部队也留在了北京。南征北战、人海茫茫，不知道他是怎么找到母亲的。陈叔叔对母亲一直有一种兄长般的情谊，"文革"中他还与我们家有过一段很够爷们儿的友谊，令我至今难忘。

鲜为人知的是，红四方面军红军总医院还有一支由娃娃组成的卫生队。年龄最小的只有五六岁，平时还需要人照顾，大一点的孩子可以做些简单的看护工作，但一般不要求他们参加战斗。

母亲带领的这个红军卫生兵排，都是和母亲年龄差不多的女战士，最小的只有13岁。母亲最熟悉的一个人叫张小周，跟母亲一直长征到了陕北。母亲并不比谁大，可是，作为一排之长，对排里的姐妹却俨然一副老大姐样子。哪个姐妹走不动了，母亲就把她背着的东西拿过来自己背，肩挑背扛的东西比谁都多。每每陈叔叔又把母亲肩上扛着的东西抢过去，自己背。

1935年3月底，红四方面军从苍溪县城外的塔山湾一线突破嘉陵江，接着，攻克剑门关，挺进川西北，一路所向披靡。为接应红一方面军，红四方面军先头部队翻越红桥雪山，击溃川军占领懋功（今小金县），终于迎来了与红一方面军的会合，接着，红一、四方面军共同北上。

途中，在黑水地区，母亲带领的伤员队伍，遭遇小股番兵的袭扰。母亲命令："2班、3班掩护伤员，迅速脱离敌人，1班随我行动，干掉这些家伙。"

"我是团长，由我来指挥。"他是一个伤员。

"现在我是指挥员，任务是保护伤员的安全，请服从我的命令。"母亲说。

"你打算怎么打？"团长说。

"对面是树林，我们绕到敌人的背后，打他们个措手不及。"母亲说。

"不过我们不能撤离，不然敌人反倒认为我们兵力不足会趁势追击，如果这样问题就严重了，伤员怎么跑得动。我们只能从正面就地反击敌人。"团长说。

"明白了。"母亲说。

"正面由我组织进攻，我们有一百多人，敌人不敢贸然过来，你可以多带一个班的人走，行动要迅速。"团长说。

"是！"母亲说罢，迅速带领战士，悄然绕到敌人背后，突然发起进攻。敌人猝不及防，以为被包围了，丢下两个被击伤的敌人逃离。

母亲缴了敌人的枪，让战友给他们包扎了伤口。然后，母亲又退出他们枪膛里的子弹，把枪还给他们，说："回去告诉你们的头人，红军是你们的朋友，我们只打国民党反动派。"

母亲第一次走出草地，她与父亲一样也有过同样的惊喜。那天，她突然发现，在半人深的草丛里藏着许多野花，紫红的、雪白的、金黄的、粉蓝的把姐妹们的眼睛都照亮了。她兴奋地叫起来："姐妹们快来看啊，好多花，好漂亮啊……"

伤员听到姐妹们的笑声就知道准有喜事儿，他们躺在担架上，挣扎着坐起来，伸着脖子往前看。姐妹们采来鲜花，分给每一个伤员，说："祝贺你们走出草地！"

"集合！"母亲集合队伍，清点人数。她说，一过草地，红四方面军发生的战斗不必说，她们单独遭遇的战斗，也发生过多次。她带领的30多名女战士和伤员一个不少，这是让她和姐妹们最感欣慰的事。谁能想到，更艰难的历程还没有开始。

红四方面军二过草地，主力分别从阿坝和巴西地区南下。一路黄草漫漫，寒气透骨，前次过草地遗留的尸体还没有掩埋，又有更多的红军战士倒下。

粮食供给十分困难，部队严格规定每天的口粮只有二两，任何人都不能违反，后来完全断粮，每天吃草根、树皮。女兵的负荷格外沉重，每四个人抬一副担架，还有十来个装药材和物品的木箱，每个木箱有四五十斤重，大家轮流背。姐妹们都是十五六岁的女孩子，背负着如此沉重的负荷，还要带着伤病员长途跋涉，每一步都可能付出生命的代价，眼前一黑，一头栽倒，就再也站不起来了。

到了宿营地，不管多累，首先就是给伤员疗伤。一个排负责的伤员多的时候有 100 多人，治疗完伤员，已经累得筋疲力尽。

睡觉的时候，所有能遮风御寒的东西都让给了伤病员，母亲就和卫生员们背靠背地躺在野地里睡。一觉醒来，身下渗出一洼水，下半个身子都泡在冰冷刺骨的水里。

女性生理不同于男性，泡在水里很容易引起疾病。很多不方便的地方，说不得，道不出。来了例假，腹痛难忍，什么卫生条件都没有，偷偷地从内衣上撕下一块布或用别的什么就对付了，忍受的痛苦让男同志无法想象。

一次，一个伤员突然发现一个女卫生员腿上有血，就惊呼起来："你负伤了！你负伤了！让我给你看看。"女卫生员没好气地说："我受伤关你屁事，狗拿耗子多管闲事。"伤员被骂得蒙头蒙脑，张口结舌地说："我，我，我……"惹得姐妹们忍不住哈哈大笑："我什么，我个屁呀。"

继续下来的情形越来越艰难，药材殆尽，唯一可以当成药品消毒的盐也几乎用完。没有药，伤员伤口感染化脓，姐妹们只能用嘴吸，一口，一口地吸出脓血。没有包扎伤口的纱布，就把草纸折叠起来，滴一点盐水，代替纱布包扎伤口。用草纸包扎的伤口保持不了多久就得重新包扎，一天要重复包扎几次。

有些伤员看见女同志把嘴贴在伤口上吸脓血实在不忍，流着泪说："不要这样了，不要这样了，我实在受不了了。"可是，姐妹们没有一个人嫌脏、嫌累。如果看到哪个伤员不堪痛苦的样子，姐妹们忍不住流泪，一面流泪，一面还安慰伤员："疼，你就喊吧，喊吧！听话，听话，喊出来就不那么痛了。"本来自己还是需要让人照顾的年龄，如今却像当母亲一样，哄起了比自己还大的男人。

"集合！"母亲每一次清点人数都心惊胆战，不知又有多少减员。

"1、2、3……"

"集合！"又一次集合，清点人数。

"报告……"每次都有减员的卫生员和伤员。

"不要！我们不能拖累你们了，放下我，不用管我了。"伤员说。

"没出息！还是红军吗？这么说，你对得起牺牲的姐妹吗……"

"你以为就你不怕死，哪个红军怕死……"卫生员七嘴八舌，把伤员骂得抬不起头。

最后，母亲带领的那个排，除了留给伤员的盐，一点盐都没有了，只剩下了一个装盐用过的空布袋。那个空盐袋只有巴掌大，在潮湿的环境中吸收了盐分，无意中反倒变成了一个救命的"金袋子"，母亲把它像宝贝似的悄悄地藏起来，不到万不得已舍不得用。

一连几天过去了，母亲发现姐妹们总是眼巴巴地溜着她身上藏着的空盐袋，就打算给姐妹们分了。她把空盐袋剪成几十份小方块，说："姐妹们，我们的'盐'就这么一点了，给伤员留的盐不能动，不知道后面的路还有几天，大家省着点吃吧……"姐妹们没等母亲把话说完就欢呼起来，不由分说地就抢，好像抢金子似的，其实，金子有什么用，盐比金子还珍贵呢。

抢到"盐"的女兵，欢天喜地，出起洋相，扭腰，唱歌："腰儿么一恰恰，头戴么绫罗花……"母亲说歌词记不全了，大概是嘲笑小资情调的女人走路的姿势吧，女兵们常常这么逗弄"失败者"。没有抢到"盐"的失败者，就叽叽喳喳地喊叫着往回抢，你跑我追。

女兵爱哭，也爱笑，不管生活有多艰难，有点由头就乐乐呵呵，嘻嘻哈哈，吵吵闹闹，没完没了。看见女兵们嬉笑打闹，伤员也跟着起哄，笑个不停。"喂！喂，快追啊……""别跟着跑，掉头，杀他个回马枪……""笨死了……"

"白对你们好了，光起哄，也不来帮忙。"卫生员气喘吁吁地说。伤员立刻参战，拄着拐杖的，吊着胳膊的，忘了疼痛。闹够了，累得瘫在地上，哈哈一阵笑，每人一份，谁也不会多拿。

方寸大小的一块布，能含多少盐分？姐妹们却宝贝儿似的舍不得吃，吃饭的时候，用舌尖舔一下，能咂摸出一点咸味就满足了。最后连一点咸味都尝不出来了，还舍不得丢掉。

夜晚，篝火旁，野草边，一个女孩子望着小草上挂满的水珠出神，像是发现了新大陆。她那副神情专注的样子引来了一群围观的女兵。

"发现什么了？"有人问。

"你们看，每个水珠里都有一团篝火呢。"发现新大陆的女兵说。

女兵们立刻兴奋起来，一下子都趴在了地上，头对头地围成一圈。不知哪个淘气鬼，用手指一弹，水珠没了，水珠里的篝火也没了。"讨厌的捣蛋鬼！"愤怒的女兵们叫喊起来，那个淘气鬼一下子就成了众矢之的，被嘻嘻哈哈的女兵们追逐得到处逃窜。

星星跳出了深蓝色的天幕，满天星斗，闪闪烁烁。露营的篝火，星星点点，布满了大草地，潮湿的柴火上飘起阵阵烟雾，天地一片朦胧，分不清哪里是天，哪里是地。

一个女兵嘴里衔着草根就睡着了，母亲尖起手指，轻轻地拨了拨，想帮她取出草根，她却蠕动着嘴唇，咀嚼起来。母亲不忍惊醒她，给她拉了拉滑落的衣服，想，就让她在梦里继续品尝她的美味吧。

这一夜，在茫茫草地上都是天上人间。

第二天清晨，发现新大陆的女孩子又惊呼起来："大家看啊！每颗露珠里都藏着一颗小太阳呢，好亮哦。"女孩们又都聚集起来，围成一圈。被茫茫的草地托起的金色太阳，放射着万丈光芒，每一个女兵的眼眸里都有一颗金色的太阳。

篝火、小草、太阳、女兵、露珠，多么平常无奇的景物，然而却让我感到了诗的韵味。长征不光有伤病、牺牲、草根、树皮和被煮当成食物的皮带，也有属于长征的柔曼诗篇。

红四方军第二次走过草地，再次翻越大雪山。9 月下旬，红四方军军击溃懋功之敌，第二次占领懋功。红军总医院先后两次在此驻扎过较长时间。期间，曾与敌人多次遭遇，一次为掩护伤员，几个女战士被敌人包围，全部壮烈牺牲。

红四方军翻越夹金山，10 月下旬，向宝兴、天全、芦山发起全线进攻。10 余日，占领了邛崃山以西、大渡河以东、青衣江以北和懋功以南广大地区。红四方面军决定，乘胜向名山、邛崃山进击，东下川西平原。（这时，红一方面军结束长征，胜利到达陕北。）

红四方军势如破竹，占领名山县城及百丈镇。百丈关位于名山县境内，直接威胁到刘湘的政治、军事、经济中心成都。刘湘急调 20 多万川军，在百丈关与红军决一死战。

百战关一战是红四方军在长征途中发生的一次最惨烈的战斗，激战七昼夜，仗越打越大，伤亡越来越严重，红四方军由原来的 8 万人锐减到 4 万人。1936 年 2 月，红四方军被迫后撤，退向漫天飞雪、人烟稀少的道孚、炉霍、甘孜藏区。

途中，在丹巴、道孚之间，翻越了海拔最高、山路最长的党岭山。党岭山是折多山脉主峰，终年积雪，海拔 5500 米左右，上下山 200 里。已是严冬酷寒，零下二三十度，滴水成冰，姐妹们穿着单衣，光脚穿着草鞋，浑身冻得没有知觉。

大雪茫茫，狂风呼啸，看不清眼前的山，也看不清脚下的路，低着头，顶着狂风暴雪前进，一步一滑。一阵狂风吹来，身上背着几十斤重的东西，人就像雪花一样地飘起，被狂风卷走。担架不能抬了，就背着伤员走；不能背了，就挽着走，一步不能停。把这个送过去了，返回去再去接另一个伤员，重复往返。

冗长的伤员队伍被大雪掩盖，远远看去，如果不是缓缓蠕动的队伍，你还以为就是一条隆起的雪线。如果哪段雪线不移动了，不用想就是有人倒下了，整班、整队的人倒下。

眼前出现了坟墓，一个用雪堆起的一个长方形，用最单调的色彩、最简单的线条组成的几何图形，它强烈地冲击着母亲的视觉。母亲先是一愣，随即，就意识到了死亡，姐妹们也不由自主地停下了脚步，低下头，默默地向牺牲的同志敬礼。然后，一个接一个，轻手轻脚地从烈士的墓前走过，仿佛怕惊醒了牺牲的战友，也怕惊醒了自己。

从第一次看见这样的长方形，一路上不知看见了多少类似的几何图形，长方形的、圆形的，断断续续。这是一个代表死亡的特殊符号，更是一个肃穆的军阵，在翻越雪山的路上从没有间断过。

走着，走着，一个卫生员挽扶着的伤员，突然不动了，站立在雪地上就牺牲了。看着自己一路上细心陪护的伤员就这样牺牲了，卫生员心如刀绞，她早就把伤员当成自己的亲人，朝夕相伴的伤员已经成为他们生命的一部分。她无法相信，也无法接受在自己身边发生的牺牲。无论谁劝说，卫生员都不肯松开臂弯里挽扶的已经牺牲的伤员。她摇晃着伤员的手臂说："告诉我，你没死，跟我开玩笑呢，是吧？"泪珠滚出她的眼眶，冻结在她的面颊上。

纷纷扬扬的大雪漫天飞舞，转眼，就在卫生员和已经牺牲的伤员身上堆积了更厚一层积雪。跟上来的伤员队伍停止了脚步，所有的人都被卫生员的坚持感动了，向她举手敬礼。

雪山、雪花、卫生员、牺牲的伤员，他们身后肃然而立的伤员队伍，这一刻，都凝滞在雪山上，任脚下的白雪越堆越厚……

　　长征中，母亲受到红四方面军总部的物质奖励，获得了一套新军装和一条新毛巾。在物质极端困乏的长征路上，这样的奖励在长征中是最高奖励了，可见，母亲在长征中的卓越表现。

第十一章　莫尔斯电码编织的战歌

43. 中央军委通信学校

1935 年 10 月。由曾三带领的中央红军军委无线电通信学校（简称军委通校）到达瓦窑堡。那时红军的通信人才非常匮乏，中央决定在开办无线电学习班，这是红军到达陕北后的第一期无线电通信技术学习班。

挑选学员的工作，在红军到达吴起镇短暂休整期间就开始了，由总部电台队长王诤同志负责选调学生。要求非常严格：第一、脑子灵活听力好；第二、记忆力集中事业心强；第三、手足灵敏抄收电报快（以上三条是在技术方面的要求）；第四、政治条件包括共产党员、共青团员，家庭出身好。根据这些严格的政治条件与技术要求，父亲被选中了。

父亲对报务从未接触过，一点也不懂，虽然选上了，思想却想不通。

他想去前线去，不愿意离开老部队和曾在一起战斗的老战友；彭德怀在红 3 军团的威信很高，他更不愿意离开他崇敬的老首长。

但是组织上说服父亲，告诉他学习无线电是一门技术，留下的长征干部是革命的种子，将来都要去学习，你们是选派的第一批学员，是部队目前最急需的通信人才。中央很快还会组织军事、医学、后勤等各类学校，都要派人去学习，要服从革命工作的发展需要。就这样父亲不得不依依不舍地告别了红13团朝夕相伴的首长和战友。从此开始了机要工作的生涯，一干就是几十年。

父亲在中央红军到达陕北高原的第一个冬季，来到瓦窑堡中央军委通校，驻扎在瓦窑堡九沟台。当时，毛泽东、周恩来，以及党中央、中央军委等首脑机关都集中在这里。

瓦窑堡是陕北著名的第一大镇，依山而建，延秀河从东往西穿城而过。这里交通便利、商贾云集，镇内一条东西贯通的商业街上，店铺、酒肆和沿街做买卖的商户看上去足有百十来户，相当热闹。

最让父亲稀罕的是瓦窑堡的煤炭。陕北有句民谣："米脂婆姨绥德汉，清涧的石板，瓦窑堡的炭。"瓦窑堡炭多、质好、价格低廉，不论贫富，家家户户门前都或多或少地堆着一些炭，成了这里最具特色的一道风景线。这对冬季来到这里的红军，无疑是天赐的福祉。

中央军委通校始建于1931年江西瑞金，曾三任政委，他是我党我军无线电通信和机要工作的创始人之一。中央苏区在第一次反围剿前，一部电台也没有，第一次反围剿虽然缴获了张辉瓒的半部电台和谭道源的一部15瓦电台，但由于那时红军部队之间还没有作报对象，因此，没有形成无线电通信。

第二次反围剿缴获了公秉藩的一部100瓦电台，曾三自己上电台操作，沟通了中央苏区红军与上海中央的联系。从此，中央苏区红军才开始了无线电通信并逐步发展起一支高素质的无线电通信队伍。

军委通信学校在长征中一面行军作战，一面继续上课，是长征时期唯一保留建制的红军技术学校，一直延续到到达陕北从未间断过。到达陕北后，又是第一个开学的军校，比后来的红军大学还早半年，可见，红军对通信人才需要的迫切。

当时，瓦窑堡还处在蒋介石几路大军的包围之中，东面，一过黄河便是山西反共老手阎锡山的地盘；东北，汤恩伯的中央军在绥德、米脂、清涧一带驻扎了 4 个师；北面，以榆林为中心，驻扎着地方军阀高双成、高桂滋 2 个师；南侧，洛川、富县、甘泉、肤施（今延安）地区，有西北军杨虎城十七路军 2 个师，东北军张学良 4 个军 15 个师；西部，陇东和宁夏地区有马鸿逵、马鸿宾 2 个师 5 个旅。

1935 年 12 月，军委通校在瓦窑堡开学，由陕北红军吴泽光同志任校长，政委仍由曾三同志担任。父亲参加的这一期无线电学习班，有红一方面军调来的十几个人和陕北红军的几个人，另外还有 7 名女生组成的女兵班。父亲担任男兵班党小组长，兼女兵班班长。

军委通校女兵班，在其他回忆录中我从没有见过，但是，父亲不仅多次讲过并发表在回忆录里，而且，他还清楚地记得有一个叫钟月林的女学员。她是江西省于都县人，参加了长征，毕业后分配到中央机要科。在本文的写作过程中，从钟月林的回忆文章中也证实了女兵班的存在。

父亲比较熟悉及新中国成立后一直有联系的学员有：余占鳌、肖贤法、梁茂成、陈云东、刘克东，以及后来几期的学员黎辉宝、赖仰高、赖洪等。这些学员，都是经过长征考验的红军干部和战士，每个人都有九死一生的战斗经历，有的人曾经给首长当过秘书或警卫员。年龄基本都是十七八岁，那时都叫"红小鬼"。我在写作本文时，父亲熟悉的前辈，只有余占鳌健在了。

入学的时候正值冬季，天降大雪，积雪有一尺多厚。当时，红一方面军来的同志还穿着单衣，父亲的裤子烂得只剩下了半截裤腿。不知从哪里找来一些打土豪收来的衣服，花花绿绿，有棉裤、皮袄，大家谁都不肯穿，经领导说服，为了学习也就穿了。父亲领到一条缅裆裤，又大又肥，差不多能把大半个人装进去。父亲拎着棉裤看了又看，忍不住哈哈大笑，说："要是能把头也装进去就更暖和了。"

开学那天，军委参谋长张云逸同志讲了话，他说："从江西出发，经过长征，留下来的同志已经不多了。你们都是革命的种子，每一个长征干部都要轮流去学习。毕业了你们有些同志要到前方去，有的同志要留在后方和中央机关机要部门工作。学习无线电和机要是分不开的，都是重要工作。"

以后，张参谋长吃过晚饭，常到学校看望大家，也常去女生班，了解女生的生活和学习。有一次张参谋长问父亲是哪里人。父亲回答说，是江西人，原来是红7军59团的战士，是你的老部下，参军时，上政治课的指导员就讲到过你的名字。张参谋长听了父亲的话很高兴，握着父亲的手问长问短，他问父亲打过仗没有，父亲说当兵哪有不打仗的啊。接着，张参谋长又问了女生的生活，有什么困难等。后来，学校的学生都和张参谋长交上了朋友，官兵之间就像兄弟姐妹一样。

军委通校的教学方针与后来成立的抗日军政大学办学方针一样："团结、紧张、严肃、活泼"。军委通校有自己的校歌，校歌是曾三同志在井冈山任红军军委通校政委时写成的，曲子套用当时红军流行的一支歌的调子，词谱很好记，也很好听。

1936年，在瓦窑堡时，经请示上级同意，把这首歌定为校歌。歌词是："一个红色的技术人员，一定要做到三个条件，政治要坚定，学习马克思、列宁主义武装我头脑，技术精明、精明、还要精明，工作学习练习最要紧，身体健康才能保障，通校的同志要努力！"

我从父亲的回忆录中看到过这首校歌。父亲在回忆录中说，曾去看望老领导曾三同志，当时咏唱了那首校歌，曾三听得是那么动情，不由地和父亲一起回忆起当年学习和生活的许多往事。可惜，我当时没能把这首校歌的曲子记录下来，不免遗憾。

军委学校的设施和设备简陋不堪，没有教室、课桌，冬天利用民房，天暖在野外，席地而坐，教员随身带着教学用的蜂鸣器。在敌人的重重包围中，一边要防备敌人偷袭随时准备战斗，一边在这样艰苦的条件下还要坚持教学，这是全世界绝无仅有，只有红军才有的学校。

开学第一节课由王诤讲英文。大多数学员文化程度都很低，有的在参加红军后才学了一点文化，有的在参加红军前读过几年私塾，除了当过卫生员的认识英文字母，多数人连英文字母都没见过，有的学员甚至连阿拉伯数字 1、2、3……都不认识，文化层次参差不齐，教学起来格外困难。

此外，还有身体方面的原因，也给教学增加了不少的困难。红一方面军的这批学员刚刚经历了长征，身体十分虚弱，有的同志从战场下来，还来不及休整，恢复体力，走路都晃晃悠悠，就投入了紧张的学习。

那时，每天都有七八节正课，晚上还要复习一两个小时，学员们经常生病，父亲也因为身体虚弱，常常误课。这样的教学累死先生，文化低的要先补习文化，身体弱的老师要亲自照顾。为了使学员都能跟上进度，老师不得不对学员个别辅导。没有现成的教材，只能自己编写讲义。常常工作到大半夜，一天要工作十七八个小时。

技术课主要讲：电码组成、收报、发报、通报、英文（包括通报简语），还学点电工常识，讲怎样接电池，正负极不能接反，以及串联、并联的接法等。

报务训练先从电码开始学。开始学习的时候，老师就用嘴"嘀嘀嗒嗒"地说，学生就跟着"嘀嘀嗒嗒"地朗读、背诵，全神贯注地记忆老师发声的节奏。最初，从背诵、朗读开始，最后，用蜂鸣器训练，对"嘀嘀嗒嗒"的收发报声形成本能的反应，没有别的捷径，只能一丝不苟地学习、体会和反复练习。

开始学习的时候，听到"嘀嘀嗒嗒"的声音很难转化成数字，熟练以后，再听到"嘀嘀嗒嗒"的声音，脑子里直接反映出来的就是数字或字符了，但能够承担报务任务，还需要一段时间的实践才行。

电码以"点"为标准，用"."来表示，读作"嘀"；"嗒"用"一划"来表示，"一划是"3个点的长度；每个码子之间用一个"点"的长度来区分；每组电码之间是用"一划"的长度来区分。

抄收电文的时候，要压码抄收，收到电文的第一个码子不要抄，收第二个码子时写第一个，收第三个字码时写第二个，以此类推。好的抄报员可以压四个码，这样就可以不慌不忙地抄收电报了。

上了电台不能分心，要把发来的电报准确、清楚地抄写下来，把发出的报文准确、清楚地发出去，作报的时候要沉着、冷静，手法干净、平稳。一般来说，一个老报务员，在电台上工作时间长了，就会形成自己特有的手法，和指纹鉴别一样，对方一听就知道你是谁。为了尽快地掌握报务英语，上课时老师只讲英文，要求学生必须用英文会话。

除了老师的辅导，晚上熄灯后，父亲就在肚皮上或大腿上，用手指默写英语单词，增强记忆，或是用左手拇指当作电键，用右手去敲打，仔细感觉电键的力度。有时困得厉害，发现别的同志也没睡，还在努力学习，就打起精神继续练习起来。

军委通校对政治学习要求得也很严格，政治课主要学习党的组织、党的政治工作、时局、政策，还学点马列主义及社会发展史类的知识。

这是一所什么样的学校，又是一种怎样的教学啊！红军刚刚到达陕北，几十万敌军陈兵脚下，战斗正在进行，耳边炮声隆隆作响，战场上战友们还在流血牺牲。教学双方都明白这不是一个普通的课堂，这样的应急教学是被战争逼出来的。教学双方早已超越了师生之间的关系，他们是为了同一个战斗目标，在同一个战场上与敌拼杀的战友，要共同战胜文化程度低和身体虚弱的困难。老师和学生都在为取得战场上的优势与敌人赛跑，正在战斗中的红军指战员也急切地期待着学员们尽快奔赴战场。这也是对敌的殊死搏斗，也是爬雪山、过草地，也有千难万险，也有牺牲。红 3 军团 10 团来的温储金学员，学习还没有结束就因病逝世了。

父亲到了晚年，回想起当年的学习生活就感慨地说："一句话，那时的学习就是拼命，和战场上一样刺刀见红！"

当时的学习计划只有四个月，要在这样短的时间内完成学习计划，没有坚定的革命信念很难完成。经过几个月的学习，同学们团结互助，刻苦学习，在创造模范学员运动中，80% 以上的同学成为模范学员。父亲的发报成绩可以达到每分钟 120 字，英文有 130 多个字，抄收报可以压三四个码，抄 135 个字。

军委通校自 1935 年以后的十数年里，为全军培养了近千名无线电通信骨干，保证了红军急需通信人才的需要，奠定了我党、我军无线电通信事业发展的基础。学员的足迹，遍及三山五岳、大江南北，有的在中央，有的在前方，有的在秘密战线，收发的电报如网如织，浩如烟海，一字千钧，字字如金，举足轻重。但是，他们在取得土地革命、抗日战争和解放战争的胜利中，能够表现出来的却只是一个标点符号、一个音符，还可能是一个被忽略的符号。

由于保密工作的性质，同学之间往往是"鸡犬相闻老死不相往来"，即使可以通过发报人的手法，辨别出对方的报务员就是自己日夜想念的战友，也只能为战友默默地祝福或担忧。而这些对他们似乎都不重要，因为，他们一开始从事机要通信工作就注定了他们只能是"无名英雄"。

"甘当无名英雄"是军委通校每一个学员坚守的信念。后来，军委通校的校名几经变更，最后发展成为中国人民解放军西安军事电信工程学院，现更名为西安电子科技大学。

44. 中央军委机要科

1936 年春，恰是山丹丹花开放的季节，山背洼里的山丹丹花开放了，红艳艳的一片，在风中摇曳，顽强地生长着。

那天，军委通校与刚刚成立的红军大学在瓦窑堡一起开了一个联欢会，进行了唱歌、游艺、打球等许多比赛并发了奖品。联欢会结束，父亲他们这期学员就毕业了。

学员们随即奔赴各自的战斗岗位，男兵班大部分学员上了前线，有几位学员分配到中央军委电台。包括父亲有三名学员分配到军委机要股任译电员（后机要股升格为机要科），有两名同志不愿留在后方，让他们去了前方。这是父亲从事机要工作的开始。

毛主席住在瓦窑堡延秀河旁的一个小院里，院内有砖窑 5 孔，左侧有 1 间小屋，小屋和窑洞间的夹道有 15 层台阶通到屋顶，登上屋顶可以看见延秀河沿街的全貌和米粮山。机要股住在毛主席后面的一排窑洞，毛主席住所的右侧是军委张云逸的住所，对面隔着一条两米多宽的小路是周恩来住的小院。

军委机要股股长叫刘三源。刘三源 1930 年参加革命，1955 年刘三源和父亲先后调到北京，虽不在一个部门，可一直到晚年，我们两家都是隔着一个门的邻居，也算是一个奇缘了吧。

同月，刘三源调走，叶子龙接替刘三源任机要股长。在军委机要股工作的人员还有赖奎、童小鹏、李金德、吴振英、何凤山等。不久，军委机要股又调来了周伯龄、黄文彬、赖观海。赖观海是我的伯父。后军委机要股升格为军委机要科。1937 年，李质忠调任军委机要科副科长。李质忠先后任中央和中央军委机要科副科长、科长、处长、局长，他是在中央机要系统工作时间最长的前辈之一。

这一段时间在军委机要股工作的同志父亲能够回忆起来的就这13 人，另外，还有从军委通校女兵班调来的钟月林同志。从这些人的组成来看，所有人都经历了长征，长征时就已经担任了连以上基层干部或已经从事过机要工作，政治可靠，年轻，头脑灵活，有一点文化，文化虽不算高，但字写得都不错。

译电与报务，是一个既有联系，又有严格区分的工作。如，电报如何发出去，如何接收，收发电报登记手续要全，计时，计分，分秒不差，都要清清楚楚，电报等级分为：A、AA、AAA、AAAA，即，急、万急、万万火急、十万火急，这些都和译电的规定一样。

但是从要求上讲，报务员只能从报头上看到电报的等级，不知道密码的内容。报务员听到"嘀嘀嗒嗒"的声音，反映出来的是数字或字符，而译电员看到的电码数字、字符，反映出来的是文字。四个电码组成一个汉字，十个电码可以组成一万个汉字，常用电码有四千多字。密码不是背一次就可以一劳永逸了，密码经常更换，每更换一次就要重新背一次密码。有时出现乱码、错码，这就需要译电员能够娴熟灵活地掌握密码解析的技巧和方法了，可以说译电比报务复杂得多。

红军的密码使用的是一种叫作"豪密"的密码，这是由周恩来以自己在党内的化名"伍豪"亲自研制的。"豪密"是密码中的公语，还需编制"密码民族标准语"才能使用，这是一种简便实用的密码，有很强的保密性，在中国革命史上发挥了不可估量的重要作用。

父亲的组长是赖奎，父亲到军委机要股报到的第一天，股长和赖奎就和父亲谈了话，谈了机要工作的重要性、组织形式、组织纪律、保密制度。你知道的电报，不能和任何人谈；别人知道的电报，你也不能打听。毛主席对译电的要求是：1. 不写减笔字，要写正楷（注：减笔字指的是不能缺笔少画。）2. 不写古怪字；3. 点符号占半个字的位置；4. 标点符号不要写错；5.1、2、3 等字放大些。

赖奎知道父亲是从军委通校毕业的，这方面的工作已经熟悉，但他还是向父亲做了详细讲解。再三叮嘱父亲，电报要随到随译，不能耽搁，译出立即交首长，送给毛主席、周副主席、张参谋长等。第二天赖奎同志交给父亲一套密码本，小小的密码本让父亲感到千斤之重，它包含了中央和红军的最高机密。从此，父亲没有了自己的秘密，却有了永远不能对任何人说的秘密。

虽然赖奎千叮万嘱，可是，父亲第一次送译电就出了差错，他把电报先送到了张参谋长那里。按照一般规定，报送参谋长也没错，可是，张参谋长一见父亲拿着电报来就说，以后电报要先送到主席、副主席那里，特别是重要的电报，一定要先给主席、副主席看。父亲听张参谋长这么说了，只好又拿着电报去找毛主席。

父亲第一次去毛主席的窑洞，要跟领袖面对面说话，就紧张起来。幸亏遇到毛主席的警卫员，他认识父亲，看见父亲紧张的样子就说："放心进去吧。"父亲这才深深地吸了一口气，报告、敬礼，壮起胆走进窑洞。

等见到毛主席，父亲才知道领袖是那么的平易近人，和蔼可亲，并不像他想象的那么可怕。当时，毛主席和周副主席正在一起谈话，毛主席看见进来的是新同志，他没有急着先看父亲递给他的电报，就亲切地跟父亲握了握手，拉起了家常话。毛主席问父亲是哪里人，家里是什么成分，读过几年书，原来在什么部队，做什么工作，对现在的工作习惯不习惯，等等，父亲一一做了回答。

这时，张参谋长也来到毛主席住的窑洞，他对毛主席、周副主席说，他刚毕业就调来了。周副主席说，以前我在上海也译过电报，电台的工作很重要，机要工作也很重要。周副主席问父亲能收发电报了吗？父亲说可以。周副主席又说，刚毕业还没有工作就调到机要股来了，机要工作更重要、更机密。译出来的电报，你们先看，你们看过了我们才能看。毛主席风趣地说，是啊，机要工作了不得嘞，所以，一个字都不能错，差之毫厘，失之千里。毛主席说罢，周副主席又说，要严守秘密，不能告诉任何人。你们要好好学习，一面工作、一面学习，提高业务技术，加强政治学习。

毛主席、周副主席这样平易近人，让父亲非常感动，父亲本来也有调到前线工作的打算，可是，听了毛主席和周副主席的话也就安心工作了。

中央首长在工作上对机要员要求非常严，对机要人员的生活也非常关心，有些事让父亲终生难忘。中央军委机要科（这时中央机要股升格为机要科）在瓦窑堡时的工作十分繁忙，生活也极为艰苦，晚上值班没有夜餐，值班的同志饿得不行。一天晚上，值班的同志跑到小灶食堂拿了几个馒头吃，次日清晨，大师傅发现少了馒头就向管理科长作了反映。管理科长估计，是值夜班的机要科同志拿的，就向周副主席作了汇报。周副主席听了汇报，不但没有责怪机要科，反而批评了那位科长，说他不关心机要人员的生活。

过了几天，周副主席叫那位科长给机要科每人发了一条洗脸毛巾，一把牙刷和牙膏。父亲说，他长这么大还是第一次用牙刷、牙膏，心里有说不出的高兴，此后，机要科晚上值班就有了夜宵。想来这些年轻的红军干部，敢去"偷"领袖的馒头，也是一段趣事，只是父亲没说过是谁"偷"了领袖的馒头。

1936年6月，红一方面军为开辟新的根据地，发起西征战役。蒋介石严令东北军向北推进围剿红军。迫于蒋介石的压力，张学良的东北军，兵分三路，向党中央驻地瓦窑堡逼近。

此前中共中央与东北军已经达成统一抗战的共识，为了避免不必要的军事对抗和推进抗日统一战线，党中央决定将瓦窑堡主动让给东北军，向保安转移，算是给东北军一个能给蒋介石交代的理由。

6月14日毛主席电告红30军，东北军分三路向瓦市前进，明（15）日可进至永坪、蟠龙、安塞一线。绥（德）清（涧）敌人有配合可能；我军决定出瓦市准备作战；红30军得令后应以三天行程，限17日赶到延水城集中，准备侧击由清涧或由永坪向瓦市进军的敌人。同时命令红29军到延川县城至冯家坪村一带待命。

根据这一部署，党中央、军委各单位、陕北省委机关，以及军委通校，开始陆续向保安转移，守卫瓦窑堡的卫戍部队全部调往前线，临时卫戍任务由少数地方保安部队和刚刚成立不久的红军大学接替。

毛泽东、周恩来对东北军，没有派一兵一卒，仅以周恩来个人名义给东北军67军王以哲军长发了一份电报，该电称：务望火速电令兄部停止前进，否则造成两方敌对，于目前局势实有大害。这就是说，撤离瓦窑堡本是党中央与东北军达成共识情况下的主动行动，可是，威胁偏偏来自东北军的高双成部。

6月21日农历五月初五端阳节的前两天，正好是礼拜天，当地的百姓为准备过端阳节，已经开始忙碌起来。一大早家家户户就在门前挂起了艾蒿，这是当地的一种习俗，用来驱虫祛毒，以禳不祥。

晨风阵阵，散发着艾蒿的清香。延秀河旁的店家摆上了热气腾腾的黄米粽子。偶有路人买上几个粽子，间或听见几声犬吠和鸡鸣声，小街上一片祥和的气氛。

毛泽东有晚上办公的习惯，常常通宵达旦。当天晚上，毛主席天快亮了才躺下。没有遇到特别紧急的情况，谁也不能打搅毛泽东的睡眠。这时，向保安方向转移的机关开始陆续起程，警卫部队、参谋、机要员等也做好出发的准备，只有海风阁的电台和值班的译电员还处在待命状态，准备随时接收可能发来的电报。

谁能想到，从榆林方向而来的敌人正秘密逼近瓦窑堡。下午四点左右，城外突然响起了枪声，高双成部出动了。

枪声打破了小城的平静，张参谋长当即赶往前线了解敌情，来犯之敌正是高双成的部下带领的一个营和一些民团、地主武装，约千人左右的兵力。张参谋长即刻赶回毛主席的住所，向周恩来报告了敌情。周恩来急电令红29军："瓦市被困，十万火急，速解重围。"

发现敌情，林彪带领的红大学员随即投入战斗，组织反击。他们利用断墙、沟坎、房屋、树林等有利地形，逐次抵抗，迟滞敌人的进攻，保证中央安全转移。敌人避开我主要防御力量，很快突破栾家坪一线，进至米粮山北麓，米粮山是瓦窑堡的制高点，一旦被敌人占领就可以控制全城。

机要科的同志站在屋顶上可以清楚地看清瓦窑堡战斗的场面。枪声虽然密集，但看不出敌人有多大的战斗力。红大学员都是久经沙场的长征干部和高级指挥员，具有很强的战斗经验和军事素质。机要员们也都是经过战斗考验的长征干部，个个遇事不惊，没有谁把这伙敌人放在眼里。敌人飞机大炮狂轰滥炸的场面见得多了，什么仗都打过，一旦投入战斗，哪一个不是以一当十。

机要员们正在居高观望，毛主席走出了窑洞。他和往常一样，伸伸胳膊，舒展了一下身子，然后，登上屋顶，向城外看了一眼，自言自语地说道："竟然趁我不备。"毛主席的沉着冷静令人惊叹，子弹从他头顶的树梢穿过，他都纹丝不动。

毛主席一直等到机关撤离的人员走得差不多了，才在周副主席的催促下撤离了瓦窑堡，警卫员、机要员、报务员一路随行。这时，敌人小股部队已经窜入城内，子弹嗖嗖地从大家的头上、身边飞过。

甘渭汉收到周副主席的命令，率红 29 军连夜驰援瓦窑堡，天亮前投入战斗，不到 4 小时，就打退了进犯之敌。次日，周恩来遂命令红 29 军撤离瓦窑堡，南下永平休整，等待新的指示。

红 29 军撤离瓦窑堡后，在贺家湾一带与寻找红军主力决战的汤恩伯兵团遭遇。甘渭汉带领部队与敌周旋，避敌锋芒，直到把敌人拖得疲惫不堪时，抓住战机，伏击了敌先头部队两个团和一个师指挥所，打退了敌人的进攻。接着，连续追击三天，把敌人赶到了清涧以东 15 里的申家渠，收复了清涧、延川、子长三个县的大部分地区。瓦窑堡战斗，遭遇高双成部偷袭完全出乎预料。红 29 军迅速出击，出色地保卫了中央机关的行动安全，受到周恩来的称赞。

毛主席撤离瓦窑堡后，当晚住进一个小山村，机要科随即架起电台，准备工作，毛主席一如既往好像什么都没发生过一样。

几天后毛主席安全到达保安。保安县城才十几户人家，中央机关的生活更困难。毛主席、周副主席、张云逸参谋长和机要员们一样，每天吃小米饭、南瓜土豆汤。为了改善生活，中央机关一个礼拜才杀一头猪，由军人合作社统统做成红烧肉，分给大家吃。周副主席特别心细，为了照顾值夜班的机要人员，他特意叫军人合作社，每晚给机要科值班的同志，留两小碗红烧肉炒小米饭，可是，每次改善生活毛主席也只吃一个小猪蹄。

1936 年 12 月西安事变发生后，张学良主动让出延安，党中央从保安迁至延安凤凰山。凤凰山是中央和中央军委在延安的第一个驻地，位于延安城中心，为延安城四周群山之冠，因"叶生吹箫引凤"的传说而得名。

这期间父亲先后调到红 29 军、红军驻西安联络处、陕甘省委一段时间，1938 年 4 月，又调回中央军委机要科，任译电组组长。凤凰山有几个独立的院落，毛泽东住的是一处坐西北向东南的院落，院内左边 3 间房子是机要科，右边 4 间是厨房。毛主席、周副主席常来机要科跟大家谈谈工作，拉拉家常，了解同志们的健康情况。

一天，毛主席让警卫员给机要科送来四只鸭子和一大桶饼干，说这是毛主席慰劳你们的，饼干是苏联人送给毛主席的。当时，大家还没见过什么是饼干，又激动，又惊喜，纷纷把手往饼干桶里伸。饼干桶口小肚子大，伸进去的手，怎么弄也拔不出来，原来手里抓得饼干太多了，有的同志还划破了手，出了大洋相。大家边吃饼干，边高兴地喊："我们吃到了苏联送给毛主席的饼干了！"

45. 转战陕北

1945 年 10 月，父亲在八路军南下途中，因为执行特殊任务回到延安。稍事休息后，父亲又接受了新的任务，任陕甘宁晋绥联防司令部机要科科长，兼机要训练大队大队长。

陕甘宁晋绥联防司令部是负责保卫延安的最高军事指挥机关。1942年5月13日宣布成立，下辖120师、留守兵团、晋绥区部队和陕甘宁各分区部队及保安部队、炮兵团等，贺龙任司令员，关向应任政委，肖劲光任副司令员，曹里怀任参谋长，杜平任政治部秘书长。

联防司令部位于延安北关。从父亲保留的老照片看，当年联防司令部的主建筑有一座屋檐翘角带五根廊柱的房子，一排五间房，五棵树，树前的空地上种了花草，主建筑的两侧有若干平房，房子的背后，三面环山，山不高。

与联防司令部近在咫尺的大砭沟，听起来不起眼，可是，在抗战时期却是延安政治、文化、体育活动的中心。那里有个大广场，经常进行各种体育、文艺活动，延安举行的大型集会也都在这里召开。北山坡上的青年俱乐部有许多文化娱乐设施，图书、报纸、象棋、扑克，样样都有，可供大家学习和娱乐。俱乐部举办的舞会最吸引年轻人，父亲的交谊舞就是在那里学会的，水平绝对上乘。

大砭沟路口的青年食堂，是当时最热闹的饭店，那个热闹劲儿，不逊色于现在北京的著名饭庄。从抗日前线回来的老战友聚会，初到延安的青年学子都会到青年食堂来解馋。

那附近的八路军军政学院的八路军大礼堂是延安最大的礼堂，在大礼堂里演出过《雷雨》《上海屋檐下》和德国剧作家沃尔夫创作的《马门教授》等许多著名剧目，延安的干部和战士都喜欢看那里的演出。

不要把延安的八路军看成不会欣赏艺术的下里巴人，延安文艺传播了大量的高雅艺术，给予八路军各级指挥员更为丰富的想象力。这种想象力与马克思主义结合，不仅大大丰富了我军指挥员的指挥艺术，也丰富了他们后来成为新中国建设者的想象力。这些从战火硝烟中滚打出来的军人一旦进入和平时期，他们照样毫不逊色地承担起了建设新中国的责任。

可惜，这种其乐融融的延安生活，在取得抗战胜利后被蒋介石打破了。1946 年 6 月 26 日，蒋介石在美帝国主义的支持下，悍然撕毁《停战协定》和《政协决议》，首先以重点围攻中原解放区为起点，发动了对解放区的全面进攻。

1946 年 12 月，国民党军全面进攻解放区受挫后，国民党军对延安的威胁随即凸显出来。估计到国民党军可能向陕甘宁解放区发动重点进攻的局势，中共中央军委未雨绸缪，在延安开始积极备战。

中央军委秘书长杨尚昆批示：陕北地区战时通信保障工作，由联防军司令部统一组织实施。实行党政军统一组织通信；统一调配电台；统一使用边区已建长途线路；征集利用地方有线电设备；统一制定发布战时联络信号；统一规定作战部队代号与电台呼号，以保证党、政、军通信联络的统一组织和指挥。

根据杨尚昆的批示，军委三局为联防司令部通信科配备了 3 部 15 瓦电台及部分有线电器材，调配了通信技术人员，成立了有线电通信分队，由此，构成以陕北战场为中心的通信中枢。

1947 年 2 月 10 日，中共中央军委决定，组成陕甘宁野战集团军。延安立刻忙碌起来，大路、小路上到处都是有条不紊而忙忙碌碌的军人和民众。延安军民按照党中央的部署，有步骤地转移，坚壁清野，粮食、辎重，以及大量的文件都被隐藏了起来。

父亲根据上级指示，周密地制定了机要密码通信保障措施、保密纪律、机要文件保存与销毁，以及战时密码通信的特点等工作细则。

凭经验判断，即将在延安爆发的战争，不是打几仗的问题，要做好长期征战的准备。考虑到这一情况，父亲一方面统筹现有机要人员的配备，一方面大胆起用年轻人，把李力、郭宝珍等工作时间不长，或尚在机要训练大队学习，经过考核符合条件的学员选调到机要科，承担一线工作，为战时需要做好了必要的准备。

郭宝珍是个文学爱好者，他在延安备战期间，赋诗《战备》一首并附说明，其诗曰："去年举国讲和平，今岁战火西北东。天旱不见雪花白，但看遍地血花红。"注释曰："人不犯我，我不犯人，人若犯我，我必犯人。边区军民齐响应，迎头痛击胡马军。1946年蒋介石彻底撕毁了'双十协定'，胡宗南、马鸿奎、马步芳向陕甘宁边区进犯。为了搞好战备，痛击来犯之敌，中央军委、边区政府在新市场召开动员大会。朱德、彭德怀、林伯渠讲话，群情激昂，纷纷表示要打败敌人，故写诗文记之。"郭宝珍的这首诗，表达的就是胡宗南进攻延安时，延安军民备战的情形。

联防司令部分前、后梯队撤离，前梯队随司令部一起行动，后梯队在一、二月份先行，分批将机关、学校、妇孺老弱撤离。这时，母亲在联司机要训练大队工作，已经有了三个儿子，正怀了我家的老四，随后梯队撤离，东渡黄河去了山西。

母亲再次与父亲分离，在撤离前的头天晚饭，父亲和母亲特意带着三个孩子一起去了大砭沟的青年食堂，想让孩子们吃一顿好点的饭，解解馋。战争年代的离合聚散，有如月有圆缺，不无依依之情，却也像家常便饭早就习惯了。

青年食堂的经理对父亲说："用不了几天，等这里的东西卖完了，我们也要撤离了。趁着现在还有羊肉，给孩子们要几碗羊肉泡馍吧，一场大战也不知道这个食堂还能不能保住。"

父亲说："仗少不了打，打烂了我们再建。刚到延安的时候，这里什么都没有，我们还不是都建起来了，而且我们一定会回到延安，到时候我第一个到你这来吃饭……"

"喜欢，我喜欢。"小春听说有羊肉泡馍，不等父亲把话说完，就挣脱抱着他的母亲，爬上桌子，那时这家伙才一岁多，一脸的灵气，透着霸气。

父亲给三个儿子要了三碗羊肉泡馍，等他们狼吞虎咽地吃饱了，他才和母亲回到机关食堂吃饭。可是，两口子有话说，却不能一起吃饭，父亲吃的是小灶，母亲吃的是中灶，按规定，他们只能在食堂各吃各的饭菜，按定量吃完就走，不允许把小灶的饭菜拿走给母亲吃。这样的规定不免别扭，可是，想想现在的陪吃陪喝，我宁可大家都像延安时一样"别扭"，不知会给国家省下多少不必要的财政支出。

1947年3月12日，上午驻延安"美军观察组"离开驻地，下午，国民党就出动40多架飞机对延安轰炸。首先轰炸了军委三局所在地，这是党中央和中央军委的通信枢纽，接着，又炸了清凉山新华社广播电台的所在地，企图毁灭我中央指挥系统和赖以宣传的喉舌。

清凉山位于延河岸边，隔延河距联防司令部仅有3里多路。延安城顿时硝烟滚滚，烟雾弥漫，爆炸的气流把机要科的窗户震得"咣咣"乱响，天花板上震落的灰尘，弄脏了父亲的办公桌。父亲正在译电，他一边抖落着译电纸上的灰尘，一边轻声地嘟囔了一句："打仗就打仗嘛，干嘛要弄脏我的办公桌，讨厌，耽误事。"

3月13日，胡宗南指挥15个旅14万余人，自洛川、宜川之线北犯，直取延安。大战在即，可是作为主帅的贺龙却仍在晋绥前线。毛泽东决定在贺龙回来之前，所有陕甘宁部队暂时由彭德怀指挥。

3月16日，中央军委主席毛泽东发出关于保卫延安的命令。决定组成西北野战兵团，由彭德怀任司令员兼政治委员，习仲勋任副政委。自3月17日起，所有在延安的部队统归彭德怀、习仲勋同志指挥，同时撤销了陕甘宁野战集团军的番号。

同日，彭总指挥台在王家坪组成。联防司令部原有20和21电台分队，调3科（通信科）科长刘克东任野司3科科长；由21分队队长黎辉宝、报务主任冀守廉等组成3部电台，1台为指挥台，黎辉宝任队长；2台为战略台，负责联络中央和各战略区电台，任道先任队长；3台为后方台，负责联络各军分区、地委电台，周维晞任队长。另外还有一个电话班、一部10门总机、一部5门分机、10部电话单机和一个骑兵通信班。野司下辖1、2纵队和新4旅、教导旅，共6个旅，团以上单位均配有电台。机要科科长由吴振英担任，这时，他刚刚从北平军调处调回延安。

联防司令部组成一个电台，段华夫任电台队长，留下10个报务员，其中有许国帧（区队长）、贺思明等，由参谋向明华、吴雄带领。父亲继续担任机要科长，由7科科长冯维精组建技侦机构，由此构成了联防司令部的密码通信、侦听的保障体系。

3月17日，毛主席由枣园搬到王家坪军委总部，这里距离联防司令部近在咫尺。这就是说毛主席离战火更近了，毛主席一如既往，稳如泰山。这是毛主席在延安最后工作和居住的一个地方。

联防司令部要求，尽量轻装，将所有不必要带走的东西都坚壁起来，把房屋打扫干净，家具一点也不要破坏，摆放整齐。在打扫房间的时候，机要科有人发现了一些译电纸裁下的白纸条，问父亲怎么办，父亲一一检查后，确信纸条上没有一个字迹，就说，当废纸卖了吧，换一盒烟，留给上夜班的同志用。

不要小看卖掉的这点废纸条哦，事后，父亲就受到有关部门的审计。一盒多一点烟的金额，属于父亲战时临时处置的权限，而且在记录在案的情况下，一角一分审计清楚了，确信分文不差的都用在了公家身上才算过关。毛八分的钱也要审计，何况还是特殊情况下的处置，相比当今大笔一挥，就是名烟名酒的招待费，真是值得我们反思。

打扫完办公室，父亲回到宿舍。宿舍里没有打算带走的东西，一律都放得整整齐齐，连两件母亲还没来得及派上用场的破衬衣，都叠放得平平展展。父亲原想将他的二胡带走，在轻装的时候没有坚壁到防空洞里，现在想了想，干嘛那么小气，就把二胡取下来擦干净，又挂回墙上。按毛主席说的，要让敌人知道，我们是敌人到了跟前才主动撤离延安的。那也让我给胡宗南留句话吧，我还打算回延安拉我的二胡呢。

3月18日，敌人开始对延安进行第六天轰炸，其部队已经迫近罗元发教导旅防御阵地七里铺，这是守卫延安的最后防线，战斗异常激烈。

午后，联防司令部的延安保卫团团长张震令其带领的部队一部掩护西北局和边区政府撤离延安，留下一部保卫毛主席及党中央机关的安全，等待毛主席最后撤离。当晚，毛主席撤离延安前往延川刘家渠。

晚8点，联防司令部电台接到中央台停止工作的通知，撤天线，乘车上路。电台的同志走后，父亲再次仔细检查了机要科办公室，发现办公桌的木板缝隙里加了一片纸屑，就用一根扫帚苗挑出来，放进嘴里嚼了嚼咽了。这是机要工作者养成的习惯，按要求机要科销毁文件，哪怕是一点纸片都必须按规定方式销毁。这时，彭德怀来到司令部，他背着手，大步流星地走了一圈，最后检查完机要科才离去。

晚9时，机要科乘坐卡车出发，向安塞方向转移，前往距延安80里左右的真武洞待命。途中，机要科乘坐的卡车不慎陷进河里，大家只好下车，蹚着冰凉的河水去推车。晚10时许，对面公路上一溜儿车灯移动，估计是中央机关撤离的最后一批人员，在向东北方向的延川转移。此时，离胡宗南进入延安只差几个小时了。

彭德怀回到王家坪，对罗元发下达了撤出战斗的命令："教导旅七天七夜抗击任务已完成。命令你们将所有部队撤至青化砭以东隐蔽集结，待命歼敌。"青化砭距离延安70多里。

3月19日凌晨，彭德怀带领着他临时组建的小司令部几十人，以及延安党政军留守处主任向河等，相继撤出延安，这是延安最晚撤出的一批人员。当天，彭德怀到达80里外的梁村，西北野战兵团指挥机关在这里正式组建。梁村距真武洞约60多里左右，距青化砭只有10多里。联司和野司随即沟通了联系。此时，敌军完全不知我军的军力布置，其行动方向对我军有利，只待战机成熟。

陕北的地形地貌对我军隐蔽行动非常有利。黄土高原，千百年来经雨水、河流冲刷，形成了沟壑纵横的梁峁丘陵，沟壑之间，面对面可以说话，可是，要想从沟壑之间跨过去，却非要绕上十里八里地，或更长的距离。

联防司令部机要科进入山区之后，便开始徒步行军。开始是日行夜宿，由于敌机轰炸和骚扰，部队改为夜间行军。敌人走大路，我军走小路，大路朝天各走一边。敌人白天追，我们昼夜兼程，隐蔽在深山峡谷之间，翻山、涉河、钻深沟，宿营在穷乡僻壤的村落之中。我军穿梭于敌军的眼皮下，敌人却始终找不到我主力兵团的目标。

到达目的地便立即架起电台，随时接到任务，随时进行工作。收报的时候是机要员争分夺秒地译电，发报的时候是报务员心急火燎地等着译电员把电文译成密码，战斗的胜利往往在争分夺秒的密码通信中。无论环境多么紧张，机要科都要一丝不苟地完成译电工作，一字不错，工工整整地书写出来，带"A"字报头电报，必须在 30 分钟内译完。有时电文还没译完，敌人的炮弹就追着屁股爆炸了，可是，一秒钟也不能耽搁，只有完成了通报，才能撤离。刚刚完成通报，赶上部队，敌人的追兵就跟着屁股追来了，敌人测向仪，跟踪了我军的电台信号。

由于经常昼夜行军，很难有时间得到充分休息，每个人的体力都透支到了极限，一开始行军就打盹儿，边走边打盹儿，甚至，在行军中就睡着了。这可让年轻人品尝到了走路做梦的稀罕事，恨不得倒在行军路上，哪怕雨雪交加，能躺在地上安安稳稳地睡一觉也愿意。

联防司令部机要员李力的描述颇为精彩："哎呀！疼死我了。"原来小油灯烧着了袖子，打瞌睡的译电员直到烧痛了胳膊才醒过来。"糟糕！这可怎么办？"原来译电员在译写电文的时候，打起了瞌睡，等到清醒过来，才发现电文稿纸上布满了黑点，电文完全看不清楚了，只好重新抄写。

3 月 21 日，机要科破译了胡宗南发给其整编 27 师师长王应尊的一份电报，获得了敌 31 旅沿延瓦（瓦窑堡）公路前进，24 日向青化砭集结，25 日进驻瓦窑堡的行军路线。敌军这一行动计划，纯粹把自己送到彭德怀嘴边，根据敌军的行动计划，彭德怀遂命令野司，迅速隐蔽集结，准备在青化砭首先歼灭敌军右翼。

3 月 25 日，雨雪交加，敌军毫无察觉地钻进了西北野战军布下的埋伏圈。彭总抓住战机，指挥西北野战军，全歼敌第 31 旅旅部及第 92 团共 2900 余人，取得了青化砭伏击战的重大胜利。

从 3 月 12 日胡宗南轰炸延安，到 18 日晚毛主席撤离延安，毛主席和中央领导一直照常工作，而撤离后又一直没有远离敌人。胡宗南气势汹汹地进攻延安，万万没有想到毛主席撤出延安后，仅仅五六天时间，西北野战兵团就取得了首战胜利，大大振奋了解放区军民的斗志。

这一仗挫败了胡宗南部的进攻气焰，不敢继续冒进，改为方阵推进，后队见前队，前队见后队，步步为营。这为我军隐蔽集结、运动作战、捕捉战机大为有利。

3月26日，中央在清涧县枣林沟开会。决定成立中央前委无线电大队，组成4部绝密通报电台，随中央前委行动。崔伦任大队长。7月吴振英从西北野司机要科调任中央前委机要科科长。4台负责联络西北野战军及陕甘宁晋绥联防军、西北局，胡佳任台长。这时，联防司令部密码通信的主要对象是，中央前委、西北野司、西北局，及所属各部。

联防司令部转战陕北险象环生，敌人使用先进的测向设备，一直跟踪我军的行动方向。一次，联防司令部电台与野司电台隔河相遇，通报后第二天，就遭到了敌机的轰炸。

在此之间，中央军委对电台的使用做出过多次指示：蒋敌现有测量电台方向位置的设备，但对小电台因电波弱，不易辨别。因此，愿你们在作战前部署期间及作战中，均不用无线电传达，或将司令部原属之大电台移开，改用小电台，转拍至大电台代转，以迷惑敌人。

为了保障通信畅通，摆脱敌侧向仪的跟踪，扰乱敌人的视听，我军在整个陕北战争的过程中不断完善了多项应对措施：严格通信纪律，不得使用明语电报，各个单位和各个领导人一律使用代号、代名、密规及密语。所谓的"密规"就是各单位不得使用真实的名称，只能使用代号，例如，西北野司电台的番号是YO73。呼号，有被呼和自用两种形式，被呼，为对方电台呼叫我方使用；自用，为应答时使用；密语，是一种简明的密码语言，例如，以ZBM代表"作战"，遇到对方发问，即以 Q 字简语回答，例如，以 QRM 代表"受到他台干扰"；QRO 代表"增加发信功率"；QRL 代表"工作忙"；QRQ 代表"请发快些"；QRT 代表"停止拍发"等等。

我军还采取了多种技术手段，把联络双方的发报机波长错开，呼叫和应答分别出现在两个不同的波长上，使敌不宜捕捉电台信号。电信工作格式要求与敌方"同化"，使得敌方难以辨别发报信息的来源。这是敌我双方都采用的一种保护机密的手段。敌人不惜余力地搞我方电台的工作格式，搞到后就通知各战区参考，而我方也侦察或调查有关材料。只要得到对方"工作格式"的特点，就能侦悉对方发报信息，并对这种信息进行猜译，以达得知对方机密之目的。

仿敌手法发报，或更换报员，使敌台无法通过发报手法辨别我军电台。发报手法是一种很难改变的习惯，就和指纹鉴别一样，每一个人都有不同的特点。掌握了这个特点就会知道发报人所代表的部队是什么，根据测定的方位就能断定其所在的方位。这也是敌我双方都密切关注的地方。

我军卓越、灵活的密码通信，侦听，反侦听，干扰，反干扰等手段，有效地迷惑了敌人，调动了敌人，有时无线电静默，有时突然失踪，让敌人无法找到我们；有时故意暴露给敌人，牵着敌人的鼻子走，致使敌军摸不清我军的行动向，陷于慌乱，错误地判断了我军主力的行动。以子之矛攻子之盾，敌人先进的测向设备，反而被我军利用。

取得青化砭战役胜利后，西北野战军从 4 月中旬到 5 月初，又在羊马河、蟠龙接连取得重大胜利，歼敌万余，初步稳定了西北战局。联司的密码通信和侦听工作，为我军取得三战三捷的胜利发挥了重大作用。

5月14日，毛泽东、周恩来等中央领导来到西北野战兵团司令部和联司所在地真武洞，与陕甘宁边区军民一万余人举行了祝捷大会。周恩来代表中共中央在会上讲话，向延安军民取得的胜利表示祝贺，宣布毛泽东、党中央留在陕北，同边区军民共同奋斗。

这个消息随着新华社陕北广播电台的电波传遍各解放区。中共中央坚持留在陕北，吸引了胡宗南的几十万军队，减轻了我军其他战场的压力，有力地支援了全国的解放战争。毛主席将和大家始终在一起，使全军指战员对粉碎胡宗南国民党反动派对延安的进攻，取得保卫延安的胜利充满了斗志和信心。

联防司令部机要员郭宝珍同志还有诗一首曰："一道道水来一道道川，一队队人马下了山。真武洞召开祝捷会，五万军民坐河滩。一门门大炮一杆杆枪，一色色的新军装好漂亮。这都是蒋介石送来的礼，他当了运输大队长……"这首诗很长，我只截取了一段。多亏他留下的诗句，才使我们感受到，延安军民取得"三战三捷"的喜悦心情。

后来，郭宝珍随梅芳同志调到西野6纵工作，梅芳是父亲在八路军留守兵团时的战友，新中国成立后在兰州军区工作。我在兰州当兵的时候多次去他家玩，一直希望他能讲讲当时机要工作的故事，可是，他和父亲一样只拉家常，不说别的。

陕北战争的粮食供应十分短缺，吃的都是黑豆、玉米或小米。没有菜就采摘野菜，掺和在一起煮成稀饭糊糊，时常连野菜也找不到，找到多少吃多少，找不到就不吃。遇到紧急情况，连粥都来不及吃，先要把电文译出来，等译完电文，部队又开始行动了，只好边走边吃，要不只能饿着肚子行军。

夏季，大雨瓢泼。陕北这地方非常奇怪，一遇大雨就发洪水，行军路上常遇到一些看上去十分恐怖的地方。从山口倾泻而下的洪水，聚集到山沟里的小路上，有一尺来深。松散的泥土表面裂开一道三四十公分宽的裂缝，裂缝下的水流像爆裂的水管一样喷射，从地下的空洞中穿过，当地人管这种地方叫"老虎洞"。父亲折了一段树枝，扔进洞里，瞬时，就被冲得无影无踪，不知道裂缝下面的洞有多深，水流到了哪里。父亲嘱咐大家注意安全，绕过"老虎洞"。后来他还专门去查看过这样的地方，雨过天晴，地表上什么都看不出来，他试着用棍子在有缝的地方插了插，地下什么空洞都没有，估计又被泥浆填埋实了。

陕北战争，胡宗南的部队除了极少的地方没有到过，整个边区都成了他的战场，所到之处一片焦土。根据地的地方政府、部队和民兵，在村不离村，乡不离乡的原则下，牵制了大量的敌人，与敌人周旋，拖得胡宗南的部队东奔西跑，找不到一颗粮食。

他们在没有主力配合的情况下，险象环生。一次，关中地委与敌军遭遇，他们携带着重要的地委文件，爬山越岭，钻山沟，被敌人追赶了几十里地。情急之下，地委机要科科长田云，担心密码本落入敌手，果断决定烧毁了密码本，当时，敌追兵擦肩而过。这样的情况在陕北的五个分区中并非个例。

毛主席转战陕北也处在同样的险恶环境中。我走访了当时在中央前委机要科的机要员刘振权前辈，他说，中央前委由1000多人组成了昆仑纵队，但都是分散行动，跟随毛主席行动的只有30人左右，全部轻装，除了警卫人员有冲锋枪外，其他人都没有武器。每人一条棍子，徒步行军，每天行军30里左右，一路非常轻松。行李均由骡马驮运，可是谁来负责运输，怎么行动，他从来没看见过。到了吃饭的时候，就有人送来，也不知道什么人在什么时候做的饭。各路人马在约定的地点集合，在宿营地，老百姓认得出毛主席，毛主席的画像很像他本人。但是敌人来了都不说，被抓起来拷问也不说，在老百姓的心里毛主席就是他们的救星。在陕北这样的狭小的空间，毛主席与胡宗南几十万大军周旋，逐次歼灭，不知蒋介石当何感想。

1947年8月中旬，西北野战军主力在榆林以东集结，联防司令部与野司靠拢，伺机发起沙家店战役。为了迷惑敌人，掩护西北野战军主力的战略意图，毛泽东指示贺龙率领西北局和后方机关，从佳县转移到黄河以东。联防司令部一部负责掩护，给胡宗南造成解放军主力将要东渡黄河的假象。

贺龙遂带领中共中央西北局、边区政府，从佳县和吴堡之间，沿螅蜊峪大川东行直奔黄河渡口。正值雨季，大雨瓢泼，洪水暴发，道路塌陷，山体崩塌，行军的道路上到处都是滚落的巨石，非常凶险、泥泞，前进一步，滑后两步，弄不好连人带马都翻进沟里。

当时，胡宗南的测向仪跟踪了联防司令部电台信号和我军故意暴露的行踪。胡宗南误以为，贺龙带领的中共中央西北局、边区政府和联防军是西北野战军主力，断定西北野战军主力意图东渡黄河仓皇逃离。他以为天赐良机，遂令刘戡率5个旅急速向佳县，由北向南进至绥德义合镇地区；令钟松率整编36师由榆林南下与刘戡会合，妄图两路夹击，在黄河、无定河之间歼灭西北野战军主力。

胡宗南一路紧追不舍，远方敌军炮声隆隆，头顶敌机轰炸、扫射。贺龙率部冒雨兼程三百多里路，经螅镇到达下游10余里的黄河渡口。当时，大批骡马、待运的物资，都集中在黄河渡口，场面十分混乱，西北局负责押运物资的一个同志，情急之下，把一袋金条也丢进了黄河，担心被敌所获。

我军这种大张旗鼓地"逃跑"，果然使胡宗南上了钩。8月18日贺龙率部刚刚登上黄河东岸，胡宗南的部队就追到了西岸。胡宗南气急败坏，只能隔河打炮，望"河"兴叹。

当年，螅镇渡口的船工黄友山，回忆当年的情况时说，贺龙站在岸边的岩石上指挥 130 多名船工，30 多条渡船渡河，那情景至今让他激动不已。

贺龙率部东渡黄河，吸引了敌军的注意和兵力。8 月 20 日彭德怀趁机发动沙家店战役，在沙家店地区歼灭了胡宗南集团整编第 36 师。沙家店战役成为西北战场转入战略反攻的转折点，彻底粉碎了蒋介石企图将中央领导机关赶到黄河以东的计划。

第十二章　寻找缺失的密钥

46. 酒海井的眸子

昔日的国务院宿舍，历经 60 年的风风雨雨，似乎也有了新的定义，两院院士周干峙将国务院宿舍列为北京市"近现代优秀建筑"。不过，这只是从建筑学角度的定义，而我的定义不同，这里有太多的故事，更确切地说，应该是新中国建设的一隅缩影，抑或是另一种"京味儿文化"。

在我开始写作本文，近两年的时间里，父亲撕掉了多数页码的笔记，一直放在我的案头。我似乎也对我父母的那一代人也有了新的定义。或许，父亲撕掉的内容是他最具华彩的人生经历，然而，他留下的"平淡"，才是他最希望我们得到的"密钥"。

他留给我的，其实就是让我去思考和解读长征精神，长征不仅仅是中国革命的一部分，更是中国民族精神的精华。

2012 年 10 月 12 日，我和家人追随父亲和他的战友们的长征步伐，从江西石城出发，经瑞金、于都，从赣州转道向广西兴安，专程走访了当年湘江战役红 5 师在新圩阻击战的战场。

那天，到达兴安已经是下午。我们先去了界首，当年红3军团彭德怀抢渡湘江指挥部就设立在界首的三官堂，这里离江边只有咫尺之遥。湘江两岸绿树成荫，江面有60多米宽，江面漂浮的绿藻，一动不动，平静得一点波纹都没有。一个渔人在岸边垂钓独坐，"一蓑一笠一扁舟，一人独钓一江秋。"这景象平添了几分悠闲宜人的田园风光。

我无心打扰垂钓人，站在一边，静静地注视他的钓竿，脑子里却闪现出湘江战役的惨烈画面。据报道，湘江战斗结束后，凤凰嘴的老百姓在江边掩埋了三天的烈士尸体，而更多的阵亡将士则沉没在江底。在全州境有一段叫岳王塘的河湾，湘江流到这里后，从上游顺流漂下的尸体和各种遗物汇集到这里，一眼望去湘江都是灰色的。从此，这里的百姓就有了"三年不食湘江鱼"的说法。如今时过境迁，湘江战役已经过去了近80年，湘江人还会"三年不食湘江鱼"吗？抑或，我过于敏感的联想有些狭隘了。

离开界首，直到下午四点来钟，我们才等来一辆从兴安经界首到灌阳的长途汽车。同车的当地人说，这条从灌阳通往湘江渡口的公路，与红军当年行走的路线完全一样，只是如今铺成了水泥路。同车的当地人还说，现在去新圩说不准能否赶上回程的汽车，劝我们先到灌阳，次日，再去新圩不迟。

本不是同样的心境，我对同车人的热心，全然没有考虑，走到哪儿算哪儿，大不了徒步回来罢了。当真留在荒郊野外，与红军烈士相伴冷月，说不定更有一番深刻的体验，只是不知同行的家人可否安然。

令我欣慰的是，当我们提起新圩阻击战时，同车的几个当地乘客，就你一言我一语，滔滔不绝地说起了新圩阻击战的来龙去脉。湘江战役已经过去近80年，当年的娃娃也都变成了古稀的老人，可湘江战役代代相传的记忆竟是那么耳熟能详，记忆犹新。

说着话，热心的当地乘客看出了我们的固执，又说，当年的新圩阻击战场什么痕迹也没留下，只怕到了那儿天就黑了，除了黑乎乎的山影什么也不见。既然一定要去，不如趁着天还亮，先去看看"酒海井"红军烈士纪念碑。

我的心不由一动，其实，这就是我迫切想去的地方，只是路线不熟悉。父亲生前最不忍的就是提到新圩战场留下的伤员，每每说到这儿就转移了话题。在他记述长征的笔记里，唯独没有湘江战役一个字，却又是他刻骨铭心难以忘怀的记忆。

我们到达"酒海井"时，已近黄昏，天空一缕薄云，抹出一点淡金，周围见不到一个人影，向东有片黑李子林。

"酒海井"红军烈士纪念碑坐南朝北，孑然凄立。墓志铭载：中国工农红军红7军（实际是红3军团第5师）撤出新圩时，留在下立湾祠堂的100多位重伤员来不及转移，被追击而来的敌军俘虏。敌人用麻绳将红军伤员的手脚捆绑在一起，然后用木杠穿着，一个一个抬到村边，扔到溶洞里，全部壮烈牺牲。

"酒海井"就像一个黑洞，第一眼看见，我就像被恐怖的天体黑洞吞噬了一样，顿时化为乌有，良久，我才感到一股冷气从洞底袭来。"酒海井"给我带来的震撼，远远超过了我以往的想象。这是一个由熔岩形成的空洞，洞口形似一口水井，有十几米深，洞底有水，看上去幽深而漆黑，仿佛是百十个红军伤员聚集的目光，聚集成一只乌黑冷冽的眸子，从洞底直视着天空，令人不寒而栗。

"酒海井"洞口外的岩壁上长出了几株细瘦的杂木，在杂木的枝条上，我竟发现了三四朵金黄色的小花，独有的一根枝条上，还有两朵浅蓝色的花朵，全凭顽强的生命力生长在岩石上。

这就是红军烈士的涅槃吧，宣示着他们不死的生命！再仔细看，还有一挂燃放过的鞭炮，散落在洞壁上。

这是人民的祭奠，还是苍天的祭奠？

在酒海井，我默默地思索了很久，眼看着月亮升起……

47. 阳坡头的月亮

2013年10月10日，我再次寻找父母战斗过的地方。从北京出发，向吕梁。过了石家庄，列车穿过一条很长的隧道，颇有点科幻片钻进时间隧道的感觉。我有些惊讶，问列车员，这是什么隧道，有多长。列车员说，不知道，足有二十分钟吧。后来才了解到它是太行山隧道，是目前我国最长的山岭隧道，全长27848米。

我的外甥，读完本书的初稿，他说像读科幻小说一样。我们的晚辈离我们的父辈仅相隔一代就宛若隔世。我的一个老师说，能有穿越时空的感觉也好，有穿越就有感触。

列车到达吕梁站，已天黑。当晚，我在吕梁过宿。清晨，从吕梁去临县双塔村，行程110余公里。双塔村是1947年陕北战争时，中央后委的所在地。从这里到沙垣村，沿湫水河两岸30余里，驻扎着当时中央机关的主要部门、军委三局战略通信中枢、警卫部队，共有5000余人。

有人做过统计，从1947年4月到1948年4月，根据《毛泽东选集》有据可查的单发、转发出去的重要电报，约计3.83余万字。其中，由联防司令部单发、转发、接收，以及大多数未载入史册的密码电报并未完全纳入统计。只要翻开这一段历史，就会看到，中共中央和西北野战军十万火急的电报有多少，而这些电报大多数都是发给贺龙所领导的联防司令部的。

我们离开双塔村，行17公里，到达沙垣村。沙垣村是陕甘宁晋绥联防司令部东渡黄河后的驻地，这支部队是陕北战争的后勤保障部队，也是保障与毛主席带领的中央前卫密码通信的前沿通信中枢。

进村，寻路。我进了村口一家窑洞，遇见一个农家老妇，面部做过手术，脸变了形，看上去她正在做饭。当时，不过 10 点来钟，后来知道，当地人平时只吃两顿饭，农忙时加餐。父亲曾说："当年在根据地，闲时吃稀，忙时吃干。"看来老百姓和当年的八路军都有类似的习惯。

老妇口齿不清，不大听得懂我的京腔。打了几句哑谜，我干脆对她说："联防军、贺龙，当年住在什么地方？"

"联防军！贺龙！"老妇听明白了，她放下手里的活计就带我出门。在老妇的引导下，我们找到了当年贺龙、联司机要科及电台住过的窑洞。这时，附近的老乡闻讯赶来，透着惊喜。

贺龙住的窑洞有两层，院前有几棵大树，茂密的枝叶把整个院子都遮蔽了，看树龄估计是当年的老树，照相，很难取景。一个老妇搬来梯子，拿来挑杆，跟着我们忙活，爬高，拨开遮挡景物的树枝。

房东的儿子刘怀生当年 15 岁，如今已经 81 岁。刘老汉把我们请进他家的窑洞，让我上炕，这可能是山西人待客的方式，表示自家人。在火车上，我才发现，我的鞋底不知道什么时候磨穿了，只有鞋垫隔着袜子。我这个人不修边幅，可也不愿意让人看见我如此狼狈不堪，我只好坐在炕沿儿上。

刘老汉对往事记忆犹新。贺龙住在哪儿，小电台放在哪儿，大电台放在附近的什么地方，说得一清二楚，几乎与父亲的记忆分毫不差。

他说，贺龙和大家吃的都是小米，蔬菜有南瓜、茄子、白菜。为了给贺龙改善伙食，警卫天天出去打野鸡。贺龙住楼上，吃不了的菜就让人端到楼下。刚端下楼，战士们就围着抢。"光着手就抓啊，抓起来就往嘴里塞。"说着，刘老汉笑了起来。父亲所说的"一盅酒"的笑话就发生在这里，此刻，倍感亲切。

我们还要赶路，不敢久留，匆匆作别。刚出刘老汉家，等在门口的老乡就把装满大红枣的袋子捧来了。我们几个人，几双手，都接不过来。这时，又有几个大娘捧着装满大红枣的袋子赶来了。

"同志！别忘了，再来啊……"一声接一声，眼神充满渴望。

多么熟悉的话啊！我有一段记述父亲在八路军关中警备区把春明从奶妈家接走时的文字："奶妈一反常态，说了一句公家人才说的话：'同志！别忘了……再来啊……'只有用公家人的话，对公家人说，才能被公家人当真。她不想让公家人忘了咱们老百姓。"

如今，时隔七十多年，又听到了同样的话，一字不差，一样的语调、一样的眼神，流露出一样的期待。其实，我在贺龙住过的窑洞前，看着闻讯而来的老乡时，我就对他们说了，我们不是哪个单位派来的，我来旅游，随便看看父亲当年工作过的地方，我们的父母现在已过世。

我一阵眼热，语塞。途中，列车穿过的"时间隧道"，把我带回了革命战争的年代……

离开沙垣村，向西南，行 10 公里，湫水河与黄河交汇，直角拐弯处就到了碛口。顺便说一句，我们行走的路线，与历史发生事件的时间顺序，正好相反。

碛口有黄河第一镇之称。碛在字典里意思是：浅水中的沙石。黄河原来宽达四五百米的河床，在这里骤然变窄，落差接近 10 米，水急浪高，船筏不易通过，碛口因此而得名。

父亲对这里的回忆，还有一段小插曲。1947 年 8 月，贺龙率领联司、西北局东渡黄河后，在碛口短暂停留，立即架设天线与中央前委电台联系，却没有应答。好不容易叫通了前委电台，得知中央和毛主席都安全，这才松了一口气。事后得知，当时，毛主席发现敌几个旅，正向西北局和联司前进的方向猛追，让电台急电西北局、联防司令部尽快渡河。可是，除了4台，别的台不知道联络规定，无法联络。毛主席焦急地说，不管哪一个台，只要能发出去就行。原来负责与西北局和联司联络的4台出了问题，4台因为给野司彭德怀的紧急电报还没发完，滞留在了后面。正在万分焦急的时候4台赶到，机要科科长吴振英急急忙忙地说，快架电台发报，不然他们就完了。其实，这时联司、西北局已经安全渡过黄河。

从碛口上溯5公里，到达高家塔村，那是1948年毛泽东东渡黄河的登岸处，也是联司东渡黄河的登岸处。现有1978年立的汉白玉纪念碑，上书赵朴初题写的"毛主席东渡黄河登岸处"。

从碛口开始，我们一直沿着黄河东岸行进，行66公里到达佳县。父亲随八路军南下支队南下就是从这里渡过的黄河。次日，从佳县沿黄河西岸向螅蜊峪大川行进。父亲在以往的回忆中说，联司东渡黄河时，走的是螅蜊峪大川，可是，我在地图上没有找到这个地名。一次如此重大的军事行动，弄不清地点，我不甘心。既然联司从黄河西岸渡河，我们就沿着西岸走。

上了路，才知道"路难行"。黄河岸边，山峰陡峭，乱石嶙峋。不知走到什么地方，山顶上突起一块孑然兀立的岩石，像是一块巨大的石碑，当然无字，状似恐吓。又行几里路，山顶上一块巨石，形似卧虎。寓意明白："猛虎当道"。大自然神工鬼斧的创造，常会给你弄出点幽默的暗示，只是看你知趣与否。

再行十数里，大自然就翻了脸。山上崩塌下来的岩石，滚落满地。开始，急打几把车轮，走迷宫一样，绕过障碍，接着，眼前的景象，就让你不得不倒吸一口冷气了，从头凉到脚。几块巨大的岩石，有小房子那么大，周围若干岩石也有衣柜那么大，大大小小，把路堵得严严实实。几个月前，听媒体报道，陕北暴发洪水，泥石流，冲毁了道路、房屋。

黄河沿岸，山上，山下，岸边，从岩缝里钻出来的野菊花到处都是，金灿灿一片。当年，父亲因配合彭德怀发动沙家店战役比贺龙渡过黄河的时间稍迟，那时天已放晴，阳光灿烂。他一路行军，一路还忘不了采些野菊花当茶饮，够洒脱。以此及彼，我能潇洒的起来吗？

途中，偶遇从山上岔路下来的人，边打听，边走，千难万险，我们终于到达螅镇，这里就是从螅蜊峪大川到黄河的渡口。从螅镇下行 10 里，对面就是联司和毛主席渡过黄河的登岸处。实际，我们隔河走了一条回头路。

螅镇渡口早已废弃，一排窑洞，面向黄河，一米外就是直上直下，深十几米的河床。屋前堆满了朽木、乱石、垃圾，蛛网密布，荒草丛生，早就没人住了。独有一孔窑洞的门框上，还有一个没脱落的门牌。门牌上写着：螅镇乡居委村 67 号。

穿过岸边的这排窑洞，窑洞背面，估计是内街，街道有两米多宽。老屋大部分已被推土机铲平。看得出这里准备修路，河谷上已经架起了一座水泥桥，南向桥头，瓦砾、渣土，堆得像小山一样，堵住了去路。在断头处，一个不起眼的角落，发现一孔窑洞。门口都被杂草乱木遮蔽了。要不是贸然闯入，想寻个究竟，谁也不会想到还有人住。

这家的主人叫刘友山，现年 90 岁。子女全在外地打工，平时在家住的只有他一人。他说："舍不得走啊，这里留下了很多念想。"他红光满面，背不驼，腿不软，说起话来神采飞扬，滔滔不绝。他一会儿给我们沏茶，一会儿跑东跑西，找这找那，找出厚厚一叠文件。

他说，1934，他 11 岁，在渡船上当水工，当年的水工有一百三十多人，现在活着的就他一人了。红军到了陕北，他给红军摇渡船，红军改成了八路军，他又给八路军摇渡船。他是八路军的秘密交通员，代号叫"水鬼"，他的水性在水工中最棒。

他把陕北根据地时期，发给他的几份水工工会会员证，一一拿给我们看。让人惊讶的是，他还保留了"葭县螅镇螅蜊峪水工工会"的招牌，那是一个落款 1934 年制的木牌。他甚至把黄河沿岸 100多座小庙，若干渡口的资料编辑成册，统统拿给我们，说，需要就拿走。他说，给贺龙渡船的次数最多。1948 年，毛主席离开延安，也是从他们这里渡过黄河。毛主席说："我们会回来看你们的。"

在这么一个被遗弃的角落，一个耄耋之年的老汉，孑然一身，不知他守候的是什么？刘老汉把我们当成了探望他的"公家人"，他要请我们吃饭，说，他有钱，真的有钱，都是儿女孝敬他的。公家人难见，公家人稀罕，公家人一直是他的念想。他舍得为公家人花钱吃饭。

"同志！别忘了，再来啊……"临别，又是同样的一句话，一声接一声，眼神充满渴望。可是，今天的公家人还是当年的公家人吗？一代一代的公家人还会记得原来的公家人曾经对老百姓的承诺吗？而我们这些被陕北根据地人民养大的娃娃，还会记住他们为我们付出的牺牲吗？

老百姓记住了！

从螅镇到绥德，途中经过清涧县枣林沟。枣林沟会议遗址是陕北战争爆发后，中央召开的一次重要会议，决定了中央机关的部署。绥德曾是联司、西北局回师陕北的驻扎地，这是陕北战争转入战略反攻的标志。

次日，在绥德找到刘家川村、雷家村、薛家渠原联司、西北局驻地。薛家渠习仲勋旧居在半山，已经修复。山顶一栋建筑格外眼熟，父亲的一张老照片的背景就是这里，那时，父亲从联司调到西北局。对面，隔一条小河就是雷家村。山上，是西北局开大会的地方。那里没有任何建筑，全是玉米地，山顶有几棵树。父亲在当年的笔记里曾两次写到"老百姓收获玉米"，从时间上看，大概就是这里。想起当年他们在庄稼地里开会，部署、指挥千军万马，不无感慨。

这里满山遍野都是野酸梨树，老乡摘了几个让我品尝，酸酸甜甜的野酸梨，再次唤起了我对"AAAA"的记忆，陕北的黄土高原无处不是情，让你的心窝满得装不下。

离开薛家渠我们又到瓦窑堡。街上有当年毛主席旧居的指示牌，走进一看，觉得和父亲回忆时描述的不一样。我问讲解员，除了这个地方，毛主席旧居应当还有另外一处。

按照解说员指示的路线，我们绕了几个圈，走到城外，都没找到。父亲在回忆录中说，当年，他们机要员和毛主席住在一起工作的地方，在瓦窑堡内城，挨着延秀河。于是，我们又沿着延秀河内侧路走，走到尽头，停车，问路，原来再走十几米就是我们要找的毛主席旧居了。

毛主席的这个旧居没有对外开放，门外没人看管，门口没有标识。进院，才看见一个看守院子的老同志，我皱起眉头说："窑洞左侧有个楼梯，可以登上屋顶，怎么没看见？"老同志抬手一指，说："那就是。"原来左侧拐角，一间小房子的夹道中就是楼梯。楼梯两头有引梯，登上窑洞顶有共 15 层楼梯，这和父亲的回忆完全一样，他的记忆力让人惊叹。

接下去，我们驱车向延安。在延安我已经无法按照父亲的记忆，寻找到他工作过的联防司令部。1967 年冬，我曾去过延安，在去枣园的途中，看见过联防司令部。那有一个大门，门楣上一行大字写着：陕甘宁晋绥联防司令部。如今，延安今非昔比，变成了一个非常繁华的大都市，连我的记忆都被搞乱了。

联防司令部旧址，地处延安最繁华的街道，在延安中学院内，一个犄角旮旯的地方，用铁栅栏分开，有一个比北京胡同小院还小的门。院里的建筑只保留了两排房子，样子与父亲旧照中的房子不大相同，原来屋檐翘角的房子，现在变成了直线，可能，翻建改变了原来的样子，抑或，老照片的景物是另外一处建筑。在父亲的旧照中，以联防司令部为背景的照片最多，每一张照片都会引起他对延安生活的美好回忆。

我们的目的地是阳坡头。从父亲说过阳坡头我就记住了这个地名，可是，我在网络地图上搜索根本找不到，或许，像螅镇一样早已是一个被遗忘的角落。阳坡头位于旬邑县马栏镇，我父母曾在阳坡头和马栏一带工作，其中，在关中警备区司令部兼警备1旅的时间最长。

延安到马栏274公里。从玉华宫开始，山越来越高，公路在连绵不断的山巅，盘绕起伏，我们的车宛若沧海一舟，在旋涡中，时而沉入谷底，时而被抛向天空。我感到眩晕，或许，是因为在绥德，夜行，我不慎掉进沟里，撞在岩石上，头和腿都被磕出了血，还有点轻微的脑震荡。

当年，母亲背着春明，翻山越岭，探望父亲，走的就是这条路，想来比现在艰难得多，还忘不了给他掏几个鸟蛋，采几把酸枣。

郝明珠是母亲记忆最深刻的人之一，母亲晚年经常回忆起她。她害喜的时候，母亲一直陪伴她，采酸枣给她吃，补养身体。

"我最喜欢酸枣了，浑身带刺儿，却酸甜好吃。"一次郝明珠对母亲说，郝明珠话里有话。

"摘的时候小心点就行了。"母亲说。她心知肚明，明白郝明珠的意思。

"等你有了爱人，你就知道什么滋味了。"郝明珠说。

母亲在一次回忆往事的时候说："参加革命工作的女同志真是太不容易了，要工作，要惦记丈夫，带孩子，身体不方便还要时刻警惕敌人的袭击，酸甜苦辣只有自己知道。"原来那会儿，母亲就在郝明珠的身上看到了自己的影子。也难怪父亲说，他和母亲结婚那天，母亲身上像长了刺儿，靠近不得。

革命战争年代，在老一代人身上留下的印记格外深刻，现在想起老辈们讲过的故事，让人感觉格外亲切。

写故事容易，身临其境，才能有真实的感觉。

马栏革命遗址修缮一新，规模宏大，可惜，没有多少地方能让人看出当年的模样。我不知道今天的公家人，走进富丽堂皇的博物馆，能否被当年的公家人感动，能否想到，那些与蝎蜊峪一样被遗忘的地方，还有老百姓守候着对过去的公家人的记忆。

我们到达阳坡头，已是黄昏，残阳如血。

极目远望，沟壑纵横的山脊、沟谷、峭壁、断崖，经过千百年来风沙雨雪的雕琢、冲刷、侵蚀，袒露出满目疮痍的肌肤和瘦骨嶙峋的骨骼。黄土高原的典型风貌，在阳坡头，展示得一览无余。她就像孕育生命的母亲，历经临盆的阵痛，岁月沧桑，以其博大的母爱，无怨无悔地哺育着黄土地的儿女。

陕北秋凉来得早，草木枯黄，颇多了点儿苍凉、萧瑟的感觉。我的父亲、母亲就是在这里结婚，孕育生命。

我感到了从未有过的震撼！我终于明白了，我们的父辈无论生活在延安的窑洞里，还是生活在北京的豪宅里，无论有过怎样的经历，贫寒或富有，淡泊或显赫，沉浮或荣辱，那一代人的心里，只有四个个字"中华民族"。

逝者无语，魂兮归来。

天际，最后一抹余晖悄然消退。

月亮升起来了，月光如洗。

我耳边，响起天籁一般的乐曲，它来自赣江源头的汩汩山泉。遥想着历史记忆的深处，阳光一般热情的生命，洋溢着青春的活力，脚步穿越沉重的历史，经过暴风骤雨般的抗争，从黑暗走向光明，在昙花一现的瞬间走向永恒。乐曲自始至终伴随着莫尔斯电码的嘀嗒声：

1132 7122 0581 6386 0171 0055 9982——前进！

等级：AAAA

作者：赖小瑜　金文彦

2015 年 1 月 25 日终稿